CB014565

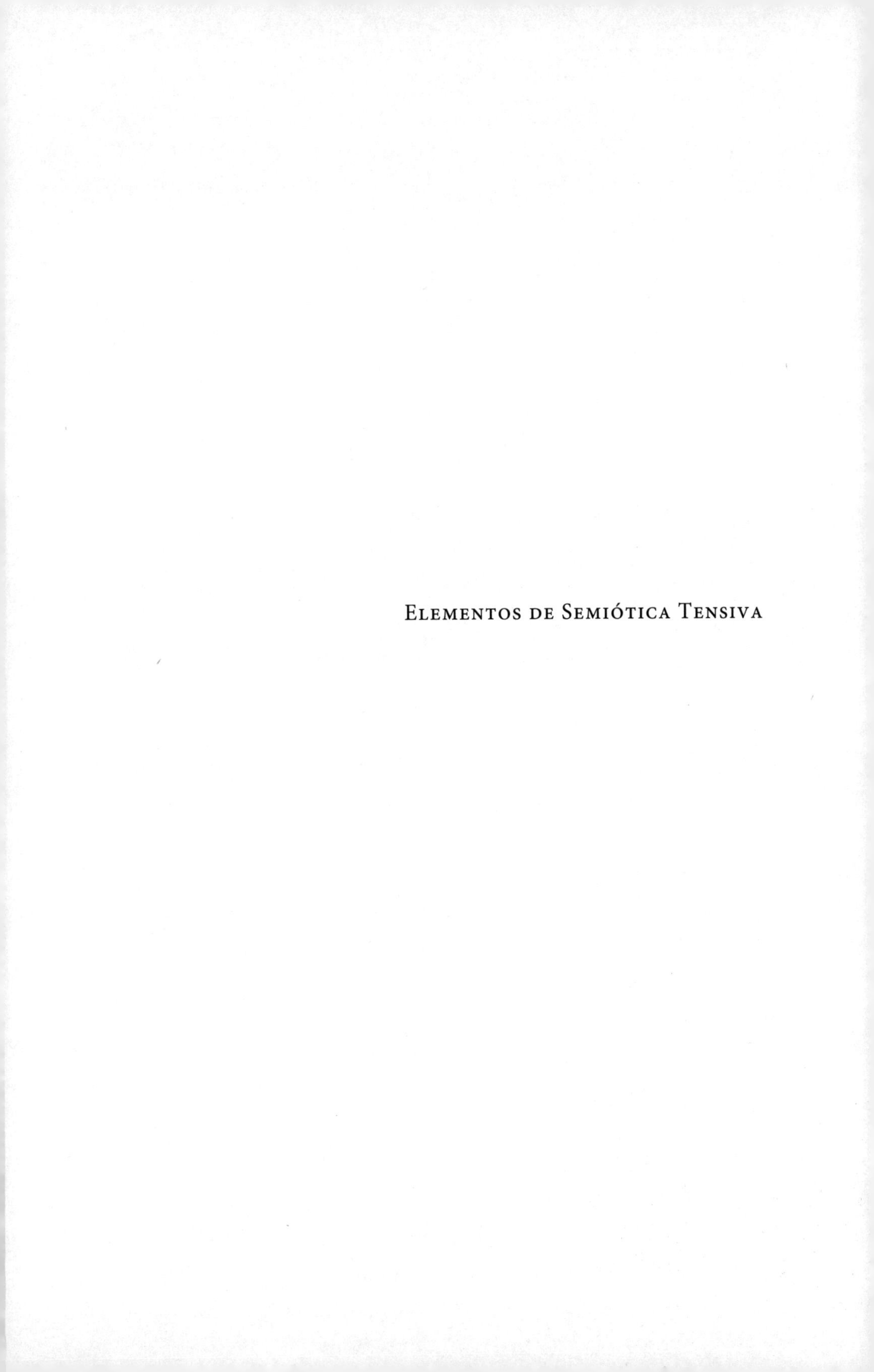

Elementos de Semiótica Tensiva

CLAUDE ZILBERBERG

ELEMENTOS DE SEMIÓTICA TENSIVA

TRADUÇÃO
Ivã Carlos Lopes
Luiz Tatit
Waldir Beividas

L'édition originale de cet ouvrage a paru sous le titre *Eléments de grammaire tensive* aux
Presses Universitaires de Limoges (PULIM),
39C, rue Camille Guérin F87031 Limoges cedex
Tel.: 05 55 01 95 35 – Fax: 05 55 43 56 29
www.pulim.unilim.fr – Courriel: pulim@unilim.fr

Dados Internacionais de Catalogação na Publicação (CIP)
(Câmara Brasileira do Livro, SP, Brasil)

Zilberberg, Claude
Elementos de Semiótica Tensiva / Claude Zilberberg; tradução Ivã Carlos Lopes, Luiz Tatit, Waldir Beividas. – São Paulo: Ateliê Editorial, 2011.

ISBN: 978-85-7480-572-6
Título original: *Eléments de grammaire tensive*.

1. Análise do discurso 2. Linguística
3. Modalidade (Linguística) 4. Semiótica I. Título.

11-12976 CDD-401.4

Índices para catálogo sistemático:

1. Semiótica tensiva: Linguagem e comunicação: Linguística 401.4

Ateliê Editorial
Estrada da Aldeia de Carapicuíba, 897
06709-300 – Granja Viana – Cotia – SP
Telefax: (11) 4612-9666
www.atelie.com.br / atelie@atelie.com.br

2011

Printed in Brazil
Foi feito o depósito legal

Sumário

Prólogo

Este livro é – como não poderia deixar de ser – produto das intenções e circunstâncias. No que se refere às intenções, só o autor pode falar a respeito, embora isso não signifique que ele esteja em boas condições para tanto... Adiantando um pouco, nosso modelo não escapa às coerções semióticas que ele vislumbra nos discursos que examina, e acaba se impregnando da receita dos conceitos que ele mistura. Os conceitos-chave são três:

(i) quanto à estrutura, a dependência, mais que a oposição, já que a oposição pressupõe a estrutura;

(ii) quanto à direção, a foria, na medida em que os destinos possíveis da foria motivam a direção, tal como já estava estabelecido pelo quadrado semiótico;

(iii) quanto ao valor, o afeto, uma vez que essas grandezas se auxiliam reciprocamente, poupando-nos de pensar valores sem afeto e afetos sem valor. Sabe-se, porém, que a excelência de uma receita reside tanto no inventário fechado dos ingredientes, quanto em sua justa dosagem; mas essa avaliação não é incumbência do autor.

No que tange às circunstâncias, este livro atende a uma dupla solicitação de Louis Hébert. Num primeiro momento, ele nos convidou a redigir, para os curiosos, um texto que resumisse as orientações da chamada semiótica tensiva; a execução dessa encomenda resultou no "Précis de grammaire tensive"

(Zilberberg, 2002 [Trad. 2006]), o qual, em razão das convenções próprias a esse gênero discursivo, foi julgado elíptico... Daí uma segunda encomenda, que veio completar a primeira: estender o "Précis" até as dimensões de um livro, pela aplicação de uma propriedade fascinante do discurso, a sua elasticidade. Essa ampliação foi efetuada, conservando-se a íntegra do "Précis", com umas poucas modificações.

Independentemente do conteúdo focalizado e da avaliação que possa exigir da parte do leitor informado, um livro mantém, com o instante necessariamente singular de seu surgimento, uma relação que o excede. Para a semiótica greimasiana, esse delicado momento é facilmente identificável como o da "virada fenomenológica", sem que se possa determinar, por ora, se se trata de uma realização hegeliana ou de uma renegação confessável, levando-se em conta a recomendação verbal do próprio Greimas: *é preciso sair de Propp*. Provavelmente, não se trata nem de uma coisa, nem de outra, ou talvez se trate de uma e outra, se admitirmos que os termos complexos possuem o monopólio dos enigmas.

Efetiva ou não, justificada ou não, essa "virada fenomenológica" constitui uma intimação. Fazendo suas as posições da fenomenologia, em especial a que se configura na obra de Merleau-Ponty, não estaria a semiótica se afastando de sua dupla referência, saussuriana e hjelmsleviana? Em caso afirmativo, não poderíamos considerar que, "desgastado", o concebido se retira perante o "frescor" do percebido? Deixemos de lado, por enquanto, a questão de saber se uma disciplina exigente pode trocar de bases conceituais sem que isso acarrete importantes consequências.

O que acaba de ser dito permite-nos formular nosso projeto pessoal. Na mesma medida em que a prevalência concedida ao percebido parece afastar a semiótica de suas referências linguísticas declaradas, a atenção que dedicamos, com e a partir de outros autores, ao vivenciado e ao experienciado permite manter intacta, sem que se possa falar em paradoxo ou provocação, a referência linguística. Com efeito, não acreditamos na inconciliação geralmente reconhecida entre o concebido e o vivenciado, e o sintagma "gramática do afeto" não equivale, ao nosso ver, a um oxímoro. É certo que a base original tem de ser ampliada em certos pontos e remanejada em outros, e esse é o assunto dos dois primeiros capítulos, consagrados à apresentação da estrutura das valências e à formulação, apenas esboçada, de valores propriamente semióticos. A terceira parte apresenta alguns capítulos da gramática tensiva. Em outras palavras, ela se presta, dentro das possibilidades de uma determinada data, à conversão das categorias em operações simples[1], vale dizer, exploráveis pelos sujeitos, em nome da reciprocidade da morfologia e da sintaxe, tal como Hjelmslev a tinha obstinadamente em vista:

> [...] somos forçados a introduzir considerações manifestamente *sintáticas* em *morfologia* – por exemplo, as categorias da preposição e da conjunção, cuja única razão de ser se encontra no sintagmático – e a ordenar na *sintaxe* fatos plenamente *morfológicos* – reservando forçosamente à *sintaxe* a definição de quase todas as formas que pretendemos ter reconhecido em *morfologia* (1991: 162).

Vê-se, portanto, que "ao fim e ao cabo" as identidades paradigmáticas são... sintagmáticas; o paradigmático é apenas um vestígio.

As duas últimas partes ampliam o campo. A quarta parte levanta a questão: para uma semiótica às voltas com as vivências, que acolhe o sobrevir, como ignorar o acontecimento, que inopinadamente bate à porta? Providencial ou catastrófico, não estaria o acontecimento, tautologicamente, no princípio dos afetos mais comoventes que podem atingir os sujeitos? A última parte examina as consequências da aplicação do ponto de vista tensivo para uma herança incerta, nos dias de hoje: a retórica. Dentro dos limites deste trabalho, debruçamo-nos sobre alguns aspectos da retórica, no intuito de demonstrar que entre a linguística, a chamada semiótica tensiva, a antropologia e a tropologia aristotélica, existem caminhos, passagens, e que o exercício de certas figuras de retórica tem ressonância com a problemática das taxionomias culturais, a um só tempo lexicológica, gramatical e antropológica. As figuras privilegiadas por Aristóteles e pela tradição operam deslocando uma dada grandeza de uma determinada classe para a classe adjacente. Sob tais condições, o ponto de vista tensivo mostra-se – felizmente, a nossos olhos – como um ponto de confluência e uma garantia de continuidade: aviltada, denegrida, ridicularizada, a retórica resiste, por ser solidária de nossos fun-

1. "Não é necessário considerar a linguagem como complicada: pode-se considerá-la como simples" (Hjelmslev, 1985: 73).

cionamentos íntimos, dos quais somos decerto menos agentes do que pacientes. O que, aliás, ainda está por ser compreendido.

Dissemos que a sanção cabe ao leitor, sendo o autor um leitor em meio a outros, e nada além disso. Em nome da concessão, entretanto, à qual esta obra dedica um lugar decisivo, esse alguém tem o direito de formular suas próprias opiniões. A nossos olhos, a chamada semiótica tensiva contenta-se em apresentar um ponto de vista que realça algumas grandezas até então tidas por irrelevantes, as grandezas afetivas. Ao lado dos conceitos atualmente considerados como aquisições – a diferença saussuriana, a dependência hjelmsleviana –, este trabalho tenta reservar um lugar para a medida, para o valor dos intervalos, já que as nossas vivências são (antes de mais nada? principalmente?) medidas, ora dos acontecimentos que nos assaltam, ora dos estados que, por sua persistência, nos definem.

Uma última palavrinha: não há nada no presente estudo que contradiga *Tensão e Significação* (2001), escrito em coautoria com J. Fontanille, mas, se fosse o caso de citar essa obra, seríamos obrigados a fazê-lo ao pé de cada página, alongando ainda mais o rosário das referências e explanações.

1. Algumas Premissas

Tendo perdido a inocência e o poder oracular, o discurso teórico tem a obrigação de apresentar a lista dos ingredientes que compõem o valor veridictório a que ele aspira. Faremos uma distinção entre as premissas gerais, as do "bom cidadão" de hoje, e as premissas particulares, próprias ao semioticista na época em que está trabalhando.

1.1. Premissas gerais

1.1.1. A dependência

O primeiro postulado que mencionaremos é o apego à estrutura, mais que ao estruturalismo, pois, considerando-se o que ocorreu durante as últimas décadas, o termo impõe-se no plural: os estruturalismos. O valor epistêmico da definição de estrutura dada por Hjelmslev em 1948 permanece, a nosso ver, intacto: "entidade autônoma de dependências internas" (1991: 32)[1]. De tal definição, que se ajusta à definição da "definição" proposta nos *Prolegômenos*,

1. Essa tomada de posição, que não aparece nos *Prolegômenos*, será complementada logo adiante.

frisaremos o fato de ela combinar uma *singularidade* ("entidade autônoma") e uma *pluralidade* ("dependências internas"). Em primeiro lugar, esse ajuste remete, no plano do conteúdo, a uma complementaridade proveitosa:

(i) se a singularidade não estivesse acompanhada por uma pluralidade, ela permaneceria impensável, pois que não analisável;
(ii) se a pluralidade não pudesse ser condensada e resumida em (e por) uma singularidade nomeável, ela permaneceria no limiar do discurso, como a interjeição.

Em segundo lugar, essa definição vai além do adágio segundo o qual, para o estruturalismo, *a relação prevalece sobre os termos*; a economia do sentido apreende unicamente relações entre relações, uma vez que "os 'objetos' do realismo ingênuo reduzem-se, então, a pontos de interseção desses feixes de relacionamentos" (Hjelmslev, 1975: 28). Sob esse ponto de vista, os termos estão situados, enquanto tais, no plano da expressão.

1.1.2. A direção

Nosso segundo postulado diz respeito ao lugar teórico reservado ao contínuo. Não é o caso de reacender uma querela sem objeto, pois a "casa do sentido" é vasta o bastante para acolher tanto o contínuo, quanto o descontínuo, mesmo porque nem este nem aquele fazem sentido por si mesmos, mas apenas por sua colaboração. O mais razoável é admitir suas hipóstases como "variedades" circunstanciais e ocasionais. Mas, em nossa opinião, a pertinência deve ser atribuída à direção reconhecida, ou seja, à reciprocidade simultaneamente paradigmática e sintagmática do *aumento* e da *diminuição*. Diversas considerações sustentam essa ideia. Antes de mais nada, e sem fazer do isomorfismo dos dois planos uma religião, consideramos que o acento ocupa no plano da expressão uma posição tal que não se poderia conceber que ele deixasse de desempenhar algum papel no plano do conteúdo. Fazemos nossas as declarações de Cassirer quando este alude, no primeiro tomo de *A Filosofia das Formas Simbólicas*, ao "acento de sentido". Em segundo lugar, a semiótica, divergindo de suas escolhas iniciais, terminou por conceder ao aspecto um alcance extraordinário, muito além de sua aplicação ao processo. Figuralmente falando, o aspecto é a análise do *devir ascendente ou descendente de uma intensidade*, fornecendo, aos olhos do observador atento, certos *mais* e certos *menos* (retomaremos isso adiante).

Essa abordagem procede, entre outros, de G. Deleuze, que por sua vez se confessava em débito com Kant, nesse particular. Em *Francis Bacon, Lógica da Sensação*, Deleuze supera, ao seu modo, a dualidade entre o paradigmático e o sintagmático: "A maioria dos autores que confrontaram com esse problema da intensidade na sensação parece ter encontrado esta mesma resposta: a diferença de intensidade é sentida em uma queda" (2007: 86). Deleuze remete a um difícil trecho da *Crítica da Razão Pura*, intitulado "Antecipações da Percepção", no qual Kant propõe que a sensação é uma "grandeza intensiva":

> Toda a sensação e, por conseguinte, toda a realidade no fenômeno, por pequena que seja, tem um grau, isto é, uma grandeza intensiva, que pode sempre ser diminuída; e, entre a realidade e a negação, há um encadeamento contínuo de realidades possíveis e de percepções possíveis cada vez menos intensas (1997: 203).

Ressaltaremos que esse texto inter-relaciona duas categorias de primeira importância:

(i) a *direção*, no caso descendente, o que equivale a dizer que a estesia se encaminha inexoravelmente para a anestesia, para aquilo que Kant chama "a negação = 0";

(ii) a *divisão* em graus e, em seguida, a divisão dos próprios graus em partes de graus. O conceito de *série* – também presente em Brøndal, embora seus pressupostos sejam outros – pode ser considerado como um "sincretismo resolúvel" dessas duas categorias.

Essa presença irrecusável de Kant introduz na terminologia semiótica um nítido risco de confusão. Três pares de conceitos entram em interferência, no que tange ao significante:

(i) o par [extenso *vs.* intenso], também ausente dos *Prolegômenos*, porém capital para se levar a efeito a reconciliação entre a morfologia e a sintaxe, uma das principais preocupações de Hjelmslev;

(ii) o par [grandeza extensiva *vs.* grandeza intensiva], exigido por Kant;

(iii) o par [extensidade *vs.* intensidade], que aparece, para nós, na análise da tensividade, e do qual ainda voltaremos a falar.

Essa confluência terminológica conduz a mal-entendidos, caso os termos sejam dissociados de sua definição:

(i) entre a abordagem kantiana e a perspectiva tensiva, a coincidência é bem-vinda, porém fortuita;

(ii) entre as categorias hjelmslevianas e as categorias tensivas, surge um quiasmo, já que as categorias extensas são diretoras para Hjelmslev, quando, na perspectiva tensiva, a intensidade, ou seja, a afetividade, rege a extensidade;

(iii) enfim, e salvo ignorância de nossa parte, Hjelmslev, ao falar de intenso e extenso (1991: 175), ou de intensivo e extensivo (1985: 50), ou ainda, de intensional e extensional (1972: 112-113), não menciona o nome de Kant.

1.1.3. A alternância primordial

No nosso entender, uma hipótese de ordem semiótica deve inserir-se na perspectiva indicada tanto por Saussure, quanto por Hjelmslev. Ao primeiro, ela deve a arbitrariedade e a linearidade; ao segundo, o caráter hierárquico. A relevância dessas noções para o ponto de vista semiótico é tal que elas exigem certos esclarecimentos. A arbitrariedade não deve ser reservada ao signo, e sim estender-se ao conjunto da semiose, na medida em que o arbitrário significa que aquilo que acontece poderia não ter acontecido; isso equivale a dizer, de pronto, que a semiótica tem por objeto prioritário a problemática – muitas vezes tida por anacrônica – do *possível*. Em segundo lugar, a linearidade reporta-se menos ao desenrolar do discurso do que a sua *extensão*. E se compusermos ambos os dados, essa correspondência nos leva a falar em *extensões diferenciais*. Enfim, a teoria das funções proposta por Hjelmslev, em especial no décimo primeiro capítulo dos *Prolegômenos*, projetou a noção de *dependência* sobre a noção, totalmente incerta, de relação. Há portanto que discriminar, entre as extensões diferenciais que tramam o discurso, relações que sejam, em primeiro lugar, ou talvez unicamente, de dependência. O possível e a alteridade, o extenso e a aspectualidade, por fim, o dependente e a recção estão entre os critérios por satisfazer.

É uma tripla tarefa. Cabe, primeiramente, isolar *morfologias*, ou seja, agrupamentos, "moléculas" de traços intensivos e extensivos devidamente identificados, sem as quais já não saberemos de que estamos falando. Em segundo lugar, devemos demonstrar a existência de *hierarquias*, cujos operadores privilegiados são a recção e a modalização. Por fim, tanto umas quanto outras habitam, se nos permitem a expressão, não o ser, mas a passagem. Elas não *são*: *advêm* ou *provêm* ao modo da lentidão, *sobrevêm* ao modo da celeridade e configuram, ao fazê-lo, o campo de presença. O que significa que as grandezas semióticas, as "figuras", na terminologia de Hjelmslev, são, a nosso ver, menos traços do que vetores. Em outras palavras, menos particípios, como passados resolvidos, do que gerúndios, como presentes em devir, em ato. Uma teoria que submete o espaço ao tempo, e o próprio tempo, por sua vez, ao andamento, posiciona-se, por uma questão de coerência, mais sob a égide de Heráclito que sob a de Parmênides...

Na perspectiva epistemológica, as três exigências indicadas, a saber, a busca do possível, do extenso e do dependente, à medida que convergem, definem um *ponto de vista*: o ponto de vista semiodiscursivo. Se aceitarmos a definição proposta por Valéry nos *Cahiers* – "A ciência está em procurar, num conjunto, a parte que pode exprimir o todo" (1974: 833) –, tal ponto de vista recai *sobre* o discurso, embora permanecendo *dentro* do discurso, e desse modo atribui à sinédoque um alcance que os antigos aparentemente não lhe concediam.

Essas operações lidam com categorias que nos são propostas pelo estudo do plano da expressão, tal como este foi conduzido pelos linguistas e foneticistas, independentemente de suas divergências teóricas. Na perspectiva paradigmática, a intensidade apresenta as categorias primordiais do *impacto* e da *fraqueza*; na perspectiva morfológica, a tonicidade tende à concentração e a morfologia é, nesse caso, *acentual* no plano da expressão e *assomante*[2] no plano do conteúdo, segundo a convenção terminológica sugerida por J. Fontanille e por nós. Toda concentração dirige-se ao seu oposto, a difusão, a não ser que um dispositivo retensivo eficaz seja instalado. Designamos esse processo como *modulação* no plano da expressão e como *resolução* no plano do conteúdo[3]. Sob o ângulo sintagmático, que se refere exclusivamente às re-

2. Adjetivo derivado de *assomo*, termo escolhido para traduzir o francês *sommation* (N. dos T.).
3. A manutenção da mesma terminologia para ambas as possibilidades esquemáticas não está isenta de inconvenientes. Se o termo *assomo* pode a rigor ser mantido no caso do esquematismo ascendente, já o termo *resolução* é mais difícil de justificar.

lações de consecução no enunciado, quando o assomo precede – logo, dirige – a resolução, admitimos que o esquematismo é *descendente*, ou distensivo, na medida em que o dispositivo global se orienta da tonicidade para a atonia. Quando essas posições no enunciado estão invertidas, isto é, quando o discurso contempla a resolução num primeiro momento e cria a expectativa do assomo num momento posterior, dizemos então que o esquematismo é *ascendente*. A regra do esquematismo descendente pode ser chamada de *degressiva*, ao passo que a do esquematismo ascendente se destaca como *progressiva*. Acrescentemos ainda que, no que se refere à terminologia, a projeção de uma determinada direção tensiva em uma extensão aberta define um *estilo* tensivo que conduz e controla o encaminhamento discursivo das significações locais, concepção que é a de Merleau-Ponty em *A Prosa do Mundo*: "O estilo é o que torna possível toda significação" (2002: 84)[4]. Isso nos fornece uma primeira organização daquilo que propomos designar como *estilos tensivos*:

assomo → resolução	descendência
resolução → assomo	ascendência

4. Segundo Merleau-Ponty, a noção de estilo designa em primeiro lugar uma "modalidade da existência": " [...] O que reúne as 'sensações táteis' de minha mão e as liga às percepções visuais da mesma mão, assim como às percepções dos outros segmentos do corpo, é um certo estilo dos gestos de minha mão, que implica um certo estilo dos movimentos de meus dedos e contribui, por outro lado, para uma certa configuração de meu corpo. Não é ao objeto físico que o meu corpo pode ser comparado, mas antes à obra de arte" (1994: 208). Nos termos da definição do estilo pelo *Micro-Robert*, a evidência de um estilo se impõe quando a eficácia se torna transitiva e atualiza a beleza; o estilo torna-se um valor superlativo, na medida em que as valências intensivas tenham realmente "tocado", isto é, como veremos adiante, "penetrado" o enunciatário: "[...] quando se lê um texto diante de nós, se a expressão é bem-sucedida, não temos um pensamento à margem do próprio texto, as palavras ocupam todo o nosso espírito, elas vêm preencher exatamente nossa expectativa e nós sentimos a necessidade do discurso, mas não seríamos capazes de prevê-lo e somos possuídos por ele. O fim do discurso ou do texto será o fim de um encantamento" (*idem*: 245). Para nos precavermos contra um mal-entendido inevitável acerca do termo *expressão*, que aí é tomado em sua acepção "alemã", remetemos à parte 2.1, dedicada ao "fenômeno de expressão". Apenas para fixar as ideias, digamos por ora que a "expressão" é uma grandeza do conteúdo...

Essas grandezas, enquanto tais, são apenas virtuais, dado que, como sugere Saussure no *Curso*, porém sem maior discussão[5], é o discurso que *categoriza* essas grandezas, na acepção que Hjelmslev empresta a tal termo em *Le langage*: "Categoria, paradigma cujos elementos só podem ser introduzidos em certos lugares, e não em outros" (1966: 173). Consideremos, em primeiro lugar, a descendência. O assomo, concebido como uma "vivência de significação" (Cassirer), é da ordem do *acontecimento*, isto é, de um sobrevir que comove o discurso na qualidade de recurso próximo, de não-resposta imediata. Se o assomo exclamativo for brutal e o afeto, intenso, então a não-resposta instantânea será semelhante à interjeição, ou seja, à transição entre o mutismo daquele a quem o acontecimento deixou "sem voz", como se costuma dizer, e a retomada da palavra, a qual, de acordo com o seu andamento (ao seu "bel-prazer"), resolverá "com o tempo", normalizará "cedo ou tarde" tal acontecimento sob a forma de um *estado*, noutros termos, de um discurso e, com o passar do tempo, sob a forma de anais. Ao dizer isso, estamos adotando, adaptando a posição de Cassirer, que, em *A Filosofia das Formas Simbólicas*, não hesita diante da afirmação da sobredeterminação *acentual* das chamadas significações míticas, quer dizer, regentes: "Como o único e, em certa medida, sólido núcleo da representação do mana parece finalmente não restar, pois, senão a impressão de extraordinário, de inusitado, de 'incomum' em geral" (2004: 142). Por conseguinte, o acontecimento pode ser comparado à interjeição, isto é, a um sincretismo ou a um excedente de sentido que o discurso tenderia a resolver:

> A fórmula mana-tabu pode, por isso, ser designada como "fundamento" do mito e da religião, com o mesmo acerto ou desacerto com que se pode considerar a *interjeição* como fundamento da linguagem. De fato, nos dois conceitos trata-se, por assim dizer, de interjeições primárias da consciência mítica. Elas ainda não têm uma função autônoma de significação e de apresentação, mas equivalem a simples sons de excitação da paixão mítica (Cassirer, 2004: 143).

5. "Cada vez que emprego a palavra *Senhores*, eu lhe renovo a matéria; é um novo ato fônico e um novo ato psicológico. O vínculo entre os dois empregos da mesma palavra não se baseia nem na identidade material nem na exata semelhança de sentido, mas em elementos que cumprirá investigar e que nos farão chegar bem perto da verdadeira natureza das unidades linguísticas" (Saussure, 1971: 126-127).

1.1.4. Primeira abordagem dos estilos tensivos

Toda distinção semiótica, qualquer que seja sua espécie, suscita um dilema: uma vez reconhecida uma dualidade inegável [a/b], haveria entre essas duas grandezas polares [a] e [b] "alguma coisa" ou "nada"? Por "alguma coisa" estamos entendendo (em termos figurativos) um caminho, uma sequência de "graus", como define o verbete *progressif* [progressivo] do *Micro-Robert*: "1 Que se efetua de maneira regular e contínua [...]. *Um desenvolvimento progressivo.* 2 Que segue uma progressão, um movimento por graus". Dizer que [a] se opõe a [b] equivale a dizer que [a] se afasta "em maior ou menor medida" de [b], e que esse afastamento tem de ser avaliado, pela simples razão de que ele corresponde à sua própria definição!

Tal escolha leva a conceber, entre [a] e [b], um vão, um intervalo, ocupando-o ou "preenchendo-o" de alguma maneira. A outra escolha mantém vazio esse intervalo e acrescenta, se é que a expressão faz sentido, uma solução de continuidade, ou seja, um nada. A atitude da semiótica greimasiana, a esse respeito, é ambivalente:

(i) nas chamadas estruturas elementares, a teoria, seguindo os passos de Brøndal, prevê, por certo, dois termos complexos, transicionais por sua posição: [$s_1 + s_2$] e [não-s_1 + não-s_2], porém eles não desempenham, salvo ignorância ou injustiça de nossa parte, nenhum papel na teoria;

(ii) em compensação, nas estruturas narrativas de superfície, condensadas pelo "esquema narrativo" caro a Greimas (2008: 330-334), a sequência regulamentar das provas instaura uma progressividade e, em certo sentido, uma sabedoria. Supomos que haja entre [a] e [b] – no caso, entre o acontecimento e o estado – uma *modulação* resolúvel, isto é, analisável em termos de valências, ponto de vista que será defendido logo mais. Por ora, a análise da descendência tensiva se apresenta assim:

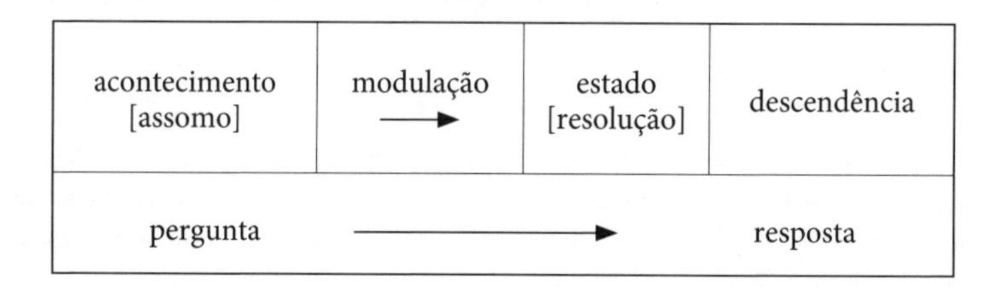

O acontecimento passa, assim, a fazer parte da lista das categorias mestras de nossa hipótese teórica, mas convém assinalar de pronto que ele tem a peculiaridade de se realizar como uma *intrusão*, uma "*penetração*" (Valéry), uma "brutalidade eficaz" (Focillon), conforme veremos na quarta parte do presente volume. Quanto à noção de modulação, é uma "caixa preta" que proporemos visitar em 2.2.

Um dos méritos do conceito de *espaço tensivo*, por mais rudimentar que seja, é o de obrigar-nos a investigar a amplitude, a velocidade e a duração dos devires, a não os considerar como evidentes em si, mas constituí-los como indagações proveitosas. Para lançar mão de termos apenas aparentemente escolares, a questão é discernir, com toda a precisão possível, de que modo um *gerúndio*, vinculado ao acontecimento, converte-se em *particípio*, vinculado ao estado[6]. Como de hábito, as distinções semânticas estudadas pela linguística se tornam, sob o ponto de vista semiótico, significantes, ou seja, perguntas difíceis, na medida em que as respostas aventadas pedem a caução de uma teoria do sentido, de uma integração, por ora situada além de nosso alcance.

Voltemo-nos agora para o estilo tensivo da ascendência. A relação de contrariedade estabelecida entre a descendência e a ascendência tensivas pertence ao plano da expressão. Engano imaginar que bastaria reverter a descendência para produzir a fisionomia da ascendência semiótica, mais ou menos como uma meia-volta, para um observador colocado numa subida, faz com que esta apareça como uma descida – e reciprocamente.

A ascendência tem como ponto de partida a *permanência*, a persistência de um estado vivido pelo sujeito, já que a duração é o núcleo do lexema *état* [estado], segundo o *Micro-Robert*: "Maneira de ser (de uma pessoa ou coisa) naquilo que tem de durável (oposto ao *devir*)". Esse estado, quando se refere a um sujeito, pressupõe uma lentidão extrema, sendo esta, para Baudelaire, uma das faces do horror, como se lê no segundo terceto de "De profundis clamavi":

6. Segundo Bachelard, esse declínio tensivo do acontecimento em direção ao estado não é absoluto, uma vez que o adjetivo, no seu entender, continua a abrigar, com vantagem, um verbo: "As qualidades, para nós, são menos estados do que devires. [...] Vermelho está mais próximo de *avermelhar* do que de vermelhidão" (1992: 89).

Je jalouse le sort des plus vils animaux
Qui peuvent se plonger dans un sommeil stupide,
Tant l'écheveau du temps lentement se dévide!

Invejo a sorte do animal talvez mais vil,
Capaz de mergulhar num sono que o enregela,
Enquanto o dédalo do tempo se enovela.
Baudelaire (1985: 179)

Semelhante estado, do qual se poderia afirmar que "não passa", pode ser uma identidade ou uma vacuidade que o sujeito pretende abolir. Tal situação faz dele um sujeito do *foco*, um sujeito intencional. Se por um lado o acontecimento *se apropria* do sujeito, ou, para sermos mais justos, desapropria-o de suas competências modais, transformando-o em sujeito do *sofrer*, a ascendência por outro lado determina um sujeito ao modo do *agir*, convidado ou convidando-se a passar ao ato. A questão da modulação, da passagem, apresenta-se em termos completamente distintos dos que supusemos para a descendência: se o acontecimento aniquila a duração, a ascendência desdobra, desenvolve ante o sujeito o tempo por vir, e uma tal abertura do tempo instaura um sujeito ao modo do *pervir*[7]. A tabela a seguir mostra as diferenças entre as duas atitudes subjetais:

estilos tensivos → *categorias* ↓	descendência [1 → 0]		ascendência [0 → 1]	
andamento inicial →	subitaneidade		lentidão	
complexo modal →	sobrevir ↓ *constante*	sofrer ↓ *variável*	agir ↓ *constante*	pervir ↓ *variável*
cognição →	apreensão		foco	

7. Cf. glossário ao final do volume (N. dos T.).

Em nossa visão, a inteligibilidade e a solidez das relações verticais promovem a preeminência do andamento: a precipitação, no caso da descendência, e o alentecimento, no caso da ascendência, tornam os sujeitos da descendência – arrebatado pelo tumulto do acontecimento – e da ascendência como que alheios um ao outro. De um sujeito do estupor, não costumamos dizer familiarmente que é preciso esperar até que ele "volte a si"? Dessa maneira, a descendência e a ascendência apresentam-se como as duas esferas disjuntas da existência semiótica imediata: a vivência, ou seja, o vaivém incessante entre essas duas esferas, põe o sujeito à prova. Tal dualidade, que nos lembra (talvez por engano) o fato maciço, ininterrupto, insensível da adaptação sensorial, assim como o desdobramento actancial decorrente dela, são abordados nos capítulos quarto e quinto desta obra, dedicados respectivamente ao acontecimento e ao esboço de uma semiotização da retórica. À esfera do acontecimento prende-se um sujeito do espanto e, à da retórica, um sujeito do controle, o que exige dois esclarecimentos.

O primeiro é o menos relevante: as práticas significantes são *artes* dirigidas pela busca da *excelência*, isto é, da superlatividade, cada qual em seu domínio, e tal excelência, no caso da retórica, é afirmada pelo destinatário ao reconhecer-se "persuadido", de acordo com o termo definitivo adotado por Aristóteles na *Rhétorique*: "A retórica parece, na questão em pauta, poder considerar, de alguma forma, aquilo que se presta a persuadir" (1996: 82). Uma vez que a semiótica reconhece a existência das semióticas não-verbais, ao lado das semióticas verbais, convém estender essa dualidade, admitindo retóricas não-verbais, paralelamente às retóricas verbais, para levar em conta o deslocamento efetuado apenas no plano da expressão. Em seu *Traité des tropes*, declara Dumarsais: "[...] as figuras, quando oportunamente empregadas, dão vivacidade, força ou graça ao discurso" (1977: 14). Em *Les figures du discours*, garante Fontanier: "Mas os tropos ocorrem, ou por necessidade e *extensão*, a fim de suprir as palavras faltantes da língua para certas ideias, ou por opção e *figura*, para apresentar as ideias sob imagens mais vivas e marcantes que seus signos próprios" (1968: 57). Ambos têm em mente aquilo que o grande crítico de arte B. Berenson denominava – a nosso ver, com razão – "intensificação da vida". Também o gastrônomo, que, como se diz, saliva só de pensar nos finos pratos em preparo na cozinha, não é verdade que ele espera que a competência do *chef* eleito o leve a transpor o intervalo tensivo que separa o insípido do saboroso? Analogamente, o grande escritor não é aquele que supera a platitude ambiente e consegue elevar seu estilo até dar-lhe impacto, termo supremo na dimensão da intensidade? Imediatamente após a frase que acabamos de citar, Aristóteles acrescenta: "É isso que nos faz dizer que ela [a retórica] não possui regras aplicáveis a um tipo específico de objetos". Gostaríamos de atribuir a essa afirmação uma extensão tal que Aristóteles, se nos pudesse ouvir, seguramente a refutaria. A pergunta que levantamos é: dado que a retórica não está ligada a qualquer "tipo específico de objetos", poderia então confundir-se seu campo de exercício com o da significação? Voltaremos ao problema no capítulo 5.

O segundo esclarecimento diz respeito ao estatuto da afetividade e às incertezas que perduram acerca da posição que ela merece ocupar. Entre a psicanálise, que a erige em constante regente das manifestações e dos discursos, sejam estes individuais ou coletivos, e a glossemática, que a virtualiza, destinando a semântica à alçada única da substância do conteúdo, não pode haver conciliação, por mais boa vontade que uma e outra disciplina declarem[8]. Essa confrontação remete à indagação sobre a necessidade, ou não, da *fundamentação* das disciplinas. Para uma disciplina que aspira ao rigor, conviria recusar toda e qualquer heteronomia, todo e qualquer vínculo, ou, ao contrário, buscar uma dependência relativamente a um conjunto de dados conexos e irrefutáveis? A questão foi e é até hoje colocada na matemática[9], a cuja epistemologia Hjelmslev procurou abertamente aderir[10]. Quanto a nós, a exemplo

8. Hjelmslev realiza a tentação "algebrizante" de Saussure: "Desse modo se constituiria, em reação à linguística tradicional, uma linguística cuja ciência da expressão não seria uma fonética e cuja ciência do conteúdo não seria uma semântica. Uma tal ciência seria, nesse caso, uma álgebra da língua que operaria sobre grandezas não denominadas – isto é, denominadas arbitrariamente, sem que para elas existam designações naturais – e que só adquiririam designações motivadas através de sua ligação com a substância" (1975: 82).

9. Assim, diz R. Thom: "[...] Mas para responder acerca dos chamados *fundamentos* da matemática: foi uma pretensão aberrante a de que a matemática pudesse fundar-se a si mesma: por que razão, aliás, deveria a matemática ser a única ciência a conseguir encontrar em si própria, ou na lógica, os seus fundamentos?" (1985: 36).

10. Sobre o conceito central de "função", Hjelmslev explica nos *Prolegômenos*: "Adotamos aqui o termo *função* num sentido que se situa a meio caminho entre seu sentido lógico-matemático e seu sentido etimológico, tendo este último representado um papel considerável em todas as ciências, incluindo-se

da psicanálise, mantemos a presunção de uma dependência do sentido em relação à afetividade (Zilberberg, 2001). Sugerimos, porém, o seguinte remanejamento: enquanto a psicanálise afirma uma anterioridade insuperável da afetividade, que reduz o presente à condição de um rebento, uma hipotipose mal dissimulada do passado remoto do indivíduo (o chamado "recalque"), nós, de nossa parte, pensamos a afetividade na sincronia, como um conjunto de funcionamentos descritíveis, analisáveis e sobretudo "gramaticalizáveis". Dadas essas condições, gostaríamos de conceder à afetividade tanto uma "eficiência" (Cassirer) quanto uma "imanência" (Hjelmslev). É com essa dupla preocupação que, sob a denominação de *intensidade*, acolhemos a afetividade como um dos dois eixos constitutivos do espaço tensivo. O quadro a seguir completa as fisionomias respectivas da descendência e da ascendência tensivas:

definidos → *definidores* ↓	descendência [sujeito do estupor] ↓	ascendência [sujeito do controle] ↓
andamento →	subitaneidade	progressividade
atitude modal →	sobrevir	pervir
discursividade →	acontecimento	retórica

Antes de prosseguir, devemos frisar que o discurso se constitui – por si próprio, e independentemente de nós – sob o signo da *reflexividade*. Ele é ao mesmo tempo o objeto e o meio do conhecimento, tendo, portanto, vocação para conhecer-se. Ele é o problema e a solução, se é que ela existe[11]. Uma tal circularidade justifica a posição que concedemos à retórica neste estudo. Do mesmo modo como nem a arte da carpintaria, nem a da ebanesteria fornecem uma química da madeira, a arte do discurso tampouco fornece a ciência do

aqui a linguística. O sentido em que o tomamos está formalmente mais próximo do primeiro, sem com isso ser-lhe idêntico" (1975: 39).

11. De acordo com R. Thom, a questão é "criar uma teoria da significação, de natureza tal que o próprio ato de conhecer seja uma consequência da teoria" (1981: 170).

discurso, mas ela não lhe poderia ser totalmente alheia. Afinal, a *Morfologia do Conto Maravilhoso*, de V. Propp, é simultaneamente uma arte da narrativa e uma ciência da narrativa.

1.1.5. *A progressividade*

Em virtude de sua íntima ligação com a afetividade, concebida como jogo incessante de perguntas e respostas entre o eu e o não-eu, os estilos tensivos tendem à prevalência quando admitem coexistência entre si, e à exclusividade quando estabelecem uma alternância. Assim é que, em um fragmento de *Meu Coração Desnudado*, Baudelaire afirma a *universalidade* da modalidade, bem conhecida por todos, do "pouco a pouco", isto é, a "caixa preta" da ascendência tensiva:

> Estudar, em todas as suas modalidades, nas obras da natureza e nas obras do homem, a universal e eterna lei da gradação, do *pouco a pouco*, do *grão em grão*, segundo a qual as forças aumentam progressivamente, tal como, em matéria de finanças, os juros compostos.
>
> É o que igualmente ocorre no caso da *habilidade artística e literária*; e também no caso do tesouro variável da *vontade* (2009: 70 – grifos do autor).

O paradigma da modulação tensiva apresenta-se da seguinte forma:

<table>
<tr><td>acontecimento
[assomo]</td><td>modulação
⟶</td><td>estado
[resolução]</td><td>descendência</td></tr>
<tr><td>vacuidade
[resolução]</td><td>modulação
⟶</td><td>clímax
[assomo]</td><td>ascendência</td></tr>
<tr><td colspan="4">pergunta ⟶ resposta</td></tr>
</table>

Retóricas, e incapazes no momento de enunciar "boas" leis e produzir provas objetivas, as chamadas ciências humanas podem todavia propor exemplos[12]. Assim, a linha divisória entre as artes poéticas parece ser justo

12. Diz Aristóteles: "Quando se trata de provar uma asserção, todo o mundo apresenta ora exemplos, ora entimemas, e não há mais nada além disso" (1996: 85).

aquela que esboçamos ao salientar a assimetria existente entre a ascendência e a descendência. Apenas leves matizes separam o voluntarismo estético de Baudelaire do de Boileau. Parece-nos significativo que os versos tidos como síntese da visão de Boileau sejam justamente aqueles que põem em cena a lentidão e a duração, ou seja, as valências que fundamentam a ascendência tensiva:

Hâtez-vous lentement, et, sans perdre courage,
Vingt fois sur le métier remettez votre ouvrage:
[...]
Apressa-te lentamente e, sem fraquejar,
No tear vinte vezes repõe-te a fiar

É em oposição diametral a esse voluntarismo calculado que se situa a atitude surrealista, a qual poderíamos qualificar de fatalista ou providencialista. Se projetarmos sobre o discurso de Breton a dualidade existencial [sobrevir *vs.* pervir], teremos de dizer que o poeta não "pervém" [chega gradativamente] à imagem, mas que esta lhe sobrevém: "Foi da aproximação, de certa maneira, fortuita dos dois termos, que surgiu uma luz particular, *luz da imagem*, à qual nos mostramos infinitamente sensíveis" (1963: 51). Breton é categórico: "[...] os dois termos não são deduzidos um do outro"[13]. Sob o risco de antecipar um pouco, devemos observar que a repercussão da imagem está ligada à apreensão de uma *desmedida* cujos funtivos principais são a vivacidade do andamento e a amplidão do intervalo percorrido: "O valor da imagem depende da beleza da fagulha obtida; ela é, consequentemente, função da diferença de potencial entre os dois condutores. Quando essa diferença é praticamente inexistente, como na comparação, a fagulha não se produz". Admitiremos que a comparação "elétrica" desenvolvida por Breton vale por uma análise.

13. Em *Signe ascendant*, Breton exclui formalmente a possibilidade de que venham a sê-lo: "A analogia poética [...] transgride as leis da dedução para levar a mente a captar a interdependência de dois objetos do pensamento situados em planos distintos, entre os quais o funcionamento lógico da mente não é capaz de estabelecer nenhuma ligação, e opõe-se *a priori* ao estabelecimento de toda e qualquer ligação". Citado por M. Ballabriga (1995: 98).

Uma e outra poética comparadas supõem competências modais opostas, mas que ostentam cada qual um lado positivo e um negativo. Se Boileau e Baudelaire fazem valer o "tesouro variável da vontade", isto é, um *querer-querer*, forma redobrada, amplificada, retórica do *querer*, o surrealismo, por sua vez, prefere praticar a abstenção e reservar uma posição privilegiada ao *fortuito*, a esse acaso cuja negação foi uma das obsessões da reflexão de Mallarmé: "[...] e quando se alinhou, na menor medida disseminada, *o acaso vencido palavra por palavra*, indefectivelmente o branco desponta, há pouco gratuito, certeiro agora, para concluir o nada além e autenticar o silêncio" (1954: 387 – itálicos nossos). Um dos grandes méritos de Breton foi, certamente, o de ter demonstrado que a atitude surrealista exige uma energia tão obstinada, tão vigilante quanto aquela de que se vangloriava o voluntarismo estético, até então dominante. Assim:

artes poéticas → *categorias* ↓	Boileau-Baudelaire ↓	Breton ↓
estilo tensivo →	ascendência	descendência
dispositivo actancial →	a vontade	o acaso

Para Breton, os resultados do sobrevir são desiguais, mas, ao fim e ao cabo, julgados superiores aos do pervir:

> De maneira geral, [os resultados] de Soupault e os meus apresentavam uma notável analogia: mesmo vício de construção e falhas de mesma natureza, mas também, em um e outro, a ilusão de uma verve extraordinária, muita emoção, uma considerável seleção de imagens de tal qualidade que não conseguiríamos preparar nenhuma delas laboriosamente, um pitoresco muito especial e, aqui e ali, certas proposições de uma aguda fanfarrice (1963: 34-35).

A positividade da "fanfarrice" nos traz à mente, aliás, um esclarecimento sobre a estética de Baudelaire. As pessoas costumam esquecer que devemos ao autor das *Flores do Mal* a integração do "bizarro" ao discurso estético: "*O Belo é sempre bizarro.* [...] Quero dizer que ele contém sempre um pouco de bizarria, de bizarria ingênua, não premeditada, inconsciente, e que essa bizarria é o que o faz ser particularmente o Belo [...]" (1954: 691 – grifos do autor). Vamos nos ater, a esse respeito, a três observações, que serão discutidas mais longamente no capítulo 5:

(i) Baudelaire e Breton poderiam, descontados alguns pormenores, permutar suas assinaturas, ou ainda, assinar em co-autoria;
(ii) a dualidade da estética não é problema para o ator-indivíduo Baudelaire, uma vez que ele reivindicou o direito de cada pessoa contradizer-se;
(iii) a partilha operada pela estética de Baudelaire não seria a própria partilha entre os estilos tensivos que estamos tentando descrever? Se for o caso, podemos dizer, sobre os estilos tensivos elementares, aquilo que Focillon afirmava com justeza sobre os estilos clássico e barroco: em relação à fórmula valencial que eles codificam, são "facetas de todos os estilos".

O imperativo de Augusto caro a Boileau, "apressa-te lentamente", faz-nos relembrar que o discurso, ao empregar o *oxímoro*, é capaz de superar as contrariedades mais arraigadas nos espíritos. Analogamente, W. Benjamin vê, na celeridade e tonicidade do jogo de azar, uma combinação de casualidade e vontade, de sobrevir e pervir, ou seja, para o autêntico jogador – aquele que ganha para melhor perder –, um jeito de "entregar-se de corpo e alma" a uma sequência acelerada de "lances":

> O passatempo do jogo, porém, é de natureza peculiar. Um jogo faz o tempo passar com tão maior rapidez quanto mais estiver rudemente submetido ao acaso, ou quanto menor for o número de combinações admitidas pelo desenrolar da partida (os "lances"), e quanto mais rápida for a sua sucessão. Em outras palavras, quanto mais elementos aleatórios tiver um jogo, mais depressa ele irá transcorrer. Tal circunstância será determinante para a definição daquilo que constitui a "embriaguez" autêntica do jogador. Esta se baseia na peculiaridade que tem o jogo de azar de aguçar a presença de espírito fazendo surgir uma sucessão rápida de constelações completamente independentes umas das outras, cada uma pedindo uma reação original, totalmente inédita, do jogador. Esse fato se traduz pelo hábito dos jogadores de somente apostar, se possível, no último momento (1989: 530).

Não se poderia explicar com mais clareza que, imposta ou deliberada, a precipitação é senhora dos chamados tempos "fortes" da existência.

1.2. Premissas particulares

Para dizer a verdade, trata-se menos de premissas particulares que de premissas particularizadas, já que este exame incide sobre a complexidade, a análise e a factualidade semiótica.

1.2.1. *A complexidade*

No discurso das chamadas ciências humanas, a complexidade funciona muitas vezes como uma senha e, quase sempre, como motivo de confusão, por causa dos deslocamentos de pontos de vista e de isotopias que se efetuam insensatamente entre diferentes abordagens. Mas, para aquele que almeja maior clareza, coloca-se o problema da terminologia, que nos falta. Distinguimos, salvo engano, quatro "espécies" de complexidade, cada uma comportando um tipo de dificuldade.

A primeira que reconhecemos pode ser designada como *complexidade discursiva*, ou ainda, *mítica*. Chamou a atenção dos antropólogos, que não deixaram de observar que as culturas e os discursos por eles estudados estabelecem, entre as "coisas", relações surpreendentes e, pode-se dizer, indefectíveis, como frisa Cassirer:

> O todo e suas partes estão entrelaçados um no outro, como que ligados um ao outro pelo destino – e assim permanecem, mesmo quando se separaram um do outro puramente de fato. Aquilo que, depois dessa separação, é infligido à parte, também é infligido ao todo. Quem se apodera de uma mínima parte do corpo de uma pessoa, até mesmo de seu nome, de sua sombra, de sua imagem em espelho – que, no sentido da intuição mítica, são igualmente "partes" reais dele –, com isso tomou posse dela, conseguiu um poder mágico sobre ela (2004: 100)[14].

14. Anteriormente a esse crer, é preciso supor regimes de tempo e espaço singulares: "A conexão simpático-mágica passa por sobre as diferenças espaciais, assim como por sobre as temporais: assim como

A sinédoque – que em nosso universo de discurso é uma figura de retórica, quer dizer, um ornamento – é nesse caso uma forma de vida. Mas, em nosso policiado universo, o unicórnio, a sereia, o centauro não interessam a ninguém a não ser as crianças.

Designaremos a segunda espécie que temos em mente por *complexidade de composição*, reportando-a ao trecho já mencionado dos *Prolegômenos*:

> Os "objetos" do realismo ingênuo reduzem-se, então, a pontos de interseção desses feixes de relacionamentos [...]. Os relacionamentos ou as dependências que o realismo ingênuo considera secundários e como pressupostos dos objetos tornam-se, para nós, essenciais: são a condição necessária para que existam pontos de interseção (1975: 28).

Dado que Hjelmslev não reconhece outro precursor além de Saussure, parece-nos que essa complexidade do objeto retoma a grande ampliação que o mestre de Genebra concedia ao termo "relatividade": "[...] só essas diferenças existem e [...] por isso mesmo, todo objeto sobre o qual incide a ciência da linguagem é precipitado numa *esfera de relatividade*, saindo, completa e gravemente, do que se entende, em geral, por 'relatividade' dos fatos" (Saussure, 2004: 62. Os grifos são nossos).

Tal postura faz surgir uma dificuldade que esta análise, encontrada em Vendryes, não tarda em revelar:

> O francês [...] encontrou duas maneiras de expressar o aspecto [...]. Uma consiste no emprego do prevérbio *re-* para marcar a ação instantânea por oposição à ação durativa. Assim, *rabattre* e *rabaisser* [rebaixar] não significam "abaixar novamente" ou "ainda mais", mas simplesmente fazer o abaixamento suceder à elevação, sem que se leve em conta o tempo necessário para tanto. A outra maneira de traduzir a noção de aspecto é o emprego reflexivo do verbo. Comparem-se *défiler* [desfilar], *trotter* [trotar], e *se défiler* [safar-se], *se trotter* [dar o fora]. Uma e outra aparecem muitas vezes combinadas [...] (1950: 130-131).

Essa breve análise demonstra que a problemática do aspecto ultrapassa, com vantagem, o tedioso confronto entre perfectivo e imperfectivo, pondo

a dissolução da contiguidade espacial, a separação física de uma parte do corpo do todo do corpo, não suprime a conexão causal entre eles, do mesmo modo misturam-se uns aos outros os limites do 'antes' e 'depois', do 'anterior' e 'posterior'" (Cassirer, 2004: 103).

em jogo categorias às quais ambos estão visivelmente subordinados, conforme tentaremos explicar mais adiante. Vamos nos contentar com duas observações sucintas: em primeiro lugar, no plano da expressão, o campo de exercício do aspecto não deve ficar circunscrito ao verbo, como alguns tendem a pensar; em segundo lugar, no plano do conteúdo, a relação existente entre o aspecto e o andamento é a mesma que um pressuponente mantém com o pressuposto que o comanda.

Paralelamente a essa complexidade de composição, cumpre mencionar uma *complexidade de constituição*, conhecida em semiótica pelas denominações de termo complexo e termo neutro, apenas mencionados pela teoria greimasiana, que nesse particular não fornece, diga-se de passagem, nenhum manual de instruções... A esse respeito, a proposta de Greimas decreta uma relação de contrariedade entre os semas [s_1] e [s_2] que o termo complexo vem superar, afirmando [$s_1 + s_2$]. Essa combinação é comentada por Greimas e Courtés, no *Dicionário de Semiótica*, da seguinte maneira: "O problema da geração de tais termos ainda não teve até agora solução satisfatória" (2008: 78). A transformação de uma alternância em uma coexistência constitui uma real dificuldade quando situada em face das premissas declaradas do binarismo, uma vez que, no dizer do próprio Greimas, esse fato, a despeito do direito, é de constatação universal: "A 'coexistência dos contrários' é um problema árduo, herdado de uma longa tradição filosófica e religiosa" (*idem*). De mais a mais, para muitas culturas, é a oposição, e não a conjunção, que é ou que foi problemática, assim como, durante milênios, foi a mortalidade da alma, e não sua imortalidade, que constituiu o impensável.

A quarta espécie, que chamaremos de *complexidade de desenvolvimento*, afirma a interação de grandezas postas em contato. Trata-se, segundo o Saussure dos "Princípios de Fonologia", de "[dar-se] conta do que se passa nos grupos [...]" (1971: 63), isto é, de um acontecimento, e ele acrescenta: "[...] um grupo binário implica certo número de elementos mecânicos e acústicos que se condicionam reciprocamente; quando um varia, essa variação tem, sobre os outros, uma repercussão necessária, que poderá ser calculada". Surpreendentemente, essa abordagem *dinâmica*, *interativa*, da dependência parece estar mais ligada a Brøndal que a Hjelmslev. No trabalho intitulado "Definição da Morfologia", Brøndal postula a existência de duas "espécies de categorias", as "relações", designadas por [ρ], e os "gêneros", designados por [γ]; uns e outros tenderiam a combinar-se e, mais ainda, a "crescer" e "decrescer", produzindo, proporcionalmente a essas mesmas variações, as categorias linguísticas em sua diversidade (Brøndal, 1943: 33-40). Contudo, o pensamento de Brøndal, em razão de sua densidade, é difícil de acompanhar por inteiro.

Não vamos nos lançar aqui a qualquer ardilosa integração dessas quatro espécies de complexidades. Duas direções, ainda assim, podem ser assinaladas. Numa primeira abordagem, a complexidade discursiva, mítica, é sustentada pela complexidade de constituição. Em sua "Teoria Geral da Magia", M. Mauss, ao formular as "leis da magia", estabelece a prevalência operatória da "simpatia", ou, nos termos de Brøndal, da "conexidade":

> Da massa de expressões variáveis, é possível separar três leis dominantes, que podem ser chamadas de leis de simpatia, se se compreender a antipatia na palavra simpatia. Essas são as leis de contiguidade, de similaridade e de contraste; as coisas colocadas em contato estão ou permanecem unidas, o semelhante produz o semelhante, o contrário age sobre o contrário (1974: 93).

Percebe-se nitidamente que, nesse trecho, algumas categorias centrais da retórica se manifestam de maneira discreta. Não é indiferente, aliás, que o modelo apresentado por Lévi-Strauss em *O Pensamento Selvagem* eleja, como razão última compartilhável e compartilhada, a tensão entre a metonímia (quanto à contiguidade) e a metáfora (quanto à similaridade).

A segunda direção refere-se à relação a ser (ou não) estabelecida entre a complexidade de composição, cujo herói seria Hjelmslev, e a complexidade de desenvolvimento, cujo herói seria Brøndal. Essa dualidade entre a complexidade de composição e a complexidade de desenvolvimento é proposta pelo próprio Hjelmslev no artigo "Estrutura Geral das Correlações Linguísticas". O autor dos *Prolegômenos* faz a distinção entre duas possibilidades, a análise por dimensões, que ele recomenda e pratica em *La catégorie des cas*, e a análise por subdivisão, defendida por R. Jakobson:

> A análise por *dimensões* consistiria em reconhecer, no interior de uma categoria, duas ou mais subcategorias que se entrecruzam e interpenetram. [...] A análise por

subdivisão consistiria em repartir os membros da categoria superior em duas ou mais classes, das quais pelo menos uma comportaria no mínimo dois membros (Hjelmslev, 1985: 49).

A diferença entre as duas espécies de complexidades pode agora ser aprimorada e enriquecida. Na complexidade de composição, há apenas *justaposição* das dimensões, ao passo que, na complexidade de desenvolvimento, ocorre uma *interpenetração*, uma *interação* das dimensões. Obviamente, a complexidade de desenvolvimento exige ou fornece "mais" que a complexidade de composição, o que equivale a indagar por que caminhos a complexidade de desenvolvimento pode substituir a complexidade de composição. Tal dualidade esboça uma semiose:

plano da expressão →	complexidade de composição
plano do conteúdo →	complexidade de desenvolvimento

Por essa ótica, a oposição binária não é a resposta, mas a pergunta. A resposta consiste na descoberta ou invenção de um caminho que leva de um termo a outro[15]. Para Kant, a transição de fato entre o conceito e a imagem, entre o inteligível e o sensível, foi denominada, num outro contexto, "esquematismo". Essa noção recebeu, em Cassirer, uma "indução amplificante", para usarmos uma expressão de Bachelard:

A linguagem, nas suas designações de conteúdos e relações espaciais, possui tal esquema, com o qual ela precisa, necessariamente, relacionar todas as representações intelectuais, para, assim, torná-las apreensíveis e representáveis pelos sentidos. É como se todas as relações intelectuais e ideais somente pudessem ser apreendidas pela consciência linguística no momento em que a linguagem as projeta no espaço e nele as "copia" analogicamente (Cassirer, 2001: 211-212)[16].

15. De acordo com Valéry: "Na verdade, não pensamos em *alguma coisa* – pensamos *de* alguma coisa *a* alguma coisa (from → to)" (1973: 1056).

16. A esse respeito, consultar J.-F. Bordron (1993: 11-14).

Cassirer mantém aqui a anterioridade do conceito, mas veremos a seguir que aquilo que ele denomina "fenômeno de expressão" é a recusa tanto dessa dependência quanto dessa orientação.

Concebemos a noção de esquematismo em sua extensão mais ampla. Perguntamo-nos como se passa de uma dada relação de coexistência, do tipo "e... e...", para uma relação de dependência assimétrica, do tipo "de... para..."; em nosso caso, do sensível ao inteligível, dos estados de alma aos estados de coisas. Nos termos empregados por G. Deleuze em *Diferença e Repetição* (2006: 313-326), essa é a passagem no decorrer da qual uma "implicação" se realiza ao se anular e anula-se ao se realizar em uma "explicação". Por esse prisma, a tensividade não é propriamente uma categoria terceira, inédita, à espera de sua inserção, mas um espaço intermediário entre as estruturas da intensidade e da extensidade; em outras palavras, é o exercício de uma reciprocidade criadora, condição *sine qua non* da interdefinição.

Vamos nos ater a três breves observações:

(i) a nosso ver, o enigma não reside na passagem da simplicidade à complexidade – característica da complexidade de composição e da complexidade de constituição –, mas antes na passagem inversa, da complexidade de desenvolvimento à análise, que descobre e enumera suas unidades, quando não seus agentes de operação: "o sistema consiste em *categorias* cujas definições permitem deduzir as *unidades* possíveis da língua" (Hjelmslev, 1975: 103);

(ii) a complexidade das grandezas semióticas decorre da complexidade do espaço tensivo, a ser examinada no próximo capítulo;

(iii) a complexidade de composição e a complexidade de desenvolvimento diferem num ponto importante: as operações efetuadas a partir da complexidade de composição estão a cargo, se assim podemos dizer, de terceiros, de actantes, ao passo que na complexidade de desenvolvimento elas são imanentes às grandezas, já que estas últimas são, antes de mais nada, vetores interdependentes definidos por sua direção tensiva e seus pontos de incidência. Na medida em que os termos [a] e [b] variem um em função do outro, o termo [a] se confunde com o *programa* que ele executa, tornando-se, em relação ao termo [b], seu oposto, um *contraprograma* ou uma resistência; a recíproca se observa no caso singular e enigmático das correlações inversas. Não se pode dizer o mesmo acerca da complexidade de composição. São, evidentemente, dois imaginários distintos: os actantes tornam-se explícitos na complexidade de composição, mas permanecem implícitos na complexidade de desenvolvimento.

1.2.2. *Análise da análise*

Gostaríamos de demarcar, primeiramente, os limites de nossas considerações: não estamos tratando da análise em si, mas da análise semiótica. Restringimo-nos às coerções e disposições que a singularizam. A propósito da definição do objeto exato da análise, os reconhecidos mestres da disciplina têm opiniões divergentes:

(i) Saussure propõe a diferença e a oposição que, nos termos do *Curso*, parecem ser tratadas como conceitos intercambiáveis;

(ii) Hjelmslev ignora esses dois termos – dupla recusa que seria difícil atribuir a um acaso – e só reconhece o termo *dependência*, que faz parte da primeira lista dos "indefiníveis"[17];

(iii) Brøndal, como já vimos, se mostrou sensível à dinâmica interna da complexidade;

(iv) Jakobson, Lévi-Strauss[18] e Greimas, por sua vez, salientaram a oposição. Naturalmente, trata-se, para tais mestres, de predomínios e não de exclusividades. No *Curso*, o próprio Saussure relativizou bastante a prioridade da diferença: "Via de regra, não falamos por signos isolados, mas por grupos de signos, por massas organizadas, que são elas próprias signos. Na língua, tudo se reduz a diferenças, mas tudo se reduz também a agrupamentos" (1971: 149). Essa retificação modera o distanciamento adotado por Hjelmslev nos *Prolegômenos*.

Já que é preciso tomar posição, não devemos deixar as coisas por conta do acaso, e sim, na medida do possível, preservar a coerência. Parece-nos que

17. A primeira lista, na página 34 dos *Prolegômenos*, menciona a *descrição*, o *objeto*, a *dependência* e a *homogeneidade*; a segunda, na página 40, inclui a *presença*, a *necessidade* e a *condição*.

18. Diz Lévi-Strauss: "O princípio lógico reside em sempre *poder opor* termos que um empobrecimento preliminar da totalidade empírica permite conceber como distintos" (1962: 101).

a complexidade de desenvolvimento, por nós reconhecida, já faz prevalecer a dependência e, com ela, o ensinamento dos *Prolegômenos*. O espaço tensivo é, desde o início, complexo, pois que está baseado na dependência da extensidade para com a intensidade, e dos estados de coisas com relação aos estados de alma. Em nosso ponto de vista, o conceito de dependência pede o concurso de duas categorias auxiliares, o intervalo e a assimetria. O intervalo, porque um paradigma, ao contrário do que se costuma repetir, não opõe, mas avalia, desfia, *gradua*, visto que só pede uma coisa: que o termo seguinte vá além do anterior, de uma maneira ou de outra, positiva ou negativamente. Admitida essa exigência, ela reclama uma tipologia sistemática dos intervalos significativos elementares, assunto de nosso próximo capítulo; nesse particular, o ponto de vista tensivo deve muito à aspectualidade. Quanto à assimetria, trata-se de uma noção delicada que remete:

(i) à desigualdade dos potenciais inerentes aos termos comparados e, por conseguinte, à *medida*;
(ii) à desigualdade modal decorrente dessa mesma desigualdade, e assim sendo é compreensível que a semiótica da oposição tenha dado lugar, pouco a pouco, a uma semiótica da *modalidade*;
(iii) à *recção*, no plano linguístico.

Entre tais grandezas, tudo o que existe, afinal de contas, são deslocamentos de pontos de vista. Conforme assinala Hjelmslev, elas formam uma complexidade tal que se uma delas estiver por definir, as demais se apresentarão de pronto como definidoras de primeira ordem. Hjelmslev confia à categoria a tarefa de manter tanto essa relatividade quanto essa dominação:

> A categoria é um paradigma munido de uma função definida, o mais das vezes reconhecida por um fato de recção. [...] Categoria e recção se acham, pois, em função uma da outra. A categoria se reconhece, enquanto tal, pela recção, e esta, por sua vez, em função da categoria. O sintagmático e o paradigmático se condicionam constantemente. (Hjelmslev, 1991: 161-162).

Disso decorrem duas consequências não desprezíveis. Primeiramente, a *oposição*, noção ausente dos três índices que aparecem nos *Prolegômenos*, não é primordial, mas circunstancial: "[...] uma correlação pode ser manifestada também por uma oposição exclusiva; a exclusão não constitui senão um caso especial da participação, e consiste no fato de que certas casas do termo extensivo não estão preenchidas" (Hjelmslev, 1991: 101)[19]. Em segundo lugar, os conceitos principais da teoria hjelmsleviana, quando não de seu imaginário, formam, numa certa perspectiva, uma declinação, ou melhor, uma transição por etapas entre a extensão e a localidade, entre o sistema e seus "pormenores". O correspondente da extensão é a "homogeneidade da dependência", que é muito mais que um mero "indefinível". Nas palavras do autor dos *Prolegômenos*:

> O fator particular que caracteriza a dependência entre a totalidade e as partes, que a diferencia de uma dependência entre a totalidade e outras totalidades e que faz com que os objetos descobertos (as partes) possam ser considerados como interiores e não exteriores à totalidade (isto é, o texto) parece ser a *homogeneidade* da dependência: todas as partes coordenadas que resultam apenas da análise de uma totalidade dependem dessa totalidade de um modo homogêneo[20].

A localidade tem por correspondente a função. Por fim, a categoria e a recção encaminham, transportam o arcano da dependência do todo até suas partes mais recuadas, tais como os casos (Hjelmslev), as preposições (Brøndal) ou ainda os indefinidos (Greimas).

Em virtude de sua generalidade superior, a dependência prevalece sobre a oposição, cara à década de 1960, e impõe-se como o próprio objeto da análise. Daí a correção trazida à definição tradicional da análise:

> Será reconhecido, portanto, sem dificuldades, que no fundo o essencial não é dividir um objeto em partes, mas sim adaptar a análise de modo que ela seja conforme às dependências mútuas que existem entre essas partes, permitindo-nos prestar contas dessas dependências de modo satisfatório (Hjelmslev, 1975: 28).

19. Hjelmslev refere-se às páginas finais de *La catégorie des cas*. (N. dos T.). Retificamos neste trecho a versão brasileira existente.

20. L. Hjelmslev, 1975: 33. A rigor, esse esclarecimento deveria ser incluído na definição da estrutura: "entidade autônoma de dependências internas e homogêneas" (N. dos T.). O trecho aqui citado dos *Prolegômenos*, na versão brasileira, foi por nós retificado.

1.2.3. O fato semiótico

Essa transferência de realce, da oposição para a dependência e a função[21], modifica a fisionomia daquilo que chamaremos, na falta de melhor solução, de fato semiótico. Na perspectiva greimasiana, que – raro feito – concebeu e aplicou uma gramática narrativa eficiente, o fato semiótico que a caracteriza é certamente o *programa narrativo*. Acreditamos ter demonstrado que a sintaxe fundamental *já* é narrativa (Zilberberg, 1993a). Tal preeminência, porém, que convém à narrativa e ao conto popular, tendo este historicamente servido de modelo àquela, não satisfaz à chamada semiótica tensiva. Esta se preocupa, antes de mais nada, com a relação existencial, imediata, imperativa, entre o eu e o não-eu, concebida por Merleau-Ponty na *Fenomenologia da Percepção* como "uma primeira camada de significação":

> Isso ocorre então porque a fala ou as palavras trazem uma primeira camada de significação que lhes é aderente e que oferece o pensamento enquanto estilo, enquanto valor afetivo, enquanto mímica existencial antes que como enunciado conceitual. Descobrimos aqui, sob a significação conceitual das falas, uma significação existencial que não é apenas traduzida por elas, mas que as habita e é inseparável delas (1994: 247-248).

O fato semiótico vale, nesse caso, por seu poder de integração e conciliação. O que se exige dele é, em primeiro lugar, a explicitação da espécie de complexidade por ele distinguida. Nesse sentido, associamos a complexidade de composição, que discerne no objeto um "feixe de relações", à extensidade, mas submetendo-a à complexidade de desenvolvimento, que dinamiza a dependência em interdependência criadora. Esta última complexidade, por sua vez, está situada, a nosso ver, na intensidade. Da prevalência da complexidade de desenvolvimento decorre que a sintaxe intensiva procede necessariamente por ascendência ou descendência: concordância no caso das correlações conversas, discordância no caso das correlações inversas. Como localidade, enfim, o fato semiótico é condicionado por sua filiação ao espaço tensivo, sendo

21. Lendo-se a primeira frase do capítulo 11 dos *Prolegômenos* – "Uma dependência que preenche as condições de uma análise será denominada *função*" – nota-se facilmente que aos olhos do autor esses três termos são, por assim dizer, sinônimos.

Todavia, a apresentação mais apropriada da dinâmica interna da complexidade de desenvolvimento é, certamente, o diagrama que sugere, por sua própria ingenuidade, como é que, por meio da modulação súbita ou progressiva do regime de valências do andamento, se pode passar da alternância à coexistência:

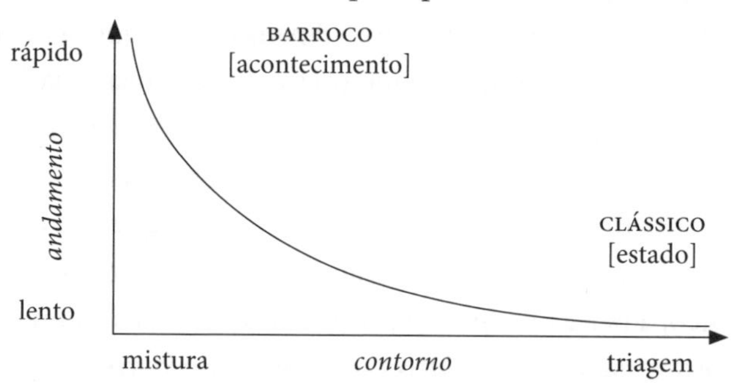

Antes de passar ao próximo capítulo, gostaríamos de salientar três pontos:

(i) a definição ocupa, tanto na rede quanto no diagrama, apenas uma região; logo, uma definição, por mais precisa que seja, aguarda o termo inverso, do qual é solidária;

(ii) a rede prende-se ao paradigma e à apreensão, e o diagrama, ao sintagma e ao foco;

(iii) em nossa perspectiva, a rede e o diagrama, se for reconhecida sua validade, completam, cada qual com suas peculiaridades, a análise da dependência presente em discurso; no caso em exame, trata-se da dependência do contorno com relação ao andamento.

Adotando a noção de estilo proposta por Merleau-Ponty, teremos a seguinte configuração:

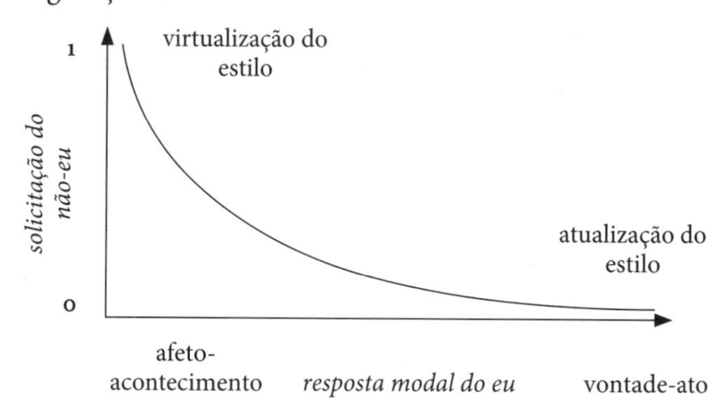

2. Das Valências Tensivas aos Valores Semióticos

A peculiaridade do ponto de vista tensivo não consiste em, uma vez mais, "afetivar" (Bally) ou "reafetivar" o sentido, e sim em discernir as condições de uma reciprocidade ininterrupta do afeto e da forma, em ultrapassar o tenaz preconceito segundo o qual o afeto "dionisíaco" não faria nada além de perturbar, desarranjar a forma "apolínea", a qual, por si mesma, tenderia à "álgebra" (Saussure), ao "esquema" (Hjelmslev) tido como "*forma pura*, definida independentemente de sua realização social e de sua manifestação material" (Hjelmslev 1991: 84)[1]. Como já dissemos no primeiro capítulo, ninguém, no fundo, contesta a supremacia do sensível perante o inteligível. A questão embaraçosa é saber em que posição se deve situar o sensível. Hjelmslev insere-o na substância do conteúdo, Greimas prefere confiá-lo à sintaxe profunda e, mais tarde, à sintaxe modal. Essa inegável ancoragem do sentido na afetividade, hoje assumida plenamente pela semiótica, estava latente desde aquilo que se denominou "virada modal", mas foi preciso aguardar a obra *Semiótica das Paixões* para que ela pudesse ser mais bem avaliada.

1. No estudo intitulado "A ciência e a experiência da expressão", Merleau-Ponty insurge-se contra esse divórcio: "Entre a ciência da expressão, se ela considera seu objeto por inteiro, e a experiência viva da expressão, se ela é bastante lúcida, como haveria corte?" (2002: 37). Ver também a nota 4 do capítulo I.

Se, sem ignorar os limites estreitos de tal investigação, nos indagarmos sobre a linha seguida pela semiótica atualmente, podemos dizer que, ao lado de uma semiótica fascinada ou talvez até alienada pela produção, apropriação e circulação dos objetos de valor, está se delineando uma não menos consistente *semiótica do acontecimento*[2]. Caso se conceba a semiótica como disciplina insular, presunçosa, fechada sobre si mesma, gerando por análise e catálise suas categorias sem nada dever a ninguém, será possível dizer que a semiótica se desenvolve em função das carências que ela mesma descobre ou inventa. Mas se concebermos a semiótica, ao contrário, como disciplina aberta, acolhedora, como uma direção de pensamento em meio a outras não menos estimáveis, nesse caso poderemos reconhecer convergências com as contribuições daqueles a quem R. Char denomina "grandes mentores", ainda quando eles não façam uso do jargão semiótico. Dentre estas, a obra – profundamente humanista e escandalosamente injustiçada – de Cassirer deve, a nosso ver, ocupar um lugar de destaque.

2.1. Cassirer e o "fenômeno de expressão"

No terceiro tomo da *Filosofia das Formas Simbólicas*, Cassirer analisa aquilo que chama de "fenômeno de expressão" como "fenômeno fundamental da consciência perceptiva". Com tal gesto, concede-lhe um lugar eminente, a fim de proporcionar ao segundo tomo da obra, dedicado ao "pensamento mítico", um embasamento digno de sua consistência e repercussão.

A definição do "fenômeno de expressão" resulta de uma operação de triagem que põe em evidência os limites da virada fenomenológica por vezes preconizada:

> Ela [a percepção concreta] não se resolve jamais como mero complexo de qualidades sensíveis – como claro ou escuro, frio ou quente –, mas se adapta em cada caso a uma tonalidade de expressão determinada e específica; ela jamais se pauta exclusivamente pelo

2. Também nesse caso foi Greimas que, já em 1981, com sua análise da cólera, ou seja, de um afeto "opaco", mostrou o caminho (1983: 225-246).

"quê" do objeto mas apreende o modo de seu surgimeno global, a propriedade sedutora ou ameaçadora, familiar ou inquietante, apaziguadora ou assustadora, que reside nesse fenômeno tomado como tal, independentemente de sua interpretação objetiva (1988: 82-83).

Essa separação entre "qualidades sensíveis" e "propriedades expressivas"[3] não chega a constituir, por si só, uma estrutura. Isso exigiria, por um lado, uma "função semiótica" a distinguir e associar um plano da expressão e um plano do conteúdo e, por outro lado, no mínimo dois pares de grandezas capazes não apenas de variar por si mesmas – o que ainda não representa muito –, mas de variar quer em razão direta, quer em razão inversa, umas das outras. A hipótese de Cassirer, no magistral capítulo dois da primeira parte do tomo III, afirma que os devires respectivos da esfera do conhecimento teórico e da esfera da vivência variam um em razão inversa do outro. Tal partilha, a mesma que Hjelmslev já propunha para a substância do conteúdo, e sua discussão revelam-se, em nossa opinião, conformes aos devires das categorias tensivas. Para cada uma das duas dimensões, isso significa que

(i) a esfera dos "fenômenos de expressão" é literalmente *acentual*, pois que se encontra sob o signo da tonicidade intensiva e da concentração extensiva[4];

(ii) a esfera das percepções, segundo Cassirer, é a da "indiferença" e da dispersão, grandezas que consideramos como derivadas canônicas da desacentuação intensiva e da dispersão extensiva : "o traço que talvez melhor distinga esse mundo [o da expressão] do mundo da consciência teórica é a indiferença que ele opõe às principais diferenças de significação e de valor deste último" (1988: 84). Isso se mostra aproximadamente como segue:

3. No que tange à terminologia, a denominação "expressão" apresenta dois inconvenientes. Em primeiro lugar, embora o termo seja corriqueiro na cultura alemã, ele não "pegou" em francês; em segundo lugar, a acepção que lhe é dada por Cassirer na *Filosofia das Formas Simbólicas* não diz respeito ao plano da expressão, e sim ao do conteúdo... O *Dicionário de Semiótica* ignora a primeira acepção, ainda que o quadrado semiótico só se ponha a funcionar quando a foria, isto é, o "fenômeno de expressão", determina o campo de presença.

4. O *Micro-Robert* propõe a seguinte definição para *acento*: "elevação ou aumento de intensidade da voz em um som, na fala".

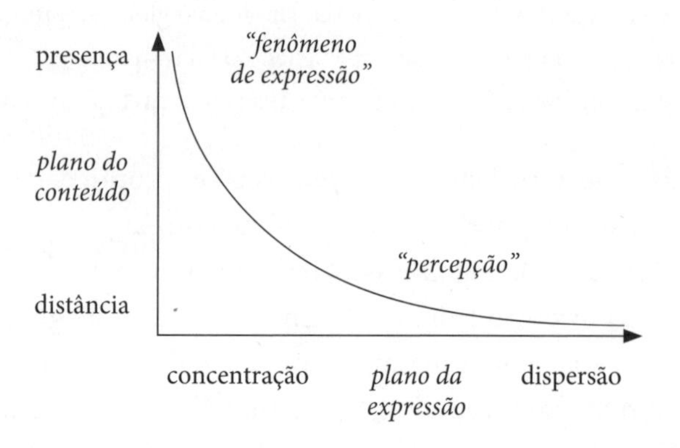

Para essa perspectiva tão ampla que é a de Cassirer, o "fenômeno de expressão" refere-se ao conteúdo do mito[5]. Essa decisiva bifurcação perdura, pensamos nós, sob a pena de Merleau-Ponty quando ele invoca ou evoca, em *O Olho e o Espírito*, o "lençol de sentido bruto do qual o ativismo nada quer saber" (2004: 15). Entre o pensamento mítico e a fenomenologia contemporânea, apenas o revestimento discursivo difere. Enquanto o mundo mítico é, segundo Cassirer, um mundo encantado ou demoníaco[6] – vale dizer, dotado de uma atorialidade abundante –, o mundo projetado pela fenomenologia conserva somente "a certeza de uma eficiência viva, experimentada por nós" (Cassirer) no que diz respeito ao sujeito, e somente a "irradiação" no que tange ao objeto[7]. A temática da irradiação, em *O Olho e o Espírito*, vem juntar-se à da "metamorfose" discutida por Cassirer. Em virtude de sua "fluidez", não há grandezas que não possam escapar às compartimentações efetuadas, do mesmo modo como, segundo Merleau-Ponty, a água da piscina encontra-se – "concessivamente" – a um só tempo dentro e fora dela:

5. O que diferencia o empreendimento de Cassirer do de Lévi-Strauss em *La pensée sauvage* é o equilíbrio alcançado entre as abordagens do componente intensivo, que é o dos estados de alma, e do componente extensivo, isto é, dos estados de coisas: "Não constitui problema o conteúdo material da mitologia, mas a intensidade com a qual ele é vivido, com a qual se *crê* nele (tal como se crê apenas em algo objetivamente existente e efetivo)" (Cassirer, 2004: 20). Ou ainda: "[...] o mundo vivido do mito fundamenta-se bem menos em atos de representação ou de significação do que em puras experiências vividas de expressão" (1988: 84).
6. Cf., em Binswanger, a noção de "espaço tímico" (Binswanger 1998: 81-122).
7. "[...] toda carne, e mesmo a do mundo, irradia-se fora de si mesma" (Merleau-Ponty, 2004: 42).

> Ela [a água da piscina] a habita, materializa-se ali, mas não está contida ali, e, se ergo os olhos em direção ao anteparo de ciprestes onde brinca a trama dos reflexos, não posso contestar que a água também o visita, ou pelo menos envia até lá sua essência ativa e expressiva. É essa animação interna, essa irradiação do visível que o pintor procura sob os nomes de profundidade, de espaço, de cor (2004: 37-38).

Tudo ocorre como se, ante o fato consumado da virtualização do pensamento mítico em nosso próprio universo de discurso, a fenomenologia se empenhasse em atualizar, em reavivar no seu discurso as categorias principais desses universos "característicos", no instante mesmo em que estes se iam dissolvendo sob o impacto do conhecimento teórico que não conseguiam controlar. Para sua honra e aparentemente sem percebê-lo, a fenomenologia – especialmente nas obras de Merleau-Ponty e Bachelard[8] – mostra-se, sob vários aspectos, como uma laicização do pensamento mítico, na medida em que, se por um lado não custa muito nos livrarmos do "divino", por outro parece vã a ideia de que pudéssemos acabar de vez com o "religioso".

2.2. As formas elementares da variabilidade tensiva

Simples e complicado a um só tempo, o problema semiótico consiste em deduzir, a partir de uma categoria devidamente estabelecida, as *unidades* – quase diríamos: o dinheirinho trocado – que circulam entre os discursos, que penetram neles ou deles se retiram. É preciso flagrar as condições nas quais uma direção tensiva, isto é, afetante, fragmenta-se em momentos distintos, interdefinidos, e contudo dependentes no que diz respeito à direção tomada. Salvo melhor juízo, dois requisitos têm de ser formulados:

(i) convém conceber a *medida*, não apenas como fundamento efetivo dos semas, senão também como mediação entre o extenso e o restrito;
(ii) os referidos momentos são, obviamente, dados em sucessão, mas isso não contradiz o princípio estrutural: "Esse mecanismo, que consiste num

8. Talvez simplificando um pouco, não seria infundado considerar que a pintura ocupa, a partir de uma certa altura da reflexão de Merleau-Ponty, o mesmo lugar reservado à poesia na reflexão de Bachelard.

jogo de termos sucessivos, se assemelha ao funcionamento de uma máquina cujas peças tenham todas uma ação recíproca, se bem que estejam dispostas numa só dimensão" (Saussure, 1971: 149).

Desde Leibniz pelo menos, o problema da continuidade dividiu opiniões[9]. A semiótica não evitou o dilema: o que seria mais pertinente, a prevalência do descontínuo, como, num primeiro momento, pensava Greimas, ou a do contínuo? Não retomaremos esse problema, pois não há ganho nenhum em ficar ampliando indefinidamente as perspectivas. Conforme indicamos anteriormente, o problema sempre renovado em semiótica, desde Saussure, é o da depreensão das unidades. No *Curso de Linguística Geral*, Saussure identifica determinação com delimitação: "A entidade linguística não está completamente determinada enquanto não esteja *delimitada*, separada de tudo o que a rodeia na cadeia fônica. São essas entidades delimitadas ou *unidades* que se opõem no mecanismo da língua" (1971: 120). A reflexão de Saussure, uma vez que se reporta, nesse caso, ao plano da expressão, não nos traz maiores esclarecimentos sobre o teor das unidades do plano do conteúdo. Já que a semiótica tensiva se baseia no comércio experimentado entre a *medida* intensiva e o *número* extensivo, as características de uma unidade – sob pena de faltar com a homogeneidade[10] – devem acompanhar essa orientação epistêmica geral. Dada essa inegociável condição, a unidade tem de ser *mensurável* e/ou *enumerável*, mensurável em intensidade, enumerável em extensidade.

Antes de examinar sistematicamente as formas elementares da variabilidade semiótica, desejamos demonstrar que tais formas se exercem incessantemente na língua, como *prosodemas* que dão forma às vivências do sujeito, controlando-as, à maneira daquilo que em música se chama de nuance, a saber, antes de mais nada as injunções de andamento e tonicidade que falam diretamente à "alma". Duas "palavrinhas" da língua francesa, *fois* [vez] e *coup* [golpe], contanto que as escutemos um pouco por aquilo que são, revelarão

9. Há uma citação de Fontenelle, no *Littré*, que resume adequadamente essa questão. No verbete "salto", pode-se ler: "*Fig.* Interrupção na marcha contínua e gradual dos fenômenos. 'Os grandes princípios [de Leibniz] diziam que nada existe ou se faz sem uma razão suficiente; que as mudanças não ocorrem bruscamente, por saltos, e sim por graus e matizes, como nas sequências numéricas ou nas curvas'".
10. Cf., anteriormente, a seção 1.5.

em surdina as categorias intensivas de andamento e tonicidade que estamos comentando. O *Micro-Robert*, dicionário dos jovens alunos na escola, propõe, para o vocábulo *fois*: "Caso em que um fato ocorre; momento em que um acontecimento, concebido como igual a outros acontecimentos, ocorre". Notemos, em primeiro lugar, que a parte inicial da definição do semema "fois" remete diretamente ao sobrevir, pois que o definidor "caso" - definido, por seu turno, como "aquilo que acontece" - pode ser visto como o grau *tênue*, átono, inacentuado, do sobrevir. A segunda parte da definição remete à enumeração e à serialidade. Se *fois* é o termo tênue, *coup* vem se inserir como seu correlato *forte*, acentuado:

eventualidade forte ↓	eventualidade tênue ↓
o golpe	a vez

Não é por acaso que o teatro, em seus dois gêneros, tem por mola aquilo que se denomina, com justeza, o *coup de théâtre*[11], motivador da análise apresentada por Aristóteles em sua *Poética*.

Nesse particular, os sintagmas cristalizados, as platitudes estilísticas, os clichês são preciosos e decisivos, por depreenderem e manifestarem as coerções tensivas que estamos salientando. Como o "golpe" é "seco" e "súbito", essa indubitável medida confere, por isso mesmo, ao termo "vez" uma medida extensa. Assim, a "vez" e o "golpe" diferem pelas valências cifradas por cada qual - pelas valências e não pelos semas, porque estes existem em número ilimitado, o que não se aplica àquelas, e porque a gramaticalidade depende, em boa medida, da finitude dos inventários[12]. A reciprocidade tensiva da "vez" e do "golpe" pode ser assim estabelecida:

11. Cf. Houaiss: "mudança repentina do decurso de uma ação teatral" (N. dos T.).

12. Dizia Hjelmslev: "Uma tal descrição pressupõe que os signos - que são em número ilimitado - também são suscetíveis, no que diz respeito ao seu conteúdo, de serem explicados e descritos com a ajuda de um número limitado de figuras" (Hjelmslev 1975: 70).

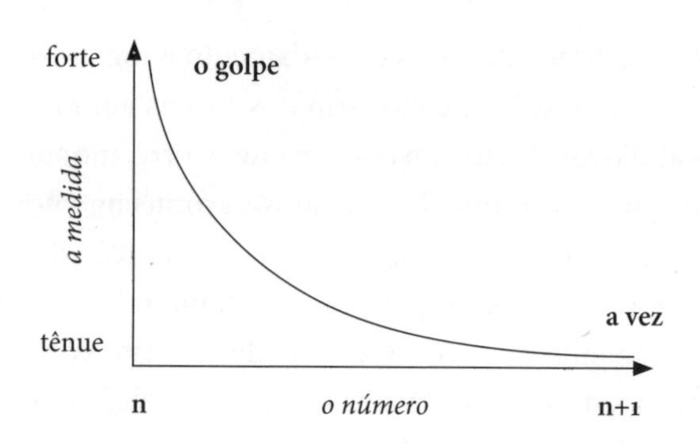

Numa rápida consulta aos grandes dicionários, quase não se veem práticas que não possam ser formuladas em termos de "golpe(s)", quando tônicas, ou, do contrário, em termos de "vez". O sintagma cristalizado da língua francesa *boire un verre* [beber algo][13] é consensualmente definido como uma metonímia, porém *boire un coup* [tomar um trago] não poderia sê-lo. Evocar o peso do uso, a criatividade da fala contra a normatividade da língua, não nos traz qualquer explicação. Em contrapartida, se reinserirmos a expressão *boire un coup* no espaço tensivo, compreenderemos que o objeto direto mítico *un coup* [um trago] tonifica, revigora o verbo. Os lexemas *fois* e *coup* funcionam como prosodemas imperiosos, a indicar ou lembrar ao usuário os matizes que devem ser respeitados a fim de se imprimir à execução dos programas a prosódia conveniente. Pois não é verdade que se diz, pelo menos na França, que a arte de beber exige, ora uma exclamativa *lampée* [talagada] – na definição do *Micro-Robert*, um "grande gole de líquido sorvido de uma só vez", logo, em um único "golpe" –, ora uma sequência rítmica de "pequenos goles"? Não é fato que toda prática recorrente, sobretudo se for coletiva, cerimonial, cifra uma escala, um compasso, um ritmo, que refletem o próprio sujeito?

Se os "golpes" e as "vezes" forem estabelecidos e respeitados, haverá apenas uma pergunta a ser feita: dado que aqueles tendem a se apresentar como divisores e estes, como multiplicadores, como fazer a contagem de uns e de outros? Se, por outro lado, a pergunta "quantos?" ceder a vez à pergunta "como?", teremos de formular em outros termos a questão: justamente, como

13. Ao pé da letra: "beber um copo" (N. dos T.).

se passa do estilo intensivo – "beber de uma só vez, num só trago" – ao estilo extensivo – "beber pouco a pouco, em pequenos goles"? Como se passa de um "*continuum* não analisado mas analisável" (Hjelmslev) à articulação necessária de uma medida e um número que afinal se ajustem harmoniosamente um ao outro? Preservada a devida reverência, Hjelmslev, que percebeu tão bem o problema, limita-se a declarar a respeito: "[...] não existe formação universal, mas apenas um princípio universal de formação" (Hjelmslev 1975: 79). Entretanto, discreto, ele não chega a dizer nada sobre tal "formação". Se a maioria dos analistas se contenta com os "dados imediatos" da percepção, alguns pensadores tentam desvendar o segredo da fabricação desses dados. Valéry, por exemplo: "É preciso encontrar a construção (oculta) que identifica um mecanismo de produção com uma dada percepção" (Valéry 1973: 1283). Indagação que nos vem à mente: como saber se essa "construção oculta" é realmente a correta? Independentemente da aplicação, da "adequação" (Hjelmslev), sempre duvidosa[14], duas condições seletivas podem ser mencionadas:

(i) a reconciliação entre qualidade e quantidade, própria ao conceito de medida, o qual permite com menos custo a qualificação das quantidades e a quantificação das qualidades;

(ii) a observância do "critério de simplicidade" sobre o qual Hjelmslev tanto insistiu, reservando-lhe, no "Entretien sur la théorie du langage", uma posição superior às da exaustividade e da não-contradição.

Para ele – já mencionamos isso no Prólogo –, a simplicidade deve ser vista como uma propriedade da linguagem: "Não é necessário considerar a linguagem complicada; é possível considerá-la simples" (Hjelmslev 1985: 73)[15]. Em seu livro de entrevistas *Parábolas e Catástrofes*, R. Thom, citando o físico Jean Perrin, propõe uma síntese das exigências respectivas de Valéry e Hjelmslev, resumindo o método científico nos seguintes termos: trata-se, diz ele, de "substituir ao visível complicado um invisível simples" (Thom, 1985:

14. Em suas aulas, Greimas dizia com frequência que os exemplos fornecidos são sempre ruins...

15. Esse trabalho desmente, pelo menos no tom, o terceiro capítulo dos *Prolegômenos*: "A descrição deve ser não contraditória, exaustiva e tão simples quanto possível. A exigência da não-contradição prevalece sobre a da descrição exaustiva, e a exigência da descrição exaustiva prevalece sobre a exigência de simplicidade" (Hjelmslev 1975: 11).

109). Uma tal síntese é sedutora, mas vimos, na seção anterior, que um dos paradigmas epistêmicos da semiótica incidia sobre o tipo de complexidade a ser salientado, acrescentando que, particularmente, é a complexidade de desenvolvimento que tem nossa preferência.

Nos "Princípios de Fonologia", Saussure dedicou-se à formulação de um "mecanismo de produção" fundamentalmente *simples*. Indiferente aos olhos da maioria dos estudiosos, a questão colocada por Saussure pode ser assim enunciada: seja uma totalidade [T] para a qual a análise isolou dois constituintes, [t_1] e [t_2]. A atitude epistêmica mais comum é a ascendente, de [t_1] e [t_2] em direção a [T]. Mas a atenção de Saussure é atraída pela direção contrária, de [T] para [t_1] e [t_2]:

> Na verdade, vemos agora que a definição de uma só [sílaba ou soante] ainda não seria suficiente, pois o fato de que haja tantas sílabas quantas soantes, ou vice-versa, não decorre de modo algum de uma dependência *recíproca* desses dois termos. Decorre de uma dependência *comum* de ambos os termos para com um terceiro, posto em evidência anteriormente, a sucessão das implosões e explosões (Saussure, 2002: 242[16]).

Não se deve, portanto, "terminar" pela sílaba, mas "começar" por ela e conservar essa ancoragem. De acordo com a convenção terminológica introduzida na seção anterior, a análise tem, como termo *a quo*, uma complexidade de desenvolvimento que, no caso, é a sílaba. Saussure distingue, como constituintes da sílaba, não os traços distintivos, mas a implosão, grafada [>], e a explosão, grafada [<]. Daí resultam "quatro combinações teoricamente possíveis": o "grupo explosivo-implosivo" [< >], o "grupo implosivo--explosivo" [> <], o "elo explosivo" [< <] e o "elo implosivo" [> >] (Saussure 1971: 62-78). À segunda combinação, [> <], Saussure concede uma posição de destaque, uma "existência própria", uma vez que a "primeira implosiva", qualquer que seja sua característica fonológica, produz aquilo que ele chama de "ponto vocálico". A questão é reconhecer, prioritariamente, "funções na sílaba" que comandam a identificação dos traços, a qual surge "em seguida", e não "de início".

16. Neste trecho, recorremos ao original em francês (N. dos T.).

Em razão do isomorfismo entre forma da expressão e forma do conteúdo, temos de tentar depreender, para esta última, o correspondente desse nível silábico *intermediário*, encarregado de "negociar", de "retalhar", em suma, de "vender" as direções estabelecidas no nível superior, e agora logicamente anterior, do esquematismo. A pergunta pode ser formulada assim: qual é o correspondente inferior – e, até certo ponto, o manifestante – de uma direção descendente ou ascendente? Ou ainda assim: quais são as funções de segundo nível subsumidas pelas funções de primeiro nível? Nesse raciocínio, admitiremos o *mais* e o *menos* como unidades extremas da progressividade e da degressividade, do mesmo modo como já consideramos, anteriormente, a "vez" e o "golpe" como os prosodemas imprescindíveis, no que se refere ao controle da execução do programa pelo executante.

O *mais* e o *menos* podem funcionar:

(i) de maneira *intransitiva*, isto é, valendo por si mesmos;
(ii) de maneira *transitiva*, gerando sintagmas concessivos: *mais menos* e *menos mais*;
(iii) de maneira *reflexiva*, gerando sintagmas falsamente redundantes: *mais mais* e *menos menos*.

Introduzidas no capítulo 1, a ascendência e a descendência definem-se por sua *orientação* ingênua, linear e contínua: do *menos* para o *mais* no caso da ascendência, e do *mais* para o *menos*, no caso da descendência. A ascendência e a descendência podem, é certo, ser declaradas *oponíveis* uma à outra; ao se dizer isso, porém, não se disse grande coisa, pois ambas são, na mesma medida, *componíveis* uma com a outra. É o que se verifica no esquema prosódico básico da frase em língua francesa, que faz suceder uma apódose a uma prótase, ou seja, uma descendência logo após uma ascendência, uma e outra dotadas de extensão variável.

Certas demonstrações supõem entidades igualmente "ocultas". Concebemos os pontos iniciais e finais da ascendência e da descendência como "bolsões", "invólucros" exclusivos que contêm, conforme o caso, somente *mais* ou somente *menos*. Assim:

direção → *processo* ↓	descendência	ascendência
ponto inicial ↓ ponto final	somente *mais* ↓ somente *menos*	somente *menos* ↓ somente *mais*

A descendência dirige-se da plenitude para a nulidade, ao passo que a ascendência descreve o percurso contrário. Os termos-limite, resultantes que são de uma operação de triagem, são implicativos, ao passo que os termos intermediários, por seu caráter miscigenado, impuro, são concessivos. Assim, a concessão aparece ora entre as grandezas, ora no próprio interior de cada uma delas.

Podemos agora abordar a etapa seguinte, que consiste em distinguir os processos respectivos da ascendência e da descendência, confrontando os componentes assim depreendidos. Diante de uma ascendência realizada, ou seja, de um paroxismo absoluto de plenitude comportando unicamente *mais*, o desencadeamento da descendência consiste necessariamente na subtração de, pelo menos, um *mais*. À continuação desse processo, damos o nome de *atenuação*, definindo-a em termos de degressividade, como projeção, no campo de presença, de *cada vez menos mais*. De Longino a Fontanier, as retóricas conhecem bem essa dinâmica sob as denominações de "amplificação", de "ultrapassagem" e, naturalmente, de "sobrepujamento"[17]. Como a natureza

17. Todas essas distinções terão provavelmente de ser desdobradas. Por exemplo, no que diz respeito ao aspecto, que ocupa uma posição decisiva em nosso dispositivo, cabe distinguir ao menos três séries: (i) uma série neutra, que compreenderia unicamente posições; (ii) uma série tônica, ou tonificante; (iii) uma série que qualificaremos, por razões de comodidade, de "célere" ou agitada, já que ela se pauta pelo andamento. Para a língua francesa, teríamos, portanto:

série neutra →	começo	continuação	término
série tônica →	impulso	ascensão	apoteose
série "célere" →	ataque/entrada	prosseguimento	final

Nem é preciso dizer que tal estrutura sofre os efeitos do sincretismo, e por duas razões: (i) em caso de urgência ou distração, no calor da conversação, o termo aguardado pode acabar sendo tomado de empréstimo a outra série; (ii) a depender das isotopias, alguns funtivos podem vir a ser desloca-

e/ou nosso imaginário têm horror ao vazio, podemos supor que a subtração de um *mais* é compensada, imediata ou posteriormente, pelo acréscimo de um *menos*. O resultado será o correlato da atenuação, a saber, a *minimização*, cuja dinâmica interna é simétrica e inversa, mas ainda assim adequada à da atenuação, já que ela amplia a negatividade, projetando no campo de presença *cada vez mais menos*. Assistimos, de tal maneira, a esse momento precioso em que uma direção tensiva dá origem – até certo ponto, misteriosamente – a uma partição:

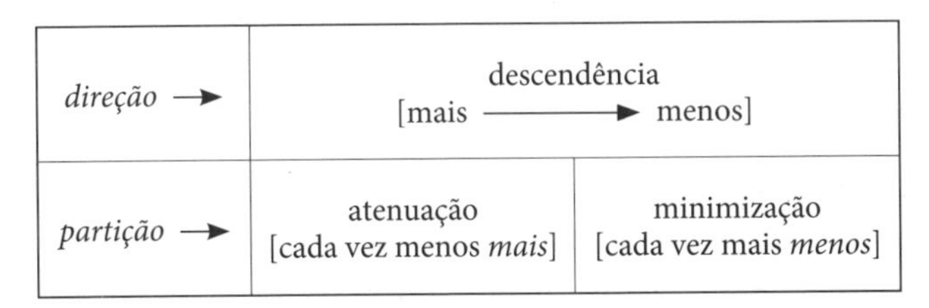

direção →	descendência [mais → menos]	
partição →	atenuação [cada vez menos *mais*]	minimização [cada vez mais *menos*]

Poderíamos nos ater a tal quadro, já que é basicamente essa, no melhor dos casos, a prática dos dicionários. De fato, na maioria das vezes, estes se contentam em registrar a direção ascendente ou descendente e lançam mão da cômoda rubrica, do vale-tudo da sinonímia – ou seja, de um caso de sincretismo avaliado como não-resolúvel –, ao invés de se interessar pelas resultantes da partição. A propósito da atenuação e da minimização, podemos repetir a mesma partição que acabamos de expor para a descendência, opondo a atenuação e a minimização a si mesmas. Concebidas como direções, elas tornam-se diferenciáveis, o que significa, no caso, "aspectualizáveis". Já mencionamos anteriormente esse momento, ao evocar o desencadeamento da descendência e da ascendência. Basta fazer incidir o "acento de sentido" sobre tal momento para explicitar a distinção desejada. Assim como no caso precedente, efetuamos no transcurso da degressividade um *bloqueio*, uma interrupção que nos permite opor a unicidade de uma intervenção a sua reiteração, o que nos conduz de volta à problemática dos "golpes" e das "vezes", discutida há pouco. Sendo os termos emprestados do dicionário, eles só podem

dos. Assim é que, na isotopia gastronômica em francês, *attaque* ("on attaque la volaille") [ataca-se o frango] pode ser transferido do começo para a continuação, mas no interior de certos limites: seria possível dizer, piadas à parte, "attaquer le dessert" [atacar a sobremesa]?

ser imprecisos. Quando a operação de retirar incide sobre um *mais* absoluto, falaremos em *moderação*, mas, se a operação se repetir a partir do ponto atingido pela moderação, reconheceremos a *diminuição*. Portanto:

direção →	atenuação [cada vez menos *mais*]	
partição →	moderação [retirada de pelo menos um *mais*]	diminuição [retirada de mais de um *mais*]

Antes de avançar, assinalemos que a moderação e a diminuição não têm o mesmo objeto figural. A moderação opera sobre um *limite*, uma grandeza situada num pólo extremo (Culioli), um sobrecontrário, na teminologia que introduziremos em breve, ao passo que a diminuição incide sobre o resultado da moderação, isto é, sobre um *grau*; assim fazendo, ela encaminha o processo de um grau alcançado até o grau subsequente. Tomando por unidades "atômicas" o *mais* e o *menos*, admitindo que um sema cifra ora um, ora mais de um, ora vários *mais* ou *menos*, propomos uma reciprocidade plausível e proveitosa entre qualidade e quantidade semióticas.

Uma vez adotada, essa análise demonstra de que maneira, a partir de uma direção identificada, acabam se projetando unidades. Nossa explanação concatena, para tanto, *duas* partições: a partição de uma direção e, a seguir, a partição de uma partição. Sugerimos a integração "ascendente" - ou a dedução "descendente" - que conduz de uma direção tensiva às unidades controladas por ela:

N_1	*continuum* orientado → ↓	direção
N_2	categorização → [primeira partição] ↓	categorias
N_3	segmentação → [segunda partição]	unidades

Nessa formulação, a ascendência e a descendência são vistas como *direções* [N_1]; em relação a estas, a atenuação e a minimização, por um lado, o restabelecimento e o recrudescimento, por outro, são *categorias* [N_2] e, por fim, as derivadas da ordem subsequente tornam-se unidades [N_3].

Para não repetir a mesma demonstração nos casos da minimização, do restabelecimento e do recrudescimento, vamos apresentar apenas as redes que lhes correspondem.

Para a minimização:

direção →	minimização [cada vez *menos*]	
partição →	redução [acréscimo de pelo menos um *menos*]	extenuação [acréscimo de mais de um *menos*]

Para o restabelecimento:

direção →	restabelecimento [cada vez menos *menos*]	
partição →	retomada [retirada de pelo menos um *menos*]	progressão [retirada de mais de um *menos*]

Para o recrudescimento:

direção →	recrudescimento [cada vez mais *mais*]	
partição →	ampliação [acréscimo de pelo menos um *mais*]	saturação [acréscimo de mais de um *mais*]

O agrupamento das quatro redes em uma única determina a homogeneidade do dispositivo global. Por outro lado, o *mais* e o *menos*, moedas imediatas do sensível, são morfemas por meio dos quais podem ser descritas as desigualdades vetoriais que nos agitam e nos permitem "fazer um balanço" para, em meio à corrente por vezes precipitada dos afetos, saber "em que pé estamos".

<table>
<tr><td rowspan="2">N_1

descendência</td><td colspan="2">N_2
atenuação
[cada vez menos mais]
↓</td><td colspan="2">N_2
minimização
[cada vez mais menos]
↓</td></tr>
<tr><td>N_3
moderação
↓
≈ retirada de pelo menos um mais</td><td>N_3
diminuição
↓
≈ retirada de mais de um mais</td><td>N_3
redução
↓
≈ acréscimo de pelo menos um menos</td><td>N_3
extenuação
↓
≈ acréscimo de mais de um menos</td></tr>
<tr><td rowspan="2">N_1

ascendência</td><td colspan="2">N_2
restabelecimento
[cada vez menos menos]
↓</td><td colspan="2">N_2
recrudescimento
[cada vez mais mais]
↓</td></tr>
<tr><td>N_3
retomada
↓
≈ retirada de pelo menos um menos</td><td>N_3
progressão
↓
≈ retirada de mais de um menos</td><td>N_3
ampliação
↓
≈ acréscimo de pelo menos um mais</td><td>N_3
saturação
↓
≈ acréscimo de mais de um mais</td></tr>
</table>

Sem que a tenhamos deliberadamente procurado, uma aritmética tensiva, sem dúvida grosseira, porém em conformidade com a língua, vai se esboçando diante de nós, já que a oposição vigente em N_3 é:

[pelo menos um] *vs.* [mais de um]

Mas, para o discurso – de fato, quando não de direito –, o que é uma multiplicação, senão uma sequência acelerada de acréscimos? O que é uma divisão, senão uma sequência precipitada de retiradas? Para os dicionários, à escuta e ao serviço dos usuários, a multiplicação e a divisão são, figuralmente falando, superlativos cômodos e diligentes da adição e da subtração, e, no discurso, catalisadores da desmedida afetante do acontecimento. Para persuadir e comover seu interlocutor, aquele que sofre não tem de explicar que "padece de *mil* males"? A tensão apontada pertence ao nível N_3 de nossa rede, configurando-o como *rítmico* e, mais exatamente, como trocaico, uma vez que o acento "cai" na primeira grandeza enunciada. Assim:

direção → *andamento* ↓	ascendência ↓	descendência ↓
lentidão →	adição	subtração
celeridade →	multiplicação	divisão

Queremos nos precaver contra a objeção da circularidade: as valências, no caso o andamento, são simultaneamente o medidor e a coisa medida. Ocorre que essa circularidade é virtuosa e consequente. Por ingênuo que possa ser o exemplo, não deixa de ser verdade que as pessoas pesam maçãs, grandezas pesadas, com unidades de peso, assim como o físico mede... medidas, além das correlações entre tais medidas. Em nossa perspectiva, que busca estabelecer a reciprocidade da quantidade e da qualidade, não é indiferente o fato de, no discurso, algumas grandezas vividas aparecerem como *produtos* e outras, como *quocientes*.

2.3. A PERTINÊNCIA SEMIÓTICA

O *Micro-Robert* define a lentidão como "falta de rapidez, de vivacidade", substituindo uma descrição "imparcial" por uma avaliação e uma moralização implícita. Como explicar uma tal deriva? Independentemente de seus eventuais complementos determinantes, a lentidão parece ser por toda parte depreciada.

O problema é o da diversidade dos microuniversos e do espanto que surge quando eles entram em contato uns com os outros. Obviamente é também a questão de Montesquieu nas *Cartas Persas*: "Como se pode ser persa?", isto é, singular ou até mesmo extravagante? Semelhante indagação, no entanto, deve ser especificada: não há dúvida de que os homens diferem culturalmente, de fato, mas como demonstrá-lo de direito, sem evocar a mera prerrogativa de sua liberdade ou fantasia? Se as estruturas admitirem apenas o *necessário* e desprezarem o *possível*, o esforço de fundamentação aparenta estar mal encaminhado.

Os funtivos de uma dimensão ou subdimensão variam inversamente entre si. Na perspectiva do andamento, nem é necessário dizer que seus dois funtivos, a rapidez e a lentidão, também interagem em razão inversa. Em nosso próprio universo de discurso, fascinado pela instantaneidade, não é sequer a rapidez que é unanimemente buscada, mas o espasmo da aceleração; a ascendência da rapidez e a descendência da lentidão impõem-se a todos. Há contudo uma outra possibilidade, que focaliza a ascendência da lentidão e a descendência da rapidez. Isso pode ser representado como segue:

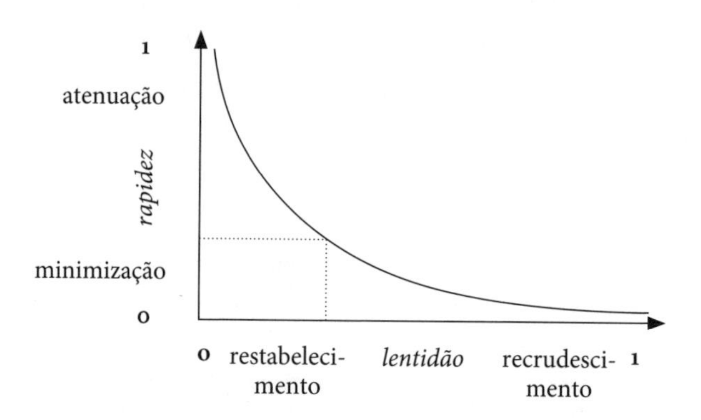

Nessa configuração, a lentidão é crescente e a rapidez, decrescente; esta última, se quiséssemos defini-la, deveria aparecer como "falta de lentidão, de serenidade". A realização da descendência surge como *condição* que comanda a realização da ascendência, sob um duplo aspecto: o restabelecimento se exerce *contanto que* a atenuação aconteça, do mesmo modo como o recrudescimento ocorre *se* a minimização se cumprir. Compreendemos agora por que o *Micro-Robert*, em vez de tentar definir a lentidão, condenava-a. A pertinência semiótica se define, por conseguinte, mediante dois traços:

(i) a euforia;
(ii) o crescimento.

Em termos stendhalianos, isso equivale a indagar-se qual é a dimensão ou subdimensão que contém, para esse sujeito, uma "promessa de felicidade".

Em decorrência da atual precipitação das práticas, daquilo que Valéry, tantas vezes profético, já denominava, em um texto publicado em 1925, "a intoxicação pela pressa", a lentidão existencial é – para sempre? – virtualizada:

> Digo, porém, que o tempo livre subjetivo está se perdendo. Estamos perdendo aquela paz essencial das profundezas do ser, aquela ausência inestimável durante a qual os elementos mais delicados se renovam e reconfortam. [...] Nada de preocupações, nada de amanhã, nada de pressão interior, mas uma espécie de repouso no estado puro os restitui a sua própria liberdade. [...] O cansaço e a confusão mental por vezes são tais que nos surpreendemos a ter saudades, ingenuamente, dos Taitis, dos paraísos de simplicidade e preguiça, *das vidas de feições lentas e inexatas* que nunca chegamos a conhecer. ("Propos sur l'intelligence". (In: Valéry, 1957: 1049-1050, grifos nossos).

Se a adesão de Valéry comporta uma certa reserva, uma certa ironia nas linhas finais do trecho selecionado, é possível ler em Baudelaire, no poema em prosa "Invitation au voyage" [Convite à Viagem], um inegável fervor: "Sim, nessa atmosfera é que seria bom viver – lá, onde *as horas mais lentas contêm mais pensamentos*, onde os relógios fazem soar a felicidade com uma solenidade mais profunda e significativa". (Baudelaire 1954: 506, grifos nossos). A desaceleração no plano da expressão é a chave da superlatividade beatificadora, valor supremo para Baudelaire.

Sugerimos denominar *conversão* a passagem da negatividade à positividade, entendendo esse termo numa acepção mais próxima da religiosa do que a do *Dicionário de Semiótica*. A conversão permite verificar as consequências da *comutação* da direção. Isso se dá, por exemplo, quando a lentidão, refutando as acusações que fazem dela uma velocidade insuficiente, inverte a perspectiva e passa a "má reputação" para a rapidez, acusando-a de consistir somente em uma precipitação incapaz de proporcionar à "alma" aquela felicidade realmente serena à qual alude Rousseau na "Quinta Caminhada" dos *Devaneios do Caminhante Solitário*, em termos muito semelhantes aos de Valéry.

Essa imbricação consentânea dos dados valenciais, da concessão, da utilização alternada da melhoração e da pejoração e, por fim, da perspectiva onipresente da superlatividade, reencontra-se na bela análise de G. Bachelard que reproduzimos abaixo:

> *Tudo*, então, *é positivo*. O lento não é um rápido refreado. O lento imaginado também deseja seu excesso. O lento é imaginado num *exagero* da lentidão e o ser imaginante desfruta, não a lentidão, e sim o exagero da lentidão. Vejam como brilham seus olhos, leiam em sua face a alegria fulgurante de imaginar a lentidão, a alegria de desacelerar o tempo, de impor ao tempo um porvir de brandura, de silêncio, de quietude. O lento recebe, assim, a seu modo, a marca do excesso, o próprio selo do imaginário (Bachelard, 1988c: 26).

Se a doxa desaprova o excesso, a concessão não se importa com tal recusa, vai mais além e prefere afirmar "concessivamente" a bondade e a desejabilidade do *excesso*. Estamos diante de uma figura de discurso que, certamente, não deixa de manter um vínculo com a hipérbole, mas que não se reduz a esta. Vamos chamá-la, na falta de melhor denominação, de *superlativo-concessivo*.

Uma observação episódica de Mahler revela o notável alcance discursivo da concessão: "Quando um adágio se mostra desprovido de qualquer efeito sobre o público, eu o retomo, na vez seguinte, não com maior velocidade, mas ainda mais lentamente!" (Vignal, 1966: 180). Pelo ponto de vista implicativo atribuído ao público, o *suficiente* rejeita o *excessivo*; já na arguta visão de Mahler, o *excessivo* rejeita o *suficiente*, denunciando-o como *insuficiente*. Para nossa metalinguagem, essas categorias atuam, no caso, praticamente "a olhos vistos". Mahler considera que a doxa, aqui representada pelo público, espera uma *atenuação* da lentidão, mas ele adota a solução contrária, que consiste em fazer *recrudescer* essa lentidão e em ultrapassar "concessivamente" o próprio excesso. Voltaremos a esse ponto na próxima seção, mas os dois últimos textos citados confirmam, por sua convergência, a hipótese de que o discurso ao avançar procura, a partir dos *mais* e dos *menos* surgidos e acumulados, reconhecer a direção crescente eleita, ainda quando esta seja descendente. Em nosso próprio universo de discurso, buscamos o crescimento do andamento e da tonicidade. Entretanto, para o pensamento hindu, que se inclina, segundo dizem, para a "completa extinção", é o concessivo-superlativo de atonia que vale como programa de base, ao passo que a minimização – pela convenção adotada acima: cada vez mais *menos* – passa a valer como programa de uso.

Cassirer resume nos seguintes termos sua análise do budismo: "A chama da vida se apaga diante do puro olhar do conhecimento. 'A roda quebrou, a corrente do tempo, seca, não flui mais, a roda quebrada não gira mais: é o fim do sofrimento' (Udana VI, 1; VIII, 3)" (2004: 218).

Essa evocação do superlativo-concessivo está longe de ser apanágio dos grandes artistas. Os discursos usuais também lançam mão dele, qualquer que seja a isotopia em que surja o processo: a façanha profana ou a santidade. Pensemos no motivo ético do perdão, indagando-nos por um instante: qual é o objeto do perdão, o perdoável ou o imperdoável? Qualquer pessoa responderá, sem muita reflexão, pois a reflexão nesse caso é inútil, que o verdadeiro perdão tem por objeto o imperdoável, uma vez que o perdoável *já* cifra o perdão. Não é difícil catalisar, a partir desse enunciado lapidar – *perdoar o imperdoável* –, uma estrutura concessiva e exclamativa: "*embora* o ato que você cometeu seja absolutamente imperdoável, eu o perdôo!" A modalidade, no âmbito do sujeito – visto que este se empenha, busca seus últimos recursos – e a concessão, no âmbito do processo, estão a nossos olhos ligadas por uma certa conivência. Colocado no espaço tensivo, o motivo do perdão segue, como qualquer outro, a partilha das valências tônicas:

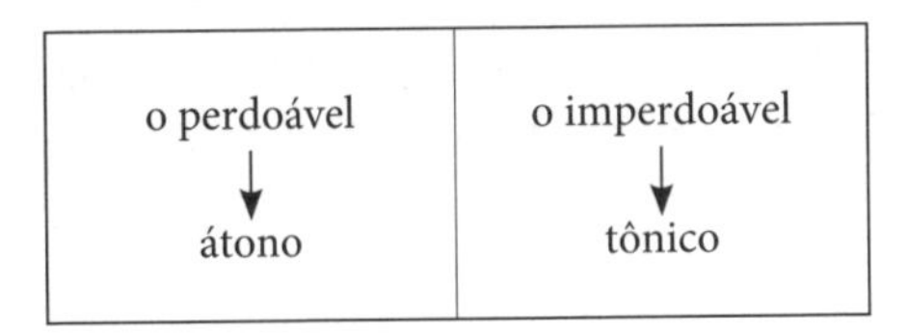

Rejeitando o jargão, o senso comum vai direto aos fatos e considera que há, nesse como em tantos outros pontos, "perdão" e "perdão", sendo incomensuráveis os méritos de um (o "sublime" perdão para o imperdoável) e de outro (o "medíocre" perdão para o perdoável). A impossibilidade converte-se na medida do valor modal do perdão. Tais exemplos poderiam ser multiplicados.

Os gêneros discursivos notórios, tais como o mito, a lenda ou ainda a conversação corrente têm pendores para o inacreditável, o maravilhoso, o surpreendente, o prodigioso. O enunciado básico talvez se construa menos a partir da relação enunciva entre um tema e um predicado do que a partir da relação enunciativa entre um enunciador convicto do caráter inacreditável, "sobrenatural" do acontecimento narrado e a legítima propensão à dúvida que ele supõe no enunciatário a que se dirige: "claro que você não vai acreditar, e se eu fosse você também não acreditaria, mas juro que é verdade!" Para o enunciatário, não se trata de validar uma afirmação, mas, na realidade, de admitir como tal uma *exclamação*, ou seja, a marca de um sobrevir irrecusável. Por meio de práticas rituais, tais como jurar pela própria mãe ou pelos próprios filhos, ou ainda exibir provas e testemunhos supostamente indiscutíveis, procura-se reduzir o intervalo tensivo admitido entre o acreditável e o inacreditável. A concessão *dramatiza* a veridicção, já que o enunciatário é convidado a ratificar a apresentação concessiva estabelecida pelo enunciador: "*embora* as aparências estejam contra mim, estou dizendo a verdade". É o problema pungente de Rousseau em seus escritos autobiográficos.

2.4. A TENSIVIDADE

Se as teorias progridem, é, muitas vezes, às avessas. Avançam a passos lentos na direção de suas premissas, ou, mais exatamente, na direção da explicitação de suas premissas. Não foi outro o procedimento da semiótica: ela precisou de bastante tempo para admitir a foria e a estesia, que a mede, como categorias diretoras de primeira ordem. Por isso, longe de apenas admitir, como que a contragosto, a afetividade, circunscrevendo-a à modesta função de adjunto adverbial de modo, preferimos acolhê-la, sob a denominação de intensidade, como grandeza regente do par derivado da esquizia inaugural:

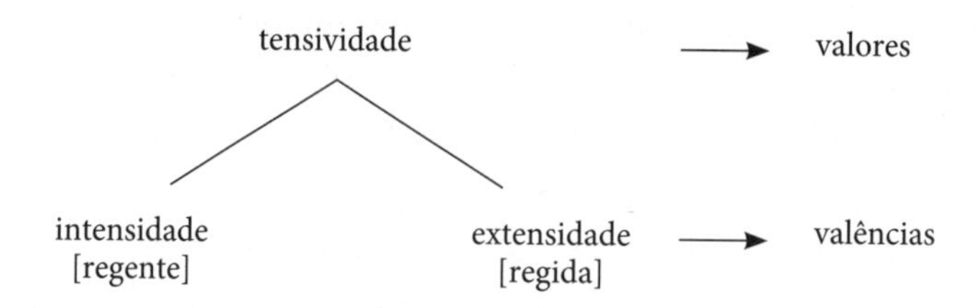

Essa bifurcação pede certas explicações:

(i) a tensividade é o lugar imaginário em que a intensidade – ou seja, os estados de alma, o sensível – e a extensidade – isto é, os estados de coisas, o inteligível – unem-se uma à outra;

(ii) essa junção indefectível define um espaço tensivo de recepção e qualificação para as grandezas que têm acesso ao campo de presença: pelo próprio fato de sua inserção nesse espaço, toda grandeza discursiva vê-se qualificada, primeiramente, em termos de intensidade e extensidade e, em seguida, em termos das subdimensões controladas por elas;

(iii) em continuidade com o ensinamento de Hjelmslev, uma desigualdade criadora liga a extensidade à intensidade: os estados de coisas estão na dependência dos estados de alma.

Essa autoridade do sensível sobre o inteligível vem reforçada – como assinalamos em 2.1 – pela discussão que Cassirer, em *A Filosofia das Formas Simbólicas*, dedicou àquilo que ele chama "fenômeno de expressão". As determinações intensivas e extensivas recebem aí a denominação, comum no campo das chamadas ciências humanas, de *valências*[18] e, de nossa parte, concebemos o *valor* como associação de uma valência intensiva com uma valência extensiva – associação cujo teor esclareceremos dentro de instantes. Os correspondentes global (a tensividade) e local (o valor) são partes integrantes da complexidade de desenvolvimento, já examinada em 1.3.

Dado que a análise é uma "divisão" (Hjelmslev), convém observar os funtivos de cada uma das duas dimensões:

(i) na intensidade, trata-se do par:

[impactante *vs.* tênue]

(ii) e, na extensidade:

[concentrado *vs.* difuso]

Esses pares controlam o acesso ao campo de presença. Uma grandeza se introduz, penetra no campo de presença proporcionalmente à quantidade de impacto e irrupção que traz em si; como o impacto se vincula esquematicamente à persistência, a grandeza é posta em relação consigo mesma de acordo com os modelos de variabilidade examinados em 2.2. No que tange à

18. Parece-nos, salvo melhor juízo, que tal acepção é obra de Cassirer. Assim, no tomo II de *A Filosofia das Formas Simbólicas*, pode-se ler: "Há algumas diferenças de 'valência' mítica, assim como há tais diferenças originárias de valor lógico ou ético" (2004: 144-145); analogamente, no tomo III: "Essa transformação se dá quando diferentes *significações* – ou 'valências' – são atribuídas aos diferentes momentos do devir fugaz" (*op. cit.*, p. 178).

extensidade, é preciso avaliar, a partir das triagens e misturas toleradas ou interditadas, o grau de entrelaçamento ou de exclusividade que a grandeza admite: constituiria ela, por si só, uma classe, ou participaria "amigavelmente" de outras classes? Lembremos que a problemática social, ou societal, como se costuma designá-la hoje em dia, é de ordem extensiva: a partir do momento em que o sujeito procede mediante triagens e misturas interligadas, ele se vê obrigado, queira ou não, ora a *incluir excluídos*, ora a *excluir incluídos*[19].

Como o fato semiótico é complexo, pensamos, à escuta dos discursos, que entre a intensidade e a extensidade se exerce uma "implacável" correlação inversa, uma "lei draconiana" que entrelaça, de um lado, o impactante e o concentrado, e, de outro, o tênue e o difuso. Tudo se passa como se o impacto irrompesse às custas da difusão e assim reciprocamente, como se a multiplicação que está no princípio do difuso se convertesse em divisão para o impacto. De acordo com tal disposição estrutural, o recrudescimento do impacto "aristocrático" ou "monárquico" se obtém em detrimento da "democrática" difusão:

19. Essas fórmulas não são nada além de denominações cômodas, pois a sintaxe da triagem *deve*, para excluir, produzir incluídos, do mesmo modo como a sintaxe da mistura *deve*, para incluir, produzir excluídos. O primeiro procedimento era manifesto nos Estados despóticos de antigamente, como é nos Estados totalitários de hoje, nos quais o favor ou a ascensão agravam, em igual proporção, as ameaças para seus beneficiários. O caso contrário é aquele estudado por G. Simmel em sua obra *Les pauvres*. Segundo o sociólogo, os pobres enquanto tais aparecem como excluídos a partir do século XIX. No entanto, os sistemas estatais de assistência introduzidos por essa época nos grandes países europeus – Simmel não define a pobreza em termos propriamente econômicos, mas pela intersubjetividade: "[...] é pobre aquele que recebe assistência ou que deveria recebê-la em razão de sua situação sociológica, muito embora possa ocorrer que, por sorte, ele não venha a recebê-la" (Simmel, 1998: 96) – reintegram parcialmente os pobres na sociedade, parcialmente, porque, se a assistência é um dever para o doador, ela nem por isso é um direito para o beneficiário; por conseguinte, a ética da reciprocidade dos direitos e deveres fica suspensa. Diz Simmel que essa situação é também a do estrangeiro no interior de um grupo: "Já comparamos a pessoa pobre ao estrangeiro que se acha igualmente confrontado ao grupo. Mas o fato de *ser confrontado* implica ao mesmo tempo uma relação específica que insere o estrangeiro na vida grupal, como um de seus elementos. Assim, a pessoa se mantém, sem dúvida nenhuma, no exterior do grupo, por ser apenas um ínfimo objeto das ações da coletividade; mas, nesse caso, estar no exterior não é, afinal de contas, senão uma forma particular de estar no interior" (*idem*: 88-89). Simmel esboça, por fim, uma generalização: a condição social de cada um revela-se como uma oscilação sutil, necessariamente *concessiva*, entre a rejeição e a integração, entre a integração e a discriminação.

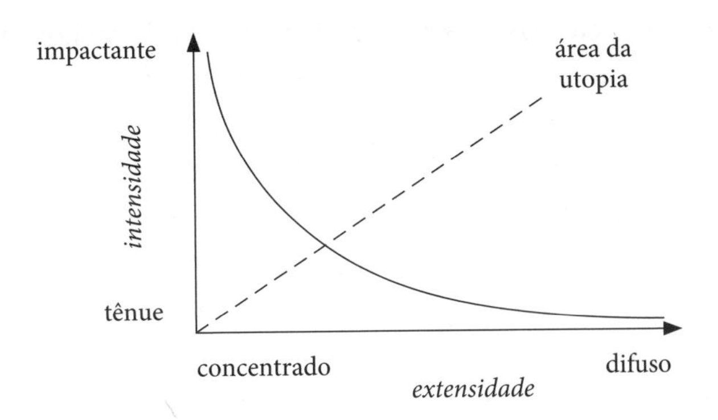

Assinalamos no canto superior direito o lugar da *utopia*, daquilo que Baudelaire, em "L'invitation au voyage", chama de "verdadeiro país de Cocanha", onde se ignora a escassez e, consequentemente, o "horror econômico".

2.5. Das dimensões às subdimensões

O relevo emprestado à intensidade e à extensidade justifica-se por suas respectivas constituições:

(i) a intensidade une o andamento e a tonicidade;
(ii) a extensidade une a temporalidade e a espacialidade.

A intensidade não é alheia à noção – para sempre obscura – de *força*, mas, como seu *ser* é um *fazer*, e provavelmente "nada além disso", como ela faz sentir seus efeitos, estes podem ser medidos em sua qualidade de subitaneidade, de "precipitação" e de energia; as qualidades, ilusórias enquanto tais, subsumem quantidades em processo. A extensidade diz respeito à extensão do campo controlado pela intensidade, porém com uma ressalva: que a extensão desse campo é em primeiro lugar temporal, dado que o tempo humano, o tempo discursivo está sempre além do tempo. Quanto à terminologia, a intensidade e a extensidade assumem a posição de *dimensões*; o andamento e a tonicidade, por um lado, a temporalidade e a espacialidade, por outro, assumem a posição de *subdimensões*.

A atenção concedida por Saussure e seus seguidores à distintividade das unidades, assim como o abandono da retórica, abandono que dá a entender que "o domínio" retórico seria uma região provida de menor sentido, ocultaram o conteúdo das relações propriamente semióticas. É neste ponto que as premissas escolhidas mostram sua eficiência, e é aí, em especial, que a projeção da estrutura sobre as vivências ascendentes e descendentes nos propõe a seguinte questão: considerando que a estrutura é gramatical, como gramaticalizar essas vivências? Se, para a linguística, a intensidade está "fora", "à margem" das coisas, para nós esta se acha no próprio cerne delas. O aumento pode ser obtido de duas maneiras: quer por meio de correlação conversa, de tipo implicativo ("quanto mais... mais...", "quanto menos... menos..."), quer por meio de correlação inversa, de tipo concessivo ("quanto mais... menos..." ou "quanto menos... mais...").

A projeção das coerções estruturais sobre esses "dados imediatos" leva a certos "teoremas" semióticos. Se a intensidade, como dimensão, *rege* a extensidade, tal controle transfere-se para as subdimensões intensivas quando as subdimensões pertencem a dimensões distintas. Dois casos, novamente, devem ser considerados conforme seja conversa ou inversa a correlação. Examinemos, de início, o caso das correlações conversas:

(i) as subdimensões pertencem à mesma dimensão. Nesse caso, o andamento e a tonicidade intensificam-se mutuamente e o efeito de sentido é o do *transporte*, na acepção que lhe conferia a língua clássica. A temporalidade e a espacialidade comportam-se da mesma maneira, e o efeito esperado é a *generalização*;

(ii) as subdimensões pertencem a dimensões distintas. A projeção da tonicidade sobre a temporalidade alonga a duração e produz o memorável, esse "futuro do passado". A tonicidade estira a espacialidade: quanto mais forte for a tonicidade, mais vasto é seu campo de desdobramento. A projeção da tonicidade sobre a espacialidade dá forma, nos termos de G. Deleuze, à *profundidade*.

Consideremos agora o caso das correlações inversas. O andamento abrevia a temporalidade, o que repercute numa observação atribuída a Einstein: "O tempo, inseparável da velocidade, é apenas questão de perspectiva, e sua cronologia é uma ilusão". A velocidade crescente, vivida pelos homens, abrevia a duração de seu fazer: quanto mais elevada é a velocidade, menos longa é a duração – o *ser*, nesse caso, seria apenas um efeito da extrema lentidão. O andamento faz o mesmo com a espacialidade, ele a *estreita*, para usar um termo tirado do poema de Vigny, La Maison du Berger [A Casa do Pastor]:

La distance et le temps sont vaincus. La science
Trace autour de la terre un chemin triste et droit.
Le Monde est rétréci par notre expérience
Et l'équateur n'est plus qu'un anneau trop étroit.

Distância e tempo desbaratados. A ciência
Traça em torno da Terra triste e reta via
O Mundo se reduz em nossa experiência
E o Equador é uma aliança que angustia.

Seria possível explicitar o conteúdo semiótico do dispositivo que estamos evocando, a saber, a alternância entre as correlações conversa e inversa? Se as ditas ciências humanas afirmam, em coro, que *o todo é superior à soma das partes*, elas por outro lado se abstêm de explicar a proveniência desse suplemento pouco justificado, desse excedente de difícil avaliação. Sem querer enxergar, nos símbolos, mais do que comodidades de apresentação, afirmamos que a correlação conversa apreende a relação como um *produto* que nos oferece o suplemento-excedente desejado:

$$[a + b] < [a \times b]$$

Isso implica, para cada uma das dimensões em apreço:

(i) que o produto do andamento pela tonicidade tem por resultante necessária o impacto, o significado inapreciável de toda exclamação. Citaremos um único exemplo. No fragmento das *Pensées* referente à hierarquia das "três ordens", acerca de Arquimedes, Pascal escreve: "Arquimedes, sem causar impacto, teria a mesma veneração. Ele não ofertou batalhas para os olhos, mas forneceu a todos os espíritos suas invenções. *Oh, que impacto para os espíritos!*". A reciprocidade multiplicativa do andamento e da tonicidade é o fundamento plausível dos *valores de impacto*, ou seja, da superlatividade;

(ii) que o produto da maior extensão temporal pela maior extensão espacial tem por resultante necessária a *universalidade*, ou seja, aquilo que chamamos, mais adiante, de *valores de universo*. Conforme o mesmo raciocínio, a correlação inversa funcionaria como uma *divisão*. A rede a seguir agrupa as seis combinações possíveis para as subdimensões:

correlações conversas		correlações inversas
subdimensões pertencentes à mesma dimensão	subdimensões pertencentes a dimensões distintas	subdimensões pertencentes a dimensões distintas
↓	↓	↓
andamento **x** tonicidade ≈ *o transporte*	tonicidade **x** temporalidade ≈ *a persistência*	andamento **x** temporalidade ≈ *o abreviamento*
temporalidade **x** espacialidade ≈ *a generalização*	tonicidade **x** espacialidade ≈ *a profundidade*	andamento **x** espacialidade ≈ *o estreitamento*

Se as direções semânticas aferentes a essas "interseções" forem válidas, poderemos compreender que a retórica seja, tendencialmente, amplificativa; no quarto capítulo, examinaremos mais em pormenor a questão.

2.6. Declinação das subdimensões

Cabe-nos agora articular as duas subdimensões intensivas, o andamento e a tonicidade, bem como as duas subdimensões extensivas, a temporalidade e a espacialidade, sobre uma mesma base formal que, sendo comum às quatro subdimensões aludidas, não é apanágio de nenhuma delas em particular; assim fazendo, evitamos privilegiar uma dada dimensão em detrimento das demais. As variações e vicissitudes de toda espécie que afetam o sentido decorrem de sua imersão no "movente" (Bergson), no instável e imprevisível, em suma, de sua imersão na *foria*. A perenização dos clichês e a ritualização dos gêneros visam a conter e, por vezes, a estancar essa efervescência. Ao contemplar tais grandezas, que propomos designar como *foremas*, temos de explicitar, sem falseá-la – em outras palavras, sem imobilizá-la –, a *foria* cifrada, sob certo aspecto, por cada uma das quatro subdimensões mencionadas. A fim de qualificar em discurso um fazer que advenha em uma ou outra das subdimensões, é importante poder reconhecer três "coisas": sua *direção*, o *intervalo* assim percorrido e seu *elã*. Antes de prosseguir, assinalaremos ter encontrado, na feliz coincidência de uma leitura, a mesma tripartição em Binswanger: "A forma espacial com a qual lidávamos até o momento era, assim, caracterizada pela *direção*, pela *posição* e pelo *movimento*" (Binswanger, 1998, p. 79, grifo nosso). Essa convergência não chega a surpreender, quando avaliamos a dívida de Merleau-Ponty para com os psicólogos e, em particular, para com Binswanger. Para nós, todavia, a questão não é operar – por indução – uma espacialização da significação, e sim efetuar uma semiotização do espaço.

Como todo inventário, essa tripartição é cega. Em primeiro lugar, a direção e a posição são pressuponentes e o elã, pressuposto; adotamos o termo *forema*, a fim de indicar que os pressuponentes mantêm a dependência em relação a seu pressuposto. Essa primazia do elã está em concordância com dois outros dados: por um lado, a precedência do *sofrer* sobre o *agir* e, por outro, a recção que postulamos da extensidade pela intensidade. De um outro ponto de vista – a saber, quando o *agir* se liberta da autoridade do *sofrer*, apenas para satisfazê-lo, para agradá-lo –, é a direção que prevalece sobre a posição e o elã. Tocamos, assim, na questão do sujeito, desde que pensemos suas vivências em termos de deformação, acomodação, enfim, de resposta imediata ou adiada às solicitações do não-eu.

Na perspectiva epistemológica *stricto sensu*, identificamos a valência como "interseção" de um forema com uma subdimensão. A propósito, se, como salienta Hjelmslev nos *Prolegômenos*, as "boas" definições são "divisões", é porque as grandezas semióticas no plano do conteúdo são *complexas*, mas essa complexidade é aquela inerente, conforme o caso, a uma "interseção" ou a um desenvolvimento. As características *a priori* das valências são justamente aquelas que lhes permitem circular, "comunicar-se", confrontar-se umas com as outras no discurso e, ao fazê-lo, promover o indispensável vaivém entre as localidades e a globalidade. Essa dupla lógica da complexidade e da interseção traz a seguinte consequência: o cruzamento metódico de três foremas com quatro subdimensões produz, em todas as acepções do termo, doze pares de valências. Assim:

dimensões	**intensidade regente**		**extensidade regida**	
subdimensões / foremas	andamento	tonicidade	temporalidade	espacialidade
direção	aceleração *vs.* desaceleração	tonificação *vs.* atonização	foco *vs.* apreensão	abertura *vs.* fechamento
posição	adiantamento *vs.* retardamento	superioridade *vs.* inferioridade	anterioridade *vs.* posterioridade	exterioridade *vs.* interioridade
elã	rapidez *vs.* lentidão	tonicidade *vs.* atonia	brevidade *vs.* longevidade	deslocamento *vs.* repouso

Descreveremos sumariamente as valências selecionadas para cada subdimensão. Para o andamento, a direção tem por dilema o par aceleração ou desaceleração. É comum ouvir dizer que nossa época está vivendo uma aceleração sem precedentes, por conta da precipitação das técnicas, mas, se esse fato é incontestável, sua explicação parece frágil, pois, conforme as análises de Wölfflin, a passagem da arte renascentista à arte barroca também se caracteriza por uma sensível aceleração, independentemente de qualquer evolução técnica. A mesma observação se aplica a determinados períodos da história da música. No que se refere à posição, as diferenças de andamento, os assincronismos produzem, do ponto de vista objetal, retardamentos e adiantamentos, e, do ponto de vista subjetal, precursores e retardatários nostálgicos, que fornecem aos historiadores algumas de suas categorias. Enfim, se considerarmos o elã, a aceleração do processo supõe, da parte do actante, uma vivacidade, uma energia que supere os receios, as resistências e os obstáculos.

Examinemos agora a tonicidade, termo que retomamos da prosódia, no plano da expressão, e da retórica tropológica, no do conteúdo. O dilema básico se dá entre a *tonificação* e a *atonização*. Tais denominações, por razões de equidade, são tomadas de empréstimo a Bachelard. À primeira delas corresponde a acentuação, a atribuição do inestimável "acento de sentido" (Cassirer); à segunda, o enfraquecimento. Deixamos de lado, nesta súmula, a questão da ambivalência e da reversibilidade do crescimento e do decréscimo. Mesmo as quantidades negativas prestam-se ao aumento ou à diminuição. Afinal, uma diminuição da tonicidade não é automaticamente compensada por um aumento da atonia? Desse modo, a positividade diz respeito tanto ao crescimento quanto ao decréscimo e, por exemplo, no pensamento religioso hindu, o que faz sentido é, com o "princípio do nirvana", o crescimento da atonia. Aquilo que, para um ocidental em sua busca permanente de "divertimento", é uma vacância, um vazio insuportável, mostra-se nesse universo de discurso como um "pico" desejável. Analogamente, os chamados estados contemplativos são, para aqueles que os vivem, estados de plenitude. No que tange à posição, a tonificação e a atonização, em virtude dos *mais* e dos *menos* que suscitam fatalmente, são geradoras de diferenças orientadas. Quando o ponto de vista, ou seja, o discurso, escolhe o *mais mais*, falamos em superioridade, e falamos em inferioridade quando é o *mais menos* que prevalece. Por último, sob o aspecto do elã, a tonificação pede a garantia – fundo de reserva que permite a continuidade do fazer e sua antecipação – da *tonicidade*, do mesmo modo como a atonização remete à *atonia*, concebida como um "buraco negro" onde a energia viria perder-se e aniquilar-se.

Para o olhar tensivo, a temporalidade é uma categoria como qualquer outra, isto é, analisável. Disso decorre um duplo distanciamento:

(i) em primeiro lugar, por relação à palavra de ordem dos anos de 1960, que estimava que "as estruturas eram acrônicas" e que a temporalidade não era senão um revestimento, uma concessão ao antropomorfismo sempre ressurgente;
(ii) por relação a uma certa tradição filosófica inspirada em Santo Agostinho, que, em suas *Confissões* (Livro XI, 14), sustentava: "O que é, por conseguinte, o tempo? Se ninguém mo perguntar, eu sei; se o quiser explicar a quem me fizer a pergunta, já não sei" (1973: 244).

Nossa abordagem se pretende mais razoável: enquanto não for seriamente demonstrado que a temporalidade constitui uma exceção, uma singularidade, uma anomalia, admitiremos que os foremas determinam uma flexão temporal nem pior nem melhor que as três outras subdimensões. O forema da direção discrimina, de um lado, a *apreensão*, a retenção, a potencialização do advindo e, de outro lado, o *foco*, a protensão, a atualização do por-vir, ou ainda, nos termos de Valéry, a alternância recorrente entre o "já" e o "ainda não". Tais valências são "vivências de significação" (Cassirer) que se ordenam conforme relações de anterioridade e posterioridade, dando lugar a cronologias ora amplas, ora minuciosas.

Como demonstrou Lévi-Strauss em sua polêmica com Sartre, uma cronologia, por ser uma rede de malhas variáveis, cifra uma velocidade, um ritmo, uma textura. Também nesse caso, parece desejável distinguir entre a forma científica, ligada à historiografia, e a forma semiótica, reservada à história, na qualidade de disciplina interpretativa. Com efeito, nem todas as anterioridades são significativas: elas são interrogativas, se ficar comprovado que ambos os acontecimentos em pauta pertencem realmente à *mesma* temporalidade. Sob esse aspecto, a psicanálise opta visivelmente por uma temporalidade contínua, na qual o *depois* continua a depender estreitamente do *antes*, ou seja, do que ocorreu na primeira infância. Mas é a projeção do forema do elã que permite a apropriação prática, pragmática, familiar, da temporalidade pelos sujeitos: seguras, indubitáveis, a *brevidade* e a *longevidade* medem a duração e, à custa de certas convenções-restrições, mantêm-se sob nosso controle. É provável que, em matéria de tempo, jamais venhamos a fixar verdades definitivas, porém essa ignorância não nos pesa, permanecendo alheia ao uso, ao planejamento do tempo, tal como este sobressai na espera, na paciência ou na impaciência, essas paixões comuns do tempo.

Talvez por ter primazia em nosso universo de discurso, a espacialidade é mais bem aceita. O que o forema da direção distingue não são propriamente orientações geográficas, e sim aquilo que estaria aquém de tais orientações, a saber, a tensão entre o *aberto* e o *fechado*, que permite ao sujeito formular programas elementares, por um lado, de entrada ou penetração e, por outro, de saída ou escape, em função da tonicidade ambiente. Partindo dos textos dos escritores, principalmente dos poetas – esses geógrafos do imaginário –, Bachelard disse tudo o que se podia dizer a respeito, em especial na *Poética do Espaço*. As figuras do aberto e do fechado acham-se numa relação de assimetria: é a presença de, no mínimo, um fechamento, um bolsão, uma oclusão, que estabelece o aberto como tal. Analogamente, o forema de posição, discriminando o *interior* e o *exterior*, pressupõe de certa maneira a existência de um fechamento. Assim como na temporalidade, a questão é determinar se duas grandezas pertencem ou não ao mesmo espaço. O forema do elã resulta no contraste entre o *repouso* e o *movimento*, entre o lugar e o deslocamento, estigmatizado por Baudelaire em "Les hiboux" [Os Mochos]. Esse forema é o sincretismo resolúvel da potência e da inércia, a arena mental onde uma mede forças com a outra.

Essas valências são funções, funcionamentos, na medida em que se trata de termos para o significante, e de complexidades de desenvolvimento para o significado. São gramaticais, em sentido estrito, dado que são interseções homólogas às propostas pelas gramáticas. Assim, em português, o pronome adjetivo possessivo *seu* é, quanto ao possuidor, uma terceira pessoa e, quanto à coisa possuída, um masculino singular. A formalidade das subvalências é da mesma ordem, talvez apenas com um grau de sofisticação suplementar. A subvalência de repouso tem como "harmônicos", como subvalências de fundo a *longevidade* (ou, se se preferir, a permanência), a *atonia* e, enfim, a *lentidão* paroxística da parada. Em suma, as subvalências surgiriam juntas, mais de acordo com o modelo da sinfonia do que com o da sonata. Lembrando Claudel, injustamente incompreendido enquanto semioticista: "Uma só coçadela com a unha e o sino de Nara põe-se a retinir e ressoar. [...] E a alma inteira se comove nas profundezas superpostas de sua inteligência" (1965: 73).

Uma das funções do léxico consiste, observada essa solidariedade estrutural, em permitir a seleção daquela dentre as subvalências que esteja em conformidade com o *topos* desenvolvido pelo discurso. Tal profundidade valencial não está ausente das línguas, por pouco que atentemos para o fato. Assim, em português, o artigo indefinido e o definido opõem-se também, e talvez sobretudo, como *aquilo que está a sobrevir* se opõe *àquilo que já sobreveio*, se levarmos em conta sua ordem canônica de aparecimento no discurso. Entretanto, considerando-se que a dimensão do sobrevir ainda não teve sua pertinência reconhecida, esse esboço de declinação tensiva permanece sem efeito.

A rede proposta atribui a cada subvalência um endereço, mas a colocação em rede está no princípio de duas outras propriedades estruturais:

(i) recção das subdimensões pelo mesmo forema é *homogeneizante*, a exemplo do que ocorre na língua, em que a série *des-fazer, des-compor, des-costurar, des-prender, des-carregar* etc. atrai para si todo termo que comporte a ideia de "separação", "disjunção", "afastamento", "falta" (*Houaiss*), ainda que, como no caso de *desejar*, a sílaba *des-* não remonte ao prefixo latino *dis-*. No *Curso de Linguística Geral*, Saussure demonstrou, acerca das "relações associativas", que a língua, nesse particular, era bastante pródiga;

(ii) a comutação dos foremas, para uma mesma subdimensão, é *diferenciadora* e, em última instância, comparável a uma análise espectral: em função do forema selecionado, a subdimensão muda de construção, ou ainda de aspecto, na acepção genérica do termo.

2.7. Fisionomia das estruturas paradigmáticas

Se excetuarmos a psicanálise, o Valéry dos *Cahiers*, os capítulos que Cassirer dedica ao "fenômeno da expressão" na *Filosofia das Formas Simbólicas*, além, é claro, de Nietzsche e mais uns poucos autores, a afetividade costuma ser considerada, ora negligenciável, na opinião de alguns, ora embaraçosa, na opinião de outros mais clarividentes – como se a pergunta "mas como abordá-la?" já esgotasse a problemática. A "desretorização" da linguística foi conduzida na mesma direção. Não faltam monografias penetrantes acerca deste ou daquele afeto, de tal ou qual paixão, porém uma analítica *a priori* do sensível, em ressonância com as aquisições da semiótica, ainda está por construir. Não temos em absoluto a pretensão de dar aqui a última palavra no assunto, mas somente de expor categorias que, a nosso ver, uma análise bem fundamentada do afeto tem de levar em conta, combinando-as com a rede de doze pares de subvalências que acabamos de apresentar, já que as valências são formas no plano da expressão e afetos no plano do conteúdo[20].

20. Neste ponto, como em outras ocorrências ao longo deste capítulo, o emprego das expressões "plano da expressão" e "plano do conteúdo" não se identifica com a célebre dicotomia saussuriana "significante/significado". Devemos compreendê-las por referência às noções respectivas de "manifestante" e "manifestada" (Hjelmslev) (N. dos T.).

2.7.1. *Primeira analítica do sensível*

O primeiro ponto que ressaltaremos é um lembrete: o estruturalismo permaneceu enredado nos termos, sem conceber as propriedades da relação enquanto tais. Já tivemos ocasião de mencionar dois pontos: em primeiro lugar, os termos são definíveis; eles o são por serem complexos, por serem resultantes de uma interseção bi- ou multidimensional. Cumpre agora ir mais além e formular os rudimentos de uma *semiótica do intervalo*. A diferença saussuriana, como se isso fosse óbvio, foi pensada ou repensada em termos de contrariedade e contradição, mas nem todos os contrários se equivalem, se nos lembrarmos de Bachelard em *A Dialética da Duração* : "[...] podemos invocar dois tipos de casos, conforme os contrários se lancem numa hostilidade decisiva ou que tenhamos de tratar de contrariedades mínimas" em que os contrários podem ser "menos hostis, menos distantes" (Bachelard, 1988b: 130). Distinguiremos entre os *sobrecontrários* tônicos e distantes, e os *subcontrários* átonos e próximos, vinculando-se a tonicidade ao plano do conteúdo e a distância, ao plano da expressão. Algumas convenções terminológicas se fazem necessárias para a leveza de nossa explanação. Seja um gradiente que vai de [s_1] até [s_4], observando uma pausa em [s_2] e depois em [s_3]. Os termos [s_1] e [s_4] surgem como sobrecontrários, e [s_2] e [s_3], como subcontrários (Sapir):

s_1	s_2	s_3	s_4
sobrecontrário	subcontrário	subcontrário	sobrecontrário

De acordo com a herança hjelmsleviana, essa é uma estrutura mínima, visto que [s_1] e [s_4] se opõem a [s_2] e [s_3], mas também se opõem entre si. Contudo, o essencial, sob a perspectiva de uma semiótica do intervalo, não está aí. Dispomos de *dois* intervalos bem definidos, em termos de tensividade: o intervalo maior [$s_1 \leftrightarrow s_4$] e o intervalo menor [$s_2 \leftrightarrow s_3$]. Uma objeção, legítima em aparência, deve ser neste ponto afastada: por que privilegiar esses dois intervalos, ao invés de [$s_1 \leftrightarrow s_2$] e [$s_3 \leftrightarrow s_4$]? Para além de sua "aversão" mútua, os extremos [s_1] e [s_4] estariam ligados por uma solidariedade procedente de sua comum "abjeção" para com os termos medianos $[s_2]$ e $[s_3]$. Tal é a hipótese de Gœthe, no *Traité des couleurs*:

> O olho não pode, nem quer manter-se um só instante no estado uniforme especificamente determinado pelo objeto. Algo como uma tendência ao antagonismo o condiciona; opondo o extremo ao extremo, o intermediário ao intermediário, ela reúne instantaneamente os contrários e tenta constituir uma totalidade, tanto no caso dos fenômenos que se sucedem, quanto no dos que coexistem no tempo ou no espaço (2000, p. 104).

Essa estrutura mínima não deixa, além disso, de exibir semelhanças com o quarteto de rimas interpoladas "à francesa", que faz rimarem entre si, de um lado, os versos externos e, de outro, os versos internos. Uma vez que a semiose é onipresente, a sequência $[s_1 - s_2 - s_3 - s_4]$ pode ser tomada como plano da expressão e a alternância $[s_1 \leftrightarrow s_4]$ *vs.* $[s_2 \leftrightarrow s_3]$, como plano do conteúdo[21]. Ao dispor os elementos dessa maneira, não estamos sacrificando a complexidade: se uma análise selecionar *n* termos, o número de termos complexos realizáveis terá uma unidade a menos $[n - 1]$, fornecendo os seguintes possíveis: $[s_1 + s_2]$, $[s_2 + s_3]$ e $[s_3 + s_4]$[22].

21. Cf. nota 20 (N. dos T.).

22. Essa pluralidade virtual dos termos complexos supõe sua delicadeza e sua mola íntima. Em virtude dessa extensão do âmbito paradigmático, um termo complexo torna-se comparável a outro termo complexo situado aquém ou além de seu próprio posicionamento tensivo. Em nossa opinião, a descrição-análise proposta por P. Claudel a respeito do quadro *L'indifférent*, de Watteau, vem fornecer uma demonstração irrefutável disso: "Não, não que seja indiferente esse mensageiro de madrepérola, esse anunciador da Aurora, digamos, isto sim, que ele oscila entre alçar voo e andar, e não que já esteja dançando, porém com um braço estendido e o outro abrindo, amplo, a asa lírica, ele suspende um equilíbrio cujo peso, esconjurado em grande medida, forma apenas o menor elemento. Ele está em posição de partida e de entrada, escutando, aguardando o momento certo, que ele procura em nossos olhos, com a trêmula ponta dos dedos, na extremidade desse braço estendido ele conta, e o outro braço volátil, com a ampla capa, prepara-se para ajudar o jarrete. Metade filhote de cervo e metade pássaro, metade sensibilidade e metade discurso, metade prumo e metade já arranco! silfo, prestígio, e a pluma vertiginosa a preparar-se para o parágrafo! O arco já iniciou essa longa nota na corda, e toda a razão de ser do personagem está no impulso contido que ele está prestes a tomar, anulado, aniquilado em seu próprio turbilhão. Assim é o poeta ambíguo, inventor de sua própria prosódia, sem que se saiba se ele está voando ou andando, seu pé ou essa asa, quando ele assim o quer, aberta, a nenhum elemento alheio, seja a terra, o ar, o fogo ou essa água para nadar que chamam de éter!" (Claudel, 1965: 241). Esse poema em prosa de Claudel suscita várias observações: (i) a pintura lida com a aspectualidade, pelo menos tanto quanto com a espacialidade, e o desenvolvimento dessa aspectualidade supõe uma desaceleração que permita ao observador vislumbrar a sutileza das modulações

A única coisa que pedimos a esse dispositivo é a desigualdade entre os dois intervalos indicados, ou seja, que o intervalo entre os subcontrários [$s_2 \leftrightarrow s_3$] esteja contido, como postulava Sapir, dentro do intervalo entre os sobrecontrários [$s_1 \leftrightarrow s_4$], pois deduziremos, dessa desigualdade elementar, duas formas-afeto relevantes:

(i) a *falta*, que não é senão o resultado da projeção do intervalo [$s_1 \leftrightarrow s_4$] sobre o intervalo [$s_2 \leftrightarrow s_3$];

(ii) o *excesso*, que, por sua vez, não é senão o resultado da projeção do intervalo [$s_2 \leftrightarrow s_3$] sobre o intervalo [$s_1 \leftrightarrow s_4$].

Em outras palavras, cada intervalo tem um duplo funcionamento, alternadamente como termo regido e como função regente, ora como avaliado, ora como avaliador. Disso decorrem várias consequências. A falta, central para a psicanálise e a narratologia greimasiana, deixa de ser uma grandeza órfã, recebendo, de direito, seu correlato paradigmático, o excesso, cuja discursivização se acha, de Longino a Michaux, no cerne da retórica, sob a denominação de *sublime*. Do ângulo teórico, deparamos subitamente com o que Greimas chamaria de *ilusão sêmica*. Ainda que a fenomenologia e a psicologia da percepção não nos apontassem tal caminho, os semas deveriam ser concebidos como significantes cômodos – pois não é fato que compartilham sua rusticidade, sua robustez? –, mas não como significados. No plano do conteúdo, nada haveria senão pontos de vista provisórios, operações de projeção, aplicações, reciprocidades de perspectiva... quando não ilusões. A epistemologia da semiótica terá certamente de se adaptar, de erradicar o positivismo renascente, dado que essas catálises não recaem sobre grandezas, e sim sobre operações relativamente inéditas. A força da palavra de ordem de Saussure ("a língua é uma forma e não uma substância") permanece intacta.

tensivas; (ii) longe de constituir exceção ou acidente na obra de Claudel, esse texto está em sintonia com a investigação pessoal do escritor acerca dos quadros de pintura, quer no caso da *Ronda Noturna* de Rembrandt (*idem*: 198-200 e 202-203), quer no da natureza morta (*idem*: 200-202); (iii) por fim, tal análise confirma que a interpretação de um discurso plástico ou verbal consiste em reconhecer a direção tensiva escolhida – no caso em exame, discretamente ascendente, do repouso para o movimento –, saturando a seguir o plano da expressão associado, como o faz magistralmente Claudel ao analisar as partes do corpo e suas posições como significantes que aspectualizam e convertem a direção prosódica postulada.

A esse primeiro conjunto de intervalos, que proporciona a cada valência uma identidade inequívoca, cumpre acrescentar uma característica que se ajusta a nosso segundo postulado – pelo qual um devir se processa necessariamente, cedo ou tarde, por aumento ou diminuição, por ascendência ou descendência. Com efeito, se tivéssemos de imaginá-las, as valências seriam menos unidades, porções de uma linha, do que vetores, mais gerúndios do que particípios, como já o assinalamos. As valências são sequências, fases de processos. As categorias aspectuais de que dispomos dizem respeito ao estágio de desenvolvimento do processo, mas nada acrescentam sobre sua orientação tensiva, ascendente ou descendente. A aspectualidade linguística, aliás, é duplamente restritiva:

(i) ela privilegia o verbo, negligenciando o notável trabalho de análise *convertido* nas demais regiões do léxico;
(ii) em sua versão restrita, ela se prende ao grau de acabamento ou inacabamento do processo, e a incoatividade só aparece com a tripartição.

As condições a serem satisfeitas são simples:

(i) a aspectualidade deve estar distribuída equitativamente pelo conjunto do devir, isto é, deve estar em condições de caracterizar "conforme a encomenda" todo e qualquer momento desse devir;
(ii) ela deve respeitar a incontornável *ambivalência* do sentido, como por exemplo o fato de que a tonicidade crescente também pode ser descrita como atonia decrescente, do mesmo modo como uma atonia crescente também pode ser expressa em termos de tonicidade decrescente.

Nesse sentido, propusemos, em 2.2, um conjunto de categorias aspectuais com as seguintes características:

(i) são mais vinculadas à retórica, ao espírito da retórica, do que à linguística, o que é consequente, dado que a retórica tem por objeto o discurso, e até mesmo a veemência do discurso, o qual ainda permanece além do alcance da linguística, que, acanhada, se limita à frase;
(ii) essas categorias aspectuais são *gerais*, vale dizer, independentes de qualquer conteúdo, aplicando-se por isso mesmo, e a exemplo do *número*, a todas as grandezas, já que nenhuma grandeza pode ter realmente a pretensão de escapar ao devir.

Podemos agora retomar o conteúdo da homogeneidade semiótica, já abordada em 2.2. Ela consiste:

(i) na dedução das categorias $[N_2]$ a partir de uma alternância de direção $[N_1]$;
(ii) na dedução de unidades $[N_3]$ nítidas, cômodas, "fáceis de manejar" para os sujeitos, a partir das categorias $[N_2]$. Tais unidades são constituídas pelos dois tipos de intervalos reconhecidos e pelas possibilidades sintáticas que eles proporcionam aos sujeitos.

Uma vez explorada a desigualdade capital dos intervalos "homotéticos" $[s_1 \leftrightarrow s_4]$ e $[s_2 \leftrightarrow s_3]$, cabe-nos agora considerar os sucessivos intervalos que permitem situar o devir ascendente ou descendente de uma dada valência em discurso, o que equivalerá a explicar o que se passa quando determinada valência "sai" do intervalo $[s_1 \leftrightarrow s_4]$ e "entra" no intervalo $[s_2 \leftrightarrow s_3]$, e vice-versa. É certo que estamos intervindo de maneira "arbitrária", para usar o termo empregado por Hjelmslev nos *Prolegômenos*, porém acreditamos, de boa fé, estar adotando a mais simples das convenções:

(i) dado $[s_1]$ como valência paroxística, designamos, a fim de opor a descendência a si própria, o intervalo $[s_1 \rightarrow s_2]$ como *atenuação* e o intervalo $[s_3 \rightarrow s_4]$ como *minimização*. Por recursividade, poderíamos alcançar o "infinito de pequenez" caro a Pascal;
(ii) dado $[s_4]$ como valência nula, tal nulidade reclama sua denegação ou, em outras palavras, a travessia do intervalo $[s_4 \rightarrow s_3]$, por nós designada *restabelecimento*, que permite escapar ao "não-ser", isto é, ao tédio moderno. O discurso pode, decerto, ater-se a isso, mas também pode perfeitamente "estender-se" para além de $[s_3]$: diremos então que, ao restabelecimento, sucede o *recrudescimento*, alojado no intervalo $[s_2 \rightarrow s_1]$.

Essas categorias interdefinidas inspiram-se sobretudo na retórica e na poética. A poética de Rimbaud, por exemplo, é, em seus momentos culminantes, uma poética do restabelecimento e do recrudescimento. Contudo, tornamos a repetir: a retórica "sente" melhor as singularidades do discurso do que a linguística. Apenas para fixar as ideias, na exemplar análise do poema "Les Chats" [Os Gatos] de Baudelaire, empreendida por Jakobson e Lévi-Strauss, não se pode negar que "o" linguístico serve – tão-somente! – de plano da expressão, enquanto "o" retórico serve de plano do conteúdo[23], especialmente no final. Portanto:

descendência $[s_1 \rightarrow s_4]$	atenuação ≈ de s_1 a s_2 minimização ≈ de s_3 a s_4
ascendência $[s_4 \rightarrow s_1]$	restabelecimento ≈ de s_4 a s_3 recrudescimento ≈ de s_2 a s_1

Em razão dos limites estreitos deste estudo, não vamos discutir aqui os demais derivados, que unem, para ambas as orientações, ora um limite e um grau $[s_1 \leftrightarrow s_2]$, ora dois graus $[s_2 \leftrightarrow s_3]$, ou enfim um grau e um limite $[s_3 \leftrightarrow s_4]$. A integração do paradigma (ou seja, da morfologia própria à contrariedade) com a sintaxe tensiva dos devires acaba por assumir a seguinte forma:

s_1	s_2	s_3	s_4
sobrecontrário	subcontrário	subcontrário	sobrecontrário
atenuação	⟶		minimização
recrudescimento	⟵		estabelecimento

As categorias aspectuais garantem o funcionamento do sistema, visto que as propriedades gerais deste último – a saber, por um lado a orientação ascendente ou descendente e, por outro, a "analisabilidade" – são convertidas em foremas locais, atribuindo a cada subvalência uma direção tensiva e uma identidade precisa.

2.7.2. *Segunda analítica do sensível*

A lógica da "interseção" e da rede leva-nos a determinar cada forema admitido por cada uma das quatro categorias aspectuais, e também a conceber o produto dessa recção como uma subvalência, pois que está ligado a uma subdimensão; dado o caráter movente, instável e provisório do universo do

23. Cf. nota 20 (N. dos T.).

sentido, é importante nomear, porque as denominações funcionam, por um lado, como paradas, amarras, e, por outro, como moeda de troca para os sujeitos. As denominações propostas são apenas toleráveis – logo, perfectíveis – e talvez dependentes de uma pancronia que, segundo Hölderlin, Brøndal e outros, sempre sob aspectos diversos, alteraria a justeza do equilíbrio entre a expressão da intensidade e a da extensidade; ao fazê-lo, essa pancronia encaminharia as línguas para uma árida abstração simbólica. Mas não é o que nos interessa, no presente estudo.

O cruzamento mental de três foremas com quatro categorias aspectuais elementares produz mecanicamente doze subvalências para cada dimensão. Independentemente de um exame mais acurado, reproduzimo-las em seguida:

O andamento:

aspecto / *foremas*	*minimização*	*atenuação*	*restabelecimento*	*recrudescimento*
direção	"traîner" [ir muito lentamente][24]	desaceleração	aceleração	precipitação
posição	anacronismo	atraso	adiantamento	prematuridade
elã	inércia	lentidão	rapidez	vivacidade

A tonicidade:

aspecto / *foremas*	*minimização*	*atenuação*	*restabelecimento*	*recrudescimento*
direção	extenuação	atonização	tonificação	avultação
posição	nulo	inferior	superior	excessivo
elã	estado	repouso	movimento	golpe

24. Em português: "arrastar-se". Conservamos o termo original, cujas acepções serão especialmente tratadas nos parágrafos subsequentes (N. dos T.).

A temporalidade:

foremas \ *aspecto*	*minimização*	*atenuação*	*restabelecimento*	*recrudescimento*
direção	retrospecção	apreensão	foco	antecipação
posição	obsoleto	anterior	posterior	imortal
elã	efêmero	breve	longo	eterno

A espacialidade:

foremas \ *aspecto*	*minimização*	*atenuação*	*restabelecimento*	*recrudescimento*
direção	hermético	fechado	aberto	escancarado
posição	estranho	exterior	interior	íntimo
elã	fixidez	repouso	deslocamento	ubiquidade

Como podemos validar o conteúdo semiótico de tais grandezas que, por seu duplo estatuto de lexemas e de figuras, estão a meio caminho da linguística e da retórica? Jakobson demonstrou que a função metalinguística não era apanágio dos doutos, mas, pelo contrário, era imanente à prática imediata da língua, e que os sujeitos recorriam à definição, à restrição ou à extensão, à precisão ou à suspensão, porém parece ter deixado de mencionar a condição objetal dessa recorrente atividade metalinguística. Para nós, ela reside no seguinte fato: os lexemas dependem de uma definição, por serem analisáveis, e eles são analisáveis por serem tudo o que podem ser; em outras palavras, não são nada além de... análises vinculadas a um significante, por sua vez, não-conforme. Assim é que o significado do pronome pessoal *tu*, em português, compreende três grandezas de conteúdo: uma indicação de número, uma de pessoa e uma de nominativo. Mas as duas grandezas da expressão [t] e [u] não remetem "analiticamente" às três grandezas do conteúdo. Não é outro o funcionamento dos lexemas, e as definições dos dicionários, sem dúvida prejudicadas pelo número de grandezas a processar, analisam intuitivamente – e com pertinência – os lexemas, com a ajuda das subvalências, embora procedendo, por assim dizer, caso a caso. Examinaremos aqui um único exemplo, a primeira subvalência da primeira rede: o verbo francês "traîner", cuja denominação não pode escapar a certas críticas, já que falta o substantivo correspondente, lacuna atribuível, quer a nossas insuficiências, quer àquilo que Mallarmé chamava de "imperfeição" das línguas. Enfim, o *Micro-Robert* propõe ainda – quase diríamos: poeticamente – "traînasser" [vagabundear] e "traînailler" [vadiar], aos quais retornaremos dentro de instantes.

O sentido intransitivo de "traîner" admite, segundo o *Micro-Robert*, as quatro direções tensivas previstas. Quanto à intensidade:

(i) uma indicação de *andamento*, correspondente, no caso, à minimização da velocidade[25]: "6º Ir com demasiada lentidão, demorar. *Não **demore** para voltar da escola.* Agir com demasiada lentidão. *O trabalho urge. Não podemos mais **demorar***";

(ii) uma indicação de *tonicidade* descendente, sem que possamos especificar se se trata da atenuação ou da minimização: "7º Pej. Ir sem rumo ou permanecer por muito tempo (em um lugar pouco recomendável ou pouco interessante). V. Vagar, vagabundear. ***Perambular** pelas ruas*".

Quanto à extensidade:

(i) uma indicação temporal de comprimento, de *duração*, sob o signo do recrudescimento: "3º Achar-se, subsistir. *As velhas noções que **perduram** nos livros escolares.* 4º Durar além da conta, não acabar nunca. *Isso já está **durando** demais.* V. Eternizar.";

(ii) uma indicação espacial de *repouso*: "1º (Sujeito: Coisa) Pender sobre o chão, arrastando-se. *Seus cadarços estão **se arrastando** pelo chão.* 2º Estar disposto ou ter sido abandonado, em desordem. *Roupas **largadas** sobre uma cadeira*".

25. Os números ordinais deste parágrafo correspondem às acepções do verbete *traîner* no dicionário *Micro-Robert*. Destacamos em negrito todas as traduções portuguesas para o verbo *traîner* em seus diferentes contextos (N. dos T.).

A coerência e a flexibilidade da rede resolvem a divergência das "variedades". A propósito dessas considerações preliminares, é compreensível que Valéry tenha escrito, sem que saibamos se por satisfação ou por lástima: "Tudo está predito pelo dicionário" (Valéry, 1973: 394). Dentro dos limites desta discussão, fizemos questão de mostrar que o modelo valencial comparecia, imanente, eficiente e sugestivo, mas está claro que as definições citadas são portadoras de outras grandezas de conteúdo, umas actanciais e atoriais, outras axiológicas, como a oposição entre "a rua" e "a escola". Os dois derivados pejorativos "traînasser" e "traînailler" não estão excluídos do sistema; muito pelo contrário, estão no seu próprio cerne, já que recaem sobre a subvalência de andamento e denunciam, pela convocação do advérbio *trop* [demasiado(a)], que há um subcontrário na posição de sobrecontrário. Sob o prisma tensivo, temos aí apenas um inventário, pois o modelo valencial enfatiza, em princípio, uma dupla sobredeterminação: a da temporalidade pelo *andamento* e a da espacialidade pela *tonicidade*. O *Micro-Robert* efetua tacitamente essa operação, ao associar – talvez considerando que a coisa é evidente – "ir com demasiada lentidão" e "demorar", como se a *lentidão excessiva* no plano do conteúdo[26] tivesse por plano de expressão o *atraso*[27], confirmando, no mesmo gesto, que a semiose é ininterrupta.

2.7.3. *Tensividade e sistematicidade*

O recuo do tempo permite perceber que o estruturalismo triunfante das décadas de 1960 e 70 tinha somente duas exigências acerca das grandezas por ele propostas:

(i) sob o ponto de vista paradigmático, os termos contrários, por exemplo o par [branco *vs.* negro], formavam uma estrutura espelhada;

(ii) sob o ponto de vista sintagmático, cada termo era passível de contradizer-se. Balizado por [s_1], o quadrado semiótico estava encarregado de operar a resolução do contraditório [não-s_1] em contrário [s_2], do "não-branco" em "negro".

26. Cf. nota 20 (N. dos T.).

27. Passar do adjetivo-sema às valências e subvalências não é tarefa das mais fáceis. A esse respeito, propusemos em outro trabalho um esboço de solução dedicado a elucidar uma sequência de quatro epítetos adotados por Wölfflin para captar o espírito do Barroco, cf. C. Zilberberg (1999).

Trata-se de uma lição consabida à qual não há necessidade de retornar. Duas dificuldades, por outro lado, têm de ser mencionadas:

(i) as teses de Hjelmslev referentes ao teor dos sistemas, nas páginas finais de *La catégorie des cas*, não foram aproveitadas por Greimas e sua "escola";
(ii) os termos complexos, tanto o positivo [*e... e...*] quanto o negativo [*nem... nem...*], muito embora figurem no quadrado, não desempenham qualquer papel nas análises de *corpus*, e essa omissão nunca foi claramente explicada.

Nossa hipótese é a de que tais discrepâncias, tais inobservâncias da teoria para consigo mesma decorrem do fato de não estarmos diante de um espaço único, ao contrário do que estava subentendido pelo quadrado semiótico tal como foi apresentado e reapresentado. Em função disso, postulamos a partição do espaço sistêmico em duas regiões dirigidas pelo tipo de correlação que se exerça – cláusula que nos faz vislumbrar algo como um paradigma dos paradigmas. Caso se acolha essa postulação, a correlação inversa torna-se o correspondente esquemático da concepção hjelmsleviana:

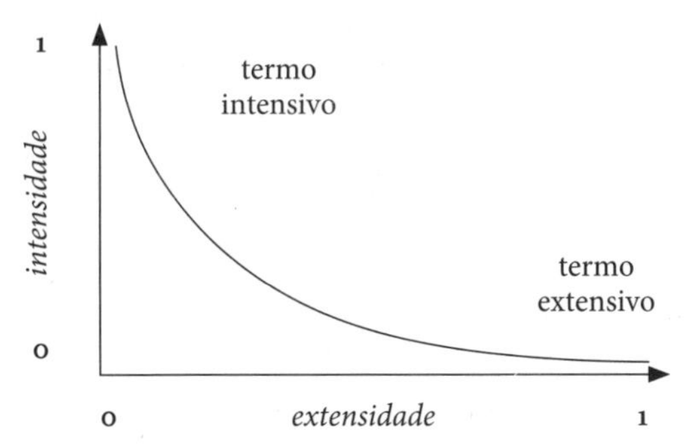

Por outro lado, a correlação conversa projeta os termos complexo e neutro no arco de esquematização:

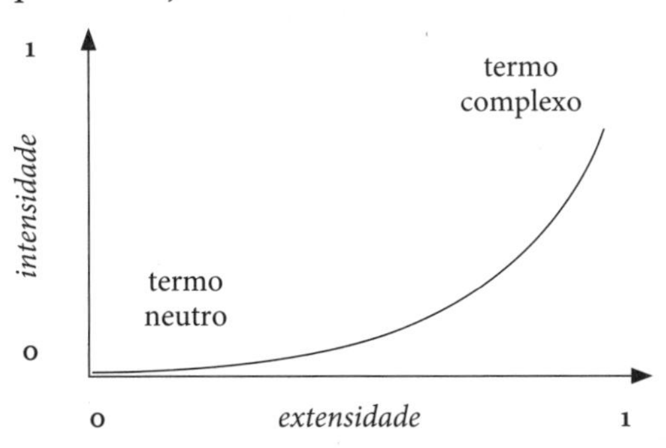

Esse dispositivo é válido para os universos implicativos. Estes, porém, estão à mercê da concessão, vale dizer, da possibilidade subversiva capaz de fulminar as asserções mais bem assentadas, como se verifica a todo instante, por exemplo, na obra de E. Jabès: "Acima do mais alto; abaixo do mais baixo, há o neutro" (Jabès, 1975: 18). O neutro, habitualmente definido como dupla minimização, impõe-se nesse caso como duplo recrudescimento, ou seja, como superlativo.

2.8. Formalidade e contrariedade dos valores semióticos

Os valores semióticos são resultantes da convergência da intensidade e da extensidade:

definidos → *definidores* ↓	*valores de absoluto* ↓	*valores de universo* ↓
intensidade	impacto	tenuidade
extensidade	concentração	difusão

Ou, sob a forma de um gráfico:

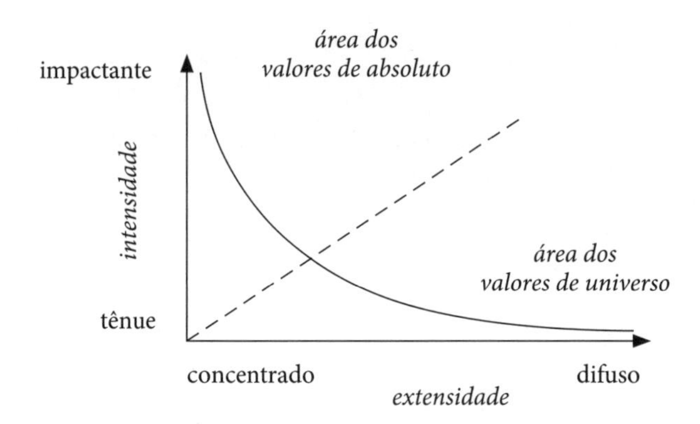

O que importa, em nossa escuta dos discursos, não é a significação das duas ordens em si, mas aquilo que cada qual representa "aos olhos" da outra:

(i) na perspectiva dos valores de universo, sensíveis às valências extensivas, os valores de absoluto são, certamente, intensos, *mas* apresentam o grave defeito de serem concentrados. Os valores de universo, por sua vez, são tênues, *mas* têm a vantagem, a seus olhos mais significativa, de serem difusos;

(ii) na perspectiva dos valores de absoluto, sensíveis principalmente às valências intensivas, os valores de universo são difusos, *mas* tênues; os valores de absoluto, por seu turno, são por certo concentrados, *mas* seu impacto compensa amplamente esse defeito.

Assim, cada ordem de valores desqualifica necessariamente sua complementar, em função das preferências valenciais eleitas. As considerações de W. Benjamin a propósito do desaparecimento da "aura" reforçam nossa hipótese global. O ponto de partida é a constatação, a seu ver indiscutível, da "liquidação geral" daquilo que designamos aqui como os valores de absoluto (Benjamin, 1975: 14). Na opinião de W. Benjamin, a obra de arte se caracteriza por sua unicidade: "À mais perfeita reprodução falta sempre algo: o *hic et nunc* da obra de arte. É a esta presença única no entanto, e só a ela que se acha vinculada toda a sua história" (*idem*: 13). Nos dias de hoje, opõem-se a tal unicidade a proliferação das reproduções, sua acessibilidade e sua quase gratuidade. O número, porém, atua aparentemente como um divisor estável que seria *um* no caso dos valores de absoluto, mas como um divisor *crescente*, e talvez *indefinido*, no caso dos valores de universo – aumento que faz diminuir, para o imaginário, o *quantum* de impacto atribuído a cada um. No estudo que dedica a Valéry, W. Benjamin (1983: 170-171) cita um trecho do Agradecimento à Academia Francesa, no qual Valéry expõe em pormenor esse "declínio da aura" e a decepção, a viva afronta ao amor-próprio que ele inflige às pessoas:

Toda novidade se dissolve nas novidades. Toda ilusão de ser original se dissipa. A alma se entristece e imagina com uma dor muito particular, aliada a uma profunda e irônica compaixão, esses milhões de seres armados de penas, esses inumeráveis agentes do espírito, tendo cada um deles se sentido, quando foi seu momento, criador independente, causa primeira, possuidor de uma certeza, fonte única e incomparável; ei-lo agora aviltado pelo número, perdido em meio à população sempre crescente de seus semelhantes, ele que vivera tão laboriosamente, consumindo seus melhores dias, apenas para distinguir-se eternamente (Valéry, 1957: 731).

A distância é constitutiva da "aura", que W. Benjamin trata "concessivamente": "Ao definir a *aura* como 'a única aparição de uma realidade longínqua, por mais próxima que ela esteja'[...]" (Benjamin, 1975: 16). Por fim, a "aura" - sua definição já o dava a entender - subsiste na profundidade que preserva, ao passo que a reprodução visa ao máximo de proximidade e disponibilidade de todos os instantes: "Sob a forma de fotografia ou de disco [a reprodução] permite sobretudo a maior aproximação da obra ao espectador ou ao ouvinte [...] Multiplicando as cópias, elas transformam o evento reproduzido apenas uma vez num fenômeno de massas" (*idem*: 13-14). Mais uma vez, notamos como o discurso frustra uma implicação aguardada, em prol de uma concessão inesperada. Aquele que pretendia se aproximar, afasta-se; em contrapartida, aquele que soube conservar-se à distância vê o *aparecer* avançar em sua direção. A problemática da novidade é uma decorrência da partilha e da inconciliação entre os valores discursivos.

A imprevisibilidade do sentido, que o identifica como algo a ser conhecido, e a factualidade que resulta disso estão vinculadas à questão "sempre recomeçada": entre os valores de impacto e os valores de universo, devemos supor uma correlação conversa ou uma correlação inversa? Se for uma correlação conversa, os valores de impacto e os valores de universo aumentam-se uns aos outros, *e tudo transcorre da melhor forma no melhor dos mundos possíveis...*; se for uma correlação inversa, os valores de impacto diminuem proporcionalmente aos de sua extensão, de sua difusão. O debate designa, afinal de contas, uma alternância de grande envergadura: se as correlações conversas endossam, garantem a infinitude semiótica, as correlações inversas respeitam um - enigmático - princípio de constância, atribuindo alternadamente a cada grandeza, não mais uma função de *multiplicador*, como no caso das correlações conversas, e sim uma função de *divisor*, como se a correlação inversa estivesse submetida a um princípio de constância tal que, se uma das grandezas cresce, o correlato associado necessariamente decresce. Numa representação simples:

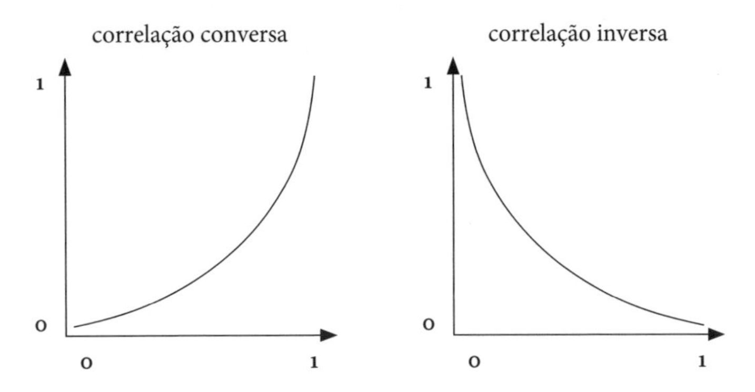

Essa bifurcação introduz-se como paradigma preliminar, dado que, independente das grandezas semânticas que processa (e talvez até indiferente a elas), convida os sujeitos a distinguir categoricamente entre o ***e*** da correlação conversa e o **ou** da correlação inversa. Se, sob o ponto de vista discursivo, cumpre "fazer uma ideia" das grandezas que permanecem no campo do discurso, já sob o ponto de vista metadiscursivo é importante saber se um determinado discurso declara uma compatibilidade ou uma incompatibilidade entre essas mesmas grandezas, como se o seu próprio ser dependesse apenas da modalidade do espaço entre elas. Trata-se menos de penetrar no suposto âmago das coisas do que de responder à pergunta intransponível inventada por Saussure: alternância ou coexistência? Depois disso, como diz o poeta, *tudo o mais é literatura…*

3. A Sintaxe Discursiva

Por mais amplas que sejam as inflexões ocorridas, a epistemologia da semiótica greimasiana permanece, em grande medida, devedora do ensinamento de Hjelmslev. Debateremos em particular dois pontos: a relação entre o sistema e o processo, que faz parte dos "cinco traços fundamentais [...] da estrutura fundamental de toda língua", e o projeto declarado de abalar "a base da bifurcação tradicional da linguística em morfologia e sintaxe" (Hjelmslev, 1975: 75). Surge uma tensão entre essas duas direções epistemológicas: por um lado, consolidar a distinção entre o sistema e o processo, por outro, reduzi-la. Sem entrar nos pormenores requeridos, temos a impressão de que os atores responsáveis por essas providências não são bem os mesmos, na medida em que o teórico Hjelmslev assumiria a primeira, enquanto o linguista Hjelmslev, a segunda. Nem por isso deixa de ser verdade que as duas exigências não se situam no mesmo plano e que a moderação de uma distinção pressupõe seu reconhecimento. A mediação entre a morfologia e a sintaxe será buscada em primeiro lugar para a intensidade e, em seguida, para a extensidade.

3.1. Os operadores gerais

A singularidade de uma teoria está em grande medida vinculada às operações semânticas que privilegia. A dialética hegeliana está ligada à *Aufhebung*, a filosofia nietzschiana, ao paradoxo – "É necessário proteger os fortes contra os fracos" –, a fenomenologia está ligada à catálise... A semiótica greimasiana apostou no quadrado semiótico e sobretudo na implicação [não $s_1 \rightarrow s_2$], considerada irresistível. Mas na realidade o que o quadrado semiótico deixava escapar era o acaso, o fortuito, a irrupção do inesperado, do acontecimento, etc., os quais, não podendo ser incluídos na estrutura, eram imputados a sujeitos incompetentes. Além disso, o quadrado semiótico favorecia a alternância, as operações de triagem, e desconhecia a força mítica da coexistência, isto é, as operações de mistura. Muitas críticas podem ser feitas à teoria das funções de Hjelmslev, mas não essa.

3.1.1. A "constelação" segundo Hjelmslev

Já mencionada na abertura do primeiro capítulo deste livro, a definição de estrutura que Hjelmslev propõe – "entidade autônoma de dependências internas" (1991: 32) –, parece à primeira vista não levar em consideração o acontecimento. Noutros termos, se o acontecimento sobrevier, não será *segundo* a estrutura, mas *contra* ou *fora* dela. Na medida em que o adjetivo "interna" estabelece uma exclusão, a problemática parece um tanto desesperada. Preconizamos uma outra abordagem, valendo-nos da própria letra do texto de Hjelmslev. Admitiremos que as funções escolhidas estão situadas num espaço duplamente diferenciado: pelo grau de coerção e pela dualidade sistema-processo. Quanto ao primeiro ponto, a interdependência (ou dependência mútua) indica a mais forte coerção. As duas outras funções abrandam esse rigor:

> Além das interdependências, é necessário prever dependências unilaterais em que um dos termos pressupõe o outro, mas não o contrário, e ainda dependências mais frouxas onde os dois termos não se pressupõem mutuamente, podendo não obstante figurar juntos (no processo ou no sistema) por oposição a termos que são incompatíveis e que se excluem mutuamente (1975: 29).

Em segundo lugar, ainda que o texto dos *Prolegômenos* preveja três séries de termos, uma para o sistema, uma para o processo e a terceira indiferente, ele introduz, como que de passagem, uma assimetria entre o sistema e o processo: "De um ponto de vista realista, esta situação provém do fato de que um processo tem um caráter mais 'concreto' do que um sistema, e um sistema um caráter mais 'fechado' do que um processo" (*idem*: 45).

No grau de coerção é possível reconhecer a eficiência da dimensão da intensidade. Já na assimetria [aberto *vs.* fechado], que subsiste entre o sistema e o processo, o que distinguimos é o trabalho próprio à dimensão da extensidade, tendo em vista que, cedo ou tarde, o processo se esforça por abrir o sistema do qual depende. As três funções em questão são também, ou antes de mais nada, momentos de uma dinâmica interna:

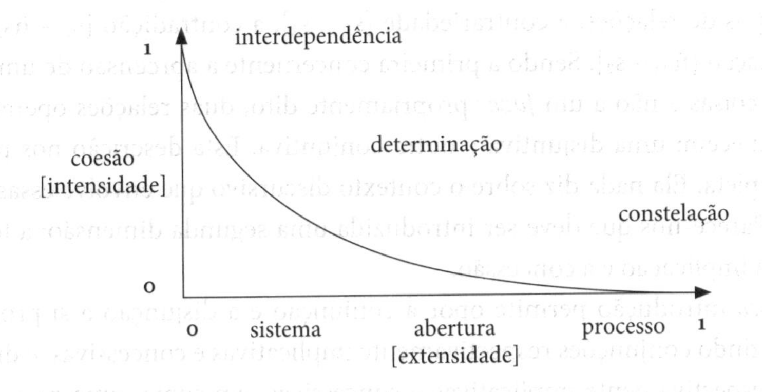

Essas funções não ficariam, pois, de fora do imaginário humano, visto que este procede no fim das contas por triagens e misturas. Aquele que se pautar por um grande rigor selecionará a interdependência; aquele que se guiar pelo afrouxamento das coerções escolherá a constelação e aquele que se respaldar na complexidade sublinhará a determinação. É decerto por não desprezarem "em surdina" nem a *necessidade*, nem a *assimetria*, nem a *fortuidade*, que as funções são capazes de responder às demandas do sujeito, satisfazendo-as. Assim, em sua esfera de ação, um sistema efetivo comportaria necessariamente certa *elasticidade*. Com a interdependência, ele se fecha sobre si próprio, enquanto com a constelação, ele acolhe, agrega, o que deveria rejeitar em nome da interdependência. Mas esse jogo, que a comparação das três funções revela, é da mesma ordem daquele que a concessão introduz de improviso num universo de discurso dirigido pela implicação. Aliás, a concessão é expressa no texto de Hjelmslev: "[...] onde os dois termos não se pressupõem mutuamente, podendo *não obstante* figurar juntos". A concessão é, pois, como que uma revanche do fato sobre o direito, quer seja uma triagem que vem alterar uma mistura estabelecida e justificada, quer seja uma mistura que vem perturbar uma triagem motivada. O acontecimento em sua subitaneidade é a *variedade* acelerada do fato. Se a implicação estende e anexa, a concessão, de certa maneira, libera.

3.1.2. O comércio da implicação e da concessão

A semiótica greimasiana reconheceu, no âmbito do quadrado semiótico, três tipos de relações: a contrariedade [s_1 – s_2], a contradição [s_1 – ñs_1], e a implicação [ñs_1 – s_2]. Sendo a primeira concernente à apreensão de um estado de coisas e não a um *fazer* propriamente dito, duas relações operatórias permanecem: uma disjuntiva e outra conjuntiva. Esta descrição nos parece incompleta. Ela nada diz sobre o contexto discursivo que envolve essas relações. Parece-nos que deve ser introduzida uma segunda dimensão: a tensão entre a implicação e a concessão.

Essa introdução permite opor a conjunção e a disjunção a si próprias, produzindo conjunções respectivamente implicativas e concessivas, e disjunções respectivamente implicativas e concessivas, em suma, uma *rede*. Toda rede requer um ponto de vista, uma orientação:

(i) a conjunção e a disjunção não são operações distintas e sucessivas; elas são contemporâneas e tensivas, isto é, ora um programa conjuntivo prevalece sobre um contraprograma disjuntivo, ora um programa disjuntivo prevalece sobre um contraprograma conjuntivo;

(ii) definimos a implicação pelo predomínio do programa sobre o contraprograma e, por conseguinte, a concessão pelo predomínio do contraprograma sobre o programa; é nesse sentido que uma rede exige um ponto de vista. Com essas precauções, apresentamos a rede seguinte, propondo denominações ainda aproximativas que comentaremos em seguida:

legalidade → *junção* ↓	implicação [programa > contraprograma] ↓	concessão [contraprograma > programa] ↓
conjunção →	a concordância [programa conjuntivo > contraprograma disjuntivo]	O insólito [contraprograma conjuntivo > programa disjuntivo]
disjunção →	a dualidade [programa disjuntivo > contraprograma conjuntivo]	a cisão [contraprograma disjuntivo > programa conjuntivo]

As relações concessivas se distinguem das relações implicativas por sua extensão discursiva. Não há relações concessivas a não ser em discurso. As relações implicativas são tendencialmente aforísticas e generalizantes, e sua aproximação define em parte o sistema de crenças e práticas próprias a um dado socioleto. Correlativamente, as relações concessivas intervêm quando as relações implicativas falham. Consideremos, num exemplo didático, a relação implicativa entre competência e *performance* no seguinte enunciado: "ele se afogou *porque* não sabe nadar". Esse enunciado implicativo soa átono se o compararmos com o enunciado concessivo correspondente: "ele se afogou *embora* soubesse nadar". Tal enunciado, portador de um *valor de acontecimento*, tônico portanto, pede um enquadramento discursivo, do qual o enunciado implicativo, uma vez potencializado, pode prescindir.

Justamente por isso, não é de admirar que a *determinação* no plano do conteúdo e a *recção* no plano da expressão tenham monopolizado a atenção. Elas remetem ao fenômeno corriqueiro da concordância em linguística, da harmonia, da coerência e da gramaticalidade em geral. Qualificamos de *estranhos* os enunciados concessivos, por refletirem estritamente a definição desse termo no *Micro-Robert*: "muito diferente daquilo que se tem o costume de ver, de tomar conhecimento; que causa espanto, que surpreende". Os enunciados concessivos são enunciados de *ruptura*, ruptura de concordâncias consensuais. Segundo Valéry, não seria ilegítimo alçar o estranho à categoria de estilo:

> Um homem nada mais é que um posto de observação perdido na estranheza.

De repente, ele se percebe imerso no nonsense, no incomensurável, no irracional; e qualquer coisa lhe surge como infinitamente estranha, arbitrária, inassimilável. Diante dele, sua mão lhe parece monstruosa. – Deveríamos dizer o Estranho, – como dizemos o Espaço, o Tempo, etc.

É que considero esse estado próximo do estupor como um ponto singular e inicial do conhecimento. É o zero absoluto do Reconhecimento (1960: 721)[1].

Embora a predicação e seus subentendidos filosóficos tenham usurpado a atenção em detrimento da persuasão intersubjetiva, defendemos aqui a ideia de que a tensão ininterrupta entre implicação e concessão está, numa medida a ser determinada, no princípio da dinâmica dos discursos. A questão básica neste ponto diz respeito, direta ou indiretamente, à alternância paradigmática entre implicação e concessão. Do ponto de vista da diacronia imediata ou restrita que todo discurso comporta, está claro que a modernidade convoca a concessão, o "bizarro", segundo Baudelaire: "o que não é ligeiramente disforme parece insensível; – decorre daí que a irregularidade, isto é, o inesperado, a surpresa, o espanto sejam uma parte essencial e a característica da beleza". O que se considera como a estética de Baudelaire, mas esta designação é apenas um expediente duvidoso, consiste em dar à concessão a centralidade que a práxis discursiva consensual atribui à implicação. Assim, sobre Poe, Baudelaire fala dessas "composições estranhas, que parecem ter sido criadas para nos demonstrar que a estranheza é uma das partes integrantes do belo" (1951: 1047).

3.2. A SINTAXE INTENSIVA

Nossa tentativa é de conciliação. Propomos demonstrar que a base valencial da significação, a partir das dimensões e das subdimensões estabelecidas, é compatível com as aquisições da linguística. Se a sintaxe manifesta uma di-

1. Para Valéry, a concessão dirige até mesmo a veridicção: "Toda visão de coisas que não seja estranha é falsa. Se alguma coisa é *real*, ela está fadada a perder algo de sua realidade à medida que for se tornando familiar" (*idem*, p. 501). Entretanto pode-se pensar que a generalização da concessão reconstitui uma implicação perniciosa e que o *valor de acontecimento* da concessão logo se retrai em proveito do *valor de estado* da implicação que ressurge.

reção, essa direção deve num primeiro momento levar em conta o conteúdo da dimensão tensiva considerada: a intensidade. Em seguida, ela deve respeitar a divisão da intensidade em duas subdimensões, o andamento e a tonicidade, formulando para cada subdimensão os operadores que lhe cabem.

3.2.1. *Direção geral*

Discorrendo sobre a definição semiótica do objeto, Greimas insiste na "ausência de qualquer determinação prévia [do objeto] que não seja sua relação com o sujeito" (Greimas & Courtés, 2008: 347). Pode-se dizer o mesmo também, ou até em primeiro lugar, a propósito do afeto e da valência que o identifica, sob o ponto de vista cognitivo, e que o mede, sob o ponto de vista tímico: realmente, como poderíamos conceber que aquilo que afeta, comove o sujeito – irrompendo, em geral, de forma inesperada – não se instalasse, de direito, no centro do campo discursivo?

Em conformidade com nosso segundo postulado, que modaliza o contínuo como ascendente ou descendente, havíamos registrado, no âmbito do sistema, o aumento *ou* a diminuição. Mas o que acontece com esses primitivos no processo? Segundo Hjelmslev, as relações próprias ao sistema são da ordem do "ou...ou..." e as relações peculiares ao processo, da ordem do "e...e...", de modo que o processo *aproxima*, por meios próprios, aquilo que o sistema *distancia*, em sua esfera. Isso posto, podemos introduzir a hipótese relativa à inflexão tensiva da sintaxe: os termos do paradigma básico vão se tornando alternadamente objetos uns para os outros. Assim, um aumento tem por *objeto interno* uma diminuição e de igual modo uma diminuição tem por *objeto interno* um aumento. Essa imbricação fornece à sintaxe intensiva razão e necessidade, marcando-a com a modalidade antecipadora do *precaver* [prévenir] ou então com a modalidade reparadora do *prover* [subvenir], conforme o caso: se a diminuição for provável, o sujeito tentará precaver-se contra ela; se ela já estiver em curso, o sujeito buscará absorver a falta que vai ganhando amplitude.

Quanto ao plano da expressão – que no caso da tonicidade é mais fácil de se formular –, poderíamos nos contentar em afirmar que a sintaxe intensiva cultiva em ascendência o recrudescimento pela *hipérbole*. Mas a observação atenta dos grandes discursos mostra que tal abordagem tem algo de míope, por não *apreender* o trabalho de solapamento operado por uma negatividade eficiente, cuja necessidade foi analisada por Deleuze em *Diferença e Repetição*. Se, no que diz respeito ao *foco*, a hipérbole aumenta e amplifica, é porque ela *apreende* o baixo contínuo, a surdina da descendência.

Reencontramos esse entrelaçamento no primeiro grau de derivados da ascendência e da descendência. Com efeito, as categorias aspectuais são emparelhadas de duas em duas:

(i) a atenuação e o recrudescimento;
(ii) a minimização e o restabelecimento.

Uma estrutura pode, por outro lado, acionar a transitividade ou a reflexividade. O primeiro caso acaba por projetar quatro sintagmas elementares que darão muito que pensar ao discurso. Na descendência:

(i) uma atenuação tem como objeto (não de busca, e sim de recusa, quando não de refugo) um recrudescimento. Ela vem abrandar o pico de intensidade visado pelo recrudescimento;
(ii) a minimização promove o retorno à nulidade, ao paroxismo de atonia que o restabelecimento havia superado.

De maneira simétrica e inversa, teremos na ascendência:

(i) o restabelecimento combate a minimização;
(ii) o recrudescimento bate-se contra uma atenuação que ele tenta reduzir, a fim de restituir o brilho e o impacto da tonicidade.

Quanto à reflexividade, o sujeito tanto pode incrementar um restabelecimento até o recrudescimento – ou seja, aumentar um aumento –, quanto abaixar uma atenuação até a minimização, isto é, acentuar ainda mais uma diminuição.

Isso tudo é confirmado por um depoimento de Cézanne: "No meu caso, a realização das sensações é sempre muito penosa. Não consigo alcançar a intensidade que se oferece aos meus sentidos, não tenho essa magnífica riqueza de coloração que anima a natureza"[2]. A observação de Cézanne gera

2. Carta (13 de outubro de 1906) a seu filho, em Paul Cézanne, *Correspondance*, recueillie, annotée et préfacée par John Rewald, Paris, Grasset, 1978, p. 324; citada por Lawrence Gowing, *Cézanne. La logique des sensations organisées*, Paris, Macula, 1992, p. 56.

um paroxismo ("essa magnífica riqueza de coloração que anima a natureza") que funciona como um emissor e se transmite sem enfraquecimento, num primeiro instante, a um receptor sensível ("a intensidade que se oferece aos meus sentidos"). Tal "intensidade" potencializada sofre um processo de atenuação que reclama, da parte de Cézanne, um recrudescimento sobre cujo êxito ele se mostra cético ("Não consigo alcançar..."). Nesse sentido, pode-se dizer que a inquietude está no cerne de toda poética exigente.

Sob a denominação de *modo*, mas numa acepção diferente da que lhe conferia R. Jakobson (1963: 220), entendemos as resultantes da projeção do paradigmático sobre o sintagmático. Se, como o indica Hjelmslev nos *Principes de grammaire générale*, "o sincrônico é uma atividade, uma *energeia*", então o processo parece mais uma "briga de foice", em que cada contendor se apresenta com as armas de que dispõe, do que um "jardim à francesa".

3.2.2. *Os modos de concomitância (o andamento)*

O que acontece quando a oposição paradigmática elementar [vivo *vs.* lento] se projeta no eixo sintagmático? Numa palavra, o que se passa quando uma oposição virtual provoca um contraste efetivo? Ou quando grandezas ocasionadas por velocidades distintas, portanto desiguais, entram em relação umas com as outras? Esta abordagem sem dúvida lembra um pouco a metáfora ferroviária e os deliciosos problemas de aritmética de outrora em que se pedia aos estudantes para calcular onde e quando os trens, correndo em velocidades distintas em função dos horários, acabariam por se cruzar ou se juntar, ou ainda aqueles problemas de banheira em vias de se esvaziar quando se queria enchê-las...

Por *modo de concomitância*, entendemos, de um lado, certa classe de objetos-acontecimentos, ou ainda, desafios decorrentes de flagrantes desigualdades de *andamento* e, de outro, o tratamento que os sujeitos, tendo em vista os recursos semióticos disponíveis, aplicam às diferenças intempestivas de *andamento* que os solicitam. Com efeito, se admitimos que o campo de presença segue o que a língua antiga chamava seu próprio passo, então o campo de presença está à mercê do sobrevir. O *andamento*, na medida em que controla a ambiência, a densidade e a gravidade, próprias ao campo de presença, assegura a prevalência discursiva do acontecimento, cuja definição assim se apresenta no *Micro-Robert*: "o que acontece e tem importância para o homem". Não faltam descrições precisas dessa comoção-comutação. Retornaremos a isso no próximo capítulo.

Num texto intitulado *Desenhar o escoamento do tempo*, H. Michaux analisou a reviravolta, a devastação do campo de presença de quem pretendia "comunicar-se com a [sua] própria velocidade":

> Eu tinha de aprender por mim mesmo a horrível, a trepidante experiência que é mudar de andamento, perdê-lo subitamente [na experiência da mescalina e do ácido lisérgico], encontrar um outro no seu lugar, desconhecido, terrivelmente veloz, com o qual não se sabe o que fazer, que torna tudo diferente, irreconhecível, sem sentido, disparatado, fazendo com que tudo passe tão rapidamente, que não se pode acompanhar, e que no entanto é preciso acompanhar, em que pensamentos, sentimentos, parecem projéteis, em que as imagens, tão acentuadas quanto aceleradas, são violentas, perfurantes, cortantes, insuportáveis, [...] (2001: 373-374 – o parágrafo inteiro poderia ser citado).

O cálculo, efetuado pelo sujeito, do intervalo entre duas grandezas às quais se atribuem velocidades desiguais costuma receber as denominações de sincronismo e sincronização. À primeira vista, a oposição parece confrontar o *sincronismo* e o *assincronismo*, como nesta análise do sujeito surpreendido, que devemos a Valéry:

> [...] E como existo por meus sentidos – preso ao fato consumado, atraio para mim mesmo, resisto ao que me impele – eu me divido. E só posso voltar à calma, isto é, à igual troca (de respostas às perguntas) mediante uma sequência de oscilações decrescentes, no fim das quais acontece a *sincronização*.
>
> O que percebo, pois, nessa hipótese, é *sempre* o efeito de uma *causa instantânea* – isto é, que age breve o suficiente para que minha própria modificação, *total* durante sua duração, seja muito pequena – isto é, nesse caso, *não percebida ela própria*. Então eu sou *criado* pelo assincronismo – existo como entre amortecimentos – existo por intervalos – Despertar (1973: 1271).

No entanto, quanto ao sincronismo, dois casos devem ser diferenciados entre si: a identidade e o ajuste. Há identidade se ambas as grandezas aproximadas conservam as mesmas velocidades. Há ajuste – e concessivo, por certo – se, a exemplo do que se passa na harmonia musical, as duas velocidades produzem para o sujeito o equivalente a um acorde, a uma congruência apreciável. E, de fato, a música apresenta uma situação privilegiada, quando estão em jogo andamentos simultâneos e distintos. A polifonia se tornou seu domínio, e o fenômeno massivo do *acompanhamento*, bastante embaraçoso para a maioria das outras artes, não traz nenhum problema nesse caso. M. Kundera, por exemplo, escreve o seguinte:

> E parece-me que a arte da melodia, até Bach, guardará essa característica que lhe deram os primeiros polifonistas. Ouço o adágio do concerto de Bach para violino em mi maior: como uma espécie de *cantus firmus*, a orquestra (os violoncelos) toca um tema simples, facilmente memorizável e que se repete, enquanto a melodia do violino (e é nisso que se concentra o desafio melódico do compositor) paira por cima, incomparavelmente mais longa, mais mutante, mais rica do que o *cantus firmus* da orquestra (ao qual no entanto está subordinada), bela, envolvente, mas inatingível, imemorizável e, para nós, filhos do segundo meio-tempo, sublimemente arcaica (1994: 65).

Poetas do século XIX, como Baudelaire e Mallarmé, "descobriram" não tanto a música mas sobretudo o seu poder – *ilegítimo*, segundo Valéry. Vários poemas de Baudelaire nos parecem ser tentativas para ajustar em bloco *andamentos* distintos operando com desigualdades de todas as ordens, entre um texto "em progresso", composto por estrofes, e o retorno a um refrão imutável. É o caso, entre outros, de "Invitation au voyage" [Convite à Viagem], de Baudelaire, em que temos três estrofes, marcadas por um progresso da distensão, interrompidas para dar lugar ao refrão alentecido:

> Là, tout n'est qu'ordre et beauté,
> Luxe, calme et volupté.
>
> Lá, tudo é paz e rigor,
> Luxo, beleza e langor.
> (1985: 235)

Todavia, a interrupção concerne apenas à manifestação. Retomando a metáfora da linha (Saussure, Hjelmslev), o poema não mudaria alternativamente de linha, mas seguiria duas linhas de sentido, cada uma com seu *andamento* próprio. Mas devemos a Mallarmé as reflexões mais audaciosas quanto a isso. No prodigioso prefácio de *Um Lance de Dados Jamais Abolirá o Acaso*, Mallarmé coloca - e resolve - a questão de saber se um mesmo texto pode manifestar *andamentos* distintos e, sobre a tipografia "inusitada" desse texto, escreve:

> A vantagem, por assim dizer, literária, dessa distância imitada que mentalmente separa grupos de palavras ou palavras entre si, parece consistir em acelerar ou por vezes desacelerar o movimento, escandindo-o, intimando-o mesmo conforme uma visão simultânea da Página [...] (1954: 455).

A tensão decisiva põe frente a frente um assincronismo controlado, "consonante", portador de euforia, próprio das obras de arte, na medida em que são, por constituição, independentes das diversas condições que pesam em sua existência, e um assincronismo não resolvido, "dissonante", característico das vivências dependentes dessas mesmas condições.

Nesse caso, também, a partilha vivenciada entre o *sofrer* e o *agir*, entre o imposto e o buscado, é decisiva. O ponto de partida é um acontecimento que se mostra em discordância com a atitude tímica e modal do sujeito. De acordo com a sintaxe tensiva, essa velocidade é identificada como restabelecimento ou atenuação intempestivos, os quais exigem do sujeito a correção decorrente da identificação que ele acaba justamente de efetuar. O quadro seguinte estabelece o paradigma das possibilidades oferecidas ao sujeito:

variação externa do andamento ↓	destino da espera ↓	resposta do sujeito ↓	fórmula tensiva[3] ↓
aceleração →	resolução da espera	retardamento	já → ainda não
desaceleração →	alongamento da espera	antecipação	ainda não → já

3. Os termos da fórmula tensiva são tomados de um fragmento dos *Cahiers* de Valéry:

Na primeira linha, a dos reveses do destino, o sujeito se vê diante do "fato consumado" de uma aceleração que o pega desprevenido e abrevia o *quantum* de espera que ele havia previsto. Ele só pode desejar um retardamento que restabeleça a situação, agora virtualizada, e que venha inverter, como por magia, o curso do tempo, transformando um *já* inoportuno em um *ainda não* que dê uma trégua ao sujeito. Em suma, a primeira possibilidade se apoia numa *sintaxe do refreamento* à qual é consagrada uma passagem bem conhecida de *Em busca do tempo perdido*, o "ritual" do sono do narrador, no início de *No caminho de Swan*. Permitimo-nos sublinhar os termos que aqui nos importam:

> Ao subir para me deitar, meu consolo único era que mamãe fosse me beijar quando já estivesse na cama. Mas *durava tão pouco* isso, e ela descia *tão depressa*, que o momento [...] era um *momento doloroso*. Anunciava o que ia ocorrer a *seguir* quando ela me teria deixado, quando voltasse a descer. De modo que essas boas-noites que eu amava tanto, chegava a desejar que viessem *o mais tarde possível*, para que se *prolongasse o tempo da espera* em que mamãe *ainda não* chegara (2003: 18).

O objeto diz respeito aqui à contração da duração ("durava tão pouco isso") pelo *andamento* ("ela descia *tão depressa*"). A partir dessa medição de valores figurais, o sujeito afetado atualiza um programa de refreamento ("chegava a desejar que viessem o mais tarde possível") e visa à modalidade existencial do "ainda não". Em outras palavras, o "boa-noite" efetivo é modalizado como prematuro, portanto, como *excessivo* e *defectivo* ao mesmo tempo, de modo que o sujeito pede, do ponto de vista sintáxico, "um tempo de trégua", um *retardamento*. Se, por comodidade, denominamos $[\Delta_1]$ a duração do "boa-noite", vemos que o narrador deseja a intercalação de uma duração $[\Delta_2]$ que distinguirá a chegada de $[\Delta_1]$. Do ponto de vista dos modos de presença, de que trataremos adiante, a temporalidade da realização é considerada tão breve que o narrador a sente *já* como potencialização e é levado a atualizar – por sua própria conta e por meio de um alongamento da duração, juntando $[\Delta_2]$ a $[\Delta_1]$ – a execução do programa que lhe interessa. Para essa semiótica do prolongamento da *espera*, a

"Noção dos retardamentos.
O que (já) é não é (ainda) – eis a Surpresa.
O que (ainda) não é, (já) é – eis a espera" (1973: 1290).

qual apreende e avalia a celeridade como disfórica, a palavra de ordem tensiva só pode ser o famoso oxímoro: *Apressa-te lentamente!*

A outra possibilidade consiste em acionar uma sintaxe da *recuperação*. O sujeito terá que se defrontar com uma desaceleração que "mecanicamente" determina um alongamento da espera (cf. Greimas, 1983: 225-246) o qual pode ser absorvido se o sujeito dá prova de paciência, ou recusado, se ele se "exaspera" de impaciência. À desaceleração sentida o sujeito responde, replica, com uma aceleração antecipadora, ou seja, converte o *ainda não* em *já* fantasmático. Em relação à análise precedente, a quantidade [Δ_1] vem modalizada como excessiva e pede uma aceleração euforizante que a abrevie. A quantidade [Δ_2] não é mais acrescentada, mas, nesse caso, subtraída [Δ_1 - Δ_2]. Estamos numa semiótica da *impaciência*, que tem por *abjeto* o retardamento que o oprime e, por *adjeto*[4], a realização do programa visado, conforme o indicam Greimas e Fontanille, numa nota do *Semiótica das Paixões* (1993: 136), sobre a fábula de La Fontaine, *A leiteira e o pote de leite*. À maneira dos moralistas de outrora, diremos que o homem sábio deve evitar tanto o apressamento quanto o adiamento. Assim, o jornal *Le Monde*, de 19 de maio de 1996, se reporta ao seguinte fato: "Tendo vindo a Berlin-Este, para o quadragésimo aniversário da RDA, Mikail Gorbachov se dirige ao Politburo: 'Cabe a vocês determinar a sua política, mas não demorem: quem se atrasa é punido pela vida' ".

3.2.3. *Os modos de apreensão (a tonicidade)*

A tonicidade não é assunto novo para nós, na medida em que, juntamente com o *andamento*, rege o sentido. Para considerá-la, dispomos de duas soluções: ou admitimos que a tonicidade possa ser reflexiva, aplicando-se a si mesma, ou admitimos que constitua uma primeira metalinguagem, composta no essencial pelas formas da variabilidade semiótica [examinada em 2.2] e pelos foremas, especialmente o elã [abordados em 2.6]; e que essa primeira metalinguagem espere, para ser resolvida, uma segunda, da qual só temos um esboço até agora. Em suma, haveria uma espécie de "além" da intensidade

4. *Abjeto*: objeto defectivo, da falta; *adjeto*: objeto distensivo, substantivo ou completivo (cf. Zilberberg, 1993b: 154-155) (N. dos T.).

nos termos até aqui concebidos. Não poderíamos, sem incorrermos num julgamento prematuro, excluir uma solução "bastarda" que se servisse das duas possibilidades. É a que adotaremos aqui, mesmo reconhecendo os dois riscos envolvidos, quais sejam, no primeiro caso, que o analista é igualmente o analisado, e que, no segundo, a convocação de uma grandeza oculta é sempre um empreendimento arriscado.

O primeiro dado a considerar é a ausência de solução de continuidade entre os conceitos de tonicidade e de medida. Primeiro, por causa da *forma científica* que nunca hesita em quantificar as qualidades, como lembra Valéry por relação à música:

> Assim, essa análise dos ruídos, esse discernimento que permitiu a constituição da música como atividade autônoma e como exploração do universo dos sons, foi realizada ou, pelo menos, controlada, unificada, codificada, graças à intervenção da ciência física, a qual, aliás, nessa mesma ocasião, foi descoberta e reconhecida como ciência das medidas, e soube, desde a Antiguidade, adaptar a medida à sensação, e obter o resultado capital de produzir a sensação sonora de maneira constante e idêntica, por meio de instrumentos que são, na verdade, *instrumentos de medida* (1973: 1367).

Em seguida, por causa da *forma semiótica* que, se nos reportarmos às "avaliações" (Hjelmslev), modula a tonicidade opondo-a a si própria, segundo o par canônico:

[*tônico* vs. *átono*]

A tonicidade se concentra na singularidade do *acento*, mais precisamente na batida acentual, e depois, por meio de uma duplicação, constitutiva da própria célula rítmica, se dispersa na pluralidade do *in-acento*:

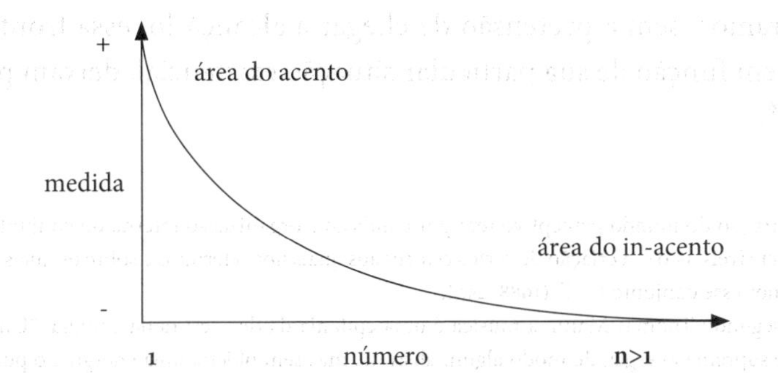

Sob muitos aspectos, o acento, a detonação, aparece como a unidade de medida da afetividade e possui, via de regra, as mesmas características formais nos dois planos. Apresenta-se como um suplemento que dinamiza, segundo Cassirer, "o conjunto dos fenômenos sensíveis"[5]. O acento, *destacando* uma determinada grandeza da cadeia significante, privilegiando-a de alguma maneira, compõe uma profundidade que podemos razoavelmente considerar como indispensável. Essa profundidade é imanente a toda operação de triagem bem sucedida, que deixa de lado as grandezas descartadas. A relação do acento com o in-acento tem talvez a natureza de uma equivalência oculta: a tonicidade da grandeza acentuada seria tendencialmente da mesma ordem que a *soma* das valências atenuadas que afetam as grandezas inacentuadas. Tendo em vista que uma multiplicação resume – ou, o que dá no mesmo, acelera – uma adição recursiva, podemos conceber o acento como um *produto*, um harmônico de *n* in-acentos, mesmo que esse número *n* fique, salvo equívoco, indeterminável. Mas sabemos que, em matéria de ritmo, por exemplo, uma sílaba longa acentuada "vale" aproximadamente duas breves não acentuadas.

Considerando que não há prática regular que não esteja em busca de uma justeza rítmica, de uma eu-ritmia, o fato massivo do ***ritmo*** sugere que a medida intensiva e o número extensivo buscam seu ajustamento (talvez guiados por um providencial princípio de constância...). Os ritmos elementares, o trocaico e o jâmbico, compõem uma concentração de tonicidade no acento, seguida ou precedida por uma sequência de grandezas inacentuadas, as quais, em razão da fraqueza de sua tonicidade, são consideradas irrelevantes. Esse comércio regulado entre medida e número, no próprio cerne do ritmo, representa esse além da intensidade que apenas vislumbramos, sem a pretensão de chegar a alcançá-lo, essa fronteira que as artes, em função de sua particular situação existencial, deixam por vezes entrever[6].

5. "A construção do mundo perceptivo tem por condição a organização interna do conjunto dos fenômenos sensíveis, isto é, a criação de certos *centros* aos quais nos referimos e sobre os quais orientamos e dirigimos esse conjunto [...]" (1988: 250).
6. Assim, segundo Thomas Mann, a música é uma epifania da desmesura da energia: "Uma manifestação de suprema energia, de modo algum abstrata, mas sem objeto, uma energia no puro, no claro

Todavia, o diagrama acima não poderia ser aceito sem discussão. Não se trata de registrar, como o faz o físico, as modificações solidárias de duas variáveis bem identificadas, mas de configurar a *dimensão de acontecimento* da sensação. Esta se situa na esfera do sobrevir, com todas as vantagens e desvantagens que isso supõe: "Toda sensação comporta um germe de sonho ou de despersonalização, como nós o experimentamos por essa espécie de estupor em que ela nos coloca quando vivemos verdadeiramente em seu plano" (Merleau-Ponty, 1994: 290). A sensação só vale por sua diferença *atual*, isto é, em virtude das subvalências de *andamento* e de tonicidade que a conduzem e tonificam respectivamente: "A alma é o acontecimento de um *Demais* ou de um *pouco demais*. Existe pelo excesso ou pela falta. 'Normalmente' não existe" (Valéry, 1973: 1204). De tal maneira que, do ponto de vista semiótico, a sensação é forte como *valor de acontecimento*, mas nula como *valor de estado*. Não seria ilegítimo considerar o nível da sensação como o plano da expressão e seu valor de acontecimento como o plano do conteúdo, o que permitiria entrever como o *quantum* de determinada sensação pode ser avaliado positivamente numa escala plausível qualquer e ao mesmo tempo ser nulo para o sujeito. Por esse viés, o sujeito estético é aquele que, por fidúcia pessoal ou persuasão retórica, considera que os valores de acontecimento generosamente disseminados pela obra permanecem intactos. Indiquemos os três dados que acabamos de mencionar:

(i) o valor de acontecimento da sensação deixa entender, num jogo de palavras, que ela só vale se "causa sensação", na boa acepção do termo;
(ii) a qualificação da sensação em termos de subvalências;

éter – em que outro lugar do universo coisa parecida pode ocorrer?" (1978: 83). Assim também, no admirável estudo que dedica a Baudelaire, Proust insiste na aliança singular (concessiva?), da superlatividade e do desprendimento que capta em certos sonetos da obra do poeta: "Parece que ele eterniza pela força extraordinária, inaudita do verbo (cem vezes mais forte, não importa o que se diga, do que o de Hugo), um sentimento que tenta não sentir no momento em que o nomeia, em que o retrata mais do que o exprime. Ele encontra para todas as dores, para todas as doçuras, essas formas inauditas, extraídas de seu próprio mundo espiritual, e que não poderão jamais ser encontradas em nenhum outro, formas de um planeta onde só ele habitou e que não se assemelham a nada do que conhecemos" (1971: 252-253).

(iii) o ritmo como instância de conversão e sincronização das diferentes ordens sensoriais.

Todos os três aparecem não somente sob as penas de Merleau-Ponty e Valéry, mas também de G. Deleuze:

> Ou melhor, ela [a sensação] não possui lados; ela é as duas coisas indissoluvelmente, é ser-no-mundo, como dizem os fenomenólogos: ao mesmo tempo eu *me torno* na sensação e alguma coisa *acontece* pela sensação, um pelo outro, um no outro. Em última análise, é o mesmo corpo que dá e recebe a sensação, que é tanto objeto quanto sujeito (2007: 42 – os itálicos são do próprio autor).

A transmutação das sensações umas nas outras, da qual a sinestesia é apenas um caso particular, baseia-se na variabilidade da sensação:

> Os níveis de sensação seriam de domínios sensíveis remetendo aos diferentes órgãos dos sentidos; mas cada nível, cada domínio, teria uma maneira de remeter aos outros, independentemente do objeto comum representado. Entre uma cor, um gosto, um toque, um odor, um barulho, um peso, haveria uma comunicação existencial que constituiria o momento "pático" (não representativo) *da* sensação (Deleuze, 2007: 49).

Enfim, trata-se do ritmo como motivo comum do ajuntamento da tonicidade com a temporalidade, visto que ele distribui, na duração e segundo uma regra simples, os acentos acertadamente denominados "fortes"[7]. Por isso, segundo Deleuze, o ritmo está em condições de unificar, homogeneizando-os, os diferentes domínios sensíveis que se tornam planos da expressão de uma valência tensiva definida: "Mas essa operação só é possível se a sensação desse ou daquele domínio (aqui a sensação visual) for diretamente capturada por uma potência vital que transborda todos os domínios e os atravessa. Esta potência é o Ritmo, mais profundo que a visão, que a audição etc." (2007: 49-50).

A univocidade e a estabilidade da relação do sujeito com a sensação atual não deixam de trazer problemas. Merleau-Ponty descarta a passividade do sujeito e propõe uma reflexividade eufórica: "O sujeito da sensação não é nem

7. Para o *Micro-Robert*, o ritmo é definido como "repartição dos valores relativos (tempos fortes e tempos fracos) no tempo".

um pensador que nota uma qualidade, nem um meio inerte que seria afetado ou modificado por ela; é uma potência que co-nasce em um certo meio de existência ou se sincroniza com ele" (1994: 285). Concebe tal reflexividade à imagem de um sujeito que busca o sono. Mais ligada à prática analítica, G. Brelet considera a intensidade variável do som como uma pergunta proposta ao sujeito, o qual ajusta *sua* resposta em função da intensidade que ele próprio mede e sente:

> Quando o som cresce, ocupa um lugar cada vez maior na consciência: invade-a, torna-a passiva, frente a si próprio, e solidária do mundo, também este invadido por suas vibrações. Mas quando o som decresce até as fronteiras do silêncio, é sua subjetividade que cresce: [...] é preciso então sustentá-lo com nossa atividade, ele passa a existir apenas na secreta solidão de uma consciência que o disputa e o transporta ao silêncio e ao nada; [...] Aqui também a expressão musical é a expressão de um ato – um ato que dá ser ao som e que deve ser tanto mais intenso quanto menos intenso for o som (1949, tomo 2: 417-418).

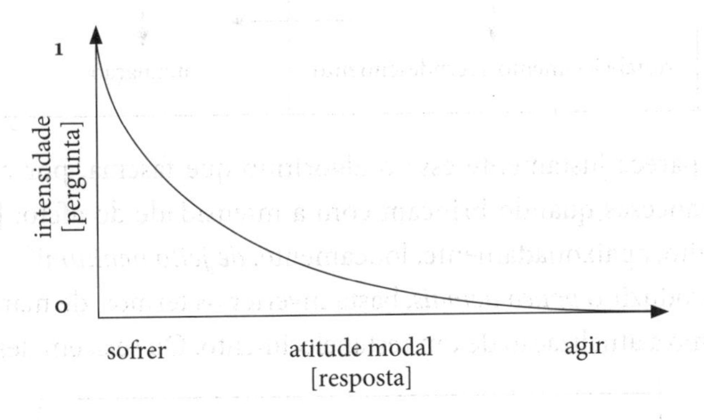

A problemática do aumento e da diminuição abordada por G. Brelet e por Valéry é talvez de grande amplitude, pois que trata da *subjetivação* das propriedades. Segundo uma pista que emprestamos, ainda de Valéry, tal problemática pretende resolver o que se passa no foro íntimo do sujeito quando, por exemplo, "o *quente* passa a *fervente*" (1973: 1185). O que está em jogo nesse caso é a abordagem ingênua, "escolar", da constituição dos paradigmas lexicais. Se a análise de G. Brelet mostra o jogo cruzado e solidário dos *mais* e dos *menos*, a de Valéry descobre que o *demais* e o *pouco demais* não se acrescentam apenas ao *mais* e ao *menos*, mas de fato os substituem. Essa problemática pode ser ligada à difícil questão da relação entre a *forma científica* e a *forma*

semiótica em Hjelmslev (1991: 60-62), que as distingue mas sem explicar seu entrosamento.

O que quer dizer exatamente a substituição do *mais* pelo *demais*? Se o *mais* pode ser atribuído ao restabelecimento e recrudescimento, o *demais* seria o significante que marcaria, na intensificação de uma vivência, a irrupção da primeira atenuação, em suma, de uma *singularidade*, do mesmo modo que Saussure, em *Princípios de fonologia*, atribuía o *efeito vocálico*, o *ponto vocálico* à *primeira implosão*. O *demais*, representando um *basta!*, viria *interromper* o curso ascendente dos *mais* que se sucedem, se concebermos a cadeia das vivências tensivas como sucessão orientada, sequenciada, rítmica, ora de *mais*, ora de *menos*. Na medida em que esse *demais* atualiza uma interrupção, ele toma ou ganha um valor de acontecimento. Ou seja, em ascendência:

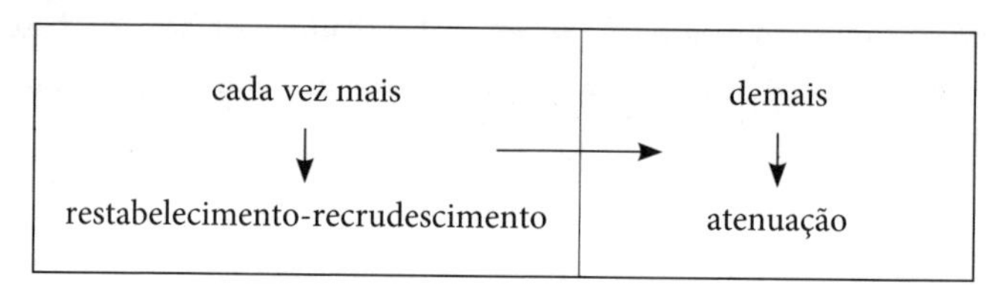

Aliás, parece justamente esse o algoritmo que fascina, por exemplo, as crianças francesas quando brincam com a intensidade do afeto: [gosto] um pouco, muito, apaixonadamente, loucamente, *de jeito nenhum*![8]

Para produzir o *pouco demais*, basta inverter os termos, de maneira a concebê-lo como a atualização de um restabelecimento. Ou seja, em descendência:

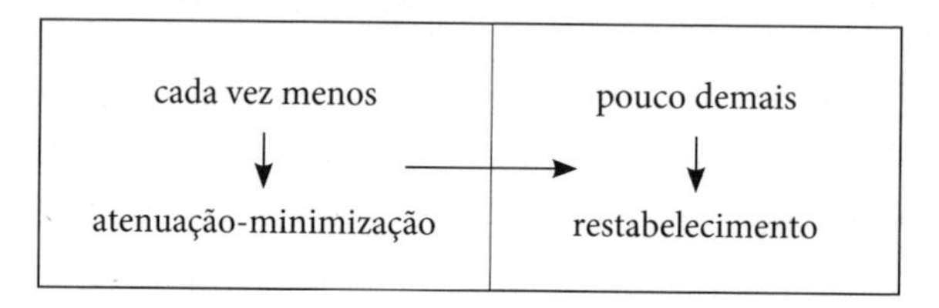

A integração das duas direções tônicas sugere que a tonicidade tem por pivô a noção obscura de *suficiência*[9]:

8. Trata-se de brincadeira infantil correspondente ao nosso "bem-me-quer, mal-me-quer" (N. dos T.).

9. Tal como os mais perspicazes o têm indicado, o *demais* e o *pouco demais* levam o sujeito a conhecer os limites efetivos do seu próprio campo de presença. Segundo Pascal, o *demais* e o *pouco demais*

(i) o aumento da tonicidade atualiza o excesso, o *demais*, de maneira que o sujeito se sente no dever de responder a essa eventualidade pela afirmação da suficiência. É essa a atitude pessoal de Wölfflin diante da arte barroca, na qual discerne uma atração desenfreada pelo *colossal* que ele rejeita: "Desde os trabalhos de Michelângelo e de Rafael no Vaticano, a pintura e a arte plástica, assim como a arquitetura, tendem sempre para o grande. Passa-se então a pensar o belo apenas pelo modo colossal" (1989b: 83).

A catálise desse *demais* produz o excesso[10]:

demais → demasiadamente mais

(ii) a moderação da tonicidade atualiza a insuficiência, o *pouco demais*. O sujeito considera que o processo em curso faz prevalecer o *menos* sobre o *mais* de modo que a catálise do *pouco demais* resulta em:

demasiadamente pouco → demasiadamente pouco mais

variação externa de tonicidade ↓	destino da variação ↓	resposta do sujeito ↓	fórmula tensiva ↓
tonificação →	atualização do excesso	afirmação da suficiência	mais → demais
atonização →	atualização da falta	afirmação da insuficiência	menos → pouco demais

virtualizam as grandezas que os suscitam: "As qualidades excessivas nos são inimigas e não sensíveis: não mais as sentimos e sim as sofremos. Juventude demais e velhice demais embotam o espírito, assim como conhecimento demais ou pouco demais. Enfim, as coisas extremas são para nós como se não existissem e, para elas, nós também não existimos. Escapam-nos ou escapamos a elas" (1954: 1159). As mesmas funções de assimilação ou de rejeição são atribuídas por Valéry ao corpo, neste fragmento elíptico: "O corpo é um espaço e um tempo – nos quais se encena um drama de energias. O *exterior* é o conjunto dos começos e dos fins" (1973: 1134). São numerosos os fragmentos que nos *Cahiers* anunciam, e por vezes resumem, a obra de Merleau-Ponty: "Todo Sistema filosófico em que o Corpo do homem não desempenha um papel fundamental é inepto, inapto.O conhecimento tem como limite o corpo do homem" (Valéry, 1973: 1124).

10. Do ponto de vista diacrônico, o estilo posterior denuncia habitualmente o precedente como excessivo ou deficiente. Assim, Langier, autor de um *Essai sur l'architecture* surgido em 1752, acreditava dever escrever sobre o estilo gótico nestes termos: "A barbárie dos séculos posteriores fez nascer um novo sistema de arquitetura, em que as proporções ignoradas, os ornamentos configurados de modo bizarro e amontoados de forma infantil apenas ofereciam pedras recortadas, o informe, o grotesco, o excessivo" (Citado por B. Worringer, 2003: 133).

Da passagem do enfoque paradigmático, que distingue subcontrários $[s_2 - s_3]$ e sobrecontrários $[s_1 - s_4]$, para o enfoque sintagmático em termos de progressões, ascendente ou descendente, emana uma *ambivalência* que a proximidade das análises de Valéry e de G. Brelet já permitia entrever. Ou seja, a neutralidade, o "normalmente" empregado por Valéry, é ao mesmo tempo procurada, como o indica G. Brelet, e recusada, se atingida. Tudo se passa como se o sujeito admitisse buscar a neutralidade, mas não aceitasse apreendê-la. Em nosso próprio universo de discurso, o sujeito a assume como regulação – ao repetir, ao professar que a moderação é uma virtude, talvez até *a* virtude –, mas não como meta final.

A ambivalência própria à tonicidade pode agora ser precisada: o excesso deve ser louvado ou censurado?[11] Mas assim proposta, a questão provavelmente não admite resposta definida. Preferimos a seguinte formulação: tonificação e atonização em progresso, qual das duas tem a função de contraprograma? Os grandes analistas aos quais recorremos parecem divergir sobre esse ponto.

Refletindo sobre o paradigma da intensidade física, em *Diferença e Repetição*, G. Deleuze se atém a duas modalidades, a *implicação* e a *explicação*, uma conservadora e outra anuladora: "como intensidade, a diferença permanece implicada em si mesma quando ela se anula ao explicar-se no extenso" (2006: 322), uma vez que a profundidade mede o que separa a elevação de

11. A popularidade intacta de Van Gogh que para numerosos contemporâneos é considerado o pintor, explica-se talvez pela cultura, quando não pelo culto à exacerbação, que acabamos incorporando: "Cada vez mais avançado, cada vez mais intenso, cada vez maior, cada vez mais rápido, e sempre mais novo, essas são as exigências que correspondem necessariamente a algum endurecimento da sensibilidade. Para nos sentirmos vivos, precisamos de intensidade crescente dos agentes físicos e de perpétua diversão" (in Valéry, 1960: 1221). É significativo que o primeiro comentário favorável a Van Gogh, atribuído a A. Aurier e redigido seis meses antes da morte do pintor, insista sobre a característica paroxística de sua pintura: "Sob o incessante e formidável reflexo de todas as luzes possíveis; em atmosferas pesadas, ardentes, dolorosas, que parecem exalar de fantásticas fornalhas onde se volatizariam ouro, diamantes e gemas singulares – é o espalhamento inquietante, perturbador, de uma estranha natureza, ao mesmo tempo verdadeiramente verdadeira e quase sobrenatural, de uma natureza excessiva, em que tudo, seres e coisas, sombras e luzes, formas e cores se elevam, se erguem numa vontade raivosa de gritar sua canção essencial e própria, no timbre mais intenso, o mais brutalmente estridente [...]" (*Mercure de France*, 1890, tomo I, p. 24, citado por Mcquillan, 1990: 6). Em nosso ponto de vista, esse texto, se a expressão é cabível, está na mesma frequência do de Artaud, intitulado *Van Gogh o suicídio da sociedade*.

uma tonificação do declínio próprio a uma atonização. Nessa hipótese, a atonização, isto é, a dissipação inevitável, posterior à tonicidade, intervém como programa que exige da parte do sujeito, quando possível, um contraprograma de prevenção ou, caso contrário, um contraprograma de reparação. Mostraremos no quinto capítulo que um dos objetivos da retórica, o que está voltado ao sublime, supõe, sem o discernir ou sem querer declará-lo, que o âmago das coisas, em razão de sua inanidade latente, do *pouco demais* que ele trai, espera da discursivização sua salvação, isto é, seu *impacto*.

O outro termo da alternativa vê na projeção do excesso o programa, e na rejeição-reabsorção do excesso o contraprograma desejável. Mas não se trata, como num jogo, de permutar os conteúdos e as posições na cadeia. É a irrupção e a desproporção atordoante do excesso, quando o comparamos ao antecedente aludido, que pede da parte do sujeito um contraprograma de resolução. Este consiste, como no trabalho de luto, em distribuir, fracionado na duração, um *quantum* de afeto tido como não suportável naquele instante. Valéry, nos *Cahiers*, prefere o termo *ressonância* para falar da semiose íntima que transmite uma dada grandeza pertencente a uma *sensibilidade especial*, que lida com as percepções, para a *sensibilidade geral*, que lida com os afetos, no intuito de compreender a insensata desmedida de alguns de nossos afetos:

> Por sinal, aqui intervém um fator que não é mais a intensidade – mas a *ressonância*.
>
> Aliás, a intensidade supracitada [a que provém da "sensibilidade geral"] deve ser analisada mais profundamente. É preciso vê-la como produto – de uma grandeza de intensidade física por uma grandeza *sensibilidade*. $I = i\sigma$ (1973: 1185).

Como o "princípio de imanência" (Hjelmslev) exige a simplicidade, essa aritmética intuitiva permite não propriamente compreender (ainda não chegamos a esse ponto) mas simplesmente reconhecer a *falta de proporção*, o alcance extático, estonteante de certos afetos, a desmedida *extravagante* – termo que emprestamos de Baudelaire – de certas vivências sobrevindas e, consequentemente, precipitadas e tônicas[12].

12. No soneto intitulado "À une passante" [A uma Passante], Baudelaire, levado por seu gênio, nota que o ápice do afeto tem tembém por significante a "loucura":

estilos tônicos →	aprovação do excesso ↓	rejeição do excesso ↓
ritmo →	in-acento → acento	acento → in-acento
discurso →	Retórica	estado de alma

Em nosso próprio universo de discurso, o estilo tensivo vigente busca o acento, isto é, o pervir, e evita a extinção, que sempre acaba tendo a última palavra. Uma reflexão de Degas, registrada por Valéry, parece-nos resumir a inquietude criadora do artista atento à tonicidade de seu próprio fazer:

Ele [Degas] atribuía enorme valor à composição, ao arabesco geral das linhas, assim como à reprodução da forma e do modelado, ao *acento* do desenho, como dizia. Jamais pensava ter ido longe o bastante na expressão vigorosa de uma forma.

Um dia, encontrando-se comigo numa exposição onde se exibia um de seus pastéis, um nu que tinha vários anos, disse-me, depois de tê-lo cuidadosamente examinado: "Que frouxo! falta-lhe acento!" E não obstante tudo o que eu dissesse para defender esse nu, realmente belo, ele não quis dar o braço a torcer[13].

As valências não são exclusivas de nenhum plano da expressão particular, ainda que alguns usos consolidados possam dar essa impressão. Por essa razão, elas podem quando não renovar, pelo menos relativizar consideravel-

Moi, je buvais, crispé comme un extravagant,
Dans son œil, ciel livide où germe l'ouragan,
La douceur qui fascine et le plaisir qui tue.
Qual bizarro basbaque, afoito eu lhe bebia
No olhar, céu lívido onde aflora a ventania,
A doçura que envolve e o prazer que assassina. (1985: 345)

Afinal de contas, nosso algoritmo de base não compreende a sequência: *até a loucura*, que o *Micro-Robert* assimila a "apaixonadamente"?

13. P. Valéry, "Degas danse dessin" (1960: 1232). O *Micro-Robert* capta bem a tenuidade das valências intensivas no adjetivo *mou* (frouxo): "4. Em que falta firmeza, vigor (ao se falar do estilo, da execução de uma obra). *Pianista cujo toque é frouxo. Desenho frouxo*".

mente as análises em curso. A crítica estética alemã, notadamente a partir dos trabalhos de Riegl, insistiu na primazia dos valores táteis, próprios ao chamado espaço háptico, sobre os valores visuais, próprios ao espaço óptico, e dedicou-se a motivar psicologicamente essa precedência. Tal argumentação pode ser eventualmente estendida, mas, em nome do "princípio de simplicidade" (Hjelmslev), parece-nos que a interpretação existencial – ou, o que dá no mesmo, valencial – do crítico B. Berenson vai direto ao fato, atribuindo o acento aos valores táteis:

> A forma é o que dá intensidade de vida às coisas visíveis. [...] neste livro (como em todos os que publiquei) a palavra "forma" significa antes de mais nada "valores táteis", e [...] as duas expressões se tornam frequentemente sinônimas. [...] Os valores táteis intensificam a vida. [...] Em todos os lugares e em todos os tempos, uma representação visual está dotada de valores táteis, quando aparece como obra de arte e não como mero produto manufaturado, ainda que bem cuidado, elegante e de surpreendente habilidade (1953: 81).

Ou seja, numa representação simples:

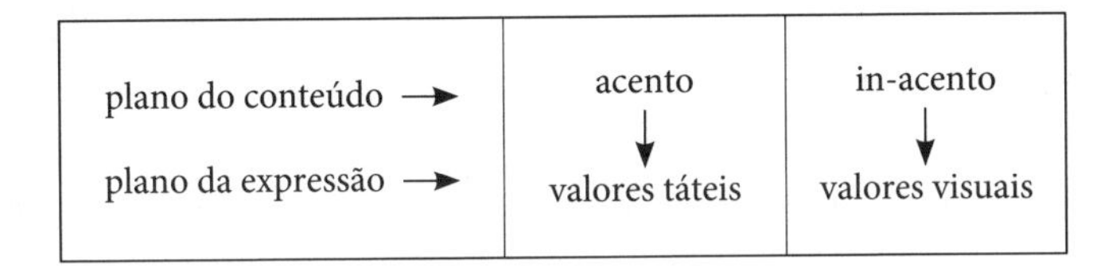

Não há conflito entre os valores táteis e visuais, mas convergência, colaboração, a fim de gerar progressivamente a profundidade: os valores propriamente cromáticos permitem modular o intervalo entre os valores táteis e os valores visuais, por serem complexos, visuais *e* táteis ao mesmo tempo, como o ensina o *Tratado das Cores* de Gœthe.

Essa observação é a nosso ver inestimável por várias razões:

(i) confirma, de início, que a análise, em sua *lentidão*, tem por objeto menos a forma, como se costuma dizer, que o grau superior ou defectivo das valências intensivas "irradiadas" da obra para o observador;

(ii) indica, em seguida, que a abordagem valencial é figural e não figurativa. A problemática do acento, trabalhada em princípio pela linguística, pela poética e pela música, está sendo aqui estendida ao desenho, mas, na verdade, sem que haja nisso qualquer impropriedade. Se fosse o caso de mencionar uma figura de retórica, caberia pensar mais na catacrese do que na metáfora. A problemática do acento é do âmbito do plano do conteúdo, tanto mais se a perspectiva for a de uma *prosodização* do conteúdo, sempre por recomeçar.

3.2.4. *Conivência dos modos de concomitância e dos modos de apreensão*

Se a paradigmática valencial se baseia na desigualdade dos intervalos que estabelece, de um lado, os sobrecontrários [$s_1 \leftrightarrow s_4$] e, de outro, os subcontrários [$s_2 \leftrightarrow s_3$], a sintagmática percorre esses intervalos e, obviamente, a distância semântica percorrida depende do andamento adotado. Esse problema é familiar aos historiadores que distinguem durações desiguais – curto, médio e longo prazo – correlacionadas a tonicidades diferenciais, visto que um tempo se alonga proporcionalmente à distribuição da tonicidade singular que condiciona o discurso. Em sua resposta a Sartre, Lévi-Strauss ("História e Dialética", 1962: 324-357) demonstrou que as significações estão sujeitas à marcha, ao passo escolhido: o curto prazo, por vezes a história do dia a dia, passa por acelerado, o longo prazo, por lento, o médio prazo, por neutro. Essa mecânica mental, sem dúvida indispensável a cada um de nós, é comparável ao câmbio de um automóvel que compõe, regula, ajusta o andamento, a tonicidade (a força) e a duração, e permite aos sujeitos negociar a tonicidade. Sob essas condições prévias, propomos o seguinte esboço:

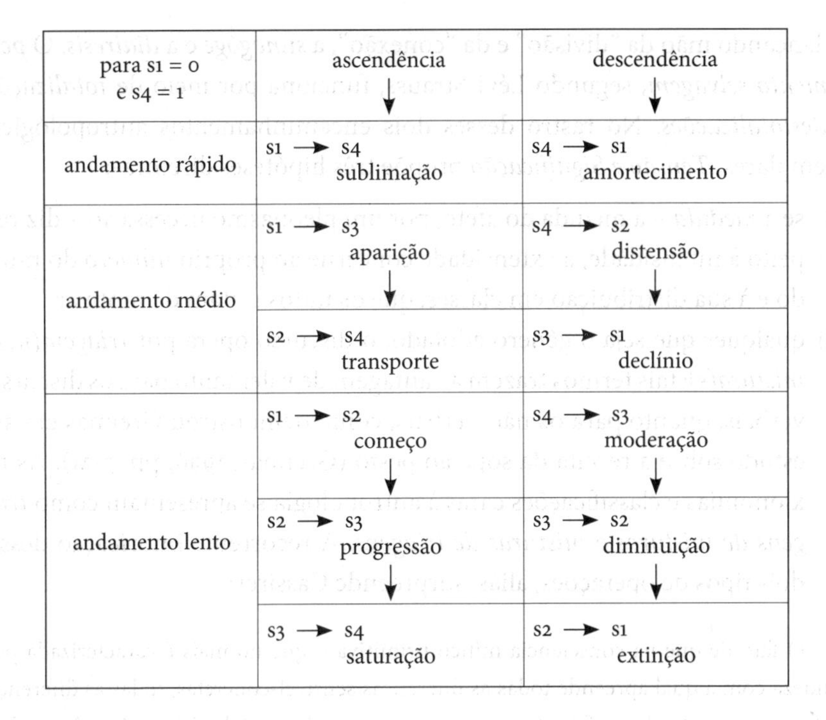

para s1 = 0 e s4 = 1	ascendência	descendência
andamento rápido	s1 → s4 sublimação	s4 → s1 amortecimento
andamento médio	s1 → s3 aparição	s4 → s2 distensão
	s2 → s4 transporte	s3 → s1 declínio
andamento lento	s1 → s2 começo	s4 → s3 moderação
	s2 → s3 progressão	s3 → s2 diminuição
	s3 → s4 saturação	s2 → s1 extinção

Do esboço acima, esperamos apenas que o leitor, ao percorrê-lo de cima para baixo, linha após linha, tenha o sentimento vagamente musical de uma desaceleração; em seguida, de baixo para cima, de uma intensificação, mesmo em descendência, sendo portanto o amortecimento mais intenso que o declínio, e este mais rápido do que a extinção.

3.3. A SINTAXE EXTENSIVA

Como fizemos com a sintaxe intensiva, vamos primeiramente determinar a direção própria à sintaxe extensiva, isto é, à diferença que lhe permite entrar em composição com a sintaxe intensiva.

3.3.1. Direção geral

Assim como a sintaxe intensiva, a extensiva trata de objetos internos, por assim dizer, predefinidos. O *pensamento mítico*, nos termos de Cassirer, opera lançando mão da "divisão" e da "conexão", a *sunagôge* e a *diairesis*. O *pensamento selvagem*, segundo Lévi-Strauss, funciona por meio de *totalizações* e *destotalizações*. No rastro desses dois encaminhamentos antropológicos exemplares, *Tensão e Significação* propõe três hipóteses diretoras:

(i) se a *medida* – a medida do afeto, por um pleonasmo necessário – diz respeito à intensidade, a extensidade concerne ao próprio *número* do mundo e à sua distribuição em classes, que os mitos tratam de motivar;

(ii) qualquer que seja o gênero adotado, o discurso opera por *triagem(ns)* e *mistura(s)*; tais termos trazem a vantagem de valer tanto para os discursos verbais, quanto para os não-verbais, como demonstrou Greimas em seu estudo sobre a receita da sopa ao pesto (Greimas, 1996, pp. 7-21). As taxionomias e classificações caras à antropologia se apresentam como *triagens de misturas* e *misturas de triagens*. A recorrente imbricação desses dois tipos de operações, aliás, surpreende Cassirer:

> O fato de que na consciência mítico-primitiva – que no mais é caracterizada pela agudeza com a qual apreende todas as diferenças sensível-concretas, todas as diferenças da forma perceptível –, o fato de que nela seja possível uma tal mistura de "gêneros" de seres vivos e uma fusão total de seus limites naturais e espirituais, deve ser fundamentado em algum traço universal da "lógica" do pensamento mítico, na forma e direção de sua formação de conceitos e de classes em geral [...] (Cassirer, 2004: 304).

Do mesmo modo como, para a gramática intensiva, o aumento e a diminuição convertem-se em objetos recíprocos, assim também, para a gramática extensiva, a triagem e a mistura, disjuntas no sistema, tornam-se objetos mútuos no processo: o sujeito semiótico não pode evitar de triar misturas, visando a um valor de absoluto, e de misturar triagens, visando a um valor de universo.

Se, indagada a respeito, a semiótica se visse obrigada a confessar uma ontologia, esta seria, em última instância, negativa: não há antecedente intangível, há somente lembranças críveis. As grandezas circulam, vão e vêm, retornando por vezes; em outras palavras, por uma operação de triagem, elas são extraídas de uma dada classe, em parte razoável, em parte insensata, para então serem introduzidas numa outra classe mediante uma operação de mistura, ora bem-sucedida, ora incongruente – tanto é verdade, aparentemente, que para o discurso a questão não é conhecer a essência imutável das coisas, e sim estabelecer, para uma determinada grandeza, projetada pelas circunstâncias no centro do campo de presença, a lista daquelas que são consideradas, em tal ou qual momento, compatíveis com ela, e a lista daquelas que não o são. O discurso não é dirigido pela busca dos predicados universais, mas pelo recenseamento, por sua vez singular, dos interditos e das combinações prescritas, uns e outros eficientes, quando não oficiantes, na cultura em questão. Diga-se de passagem que a semiótica do discurso, caso venha a tornar-se consistente, será certamente levada a moderar a solução de continuidade entre a diacronia e a sincronia, uma vez que as estruturas da sincronia têm uma vocação temporal e historicizante que não deixa dúvida: "Na linguística, as coisas se sucedem de outro modo: aí o discurso conserva os traços das operações sintáxicas anteriormente efetuadas" (Greimas & Courtés, 2008: 402). Em *A Filosofia das Formas Simbólicas*, Cassirer demonstrou que a operação canônica de triagem recaía essencialmente sobre a delimitação dos domínios respectivos do sagrado e do profano; não iremos tão longe a esse respeito, pois, em outro ensaio, já abordamos certos pormenores que temporalizam essa circulação (Zilberberg, 2004: 69-101). O objeto é menos uma grandeza do que o momento em que uma alternância se transforma em coexistência, em que dois elementos mutuamente exclusivos aceitam defrontar-se.

3.3.2. *Os modos de presença (a temporalidade)*

A questão do tempo é, num primeiro momento, desanimadora. Isso por várias razões. Nada é mais comum do que considerar acoplados tempo e espaço. Mas esse acoplamento e seu equilíbrio não resistem a um exame mais atento. Por sua associação com o verbo, o tempo ocupa um lugar eminente nos sistemas gramaticais, o que não ocorre com o espaço. A relação que se tem de estabelecer entre o tempo e o aspecto é problemática. Do ponto de vista diacrônico, dizem-nos que as línguas antigas "preferiam" o aspecto, isto é, multiplicavam as distinções, em detrimento do tempo. As línguas modernas seriam mais sensíveis à historicidade do que à progressividade do processo. Se todas as línguas distinguem o presente e o passado, algumas ignoram o futuro sistêmico. Do ponto de vista sincrônico, o tempo e o aspecto parecem formar um complexo indefectível, cuja manifestação prioriza ora o tempo, ora o aspecto.

Evitando dizer *o* tempo, tomamos como objeto a pluralidade dos estilos temporais *possíveis*. O tempo é um contínuum, um *não-sei-quê* analisável, "enformável", orientável, enfim, passível de opor-se a si mesmo. O tempo é apenas a provisória soma das informações e operações que o universo de discurso considerado admite. A formulação mais justa a respeito do tempo genérico consiste em dizer que ele se presta a nós.

Para situar e limitar nosso exame, façamos distinção entre o tempo especulativo dos filósofos e o tempo prático, o tempo praticado, dos não-filósofos. Mais paradigmático, o tempo dos filósofos não requer demonstração: basta que o conheçamos. O filósofo se propõe, senão a elucidar, ao menos a reconhecer as principais aporias do tempo, especialmente o modo de presença da *negatividade* do passado e do futuro. Mais sintáxico, o tempo dos não--filósofos é um tempo instrumentalizado, ou seja, conforme uma expressão idiomática, heurística, da língua francesa, o tempo regulado, ajustado, modalizado, frequentemente negociado, dos *emplois du temps* [agendas].

Importa-nos mostrar que as práticas e os usos partilhados do tempo estão em concordância com o lugar que atribuímos à temporalidade no dispositivo tensivo. Uma vez que as características decorrem da situação, a inserção da temporalidade no espaço tensivo deixa-se declinar da seguinte maneira:

(i) a temporalidade é uma subdimensão da extensidade;
(ii) o andamento dirige a temporalidade segundo uma correlação inversa, isto é, a rapidez abrevia e concentra, ao passo que a lentidão alonga e distribui[14];
(iii) em andamento constante, uniforme, a temporalidade e a espacialidade estão em correlação conversa entre si, donde a frequência das transposições que levam, conforme o caso, quer à temporalização do espaço, quer à espacialização do tempo[15].

14. A língua alemã designa a câmara lenta como *Zeitlupe*, "lupa temporal".

15. Segundo Cassirer, se o tempo e o espaço se assemelham, é porque dependem de uma terceira grandeza, a alternância do dia e da noite: "A cisão do espaço em direções e regiões singulares ocorre paralelamente à cisão do tempo em fases singulares – ambas têm o papel apenas de dois momentos diversos

Seguindo nossa hipótese geral de que a intensidade deve ser *medida* e a extensidade *enumerada*, a inserção da temporalidade na dimensão da extensidade faz com que o grande problema em relação ao tempo imediato seja sua partilha, sua partição. Por outro lado, em 2.7.2, tínhamos aplicado a rede de valências à temporalidade. Retomemos os resultados dessa aplicação, conservando apenas aqueles que são manifestados pelos subcontrários. Sob essas condições, chegamos ao paradigma tensivo da temporalidade (cf. Zilberberg, 2000a: 93):

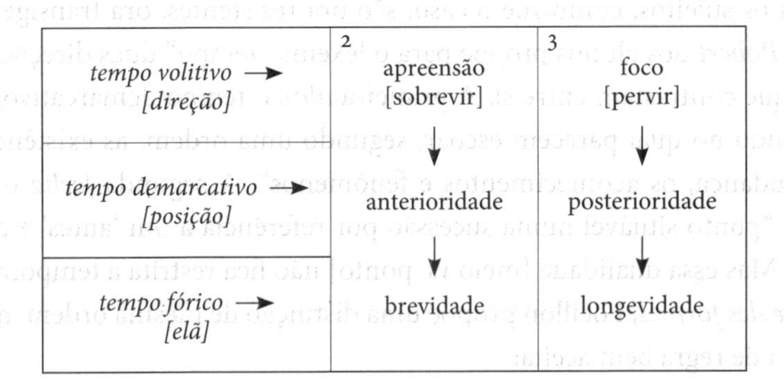

	2	3
tempo volitivo → *[direção]*	apreensão [sobrevir] ↓	foco [pervir] ↓
tempo demarcativo → *[posição]*	anterioridade ↓	posterioridade ↓
tempo fórico → *[elã]*	brevidade	longevidade

Na medida em que esses tempos estão imbricados uns com os outros, a segunda coluna é a do acontecimento, do mito e da memória; a terceira, a da ação, do projeto e da programação. Desta rede, estamos considerando aqui apenas a última linha, a que diz respeito ao *tempo fórico das extensões*, tal como se constata correntemente pela oposição *longo* vs. *breve*, cujos termos concebemos como questões resistentes e não como predicados óbvios. Em que condições o sujeito é levado, tentado, obrigado a alongar ou a abreviar seu fazer ou seu estado? Noutras palavras, colocamo-nos como objeto a considerar a *elasticidade* do tempo, isto é, a divisão do tempo em durações desiguais. Se adotássemos a perspectiva de Jakobson, diríamos que a tensão paradigmática [longo *vs.* breve] projetada no eixo sintagmático fornece à sintaxe seus objetos internos: o longo se torna a meta do breve, e vice-versa.

naquele processo de iluminação paulatina do espírito, que tem início na intuição do fenômeno físico primordial da luz" (Cassirer 2004: 191).

É comum entender o tempo como um enigma inesgotável "sempre recomeçado". Entretanto, sem ter a ridícula pretensão de esclarecê-lo, podemos propor circunscrever o mistério. Do ponto de vista semiótico, o tempo enuncivo e o tempo enunciativo têm propriedades distintas: o presente "eterno", "sempre recomeçado" da enunciação nada tem a ver com o presente específico do enunciado. Além disso, as categorias possuem – e talvez seja isso mesmo que faz delas categorias regentes – uma propriedade-privilégio, a saber: são *analisáveis*, moldáveis, oponíveis a si mesmas, numa palavra, são elásticas e, para os sujeitos, conforme o caso, são ora resistentes, ora transigentes. O *Micro-Robert* dos alunos propõe para o lexema "tempo" duas direções genéricas, que contrastam entre si. A primeira *abre* o tempo demarcativo: "meio indefinido no qual parecem escoar, segundo uma ordem, as existências em sua mudança, os acontecimentos e fenômenos". A segunda *fecha* o tempo fórico: "ponto situável numa sucessão por referência a um 'antes' e um 'depois'". Mas essa dualidade [meio *vs.* ponto] não fica restrita à temporalidade. Em *Vie des formes*, Focillon propõe uma distinção de mesma ordem, que tem sido via de regra bem aceita:

> Tentamos chegar a esse resultado distinguindo o espaço-limite e o espaço-meio. O primeiro pesa de algum modo sobre a forma, limita-lhe rigorosamente a expansão, ela se apoia sobre ele como o faz uma mão espalmada sobre uma mesa ou sobre uma vidraça. O segundo é livremente aberto à expansão dos volumes que ele não contém, os quais se instalam, se desdobram nele como as formas da vida (1996: 38).

É significativo que a distinção proposta por Focillon refira-se à timia, à actancialidade e à capacidade modal dos actantes, visto que as formas do espaço são comparáveis a linhas de frente ao longo das quais os programas e contraprogramas se contactam e se medem:

extensidade ↓	concentrado ↓	difuso ↓
temporalidade espacialidade	ponto	meio

Em seu estudo sobre a noção de "agora", D. Bertrand formula uma questão de mesma natureza: "Por que 'agora' pode ser tanto extensivo como pontual?" (2003: 6). O próprio fato de que o tempo seja apreendido utilizando os funtivos de uma categoria espacial não pode ser fortuito. Com efeito, essa tensão parece ser a mesma que, segundo Hjelmslev, opõe o termo extensivo ao intensivo. Mas mesmo essa distinção é deduzida de uma inflexão epistemológica de que a nosso ver a semiótica greimasiana lamentavelmente não tratou, a saber, que o conteúdo dos termos não deve ser esperado nem de certas operações chamadas lógico-semânticas, nem de uma fenomenologia atenta, mas de uma *aspectualidade* figural que chamaremos, na esteira de Bachelard, *transcendente* e que supõe um "esforço de novidade total" (1958: 42).

De acordo com *La catégorie des cas*, o conteúdo das categorias é heteronômico, visto que se torna uma função da extensão: "os termos do sistema (referindo-se aos casos) são ordenados conforme a *extensão* respectiva dos conceitos expressos e não conforme o *conteúdo* desses conceitos" (Hjelmslev, 1972: 102). Desse postulado, sempre ignorado, decorrem as definições respectivas dos termos intensivo e extensivo: "a casa escolhida como intensiva tende a *concentrar* a significação, ao passo que as casas escolhidas como extensivas tendem a *disseminar* a significação nas outras casas de modo a invadir o conjunto do domínio semântico ocupado pela zona" (1972: 112-113)[16]. Assim, sem que precisemos recorrer à reflexividade ou à introspecção, o espaço-ponto estaria para o espaço-meio assim como o termo intensivo estaria para o termo extensivo. De maneira figurada, poderíamos falar da alternância entre uma valência de *sítio* e uma valência de *zona*.

Diferentemente do ponto de vista filosófico, que pretende apreender o tempo em si e produzir sua justa definição, o ponto de vista semiótico afirma que o tempo pertence a um complexo de categorias, as quais, para emprestarmos uma expressão de Hjelmslev, "se condicionam constantemente" (1991: 162). Em consequência, a semiótica se propõe não a *definir* como é o uso, mas a *interdefinir* as noções com que opera. Todavia, é de se temer que as propos-

16. Impõe-se aqui um esclarecimento quanto à terminologia. Os domínios do intensivo e do extensivo não são os mesmos: a tensão [concentrado *vs.* estendido] define para nós a estrutura da extensidade, isto é, do inteligível.

tas lançadas só realizem em parte as exigências declaradas, uma vez que, para sermos bem rigorosos, os fatos sintagmáticos devem ser caracterizados do ponto de vista paradigmático, e vice-versa:

> [...] somos forçados a introduzir considerações manifestamente *sintáticas* em *morfologia* – por exemplo, as categorias da preposição e da conjunção, cuja única razão de ser se encontra no sintagmático – e a ordenar na *sintaxe* fatos plenamente *morfológicos* –, reservando forçosamente à *sintaxe* a definição de quase todas as formas que pretendemos ter reconhecido em *morfologia* (Hjelmslev, 1991: 162)[17].

De maneira geral, a questão semiótica pode ser assim redigida: como, a partir da distinção "ou... ou", produzir a relação "e... e", uma vez que, segundo a hipótese lançada neste trabalho, a sintaxe tem como objeto – quer as minimize, quer as exacerbe – as triagens e misturas anteriormente efetuadas e validadas. No caso do tempo, e a partir das definições propostas pelo *Micro-Robert*, correlativas da tensão inerente à temporalidade fórica, teríamos:

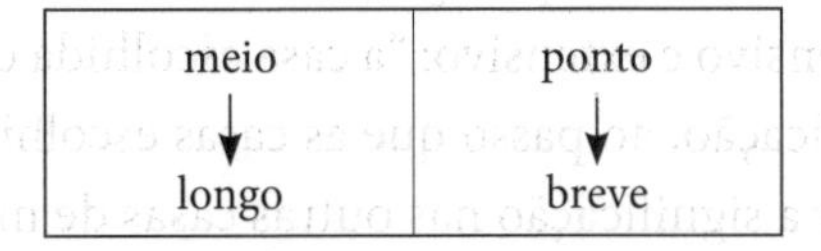

A questão se coloca por si mesma: dado um meio, como produzir, como emitir um ponto, um momento singular? Por sua vez, a partir do longo, como extrair – no plano do conteúdo, essa é a questão! – o breve? Por fim, a formulação mais geral que poderíamos lançar seria esta: depois de relembrar que para Hjelmslev os termos são definidos por sua *tendência a*, como "sintaxizar" a relação paradigmática entre o termo intensivo e o termo extensivo? Conforme o próprio texto de Hjelmslev, a resposta parece simples: *estendendo* o termo intensivo e *concentrando* o termo extensivo, se bem que, dizendo isso, nós acabamos por enunciar não a resposta, mas a pergunta.

17. Podemos ler na pena do próprio Saussure uma moderação do corte entre diacronia e sincronia: "[...] se todos os fatos de sincronia associativa e sintagmática têm sua história, como manter a distinção absoluta entre diacronia e sincronia? Isso se torna muito difícil desde que se saia da fonética pura" (1971: 164).

Diante disso, a crítica que talvez se pudesse endereçar ao *Micro-Robert*, de espacializar a temporalidade quando recorre à tensão meio *vs.* ponto, é de somenos. Nos termos de Saussure, são casos de dependências com respeito a uma terceira grandeza que as precede e determina. Contrariamente ao dicionário, num fragmento dos *Escritos de Linguística Geral* (2004), Saussure menciona uma distinção que define o tempo pelo ...tempo:

> Mas não existe, senão em linguística, uma distinção sem a qual não se compreende os fatos em grau algum [...]. Tal é, em linguística, a distinção entre o estado e o acontecimento; pode-se perguntar, até mesmo, se essa distinção, uma vez bem reconhecida e compreendida, permite, ainda, a unidade da linguística, [...]. (2004: 200)[18].

A rede das correspondências assim se estabelece:

estrutura de base →	concentrado ↓	estendido ↓
segundo Hjelmslev →	termo intensivo	termo extensivo
espacialidade →	ponto	meio
temporalidade →	acontecimento	estado

Nessas condições, a dualidade [acontecimento *vs.* estado] deve ser atribuída à temporalidade fórica:

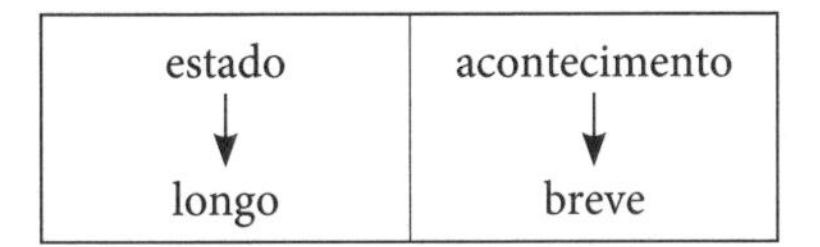

estado	acontecimento
↓	↓
longo	breve

18. Para Cassirer, essa distinção é gramaticalizada por algumas línguas: "Muitas destas línguas desenvolveram um recurso fonético próprio para diferenciar a ação momentânea da duradoura, na medida em que as formas utilizadas para expressar a ação momentânea foram criadas a partir da raiz verbal acrescida de uma vogal radical simples, enquanto para a expressão de ações duradouras foram desenvolvidas formas a partir da raiz verbal acompanhada de uma vogal radical intensificada. De um modo geral, na gramática das línguas indo-germânicas costuma-se distinguir, desde G. Curtius, a ação 'intermitente' (*punktuelle Aktion*) da ação 'contínua' (*kursive Aktion*)" (Cassirer, 2001: 254-255).

Se retornamos ao texto de Hjelmslev, o ponto delicado não é a morfologia do tempo. A perenidade e a "qualidade" dos sintagmas cristalizados, relativos ao uso do tempo, atestam um consenso tácito que não deve ser desprezado. O ponto delicado reside no *tratamento sintáxico dessa morfologia*: como o tempo, na medida em que dura, pode acolher o acontecimento que precisamente virtualiza sua progressão? Conforme a palavra do poeta: como faz o tempo para *suspender seu voo*?[19] Inversamente, uma vez passado o impacto do acontecimento, como a duração perdida consegue recuperar as prerrogativas que habitualmente são suas? Por quais vias o tempo, tal como um rio que reencontra seu leito depois de tê-lo deixado, retoma seu curso? Como, a partir do abalo causado pelo sobrevir, retornar à fluência dos estados? É isso que propomos examinar.

Se o acontecimento ocupa tamanho lugar nos discursos, é talvez por tornar possível a comunicação entre transcendência e imanência. Por suas consequências, o acontecimento é do âmbito da transcendência: ele nos abala, nos toca. Pelas condições que requer, ele é do âmbito da imanência e, até certo ponto, de um cálculo. A divisão do tempo fórico segundo o par [acontecimento (breve) *vs.* estado (longo)] admite, numa primeira aproximação, a introdução de uma *cesura* que exprime um diferencial extensivo, o das durações. Ela supõe sobretudo um *acento*, uma detonação, em suma, um diferencial intensivo, o das tonicidades. No modelo proposto por Hjelmslev, nos *Prolegômenos*, a dualidade [estado *vs.* acontecimento] seria uma das resoluções possíveis da tensividade. Considerar que o espaço tensivo é definido pela projeção da intensidade (os estados de alma) sobre a extensidade (os estados de coisas), significa dizer que a tensividade tem o estatuto de pressuposto sincrético que a virtude da análise resolve ao reconhecer, conforme o caso, acontecimentos ou estados cujas valências tensivas são simétricas e inversas:

19. Alusão ao célebre poema de Lamartine, "*Le lac*" [O Lago] (N. dos T.).

categorias tensivas →	intensidade ↓	extensidade ↓
operações →	acento	cesura temporal
resultados →	acontecimento	estado

Precisemos que a resolução analítica é realmente dupla. O acontecimento, por sua qualidade de detonação acentual, remete à tonicidade, enquanto por sua brevidade, sua irrupção, remete à celeridade do andamento, visto que o diferencial de andamento tem por plano da expressão a abreviação dos programas, se o processo vai se acelerando, e seu alongamento, caso se desacelere.

Essa divisão do tempo, que se traduz frequentemente pelo recurso ao advérbio *agora* – que D. Bertrand resume como um "ponto de cruzamento repleto de aspectualidade" (2003: 4) – recorre ainda ao modelo do acento. Do ponto de vista formal, essa divisão do tempo pressupõe um complexo esquematizante [*cesura-acento*], dado que a cesura concerne à extensidade, e o acento, à intensidade. Os dois componentes desse complexo procedem de tempos distintos:

(i) a cesura, relativa ao tempo demarcativo, cinde a duração em duas camadas contíguas:

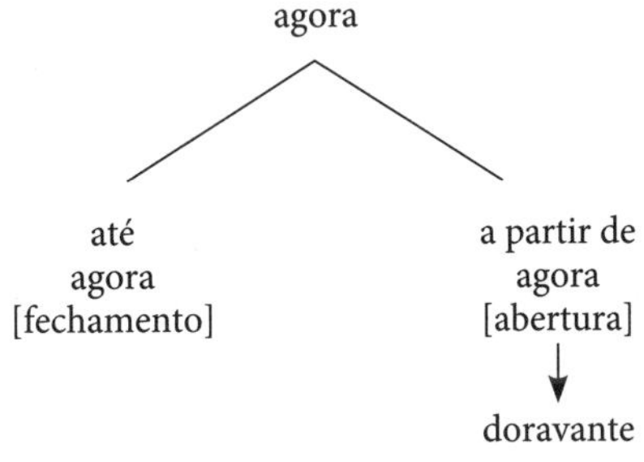

(ii) o acento, por sua vez, é relativo ao tempo fórico, e essa dependência explica os empregos modais de *agora*, explícitos, por exemplo, nos casos de últimato: *é agora ou nunca!* Essa fórmula revela que, para um dos participantes do conflito, a atualização do confronto substituiu o estado de tensão que prevalecia até então, e que, em consequência, o tempo durativo se esgotou. Autêntico pivô aspectual, *agora* se torna uma espécie de Jânus temporal: interrompe *e* inaugura. Depois de inaugurar, prolonga e "espalha". A estrutura do *agora* é ao mesmo tempo paradigmática e sintagmática. Abrevia, depois prolonga; prolonga, porque abrevia.

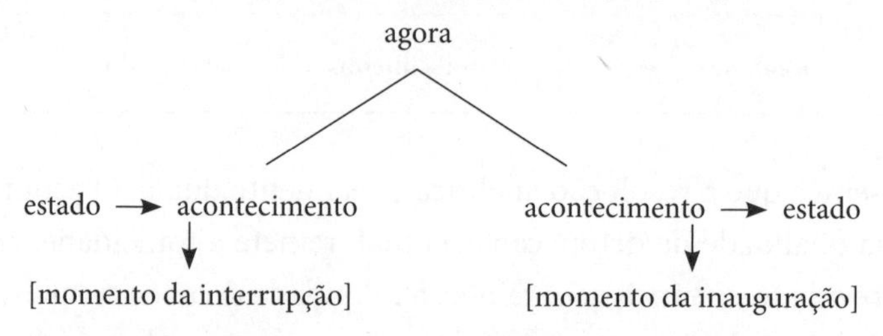

O *Micro-Robert* define o *prolongamento* em termos de recrudescimento: "fazer durar por mais tempo". Mas, perante a questão – qual é a contraparte plausível desse prolongamento? – a chave das singularidades e das vicissitudes da extensidade, se é que existe, está ligada à superlatividade das subvalências de andamento e tonicidade: "O que nos toca, persiste, e se projeta nas coisas subsequentes. O intenso tem, pois, uma qualidade própria – a de persistir para além de sua causa" (Valéry, 1973: 1235). O estado e o acontecimento são grandezas discursivas manifestas, mas a explicitação da desigualdade que os associa, tanto sintagmática quanto paradigmaticamente, deve ser buscada na dependência da extensidade (neste caso temporal) em relação à intensidade tímica. Assim:

variação externa de temporalidade ↓	destino da variação ↓	resposta do sujeito ↓	fórmula tensiva ↓
duratividade →	expansão da duração	interrupção [abreviação]	estado → acontecimento
parada →	atualização da duração	continuação [prolongamento]	acontecimento → estado

Cabe ao discurso descobrir ou inventar o caminho que liga, na perspectiva do sobrevir, o acontecimento ao estado, e na do pervir, o estado ao acontecimento. Se o primeiro é passivamente apreendido, o segundo oferece ao sujeito possibilidades de intervenção que, por comodidade, denominaremos *suspensão*, assim definida pelo *Micro-Robert*: "interrupção ou adiamento". Mas a alternância indicada é também uma relação de pressuposição: sem "interrupção" não há "adiamento". Salvo melhor juízo, a suspensão admite duas modalidades distintas: o suspense (A) e o suspenso (B):

(A) A primeira diz respeito a todas as manifestações que acionam a duração. Nessa perspectiva, o livro de entrevista entre A. Hitchcock e F. Truffaut traz surpreendentes confirmações para o ponto de vista tensivo. Para ambos os cineastas, a dimensão da intensidade está relacionada à temporalidade:

> F.T. - Penso também que seu estilo e as necessidades do suspense o levam constantemente a trabalhar com a duração, algumas vezes a contraí-la mas, com mais frequência, a dilatá-la, razão pela qual o trabalho de adaptação de um livro é muito diferente para você do que para a maior parte dos cineastas.
>
> A.H. - Sim, mas contrair ou dilatar o tempo não é o primeiro trabalho do diretor? Você não acha que o tempo no cinema jamais deveria ter relação com o tempo real? (1983: 57).

Não é nada óbvia a razão pela qual são pertinentes as análises daqueles que chamaremos, por equidade, os *artesãos do sentido*. A hipótese mais plausível a nosso ver estipula que, mesmo sem conhecer doutamente a economia do sentido, eles o *exercem*, conforme expressão que emprestamos de Claudel.

No grande texto intitulado "A Pintura Holandesa", Claudel, a propósito da *presença*, restitui a profundidade do sintagma cristalizado: *faire acte de présence* [marcar presença]: "Como eles [os quadros] são reais! Como mantêm a pose! Como aderem bem à sua própria continuidade! Eles marcam presença, *ils font acte de présence*, como dizemos tão fortemente os franceses. Quero dizer que não apenas constituem uma presença, eles a exercem [...]" (1965: 184). Esse profundo jogo de palavras de Claudel toca num dos limites de nossa pesquisa, a legalidade da dupla resolução:

(i) por "aceleração": do *ser* ao *fazer*;
(ii) por tonificação: do *fazer* ao ato. Em nosso ponto de vista, o comentário de Claudel se apresenta como uma catálise das valências tensivas do au-

xiliar *ser* em indo-europeu. Com efeito, *ser* nunca passou de uma simples cópula entre um sujeito e um predicado:

> Considerando-se no momento apenas o indo-germânico, constata-se em toda a sua extensão que as múltiplas designações utilizadas para a apresentação do ser predicativo remontam a uma significação primeva de "existência": seja esta última entendida no sentido mais geral como simples presença, seja em um sentido concreto e específico entendida como vida e respiração, como crescer e tornar-se, como perdurar e persistir (Cassirer, 2001: 413).

Uma das direções da criação artística contemporânea e da reflexão estética, sobretudo de língua germânica, diz respeito ao reencontro do sujeito com a superlatividade das valências intensivas, e essa pesquisa se efetiva mediante a adoção da concessão. Cada semiótica segue aqui seu próprio caminho, isto é, seu plano da expressão. No caso da pintura, segundo B. Berenson, leitor de Riegl e de Wölfflin: "o pintor tem por função dar às impressões retinianas um valor tátil", na medida em que a diacronia teria virtualizado os valores táteis outrora prevalentes, do dizer de certos autores. Na ordem do discurso, a questão é provocar uma dupla *surpresa*:

(i) surpreender o leitor, isto é, conforme o termo que prevaleceu: espantá-lo;
(ii) surpreender, sob as aparências, algo que se oculta: a intimidade entre as valências intensivas de andamento e tonicidade no cerne das valências de tempo e espaço.

O "ápice da contemplação" semiótica se deve talvez à conjunção sincrética da intensificação e da concessão, a primeira oferecendo a configuração preciosa do "ponto mais alto", e a segunda, a do "espanto". Um curto "poema abstrato" de Valéry dá a fórmula dessa intensificação e dessa manifestação:

> *Calme - Prêtre de Kronos*
>
> *Ô Temps -*
> *quoique rien ne se passe de sensible*
> *quelque chose - on ne sait où*
> *croît.*
> *L'être immobile (que l'on est)*

au sein d'un lieu immobile aux yeux et aux sens
*agit-il par **là**?*

Calma - Sacerdote de Chronos

Oh! Tempo -
embora nada se perceba
alguma coisa - não se sabe onde
cresce
O ser imóvel (que se é)
no seio de um lugar imóvel aos olhos e aos sentidos
agiria *aí*?
(1960: 1291).

Nessas condições bem plausíveis, não é de espantar que A. Hitchcock, completando a indicação dada por F. Truffaut, recorra ao paradigma próprio da temporalidade fórica:

[contrair → breve] *vs.* [dilatar → longo]

Os dois interlocutores levantam de passagem o problema da "adaptação" de uma obra literária para a tela, isto é, a transposição do conteúdo de um discurso para um outro discurso. Essa problemática é figural, dado que não concerne apenas a uma obra particular. Segundo a convenção que adotamos, diremos que ela é de ordem *valencial*. Dois pontos, geralmente confundidos, devem ser levados em conta:

(i) o tratamento da heterogeneidade irredutível que existe entre o tempo romanesco e o tempo cinematográfico (este concentra, aquele estende), disparidade que leva o ou os adaptadores a selecionar trechos da obra literária, ou seja, operar uma extração;
(ii) em seguida, sobre a parte assim selecionada, o roteirista aplica os procedimentos característicos da temporalidade fórica.

Dessa forma, o romance deve, num primeiro momento, ser "contraído", acelerado, para satisfazer o andamento geral do cinema, sendo transformado em novela, porque esta "raramente fica parada, o que a aproxima do filme". Mas a novela, num segundo momento, deve ser *desacelerada*, apresentando os regimes e protocolos que concordam nos nossos termos com o estilo ascendente, marca registrada dos filmes de Hitchcock:

> F. T. – [...] as ações rápidas devem ser desdobradas e dilatadas, sob o risco de passar quase imperceptíveis para o espectador. É preciso domínio do ofício e autoridade para controlar bem isso.
>
> A. H. – [...] Essa exigência implica a necessidade de um desenvolvimento sólido da intriga e a criação de situações pungentes que decorram dessa mesma intriga e que devem todas ser, em primeiro lugar, apresentadas com habilidade visual (1983: 57).

F. Truffaut resume mais ou menos essa entrevista por uma questão que interpretaríamos de bom grado como o artigo primeiro de um esquematismo ascendente: "o suspense é a dilatação de uma espera?". A partir dele efetuamos a catálise esquematizante, a saber: o suspense é a dilatação *extensiva* de uma espera *intensiva*. Mais decisiva ainda, porém, parece-nos ser a explanação da diferença entre a surpresa e o suspense, particularmente caro a Hitchcock, a "suspensão do interesse" nos *Discursos* de Corneille:

> A. H. – A diferença entre o suspense e a surpresa é bem simples, e falo disso frequentemente. [...] Estamos conversando, há talvez uma bomba sob esta mesa, e nossa conversa é corriqueira, nada de especial está acontecendo e de repente: bum, explosão. O público fica surpreso, mas, até então, estávamos mostrando-lhe uma cena absolutamente habitual, sem interesse. Agora, examinemos o suspense. A bomba está sob a mesa, o público sabe disso, provavelmente porque ele viu o anarquista colocá-la. O público sabe que a bomba explodirá à uma hora, e sabe que são quinze para a uma – há um relógio no cenário. A mesma conversação banal se torna de repente muito interessante porque o público participa da cena. [...] No primeiro caso, demos ao público quinze segundos de surpresa no momento da explosão. No segundo, demos-lhe quinze minutos de suspense (1983: 59).

Do ângulo figural, a superioridade do suspense sobre a surpresa se explica pelo fato de que o tempo do suspense é um tempo tonificante, isto é, *patemizado* para o sujeito.

(B) Retornemos agora à segunda modalidade anunciada da suspensão, a do *suspenso*. Numa homenagem minuciosa à obra de Miró, R. Char expõe, com muito mais propriedade que nós, a imbricação poiética das valências.

Mais precisamente, R. Char aplica, conforme a convenção que adotamos, a semiótica do pervir sobre a do sobrevir. Antes de entrar em detalhes, convém relembrar que a análise de Char (cf. 1983: 693-698) e o comentário a que nos arriscamos supõem ambos que o espaço pictural seja tomado como plano da expressão associado a um plano do conteúdo cuja chave é o *tempo pictural*. O objeto de valor, a saber, a eficiência, a magia da pintura de Miró, se acha de início requalificado como um percurso que, recusando ir da origem ao fim, pretende retornar do fim à origem, procedimento designado por R. Char como "a utopia do retorno às origens". O observador é convidado a abandonar a postulação implicativa enaltecida pela *doxa* e a adotar a concessão tanto do ponto de vista subjetal – "o estado que precede a coisa, não a via do acabamento mas a que regressa a seu começo" – quanto do ponto de vista objetal: "o surgimento não tem fim".

A questão agora se enuncia: de que meios dispõe o discurso para perenizar, "eternizar"[20] a atualização desse "surgimento" e para persuadir o sujeito a tomar como seu "[o] estado que precede a coisa"? Como trabalhar o tempo? Segundo o paradigma próprio à sintaxe tensiva responderíamos: (a) por implicação, retardando, protelando a realização do acontecimento (como vimos em 3.2.2 a respeito do texto de Proust referente ao deitar-se do narrador; (b) ou por concessão, inserindo na cadeia das vivências ora uma suspensão, ora uma parada, de vez que "suspender" se define como "interromper (uma ação)

20. É o termo que usa Proust sobre Chardin em *Contre Sainte-Beuve* (1971: 374). A aceleração espantosa das práticas e contatos intersubjetivos, hoje em dia instantâneos, não podia, tendo em vista as coerções do espaço tensivo, deixar de acarretar com o tempo uma espécie de repulsa pelo desenvolvimento da duração, algo como uma *cronofobia*. Felizmente as artes e especialmente a música sinfônica com Mahler e Bruckner nos dão uma imagem invertida disso. Adorno escreve a esse respeito: "A sinfonia épica [de Mahler] saboreia o tempo, abandona-se a ele; busca concretizar o tempo mensurável da física em duração viva. Vê na própria duração a imagem do sentido, por reação talvez perante a desgraça que sofre a duração no modo de produção da industrialização avançada e nas formas de consciência correspondentes" (1976: 112). Assim também, para G. Brelet: "[...] E sobretudo o tempo musical, essência talvez do tempo, está próximo dessa eternidade em que o tempo simultaneamente é abolido e efetivado. Como poderia viver e subsistir a obra musical se não fosse eterna? Se fosse apenas um fragmento da duração irreversível, esta a absorveria em seu fluxo, seria somente duração banal, e deixaria de existir. É preciso, pois, que ela se situe fora do tempo e, no entanto, no seio do tempo mais real e vivo, no tempo musical que incarna, para além do tempo, a própria essência do tempo" (1949: 427).

por algum tempo" e que "parar" se entende como "impedir (alguém ou alguma coisa) de avançar, de ir adiante, fazer permanecer no lugar", qual seja, conforme a progressão canônica:

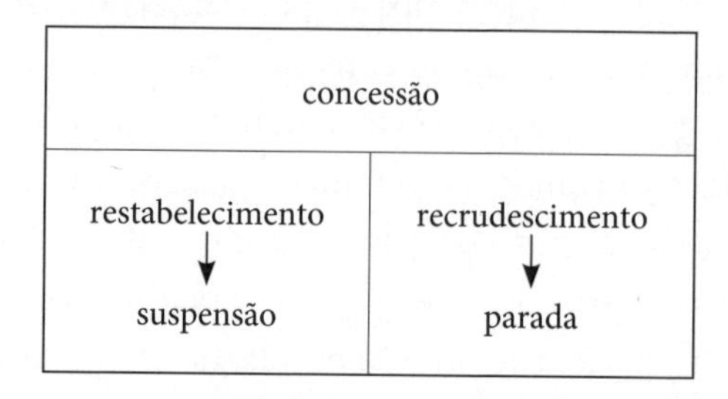

Assim, à pergunta "como alongar o tempo?" Char responde: *suspendendo*-o e, se possível, *parando*-o! À questão prática "quando essa inibição deve ocorrer?" o poeta responde em suma: no começo do começo, no lapso da iminência. Atento à delicadeza inaudita dos começos, Char pretende sobretudo, diante da obra de Miró, surpreender e *sustentar*, tal como se pede a um cantor ou músico que sustente exageradamente a nota, o que gostaríamos de chamar o *ponto de iminência*, isto é, o *quantum* de tempo imaginário que, retardando a realização, prolonga "concessivamente" a atualização: "reconhecemos o gesto do pintor nessa gravitação em direção às fontes que, à medida que estas vão surgindo, desvia as imagens de seu fim". Numa palavra, o sujeito estético é convidado a uma revolução, a uma subversão aspectual íntima que faz do ante-incoativo o termo supremo dessa busca regressiva do devir. Assim compreendido, cabe à análise do plano da expressão pictórica produzir os significantes correspondentes, tal como nos é dado ler neste parágrafo:

> Em seus alicerces e sua movente densidade que se projeta, o irredutível abre caminho a todos os possíveis, desdobra-os em meandros, deixa livre curso a imprevisíveis tangências. É a múltipla eclosão da imagem detida e retida, imagem nascente, toda imbuída da alegria de ser, às voltas com suas volutas e seu brilho, encantada com sua irrupção. Apoiada em sua maleabilidade, não é nunca outra coisa senão o desafio de uma clareira num fundo brumoso (Char, 1983: 693).

A primeira frase é dedicada à configuração do espaço nas três espécies que indicamos:

(i) para o espaço diretivo, passagem do fechado ao aberto: "*abre* caminho a todos os possíveis";
(ii) para o espaço demarcativo, passagem do interior ao exterior: "[o irredutível] em seus *alicerces* e sua movente densidade que se *projeta*";
(iii) para o espaço fórico, passagem do repouso ao movimento: "desdobra-os em *meandros*, deixa livre curso a *imprevisíveis tangências*". Esta última sequência explora uma oposição canônica: a da retilinidade e da sinuosidade, da reta que abrevia e da sinuosidade que pede algum tempo:

expressão →	*tangências* ↓ retilinidade	*meandros* ↓ sinuosidade
conteúdo →	celeridade	lentidão

Mas o ponto alto desse texto encontra-se, parece-nos, na frase que segue: "É a múltipla eclosão da imagem parada e detida, imagem nascente, toda imbuída da alegria de ser, às voltas com suas volutas e seu brilho, encantada com sua irrupção". Diante dessa "eclosão", que entendemos como um sincretismo resolúvel de três espécies de espaços vislumbráveis, Char se propõe surpreender e inibir seu desencadeamento: "É a múltipla eclosão da imagem *detida e retida*". E depois, propõe-se perenizar o que chama algumas linhas acima: "[...] esse equilíbrio particular que é apenas tensão de objetos, mantida em suspenso". Esse enfoque é particularmente nítido na preferência dada ao adjetivo "nascente", às expensas do gerúndio "nascendo", deslizamento também canônico:

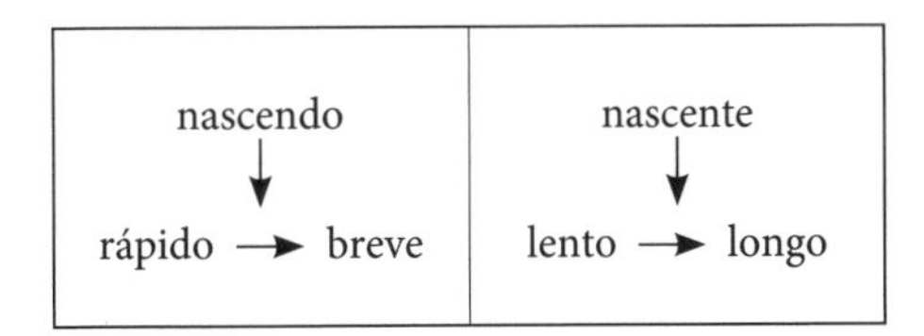

Na medida em que as diferentes subvalências habitam o mesmo espaço homogeneizante, o suspenso e a parada aparecem como *superlativos* da lentidão.

Por fim, o percurso de abertura detalhado na primeira frase se transforma em percurso involutivo, "narcísico" ("às voltas com suas volutas e seu brilho, encantada com sua irrupção"), em percurso de ensimesmamento, de "introversão", como se a atualização prolongada fosse mais cara ao sujeito do que a realização, como se, acolhendo o exagero, a concessão elegesse o imperfectivo como finalidade clarividente da perfectividade.

Tínhamos distinguido três "espécies" de tempo: o tempo volitivo da direção, o tempo demarcativo da posição e o tempo fórico do elã, todos subjacentes à desigualdade das durações. Esses três tempos, longe de estarem separados entre si, se cruzam dois a dois. Consideremos sucintamente as três interações possíveis. O cruzamento da direção com a posição é operado sobretudo pelos sistemas verbais que projetam sem o menor problema o futuro do passado e o passado do futuro. O cruzamento da direção com o elã dá origem a quatro categorias:

direção → *elã* ↓	foco ↓	apreensão ↓
breve →	vontade	memória
longo →	projeto	história

O cruzamento da posição com o elã permite opor passado e futuro a si próprios:

posição → *elã* ↓	antes ↓	depois ↓
breve →	recente	iminente
longo →	passado	futuro

Resta-nos considerar a composição da direção e da posição. Não é fácil formulá-la, em razão da dualidade entre o passado como conteúdo da apreensão e o passado como conteúdo possível do foco, tensão que se resume no par: cumprido *vs.* reencontrado. Mas, a partir da tensão discursiva latente entre a implicação e a concessão, que vale tanto para a temporalidade quanto para o "resto" - conforme o postulado de Valéry: "A memória é o futuro do passado" (1973: 1256) -, o cumprido está associado à implicação, e o reencontrado à concessão[21]. Assim:

direção → posição ↓	foco ↓	apreensão ↓
antes →	foco concessivo do antes ≈ nostalgia	apreensão implicativa do antes ≈ lembrança
depois →	foco implicativo do depois ≈ espera	apreensão concessiva do depois ≈ projeto

Especialistas do passado, os historiadores, como já assinalamos, optam por uma tripartição do tempo fórico acabado, distinguindo o longo, o médio e o curto prazos. Mas essa policronia deve ser creditada à desigualdade fatual dos andamentos, ao que conviria chamar um "poliandamento" ocasionador da diferenciação dos estilos, se nos referirmos a Michaux: "Eu não tinha mais meu estilo. Meu estilo tinha perdido seus 'súbitos'" (1988: 66).

Terminaremos esse exame rápido dos modos de presença com duas observações nitidamente divergentes entre si. Primeiramente, a reciprocidade do tempo e do espaço é revelada involuntária e constantemente pelo léxico. Ninguém estranha que se possa falar sem o menor constrangimento de um

21. O *reencontrado* está ligado à obra singular de Proust. Mas, ao intitular o último capítulo de *O pensamento selvagem*, como "O tempo reencontrado", Lévi-Strauss dá a entender que a escolha da *permanência*, que consiste em projetar, *via* presente, o passado no futuro, pode ocorrer em sociedades muito diferentes da nossa.

passado longínquo, de um *futuro próximo*. Mas, em segundo lugar, a questão do tempo é geralmente apresentada como mais resistente que a do espaço:

> Muito pelo contrário, aqui se evidencia claramente que o pensamento, de um modo geral, e o pensamento linguístico em particular precisam realizar uma determinação de outra natureza, por assim dizer, operar em uma dimensão superior, para construir a representação do tempo e para diferenciar as direções, bem como as fases do tempo (Cassirer: 2001: 237).

Essa desigualdade prevalece sobre a semelhança, talvez por não termos ainda para a temporalidade o equivalente de uma geometria.

3.3.3. *Os modos de circulação* (a espacialidade)

Nosso exame não incide sobre o espaço em si, certamente tarefa das geometrias, mas sobre o *espaço do sentido*[22]. Mas essa delimitação é ainda muito ampla. O espaço que consideramos aqui é aquele em que se dá ou não a circulação dos valores, de modo que o termo *rede* – em suas acepções correntes de rede ferroviária, fluvial, rodoviária, etc. – parece mais apropriado. A relação da rede com o espaço é complexa: a rede adapta e, ao mesmo tempo, se adapta. No capítulo nono de *A Poética do Espaço*, Bachelard condena a geometrização do espaço promovida por aqueles que taxa de "metafísicos":

> A metafísica mais profunda está assim enraizada numa geometria implícita, numa geometria que – queiramos ou não – espacializa o pensamento; se o metafísico não desenhasse, seria capaz de pensar? Para ele, o aberto e o fechado são pensamentos. O aberto e o fechado são metáforas que ele liga a tudo, até aos seus sistemas (1988a: 215-6)[23].

Todavia, respeitada a reverência, parece-nos que Bachelard condena menos a geometrização do espaço do que a univocidade do sentido ou, o que dá no mesmo, a ignorância sobre o alcance da alternância fundadora: implicação ou concessão? Isto é, sendo posta uma possibilidade de sentido por implica-

22. Esta parte retoma certos elementos de nosso estudo "sobre a concordância do espaço e do sentido" (2001).
23. Um pouco adiante, Bachelard chegará até mesmo a falar de "cancerização geométrica".

ção doxal, a concessão vem mesmo revirá-la, notadamente pelo recurso ao oxímoro: "no reino da imaginação, mal uma expressão foi *enunciada*, o ser já tem necessidade de outra expressão, o ser deve ser o ser de outra expressão" (Bachelard, 1988a: 218). Esta outra expressão só pode ser o oxímoro e, de fato, a maioria das citações admiradas por Bachelard estão ligadas ao oxímoro, tal como esses dois versos de Jean Tardieu citados algumas linhas antes:

Pour avancer je tourne sur moi-même
Cyclone par l'immobile habité.

Para avançar, giro em torno de mim mesmo
Ciclone pela imobilidade habitado.

Neste estudo, a espacialidade não é uma dimensão nova. Já foi apresentada em 2.6 e 2.7.1. Por outro lado, para esse ponto como para tantos outros, a tarefa da semiótica não consiste em descartar análises que a precederam, mas em completar se possível umas pelas outras, em homogeneizar tanto quanto possível num dado momento, propondo uma metalinguagem acessível. Já mencionamos em 2.6 a tripartição de Binswanger: "A forma espacial com a qual lidávamos até o momento era, assim, caracterizada pela *direção*, pela *posição* e pelo *movimento*" (1998: 79). Por sua vez, Cassirer parece retomar uma tripartição devida a um linguista do século XIX, F. Müller:

> Estas línguas não permanecem simplesmente ao lado do objeto; poder-se-ia dizer que elas, ao contrário, penetram no interior do objeto, criando uma oposição formal entre o interior e o exterior, entre a sua parte superior e a inferior. Por intermédio da combinação das três relações: repouso, movimento em direção ao objeto e movimento que se afasta do objeto, com as categorias do interior e exterior e, em algumas línguas, do acima, surge uma grande quantidade de casos para os quais inexiste qualquer correspondência em nossas línguas e que, por consequência, somos incapazes de reproduzir adequadamente (F. Müller, citado por Cassirer, 2001: 228-229).

Se tomarmos os funtivos da *coerência*, segundo Hjelmslev, obtemos uma rede na qual as semelhanças, sem serem "perfeitas", prevalecem amplamente sobre as diferenças:

Binswanger →	direção [orientação]	posição	movimento
Cassirer →	direção [de um movimento para]	posição	penetração
Hjelmslev →	direção [aproximação vs. afastamento]	aderência [contato]	inerência [intimidade]
metalinguagem →	direção	posição	elã

Há uma dificuldade. O movimento para Binswanger se aplica à relação entre um sujeito e o objeto a apreender ou preservar. Para Cassirer e Hjelmslev, a questão é saber se a estranheza constitutiva dos objetos-corpo, que significam o não-eu, pode ou não ser superada. Os demais matizes que ainda separam os três autores não parecem irredutíveis. Referem-se aos modos de existência, na medida em que a direção é apenas atualizante. Tais matizes dizem respeito à aspectualidade – a posição, para Binswanger, parece restritiva – e à apreciação da foria empregada, dado que a aderência é menos "custosa" do que a penetração. Numa palavra, a ponderação das valências não é exatamente a mesma, mas essas sutilezas devem-se à plasticidade, à "complacência" das estruturas semióticas para conosco.

Tendo em conta esses ajustes, a tripartição atribuída ao tempo vale também para o espaço:

espaço volitivo → *[direção]*	abertura	fechamento
espaço demarcativo → *[posição]*	exterioridade	interioridade
espaço fórico → *[elã]*	movimento	repouso

Nos limites deste estudo, vamos nos contentar em ilustrar a pertinência dos três pares de valências ressaltados. Seria perda de tempo estabelecer que os três pares sejam universais especulativos e práticos. Chamaremos a atenção para dois pontos em particular: primeiramente, esses pares ocupam no espaço do sentido um lugar central; além disso, não ocorrem separadamente mas em interação mútua. Isto é flagrante para os espaços volitivo e demarcativo, e igualmente para os espaços volitivo e fórico: o movimento e o repouso são *situados*.

Para o espaço volitivo, temos como subvalências eficientes o *aberto* e o *fechado* que são primariamente direções e secundariamente formas. Muitos já o disseram antes de nós: o espaço do sentido se caracteriza por acolher e tentar perenizar o acento, na falta de poder *eternizá-lo*[24]. Diferentemente do que ocorreu com a geometria, isto é, uma operação de triagem drástica, "a distinção entre 'posição' e 'conteúdo', que está na base da construção do espaço 'puro' da geometria, aqui ainda não está realizada nem é realizável" (Cassirer, 2004: 153). Em contraposição ao espaço geométrico, cujos teoremas universais excluem a exceção, o espaço do sentido é (permanece?) um espaço concessivo que, no limite, comportaria apenas singularidades: "Mas cada ponto, cada elemento possui aqui, por assim dizer, uma 'tonalidade' própria [ao contrário do que vale para a geometria]" (Cassirer, 2004: 153). Para este autor, a dinâmica diferencial, pela qual se constitui o acento – ele fala por vezes em "acento de sentido" e por vezes em "acento sacro" –, está no princípio *da* estrutura mítica por excelência, a que atribui aos valores um território e um endereço: "[...] cada lugar e cada direção são por assim dizer providos de uma *ênfase* [acento] particular – e esta remonta à autêntica ênfase fundamental mítica, à distinção entre o profano e o sagrado" (p. 154).

24. Em continuidade à reflexão da nota 20, a longevidade tem por superlativo ingênuo a eternidade. Em *Abstraction et Einfuhlung*, B. Worringer fala diversas vezes da "função de eternização das percepções que tinha até então sido cumprida pela atividade artística" (2003: 149). A esse respeito, acrescentaremos que a fotografia veio substituí-la na mesma função: "Aquilo que a Fotografia reproduz até o infinito só aconteceu uma vez: ela repete mecanicamente o que nunca mais poderá repetir-se existencialmente" (Barthes, 1981: 17). De maneira geral, para a crítica estética de língua alemã, é à arte egípcia que se atribui a otimização do tempo fórico: "Essa dissolução teve a sua mais clara expressão na *arte* egípcia, que apresenta da forma mais magnífica e consequente esse traço de estabilização, na qual todo ser, toda vida e todo movimento parecem enfeitiçados em eternas formas geométricas" (Cassirer, 2004: 224-225).

A dinamização e amplificação do acento levam, sempre segundo Cassirer, ao contraste primordial do aberto e do fechado, à formação de uma oclusão, de um *templum* que rejeita, quando não expele, seu entorno: "uma circunscrição usual, universalmente acessível, e outra que, como circunscrição sagrada, é destacada do seu meio, separada, cercada e protegida dele" (p. 154). Essa partição assimétrica do espaço em "duas *circunscrições* do ser" é homóloga da que se constata entre o termo intensivo que concentra e o termo extensivo que expande. Acaso ou necessidade? A definição do sagrado no *Micro-Robert* vai *grosso modo* na mesma direção: "Aquilo que pertence a um domínio interdito e inviolável (ao contrário do que é profano) e é objeto de um sentimento de reverência religiosa".

localidade ↓		globalidade ↓	
acentuado [intensivo]	inacentuado [extensivo]	*sagrado* [intensivo]	profano [extensivo]

Vemos, pois, que a condição do sentido, isto é, a partição prosódica e assimétrica do conteúdo – figural para Hjelmslev, figural e figurativa para Cassirer – revela ser também o conteúdo do sentido. Na terminologia de Deleuze, o sagrado e o profano *explicam* de início as valências tensivas que *implicam*, isto é, que cifram:

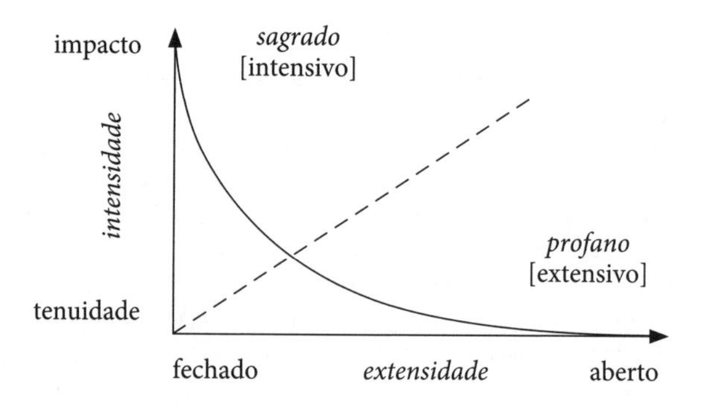

Notemos de passagem que o gráfico acima mostra bem o funcionamento do espaço tensivo: os *categorizantes* do espaço tensivo, intensidade e extensidade, se convertem nos *definidores* das grandezas tratadas pelo discurso que, no caso, correspondem à confrontação, talvez já perdida, entre o sagrado e o profano.

subdimensões → semiose ↓	espacialidade ↓	temporalidade ↓
plano da expressão →	dentro *vs.* fora	antes *vs.* depois
plano do conteúdo →	santuário → separação	origem → "eternização"

De modo algum temos a pretensão de esgotar em breves parágrafos a questão do sagrado. Na medida em que o ponto de vista tensivo tem por preocupação primeira a busca dos valores em discurso, acrescentemos apenas que a rede de valências que tentamos analisar e dinamizar está de acordo, quase sempre literalmente, com as descrições e definições reconhecidas como válidas. Dito isso, é provável que, ao paradigmatizar o sagrado, possamos fazer uma distinção entre duas *variedades*: um sagrado fechado, *involutivo*, que opera por recrudescimento e que leva a um excedente de concentração, e um sagrado *concessivo*, participativo, distributivo, enfim, conforme um termo caro a Baudelaire, e cada vez menos compreendido: "caridoso"[25]. A análise figural do sagrado consiste em acolhê-lo como sincretismo gratificante, em reconhecê-lo como um "semelfativo" que chega tanto no tempo como no espaço:

25. No poema em prosa "Les foules" [As Multidões], Baudelaire assevera: "O que os homens chamam amor é muito pequeno, muito restrito e frágil, comparado a essa inefável orgia, a essa santa prostituição da alma que se entrega inteiramente, poesia e caridade, ao imprevisto que se mostra, ao desconhecido que passa" (1954: 296).

(i) no tempo, como um *acontecimento*, isto é, como singularidade que permite ao tempo demarcativo e ao tempo fórico enfim acontecer;
(ii) no espaço volitivo, como uma *oclusão*, como a projeção no campo de presença de uma diferença no indiferenciado: "Cada conteúdo miticamente significativo, cada relação de vida destacada da esfera do indiferente e do cotidiano, constitui, por assim dizer, um círculo próprio na existência" (Cassirer, 2004: 185).

Da oposição totalmente assimétrica entre sagrado e profano decorria, seja-nos permitido dizer, um privilégio do sagrado. Estando a sacralidade, no nosso próprio universo de discurso, em vias de virtualização, e tendo o universo do sentido horror ao vazio, o que a teria substituído? De acordo com a exigência estrutural, que é igualmente a da psicanálise ortodoxa, apenas o deslocamento do *acento de sentido* é concebível, de tal forma que lançamos a hipótese de que o *acento de sentido* recai não mais sobre o fechado mas doravante sobre o que está *aberto*, quando não sobre o *que está se abrindo*. Essa transferência do acento produz a configuração que os Antigos mal podiam sonhar: a *ubiquidade*. Se o *aqui mesmo*, se o apenas aqui define o sagrado pela sua estreiteza espacial, a ubiquidade é exatamente sua figura simétrica e inversa.

variação externa de espacialidade ↓	destino da variação ↓	resposta do sujeito ↓	fórmula tensiva ↓
fechamento →	contração	a localidade	aqui mesmo
abertura →	dilatação	a ubiquidade	em todo lugar

Vamos nos contentar em ilustrar os "cultos" da localidade e da ubiquidade. Tendo feito o elogio dos gatos "friorentos" e "sedentários", no famoso soneto intitulado "Les chats" [Os Gatos], Baudelaire vai mais longe no poema seguinte, "Les hiboux" [Os Mochos]:

Leur attitude au sage enseigne
Qu'il faut en ce monde qu'il craigne
Le tumulte et le mouvement

L'homme ivre d'une ombre qui passe
Porte toujours le châtiment
D'avoir voulu changer de place

Sua atitude ao sábio ensina
Que aqui lhe cabe como sina
Temer o caos e o movimento

Bêbado de uma sombra fútil,
O homem maldiz o atrevimento
De haver ousado um passo inútil.
(1985: 275)

Em *Meu Coração Desnudado*, Baudelaire reitera tal condenação: "Há em toda mudança algo de infame e de agradável ao mesmo tempo, algo da infidelidade e da troca de casa. Basta isso para explicar a Revolução francesa" (2009: 44). Lembremos que Baudelaire faz parte do grupo bem restrito daqueles que chamaremos os mestres da *ambivalência*, capazes de celebrar *tanto* a localidade *quanto* a ubiquidade. No estudo dedicado a C. Guys, Baudelaire revela também um autorretrato:

A multidão é seu ambiente como o ar é para o pássaro, como a água para o peixe. *Fundir-se na multidão* é sua paixão e sua profissão. Para o perfeito andarilho, para o observador apaixonado, é um imenso prazer fixar domicílio no numeroso, no ondulante, no movimento, no fugidio e infinito. Estar fora de casa e no entanto se sentir em todo lugar em casa; ver a multidão, estar no centro dela e manter-se invisível aos seus olhos, eis alguns dos pequenos prazeres desses espíritos independentes, apaixonados, imparciais, que a língua só imprecisamente pode definir. O observador é um príncipe que se deleita em estar incógnito em todos os lugares (1954: 889).

Como no poema em prosa "Les foules" [As Multidões], a continuidade entre a actancialidade e a atorialidade, sem dúvida característica dos universos dirigidos e controlados pelos valores de absoluto, se desfaz: "O poeta desfruta desse incomparável privilégio, de ser a seu bel prazer ele próprio e outrem [...]". Quando lemos no prólogo de *Facino Cane* de Balzac – "Em mim a observação já tinha se tornado intuitiva, [...]; ela me permitia viver da vida do indivíduo na qual se exercia, [...]" – compreendemos que Baudelaire tenha feito elogio absoluto de Balzac em *L'Art Romantique*.

No que se refere à ubiquidade, que tomamos como um superlativo da abertura, trata-se de uma configuração cujo desdobramento e extensão foram bem avaliados pelos espíritos atentos à mudança, à novidade, à modernidade. Em seu estudo intitulado "A Obra de Arte na Época de Suas Técnicas de Reprodução", W. Benjamin sublinha a conjunção de dois programas: um programa de base, que visa substituir a unicidade dos valores de absoluto pela banalidade dos valores de universo, e um programa de uso a exigir "que as coisas se lhes tornem, tanto humana como espacialmente, 'mais próximas'" (1975: 15). Para apoiar sua proposta, Benjamin põe em epígrafe um longo trecho de um texto de Valéry, datado de 1928, *A conquista da ubiquidade*, em que se lê esta profecia realizada:

> Tal como a água, o gás e a corrente elétrica vêm de longe para as nossas casas, atender às nossas necessidades por meio de um esforço quase nulo, assim seremos alimentados de imagens visuais e auditivas, passíveis de surgir e desaparecer ao menor gesto, quase que a um sinal (*apud* Benjamin, 1975: 12).

Desde então, a *globalização*, sem que se trate, é claro, de uma novidade, mudou de escala e de andamento, embora não estejamos tratando aqui das grandezas por sua extensão efetiva, mas apenas de suas condições semióticas de possibilidade.

Para ilustrar a dependência do espaço volitivo, articulado em fechado *vs.* aberto, por relação à tonicidade, isto é, à acentuação, escolhemos um conhecido texto de Stendhal, quando de sua chegada a Florença, o qual deixa entrever a complementaridade entre afetividade e espacialidade:

> Sentia já uma espécie de êxtase, com a ideia de estar em Florença, e próximo dos grandes homens cujos túmulos eu acabava de ver. Absorvido na contemplação da beleza sublime, via-a de perto, tocava-a, por assim dizer. Chegara ao ponto de emoção em que se

unem as *sensações celestes* dadas pelas belas artes e pelos sentimentos apaixonados. Saindo de Santa Croce, sentia bater o coração, o que chamam de nervos em Berlim; a vida em mim se exauria, caminhava com medo de cair (1989: 480).

A "descoberta emocionante da cidade de Florença" (Marchand, 1996: 223) vai do estado ao acontecimento, vai em direção ao *ponto de emoção*, apreendido aqui como um *paroxismo tímico*. Essa passagem do estado ao acontecimento pode ser descrita nos termos da variabilidade tensiva propostos anteriormente. O aumento da tonicidade se introduz, como indica o advérbio "já" com sua subvalência durativa. Tal subvalência é corroborada pelas configurações da *absorção* e da *contemplação*, mas essa duratividade se põe a serviço de uma sequência canônica ascendente da tonicidade, motivada aqui pela aproximação com o objeto de valor:

primeira aproximação ↓ atenuação da distância		segunda aproximação ↓ minimização da distância	
distância ↓ "a ideia de estar em Florença"	proximidade ↓ "próximo aos túmulos"	proximidade ↓ "ver de perto a beleza sublime"	contato ↓ "tocá-la, por assim dizer"

Desse modo, o texto estabelece um primeiro grau de superlatividade, e a aspectualidade assim condicionada se converte naquilo que J. P. Marchand denomina em seu texto "a experiência rítmica da Intensidade". Depois de ter dimensionado o estado, cabe-nos examinar o acontecimento que serve de pontuação exclamativa à ênfase manifestada. O tempo-meio se retira diante do tempo-ponto. Mas este último, por ser *de emoção*, concorda com a definição do ponto dada pelo *Micro Robert*: "grau de intensidade que define as condições nas quais um fenômeno ocorre", ou seja, a própria medida da ascendência da tonicidade. A natureza do acontecimento se deve a que, em termos da *Categoria dos casos*, se passa da primeira dimensão (a da direção) à segunda, a da a *coerência*, isto é, "o grau de intimidade pelo qual dois objetos estão conjuntamente ligados". O *ponto de emoção* é correlato à passagem da *aderência* à *inerência*, se nos reportamos às definições de Hjelmslev: "As duas formas particulares tomadas pela ideia geral de coerência podem, se for o caso, receber os nomes de inerência e de aderência: há inerência quando a distinção é entre interioridade e exterioridade; há aderência quando a distinção é entre contato e não contato".

Depois de atualizar o contato - "tocava-a, por assim dizer" - o texto de Stendhal o realiza. O contato se dá entre a exteroceptividade - "as sensações celestes dadas pelas belas artes" - e a proprioceptividade - "os sentimentos apaixonados". De uma situação resultante da operação de triagem passamos para uma situação baseada na operação de mistura, cujo sujeito é menos agente do que testemunha e sede, em razão do recurso ao pronominal passivo "se unem". Enfim, a passagem tida da aderência à inerência é efetuada pela última frase: "Saindo de Santa Croce, sentia bater o coração, o que chamam de nervos em Berlim; a vida em mim se exauria, caminhava com medo de cair". A plenitude tímica adquire momentaneamente por plano da expressão uma vacuidade somática.

Stendhal pede ao discurso que manifeste a passagem da proprioceptividade para a interoceptividade. Essa progressão do sujeito em si não é fácil de detalhar, pois o recrudescimento do afeto, no nosso próprio universo de discurso, está associado a uma perda de controle, isto é, uma virtualização das valências de estado. No limite, é possível dar a essa busca a forma de um problema, ou então de uma adivinhação: dada a sequência ver-tocar e supondo--a transitiva, qual o termo seguinte? Levantamos a hipótese de que um dos acontecimentos íntimos decorrentes da elevação da tonicidade é a passagem da ativação à apassivação, do agir ao sofrer. Essa comutação-comoção teria por plano da expressão a virtualização das diversas competências de que o sujeito operador, justificadamente ou não, imagina possuir: "a vida em mim se exauria, caminhava com medo de cair". A progressão do sentido seria pois expressa pela seguinte sequência:

[ver → tocar] → [tocar → ser tocado]

Uma vez que a recursividade reclama seus direitos, nada se opõe a que consideremos agora a seguinte questão: e depois? É preciso aqui antecipar um pouco e contar com a indulgência do leitor. De acordo com os que se interessaram pelo acontecimento, e não são muitos, e tendo em vista o caráter extremado das subvalências de andamento e de tonicidade, que o projetam "em direção" ao sujeito, o acontecimento é dito *penetrante*, o que nos permite "fechar" o algoritmo esboçado:

[ver → tocar] → [tocar → ser tocado] → [ser tocado → ser penetrado]

É fácil projetar esse algoritmo no espaço tensivo e mostrar que essa progressão está condicionada:

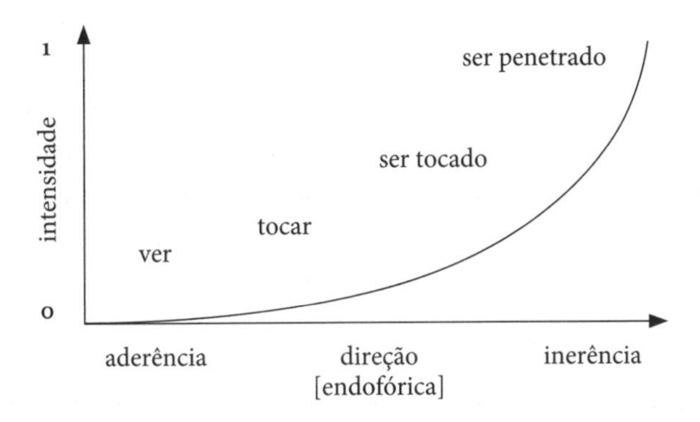

Nas duas dimensões constitutivas do espaço tensivo, o acontecimento se deixa ver como:

(i) um *transporte*, segundo a dimensão da intensidade. Concebendo-se o afeto como produto do andamento pela tonicidade, esse transporte é, de acordo com o *Micro Robert*, "viva emoção, sentimento apaixonado (que comove, que impele), estado daquele que o experimenta";

(ii) um *deslocamento*, segundo a dimensão da extensidade, concebidas as grandezas em discurso como *corpos* que se comunicam pela realização da *inerência* ou que se recusam a fazê-lo, ao manter a *aderência*. Se a inerência for realizada, a estranheza se transforma em intimidade, ou então em alteridade, isto é, em embaraço.

Depois do espaço volitivo da direção, é o espaço demarcativo da posição que faz valer seus direitos. Sendo o espaço tensivo um espaço de conexidade, como já mencionamos, a articulação da categoria hjelmsleviana da *aderência* em *contato* vs. *não contato* vai nos fornecer os eixos de nossa análise. A esfera do não contato não é outra senão a da chamada magia "simpática". Segundo Cassirer, ela pressupõe a impossibilidade da separação absoluta das partes de um todo: "[...] a referência mágica não precisa *produzir-se* somente entre elementos separados espacial ou temporalmente [...], ela impede desde sempre que se chegue a uma tal decomposição em elementos [...]" (2004: 103).

Enquanto o pensamento racional tem dificuldade em propor termos complexos, *coexistentes*, o pensamento mítico, conforme sua descrição por Cassirer, não tolera termos simples, *alternantes*. Deixemos de lado por ora as operações sintáxicas que ocorrem na esfera do não-contato[26] e atenhamo-nos à esfera do contato, que o *Micro-Robert* assim define: "Posição, estado relativo de corpos que se tocam". Do ponto de vista semiótico, a questão é saber se a posição realizada concerne à perfectividade ou antes à imperfectividade. Essa decisão depende do tratamento que o imaginário vai dispensar ao corpo *sólido*. A definição do corpo sólido por d'Alembert, retomada pelo *Grand Robert*, no verbete "superfície", vem assim indicada:

> Suponho ter nas mãos um corpo sólido qualquer. Nele distingo em primeiro lugar três coisas, *extensão, limites em todas as direções*, e *impenetrabilidade*. Faço abstração desta última, resta-me a ideia de *extensão* e a de *limites*, e essa ideia constitui o corpo geométrico [...]. Faço abstração, em seguida, da extensão ou do espaço que esse corpo *encerra*, para considerar unicamente seus limites em todas as direções. E esses limites me dão a ideia de superfície, que se reduz [...] a uma extensão de duas dimensões [...].

A corporeidade somática ou física não está "fora do paradigma", e admitiremos, no rastro de d'Alembert, que analisar um corpo é, para um sujeito que o examina, aquilatar o seu grau de penetrabilidade ou impenetrabilidade. Devemos conceber o corpo como *impermeável*, como produto de uma operação de triagem ou como *poroso*, disponível para uma operação de mistura ou de magia próxima?

26. Embora não seja mais questão de magia aos olhos dos cientistas, a problemática da ação à distância – como a gravitação que a todo instante nos assujeita – permanece bem misteriosa...

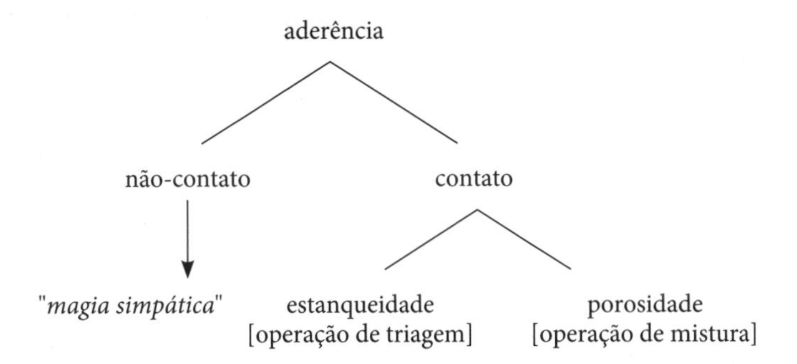

"Comprimido" entre o espaço volitivo das direções e o espaço fórico dos elãs, o espaço demarcativo das posições é instável, espaço de espera e de espreita: o interior é "atraído" pelo exterior, assim como o exterior "tende" à intrusão. Pois quando a separação é considerada intransponível, o discurso dispõe, com a concessão, do equivalente a um poder mágico capaz de superar todas as resistências anunciadas. Escolhemos os dois primeiros versos do poema "Le flacon" [O Frasco] de Baudelaire que expressam com toda rapidez o fato semiótico em exame:

Il est de forts parfums pour qui toute matière
Est poreuse. On dirait qu'ils pénètrent le verre.

Perfumes há que os poros da matéria filtram
E no cristal dir-se-ia até que eles se infiltram.

(1985: 221)

O texto começa por tonificar os dois protagonistas:

tonificação →	
restabelecimento	→ recrudescimento
"matéria"	→ "vidro"
"perfumes"	→ "fortes perfumes"

Na isotopia em questão, a da preservação dos líquidos, o "vidro" é a "matéria" por excelência, aquela que, desde sua invenção, foi adotada por toda parte. O perfume, por sua vez, mesmo que já em si substância notável, precisa ser "forte".

O "perfume" vem assim analisado pelo *Micro-Robert*: "Odor agradável e penetrante". Constatemos, de passagem, que a distância que a doxa supõe entre o dicionário e os versos admirados de um grande poeta talvez não seja tão grande assim. A definição do *Micro-Robert* comporta uma avaliação e um esboço aspectual, dado pelo adjetivo verbal "penetrante", o qual, para o corpo visado, vai de fora para dentro:

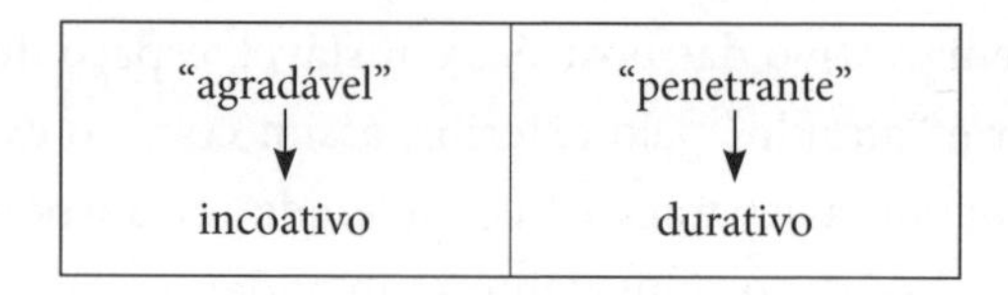

De modo que, no universo baudelairiano, o "perfume" vale mais por seu *poder-fazer* do que pela singularidade de sua fragrância. E como todo *poder-fazer* que se preze, esse também é concessivo, inesperado, circunstancialmente milagroso. Antes de mais nada, um corpo "impalpável" supera um corpo "sólido", ao qual o dicionário com bons argumentos atribui a longevidade. Com efeito, a primeira coisa que se diz de um corpo "sólido" é que ele "resiste aos esforços, ao desgaste", de tal modo que podemos considerá-lo "efetivo e durável ao mesmo tempo". Em seguida, o "perfume" torna o "vidro" "poroso", transformação que requer uma catálise explicitante, seguramente insistente, que manifesta o antagonismo dos programas cifrados pelas pretensas "matérias": *embora* o "vidro" seja impermeável, interditando toda comunicação, o "perfume" o *penetra* e atravessa. O "perfume" nesse universo de discurso é erigido em *valor de absoluto*, dado que o "vidro", na presença desse actante "penetrante", e somente dele, revela-se *penetrável*. Por constituição, a eficiência de um valor de absoluto tem por medida o impossível, em termos de atualização, e a concessão, em termos de realização.

Resta-nos examinar nosso terceiro tempo, o tempo fórico dos elãs. Tínhamos considerado duas tensões diretrizes, a dos subcontrários [repouso *vs.* deslocamento] e a tensão superlativa dos sobrecontrários [fixidez *vs.* ubiquidade]. Quanto à primeira, seu tratamento implicativo não requer comentário particular. Em contrapartida, se a abordagem for concessiva, gera oxímoros que são – precisamos relembrar? – atraentes, quando não irresistíveis. Comecemos pelo *repouso do deslocamento*, expresso no verso famoso do "Cimetière marin" [Cemitério Marinho]:

> *Ah! Le soleil...Quelle ombre de tortue*
> *Pour l'âme, Achille immobile à grands pas!*
>
> Ah! o sol...Que sombra de tartaruga
> Para a alma, Aquiles imóvel a passos de gigante![27]

Notemos que o oxímoro é sinônimo daquele de J. Tardieu que citamos antes:

> Ciclone pela imobilidade habitado.

Prossigamos com o *deslocamento do repouso*. Talvez mais usado que o precedente, este leva a reconverter os adjetivos denominados apressadamente qualificativos e os particípios passados em gerúndios, a "despertar" no *ser* o *fazer* que aí se dissimula e, de maneira mais geral, a recolocar a extensidade sob o domínio da intensidade. Recorreremos uma vez mais à perspicácia de Bachelard. Em *A Poética do Espaço*, obra essencial na perspectiva figural que nos concerne, examina o tratamento do adjetivo de espacialidade "vasta" na poesia baudelairiana. Conduz o exame em ambos planos:

> Assim, em muitos sentidos, acreditamos ter provado que na poética de Baudelaire a palavra *vasto* não pertence realmente ao mundo objetivo. [...] a palavra vasto [que] transmite calma e unidade, essa palavra [que] abre um espaço, [que] abre o espaço ilimitado. [...] Tem uma virtude vocal que trabalha no âmago dos poderes da voz. Panzera, o cantor sensível à poesia, afirmou-me um dia que segundo os psicólogos experimentais não se pode *pensar* a vogal *a* sem que se inervem as cordas vocais. A letra *a* sob os olhos, a voz já tem vontade de cantar. A vogal *a*, corpo da palavra *vasto*, isola-se na delicadeza, anacoluto da sensibilidade que fala. [...] Quando continuo assim, infinitamente, meus devaneios de filósofo indócil, chego a pensar que a vogal *a* é a vogal da imensidão (1988a: 201-202).

27. Trad. de Luíza Mendes Furia (http://br.geocities.com/malufuria/paul.html).

Essa análise de Bachelard nos convida a retomar uma das dificuldades da nossa pesquisa, sobre o próprio detalhe das operações sintáxicas. Do ponto de vista paradigmático, exige-se apenas uma recensão dos termos que estão aptos, sob condição explícita, a substituir-se mutuamente. Mas a descrição de uma operação sintáxica ou da incidência de uma figura de retórica sobre o discurso é mais exigente. Certamente, nos limites deste trabalho, consideramos que é por *progressão* que se passa do restabelecimento ao recrudescimento que completa e preenche. Mas o que é uma progressão? A análise-devaneio de Bachelard nos dá uma pista quando insiste: "essa palavra abre um espaço, abre o espaço ilimitado". De fato, a retomada do *abrindo* a partir do *aberto*, retomada que projeta um sobrecontrário para além dele mesmo, continua sendo possível, a despeito de quaisquer protestos da *doxa*. A tal ponto que a crença na irreversibilidade, na perfectividade, seria característica dos "espíritos fracos"... Do ponto de vista paradigmático, temos uma série parcial (grande → vasto → ilimitado), cuja progressão é sintáxica e retórica:

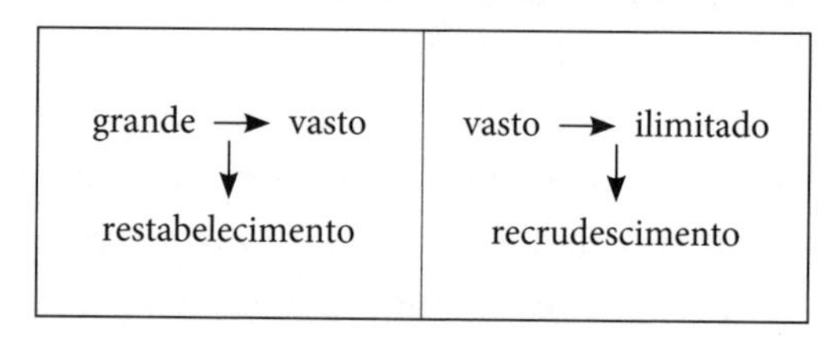

Essa progressão pode ser resumida a uma fórmula simples: um limite é transformado em grau. Mas essa apresentação redutora ignora a ancoragem intersubjetiva do discurso e o papel "poiético" da concessão. A *doxa*, ajudada nessa tarefa pela gramática e pela escola, *apreende* o imperfectivo e *foca* o perfectivo, induzindo a terminar o que se começou. A concessão, contestando essa relação fiduciária, *apreende* o perfectivo e *foca* o imperfectivo. Tal revolução aspectual se expressa na preferência pelo esboço e não pela obra acabada. Isso aparece especialmente em Baudelaire quando defende a "maneira" de Corot em *Salon de 1845*[28]. Mas os grandes pintores holandeses, na pessoa

28. "Em seguida – que há grande diferença entre uma obra *feita* e uma obra *acabada* – que via de regra o que está *feito* não está *acabado* e que uma coisa totalmente *acabada* pode não estar nem um pouco *feita* – [...]" (1954: 586).

de F. Hals e de Rembrandt, foram os mestres involuntários dos escritores. Essa discussão está no cerne do dispositivo valencial, visto que, por exemplo, Van Gogh em sua correspondência substitui a lentidão pela celeridade para o plano do conteúdo:

> Admirei sobretudo as mãos de Rembrandt e de Hals, mãos que viviam, mas que não estavam "terminadas", no sentido que hoje em dia se costuma dar à palavra "finalizar" [...]. Acabo de ver Franz Hals, pois bem, você sabe até que ponto eu estava empolgado; desde a minha chegada, já lhe tinha escrito longamente, dizendo que é preciso executar o tema num só lance. Quanta analogia há entre as visões de La Tour e de Hals [...] (*in* Grimaldi, 1995: 87).

A pintura, no que concerne ao conteúdo, comporta todas as subdimensões e não apenas a espacialidade. A aceleração, a tonificação e a temporalização orientam, conforme o caso, a busca dos grandes pintores.

Retomemos nossa análise acima. Se a *doxa* invoca de bom grado uma legalidade, esse enfoque concessivo do imperfectivo é uma das condições necessárias e não suficientes que controla o surgimento de um valor discursivo, ao qual a modernidade se diz muito apegada: a *novidade*. Segundo Merleau-Ponty, devemos nos entregar a essa *abertura* do perfectivo para o imperfectivo: "O mistério é que, no momento mesmo em que a linguagem está assim obsedada por si própria, lhe é dado, como por acréscimo, abrir-nos a uma significação" (2002: 147). Uma vez que as dependências regulam a sintaxe discursiva, o aspecto e a norma assim se apresentam:

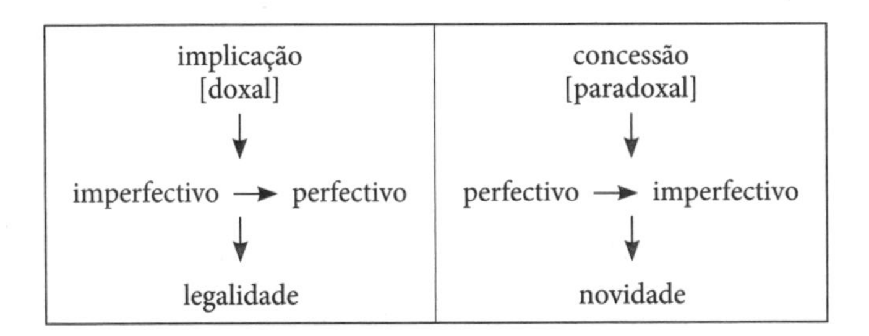

Do ponto de vista intersubjetivo, estamos em presença de um *jogo*, no sentido de que os lugares assim projetados devem ser distintos de início e, se possível, antagonistas. Todavia, é claro que a busca da novidade é hoje tudo menos ... nova. Existe em nosso tempo o que Rosenberg chama "tradição da novidade", a qual, se prestarmos atenção, desqualifica ou virtualiza a novidade:

> [...] há uma certa atmosfera social que faz com que esperemos alguma coisa do artista. E não podemos tratar da história da arte se não tratamos dessas esperas. A novidade ... e assim por diante. É o que Harold Rosenberg chama de "tradição da novidade". No século XII ninguém queria fazer algo novo (*apud* Gombrich & Eribon, 1991: 161).

3.4. Um sujeito sobrecarregado?

Tomemos em conjunto os quatro operadores reconhecidos neste capítulo:

dimensões ↓	subdimensões ↓	tensão diretora ↓	benefício para o sujeito ↓
intensidade	andamento	já ↔ ainda não	superlatividade do afeto
	tonicidade	demais ↔ pouco demais	normatividade reguladora
extensidade	temporalidade	estado ↔ acontecimento	ritmo semântico
	espacialidade	aqui mesmo ↔ em todo lugar	controle do campo

Acrescentamos uma seção "benefício para o sujeito" para levar em conta uma propriedade do campo de presença, que vale menos por si mesma que pela negação da ausência que determina:

(i) em matéria de afeto, insistimos em dizer que o limite é de fato, não de direito: a rapidez e a lentidão amplificam, cada uma em seu âmbito;

(ii) a manutenção do campo de presença exige uma norma à qual referir-se, se admitimos com Voltaire a conclusão de *Cândido*: "[...] ter o homem nascido para viver nas convulsões da inquietude, ou na letargia do aborrecimento" (1964: 142);

(iii) a alternância rítmica dos estados e dos acontecimentos poupa o sujeito do *demais* e do *pouco demais*, tendo em vista que cada uma dessas apreciações do ambiente de seu campo de presença, caso não haja interrupção do processo, acaba logo por se tornar "insuportável";

(iv) por último, o paradigma do espaço – do qual a apropriação pessoal (o domínio) e coletiva (o território) é apenas um aspecto – opõe dois estilos: o da implicação doxal, que afirma a preeminência modal e política de um centro, e o da concessão paradoxal, que afirma a continuidade de um descentramento, cuja formulação definitiva foi dada por Pascal em *Pensamentos*: "é uma esfera cujo centro está em toda parte e cuja circunferência não está em parte alguma".

Esses operadores semânticos são atribuídos a um único agente, o sujeito enunciante. Isso coloca uma questão simples: como ele "se vira" para dar conta de tarefas diversas que ora as circunstâncias ora sua própria fantasia lhe apresentam? Independentemente do actante da narratividade comprometido com a restauração da legalidade, o sujeito às voltas com suas próprias vivências foi sobretudo pensado como sujeito cognitivo, que estabelece "de onde se encontra" um ponto de vista e seu correlato, isto é, a profundidade e, se cabe a expressão, um estilo de profundidade: espaço optico ou háptico (Riegl)? É claro que o sujeito, como guardião do campo de presença, não se contenta em identificar as formas espaciais e em dispô-las em perspectiva. Ele intervém o tempo todo nas três outras dimensões. A gestão da profundidade espacial é apenas um caso particular de um fazer mais geral: a *medida* daquilo que sobrevém (sensação ou acontecimento). No decorrer dessa confrontação, tal como mostrou a análise do som musical por G. Brelet, o sujeito ajusta e se ajusta, avalia eventuais excessos ou insuficiências nesta ou naquela subdimensão, procurando desfazê-los, em conformidade com a *doxa*, ou cultivá-los, rompendo com essa mesma *doxa*.

Não é fácil a tarefa do sujeito das vivências. A partir das coerções do espaço tensivo, tais como as vislumbramos, cabe a ele administrar a complexidade tensiva do *aparecer*, "pondo-a em ordem". Tem de organizar, conciliar as desigualdades de andamento, os picos e quedas de tonicidade, a simultaneidade dos tempos longos e breves, a instabilidade do espaço. Esse trabalho incessante de ajuste e coordenação ocasiona inevitavelmente uma *fadiga*, isto é, um contraprograma que por si mesmo vai crescendo e que pede um contra-[contraprograma], a *atenção*, que também tem seu custo, como sabemos por experiência. Assim, a relação do sujeito com o campo de presença que "transporta" consigo não deixa de ser ambivalente: a todo momento ele é tanto seu senhor como seu escravo.

4. Centralidade do Acontecimento

Em nossas pesquisas, o acontecimento não é nem de longe uma noção nova. A hipótese que vê nos arranjos estabilizados de valências identificadas o alicerce das significações em discurso tende, por continuidade, a conceder ao acontecimento uma importância, ou uma promoção, que a maior parte das teorias autoproclamadas racionais desconhece.

4.1. Presença do acontecimento

Mais precisamente, o acontecimento já fez parte de nossas considerações em duas oportunidades. Em primeiro lugar, no que diz respeito à intensidade, introduzimos, no segundo capítulo, a tese plausível de que o acontecimento – para aquele que vive sua instantaneidade e sua detonação – seria o sincretismo e, provavelmente, o produto das subvalências paroxísticas de andamento e de tonicidade. Do ponto de vista valencial, o acontecimento, por ser portador do impacto, manifesta enquanto tal que o sujeito trocou "a contragosto" o universo da medida pelo da *desmedida*. Em segundo lugar, no que concerne à extensidade, e mais particularmente para categorizar a temporalidade fórica, emprestamos dos *Escritos* de Saussure a distinção heurística entre acontecimento e estado:

> Mas não existe, senão em linguística, uma distinção sem a qual não se compreende os fatos em grau algum [...]. Tal é, em linguística, a distinção entre o estado e o acontecimento; pode-se perguntar, até mesmo, se essa distinção, uma vez bem reconhecida e compreendida, permite, ainda, a unidade da linguística (2004: 200)[1].

Talvez nem precisássemos dizer que a reflexão sobre o acontecimento é muito mais antiga do que a linguística e a semiótica. Se fosse preciso escolher uma epígrafe ou uma chave que orientasse o conteúdo deste capítulo, parece-nos que a definição da "admiração", por Descartes, em seu tratado *As Paixões da Alma*, fornece em linguagem direta a medida humana do acontecimento:

> Quando o primeiro contato com algum objeto nos surpreende e o consideramos novo ou muito diferente do que conhecíamos antes ou então do que supúnhamos que ele devia ser, isso faz com que o admiremos e fiquemos espantados com ele. E como tal coisa pode acontecer antes que saibamos de alguma forma se esse objeto nos é conveniente ou não, a admiração parece-me ser a primeira de todas as paixões (2005: 69)[2].

Essa definição sublinha a importância do intervalo existente entre, de um lado, o foco e seu objeto, o *esperado* e, de outro, a apreensão e seu objeto, o *inesperado*, o "novo", segundo Descartes, ou, para nós, o que sobrevém. Chamemos [Δ] esse intervalo: se o valor desse intervalo for elevado ou eventualmente extremo, teremos um sujeito da "admiração" repentinamente em conjunção com um objeto-acontecimento; se, ao contrário, esse intervalo tender para a nulidade, teremos um sujeito da percepção exposto às "coisas" que não passam de... "coisas".

Admitir o par "admiração" *vs.* percepção como paradigma elementar acarreta certas consequências: se, do ponto de vista paradigmático, a seleção

1. A publicação desses *Escritos* coloca certamente a questão de saber onde estaria o "verdadeiro" Saussure, no *Curso de Linguística Geral* ou fora dele. Mas principalmente ela nos leva a uma indagação sobre o crédito a atribuir a cada uma dessas duas porções tão díspares da obra. O fragmento que citamos é ainda fonte de embaraço para os leitores, na medida em que a escrita de Saussure nos manuscritos é bastante aforística, havendo por isso um certo hiato entre a afirmação relativa ao alcance que convém atribuir à distinção mencionada e o laconismo do comentário que a acompanha.
2. Devemos o conhecimento desse texto a H. Parret (1986). De modo inesperado, mas só na aparência, a acepção que o *Dicionário de Semiótica* (Greimas e Courtés, 2008) confere ao termo "objeto" é a mesma dada pelo francês "clássico".

de uma grandeza *virtualiza* a grandeza que lhe está associada, do ponto de vista sintagmático, ao contrário, ela a *atualiza* e, na verdade, para Merleau--Ponty, a percepção recebe traços que a reaproximam bem discretamente da "admiração":

> De forma que, se eu quisesse traduzir exatamente a experiência perceptiva, deveria dizer que *se* percebe em mim e não que eu percebo. Toda sensação comporta um germe de sonho ou de despersonalização, como nós o experimentamos por essa espécie de estupor em que ela nos coloca quando vivemos verdadeiramente em seu plano (1994: 290).

Em muitas páginas da *Fenomenologia da Percepção* pode-se muito bem ler determinadas marcas de uma religiosidade imanente, se consentirmos, a partir das análises intactas de Durkheim e de Cassirer, em ver na religiosidade em primeiro lugar a busca e a espreita do *aparecer*:

> Se as qualidades irradiam em torno de si um certo modo de existência, se elas têm um poder de encantamento e aquilo que há pouco chamávamos de um valor sacramental, é porque o sujeito que sente não as põe como objetos, mas simpatiza com elas, as faz suas e encontra nelas a sua lei momentânea (1994: 288).

Em decorrência da intensidade repentina e superior daquilo que sobrevém, a "admiração" inerente ao objeto-acontecimento penetra no espaço tensivo, onde se instala como guardiã do acento, e inscreve a percepção como correlato inacentuado ou desacentuado. A cada um desses regimes do objeto está vinculada uma atitude modal do sujeito: a do *sofrer*, enquanto a "admiração" não "desandar", na acepção metafórica utilizada na arte culinária, e a do *agir*, no que se refere à percepção. Voltaremos a esse ponto. A partir da convenção estabelecida acima, temos:

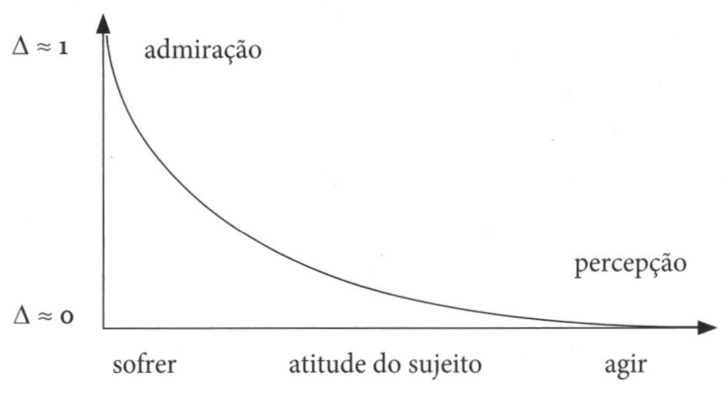

Essa tensão diretora entre o acontecimento e o estado não pertence nem à metalinguagem nem ao fluxo ritmado das vivências. Figural, ela intervém de modo decisivo na constituição das grandes polaridades estilísticas conhecidas, tal como mencionamos no final do primeiro capítulo. Assim, a respeito dos cinco pares de categorias estéticas consideradas por Wölfflin, ao menos quatro, a nosso ver, estão a serviço do *aparecer*, do *fugaz*, proposto como direção predominante da chamada arte barroca, como se pode ler neste fragmento já citado: "Sua intenção é atingir não uma perfeição do corpo arquitetônico, a beleza da 'planta', como diria Winckelmann, mas o acontecimento, a expressão de um certo movimento do corpo", enquanto a "Renascença [...] visa sempre à permanência e à imobilidade" (1989b: 134). Ou seja :

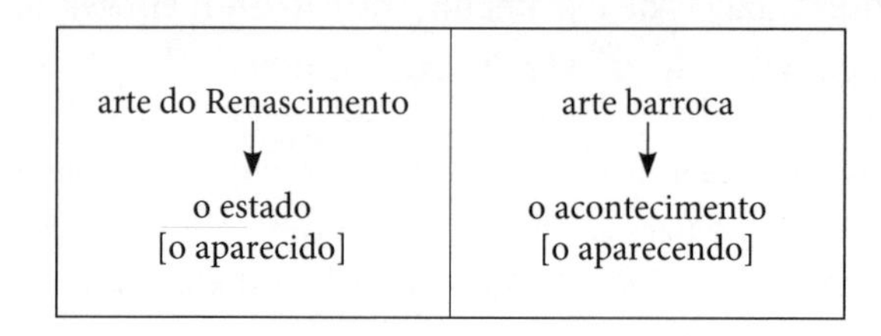

A pertinência dessas categorias semioestéticas não está limitada à viragem estética que se deu entre os séculos XVI e XVII, e o próprio Wölfflin sublinhou as analogias entre a arte barroca e o impressionismo, em princípio estranhos um ao outro. Se algumas características estéticas mostram-se trans-históricas ou recorrentes, é provavelmente devido ao seu estatuto de pressuposto determinante. E em nosso tempo, muitos são os artistas ligados à representação que tentaram – antes da banalização da prática da instantaneidade em fotografia que permite a cada um imaginar ver e rever aquilo que não viu – supreender, capturar o próprio instante daquilo que sobrevém. Assim, a propósito de uma litografia de Manet, Gombrich, em sua *História da Arte*, escreve:

> À primeira vista, podemos ver apenas umas confusas garatujas. É a ilustração de uma corrida de cavalos. Manet quer que ganhemos a impressão de luz, velocidade e movimento, dando-nos nada mais do que uma escassa sugestão das formas que emergem da confusão. Os cavalos correm em direção a nós a toda velocidade e as bancadas estão apinhadas de uma multidão excitada. O exemplo mostra mais claramente do que qual-

quer outro como Manet se recusou a ser influenciado pelos seus conhecimentos em sua representação da forma (1985: 409)[3].

O procedimento de Manet é sob muitos aspectos premonitório, se admitirmos que a aspectualidade não foge à alternância *implicação* vs. *concessão*. A aspectualidade doxal é implicativa e coloca a perfectividade como o *esperado* legal da imperfectividade, enquanto a aspectualidade paradoxal, de natureza concessiva, procura remontar da perfectividade para a imperfectividade e desta última para aquilo que Valéry chama de "o estado nascente"[4]. É o que René Char considerava, a propósito de Miró, como vimos no capítulo precedente, "a utopia do retorno às origens".

Em razão talvez do primado antropológico da visão, os pintores foram exemplares na "descontrução" da representação. Se mudarmos de plano de expressão, a poesia de Verlaine, nos seus melhores momentos, consegue reconduzir a sensação até sua irrupção, isto é, até o estupor e o questionamento:

CHARLEROI	CHARLEROI
Dans l'herbe noire	Pela negra erva
Les Kobolds vont.	Vão-se os Kobolds.
Le vent profond	É como se chorasse
Pleure, on veut croire.	o vento profundo.
Quoi donc se sent?	O que se ouve?
L'avoine siffle.	Assovia a aveia.
Un buisson gifle	Um arbusto esbofeteia
L'œil au passant.	O olho do passante.

3. A última frase do trecho apresenta significativa diferença na versão francesa utilizada por Zilberberg: "C'est un excellent exemple du refus de se laisser influencer par ce qui'il *sait* des formes pour ne représenter que ce qu'il *voit* vraimment" (É um excelente exemplo da recusa de deixar-se influenciar pelo que ele sabe das formas, para representar apenas aquilo que ele verdadeiramente vê) (N. dos T.).
4. Conforme Valéry: "Modernas. As ideias modernas de tachismo, 'harmonias', tudo basear em contrastes simultâneos, descuidar das sequências, dos desenvolvimentos, do desenho, referem-se bem às ideias da atualidade. Isso equivale a limitar-se a indicar os começos – o estado nascente [...]. Pede-se portanto ao artista *sensibilidade* antes de tudo. Não se trata mais de habilidade – Fazemo-lo dar meia volta para obter algo *a mais* do que o que todo mundo vê, mas também algo *de menos*" (1974: 934-935).

Plutôt des bouges	Mais bem casebres
Que des maisons	Do que casas
Quels horizons	Que horizontes
De forges rouges!	De forjas em brasas!
On sent donc quoi?	Ouve-se então o quê?
Des gares tonnent,	Atroam os trens
Les yeux s'étonnent,	Olhos se espantam,
Où Charleroi?	Onde Charleroi?
Parfums sinistres!	Perfumes sinistros!
Qu'est-ce que c'est?	O que é isto?
Quoi bruissait	O que soava
Comme des sistres?	Como sistros?
Sites brutaux!	Paragens brutais!
Oh! votre haleine,	Oh! seu alento,
Sueur humaine,	Suor humano,
Cris des métaux!	Gritos de metais!
Dans l'herbe noire	Pela negra erva
Les Kobolds vont.	Vão-se os Kobolds.
Le vent profond	É como se chorasse
Pleure, on veut croire.	o vento profundo.

Admitiremos que, no caso do acontecimento, a intensidade composta com o classema /humano/ se apresenta como afetividade, e a extensidade como algo a ser lido, a ser decifrado. No "calor" do acontecimento – o "calor" é uma metáfora que remete ao *ápice*, ou seja, ao paroxismo de intensidade –, a afetividade está em seu auge e a legibilidade é nula. Porém, logo em seguida, conforme evolui o amortecimento das valências afetantes, o acontecimento enquanto tal cessa de obnubilar, de obsedar, de monopolizar, de saturar o campo de presença e, em virtude da modulação diminutiva das valências, o sujeito consegue progressivamente, por si próprio ou com auxílio, reconfigurar o conteúdo semântico do acontecimento em estado, isto é, resolver os sincretismos intensivo e extensivo que o discurso projeta. Representando gráfica ou ingenuamente, teremos:

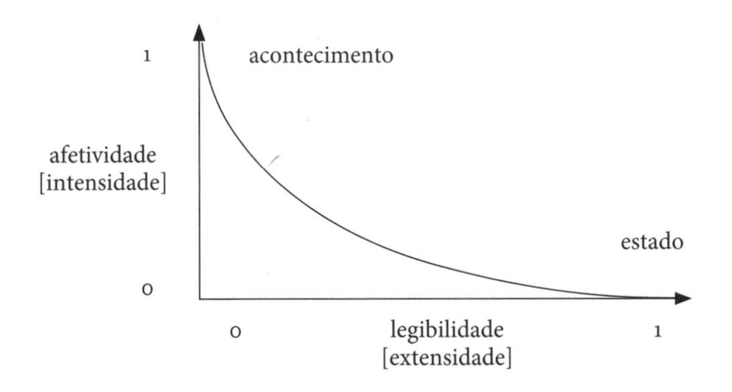

Assim, por sua própria natureza, a sintaxe tensiva é reparadora e compensadora: figura do inesperado, o acontecimento não poderia seriamente ser *visado*, ou seja, antecipado. Dito de modo familiar: *quando a coisa acontece, já é tarde demais!* O acontecimento não pode ser *apreendido* senão como algo afetante, pertubador, que suspende momentaneamente o curso do tempo. Mas nada nem ninguém conseguiria impedir que o tempo logo retome seu curso e que o acontecimento entre pouco a pouco nas vias da potencialização, isto é, primeiramente, na memória, depois, com o tempo, na história, de maneira que, *grosso modo*, tal acontecimento ganhe em legibilidade, em inteligibilidade, o que perde paulatinamente em agudeza. É por isso que o historiador que se dirige ao "grande público" e não mais a seus pares, sofre a tentação de usar e abusar da *hipotipose*.

4.2. Abordagem figurativa do acontecimento

Segundo a epistemologia própria à semiótica tensiva, a descrição de uma grandeza só é possível a partir de sua imersão no espaço tensivo. A questão se impõe por si mesma: quais são as dinâmicas intensivas (andamento e tonicidade) e as dinâmicas extensivas (temporalidade e espacialidade) que o acontecimento faz, por assim dizer, *vibrar*? Na medida em que as valências plausíveis para cada subdimensão já foram detalhadas no segundo capítulo, a questão agora não é apresentá-las, mas apenas reconhecê-las no discurso.

Para o *Littré*, o acontecimento é dado como "tudo o que ocorre". O verbete "ocorrer", por sua vez, "referindo-se a um fato, um acontecimento, um acidente" remete a "advir, dar-se, suceder, sobrevir". Daí, duas observações: a classe extensiva é aberta, talvez aberta demais; o verbo "ocorrer", quando é um "sobrevir" amenizado, está para o acontecimento assim como "ser" está para o estado:

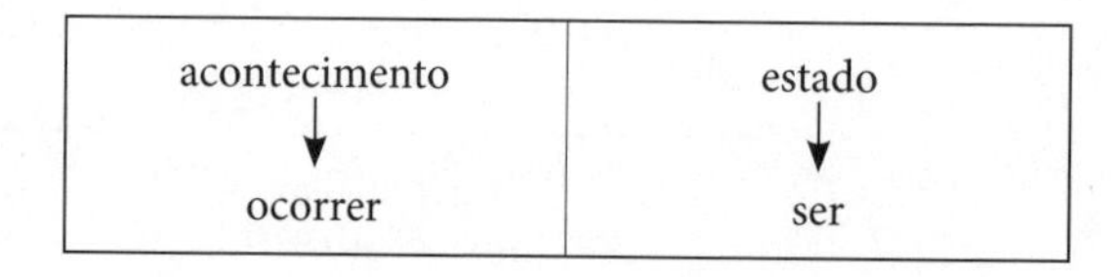

Segundo o *Micro-Robert*, mais preciso, o acontecimento é definido como "aquilo que ocorre e tem importância para o homem". A primeira indicação é mais clara que a segunda, pois é da ordem do *sobrevir*, da subitaneidade, ou seja, do andamento mais vivo que o homem, na condição de sujeito sensível, pode sofrer. A segunda indicação "e tem importância para o homem" concerne à tonicidade, na medida em que esta última é a modalidade humana por excelência, a que determina o próprio estado do sujeito de estado. Sem a necessária (e meritória) prudência dos autores de dicionários, Focillon, em *A Vida das Formas*, propõe: "O que é o acontecimento? Acabamos de o dizer: uma brusquidão eficaz" (1996: 99). Para "brusco", o *Micro-Robert* detalha assim sua complexidade: "o que é súbito, o que não é preparado por nada, nem se deixa prever". "Brusco" é um sincretismo da celeridade ("que é súbito"), da elipse da atualização ("o que não é preparado por nada"), por fim, da incompetência ("nem se deixa prever"). O sujeito instalado na ordem racional, programada e compartilhada do *pervir*, senhor de suas esperas particulares, se vê abandonado, longe de seu rumo próprio e entregue à sua devastação, àquilo que, nos *Cahiers*, Valéry denomina, assim como Focillon, o "brusco".

> Todo acontecimento brusco atinge o todo.
> O brusco é um modo de propagação.
> A penetração do inesperado mais rápida que a do esperado – mas
> a resposta do esperado mais rápida que a do inesperado. (1973: 1288).

A partir desses dados concordantes, examinaremos a *eficácia* subjetal do acontecimento em ambas as dimensões tensivas. No âmbito da intensidade, como já dissemos, o andamento e a tonicidade agem de comum acordo, transtornam o sujeito, o que significa que o duplo *acréscimo* de andamento e de tonicidade, que sobrevém de improviso, se traduz de imediato para o sujeito por sua desorientação modal e, em seguida, por um *déficit* daquilo que denominamos sua atitude. A tonicidade não afeta apenas uma "parte" do sujeito, mas sua integralidade. Para essa semiose fulgurante, o acontecimento, quando digno desse nome, absorve todo o *agir* e de momento deixa ao sujeito estupefato apenas o *sofrer*. Do ponto de vista morfológico, no afeto não ocorre a escansão prevista do restabelecimento e do recrudescimento, a qual permite ao sujeito "antecipar", se preparar e receber o ápice do recrudescimento, pois que precisamente o restabelecimento está virtualizado e o sujeito se sente "penetrado pelo inesperado" – segundo os termos de Valéry, aqui adaptados –, o que significaria que a minimização não é nem precedida nem moderada pela atenuação. Em ambos os casos, passa-se de [s_1] a [s_4] sem transição, sem modulação, sem cortesias, de tal modo que o acontecimento pode ser considerado ao mesmo tempo a medida e a derrota do sujeito. Se a semiótica soube aproveitar os ensinamentos de Propp, desconheceu a lição de Aristóteles, na *Poética*, a saber, que o acontecimento, no plano do conteúdo, e a teatralidade, no plano da expressão, são, juntamente com o relato e o *esquema narrativo canônico*, uma das grandes vias possíveis do sentido.

Se nos voltarmos agora para a extensidade, as coisas também não serão simples. No que se refere à temporalidade, esta se acha como que fulminada, aniquilada. Para usarmos a fórmula inigualável, o tempo "perdeu as estribeiras". Segundo Valéry, na mesma passagem, esse tempo que se perde é um tempo cumulativo, porém negativo, o qual dá origem a um estereótipo que se vivencia com frequência: a urgência de recuperar o tempo perdido a qualquer custo. A recomposição da temporalidade está condicionada à desaceleração e à atonização, ou seja, ao retorno àquela atitude que o acontecimento suspendeu momentaneamente. O sujeito almeja reaver pouco a pouco o controle e o domínio da duração, sentir-se novamente capaz de comandar a temporalidade fórica a seu bel-prazer. Em outras palavras, conforme indicamos em 3.2.2, almeja alongar o breve ou abreviar o longo. Quanto à espacialidade, também ela é maltratada pelo acontecimento. A escansão do aberto e do fechado, exigida por toda circulação dos valores, é virtualizada, uma vez que, ausentando-se o aberto do campo de presença, só o fechado, o ocluso, acaba se mantendo ali. De um sujeito estupefato, podemos dizer que ele ficou *siderado, sem poder sair do lugar*, lugar este que funcionaria, por um átimo, como um "buraco negro" que tivesse engolido seu ambiente.

Assim, o verbo "ocorrer" põe em jogo uma categoria que cremos ser de grande importância para o discurso: a *categoria do acontecimento*. Em *A Ordem do Discurso*, Michel Foucault menciona a mudança desejável de paradigma para as chamadas ciências humanas:

> As noções fundamentais que se impõem agora não são mais as da consciência e da continuidade [...] não são também as do signo e da estrutura. São as do acontecimento e da série, com o jogo de noções que lhe são ligadas: regularidade, casualidade, descontinuidade, dependência, transformação (2006: 57-57).

Segundo a perspectiva indicada, é provável que a tipologia dos discursos seja superponível à tipologia dos acontecimentos se a análise destes últimos vier a atingir – ainda não é o caso – a consistência.

A narrativa proppiana não ignora o acontecimento, mas, como mencionamos anteriormente, ela privilegia uma espécie de acontecimento: a falta. Nem é preciso lembrar que a noção de acontecimento é mais ampla que a de falta. Com efeito, a definição de acontecimento que extraímos do *Micro-Robert* – "aquilo que ocorre e tem importância para o homem" – é clara só na aparência. Uma vez que os definidores acompanham numa escala menor os categorizadores reconhecidos pela teoria, essa definição comporta certa gravidade existencial:

(i) a noção de "importância" diz respeito à problemática do valor e supõe uma tipologia racional dos valores semióticos, por enquanto apenas esboçada, e que não será considerada aqui;
(ii) a sequência "aquilo que ocorre" nos leva de volta às quatro classes de operadores abordadas no capítulo precedente.

Se tentarmos entrar nesta última definição, convém mencionar de início que o verbo *arriver* [que vimos traduzindo por "ocorrer"] não é bem um verbo como os outros[5]. Sua significação varia consideravelmente conforme seu sujeito comporte o classema /humano/ ou o classema /não--animado/. Se o sujeito é um ator humano modalizado como consciente e eficiente, *arriver* adquire, segundo o *Micro-Robert*, o sentido de "chegar ao fim de sua viagem; chegar ao lugar onde se pretendia ir"[6]. Se o sujeito for um ator não-animado e não determinado sua acepção principal será a do sobrevir. Assim, o verbo *arriver* é uma das realizações possíveis do paradigma decisivo *pervir* vs. *sobrevir*, dado que permite a qualquer sujeito pôr ordem e sentido em sua própria existência, distinguindo as sequências que parecem advir da necessidade daquelas que parecem proceder da contingência.

Podemos dispor os principais harmônicos da oposição matricial que supomos haver entre o sobrevir e o pervir. A categoria do *fazer* se vê equipada com um paradigma elementar que diferencia – ao menos para nosso próprio universo de discurso – o *acontecimento* da *ação*, de vez que esta procede, com a ajuda da fidúcia, direta ou indiretamente do sujeito autônomo: "o que alguém faz e pelo que realiza uma intenção ou uma impulsão" (*Micro-Robert*). A inserção da tensão entre o sobrevir e o pervir nos ensina duas coisas:

(i) as definições dos dicionários são todas admissíveis como questões judiciosas;
(ii) os definidores das grandezas singulares são em última instância identificáveis às categorias gerais para as quais a teoria, por sua conta e risco, estabelece a seguinte hipótese:

5. O verbo francês *arriver* se traduz, a depender do contexto, por "chegar", "acontecer", "ocorrer", "conseguir" (N. dos T.).

6. De passagem, esbarramos aqui na questão da generalização e, do ponto de vista discursivo, nas máximas, que são uma de suas realizações possíveis. Existem marcas da generalização, mas elas não são heurísticas. Nossa hipótese é que esse efeito se torna compreensível se admitimos que os definidores de uma grandeza singular ocasional cifram os categorizadores do espaço tensivo. Consideremos a máxima "de bom senso", para a sua época, que colhemos de Rousseau: "quando se quer apenas chegar, pode-se tomar a carruagem, mas quando se deseja fazer uma viagem, é preciso ir a pé". É claro que tal máxima reproduz localmente a tensão geral entre o sobrevir e o pervir, entre o acontecimento e a ação, nosso assunto aqui.

definidos → / definidores ↓	classema /humano/ + "chegar a" ↓	classema /não-animado/ + "ocorrer" ↓
catégorie →	ação	acontecimento
aspectualité →	pervir	sobrevir
andamento →	lentidão [afirmação da progressividade]	celeridade [negação da progressividade]
temporalité →	prospectiva	retrospectiva
modo de existência →	atualização [≈ esperado]	potencialização [≈ inesperado]

A *valência de acontecimento* é uma valência intensiva complexa e compõe um andamento extremo, o da instantaneidade, e uma tonicidade superior, sempre difícil de formular. Essa tonicidade é vivenciada, mas isso não explica muita coisa. Tal grandeza não poderia passar sem a mediação da manifestação e, por isso, nós a associamos à problemática dos modos de existência. A semiótica da ação voluntária dá destaque à atualização, a qual permite ao sujeito tratar aquilo que ainda está por vir como o que já veio. Em nome da ascendência, o sujeito pode por certo converter o esperado nesta ilusória "espera do inesperado" à qual Greimas dedica o último capítulo da obra *Da Imperfeição*. Mas precauções de todo tipo, cálculos poderosos, as mais sábias montagens jamais conseguem conjurar a irrupção, ora desastrosa, ora providencial, daquilo que Valéry chama nos *Cahiers* de uma "coisa"[7], Aristóteles na *Poética*, de "peripécia", Barthes, de "reviravolta" a propósito do teatro de Racine, e o próprio Racine, de "lance". Por definição, aquilo que sobreveio não pode ser de fato atualizado, ou seja, previsto *a tal hora e em tal lugar*. No entanto, sua vocação, por assim dizer, é ser relembrado enquanto permanecer vívida a subvalência de tonicidade. De acordo com Cassirer, "[do] único e, em certa medida, sólido núcleo da representação do maná parece finalmente não restar, pois, senão a impressão de extraordinário, de inusitado, de 'incomum'

7. "Toda coisa que existe, se não existisse, seria altamente improvável" (1973: 533).

em geral" (2004: 142). Se acolhemos tais adjetivos como as resultantes intransponíveis do recrudescimento, então podemos pensar que a fé, a fidúcia, ou seja, "a coisa do mundo mais bem compartilhada", é no mínimo questão tanto de memória quanto de crença.

Convém agora tentarmos explicitar o conteúdo semântico das subvalências paroxísticas do andamento e da tonicidade, cuja *interseção* ou produto, seria a força que precipita o acontecimento em discurso. Tendo em vista o andamento, e a fim de resguardar o contato com os dados propriamente semióticos, entendemos a velocidade de penetração, cujo teatro e medida é o corpo imaginário do sujeito, como *velocidade de desagregação* e, em seguida, como *velocidade de apassivação*, ou seja, como mudança instantânea de regime subjetal, e como "peripécia", segundo a terminologia de Aristóteles na *Poética*.

Quanto à subvalência de tonicidade, é de se esperar também que pareça pouco com aquilo que em geral se imagina. Em sincretismo com o andamento, ela é configurada metaforicamente como *frappe* [choque] e empregada com frequência no linguajar contemporâneo[8]. No caso dos tiques de linguagem atuais – "fiquei chocado com...", "o que me choca...", "o que é chocante...", entre os mais recorrentes –, é como se tais fórmulas desgastadas tivessem o poder mágico de virtualizar o estereótipo que quase sempre as acompanha. A obscuridade da definição de acontecimento, que extraímos do *Micro-Robert*, "aquilo que ocorre e tem importância para o homem", se dissipa em parte. A solidez da estrutura tensiva nos convida a arriscar a seguinte hipótese: se a primeira sequência, "aquilo que ocorre", é relativa ao andamento, a segunda, "tem importância para o homem", deve se referir à tonicidade, mesmo que a pergunta primária, "mas o que é que tem importância para o homem?", admita numerosas respostas possíveis, todas válidas. Assim:

estrutura tensiva →	andamento ↓	tonicidade ↓
o Micro-Robert →	o que ocorre	o que tem importância para o homem

8. Claudel a propósito de Racine: "*Frapper* (chocar) é isso. Como se diz: *frapper le champagne* (gelar o champanhe), *frapper une monnaie* (cunhar uma moeda), *une pensée bien frappée* (um pensamento bem nítido)... alguma coisa que chamarei a detonação da evidência" (citado por Barthes, 1979: 47).

Nossa hipótese é a seguinte: "o que tem importância para o homem" é, salvadora ou devastadora, uma catástrofe modal que apreendemos, sob condição estrita do andamento, como a *realização súbita e extática do irrealizável*[9]. Aí também, parece que a narratividade proppiana tenha como que confiscado a teoria das modalidades, a qual, se tivesse sido abordada sem *a priori*, teria confrontado mito e narrativa e, talvez, restaurado a predominância cultural do mito sobre a narrativa. As modalidades que a narratividade de inspiração proppiana escolhe são, circularmente, modalidades do *fazer*, e essa superestimação certamente se dá às expensas do *dizer*, no plano da expressão, e do *crer*, no plano do conteúdo.

Embora não se sobreponham completamente, as questões referentes ao modo, em linguística, e à modalidade, são muito próximas entre si: o modo avalia a eficiência suposta da modalidade em discurso. No estudo intitulado "Teoria dos Morfemas", Hjelmslev considera a realidade como eixo semântico do paradigma do modo:

> Nos modos, a dimensão mais resistente [a que está sempre presente se a categoria é realizada] é a da não-realização/realização (significação dubitativa ou assertiva, expressa em muitas línguas por meio de entonações - por exemplo, a interrogação), e a segunda dimensão é a da realização desejada e sua negação (há, por exemplo, realização desejada no imperativo). A terceira dimensão - a menos resistente - sob o modo é da não-realidade/realidade (conhecida, por exemplo, pela conjugação negativa de algumas línguas) (Hjelmslev, 1991, p. 181).

O acontecimento está no cerne desse sistema se for concebido como sobrevir, isto é, realização do irrealizável. Mais precisamente, o sistema descrito leva em conta a modalidade *implicativa* do realizável. Por sua vez, o

9. Este capítulo já estava redigido quando o acaso da leitura nos levou a conhecer a análise seguinte, proposta por G. Agamben: "Segundo Kimura Bin, a pergunta decisiva a respeito da epilepsia é a seguinte: 'Por que o epiléptico perde a consciência?' A sua resposta é que, no ponto em que o eu está para aderir a si mesmo no instante supremo da festa, a crise epiléptica sanciona a incapacidade da consciência de suportar a presença, de participar da própria festa. Nas palavras de Dostoyevski, que ele cita nesse momento: 'Há instantes, duram não mais do que 5 ou 6 segundos, em que de repente sentis a presença da harmonia eterna, a alcançastes. Não é terrena: nem quero dizer que seja celeste, mas apenas que o homem, na sua forma terrena, é incapaz de a suportar. Deve transformar-se fisicamente ou morrer'" (Agamben, 2008: 130).

acontecimento dá como certa a modalidade *concessiva* que instaura um dado programa como irrealizável e um contraprograma que, *no entanto*, levou a cabo sua realização: "não era possível fazer isso e no entanto ele o fez!". O acontecimento, seja qual for, tem o mérito de precipitar uma transcendência na imanência.

4.3. Abordagem figural do acontecimento

Nossa posição é incômoda: concedemos ao acontecimento uma importância primordial na economia dos discursos e estimamos que o fundo do acontecimento seja concessivo, mas o lugar que as teorias linguísticas concedem à concessão ainda é pequeno. Não passa de um acessório, ocupando apenas um parágrafo. Nós preferimos emparelhá-la com a implicação, acolhida pela retórica argumentativa, sob a autoridade de Aristóteles, na forma do silogismo e do entimema, como seu elemento essencial. Há uma divisão tendencial inegável que associa, de um lado, a retórica argumentativa e a implicação e, de outro, a retórica tropológica e a concessão. Entretanto, como já foi indicado, essa divisão, essa operação de triagem emana somente das orientações e não das exclusões recíprocas, e sobretudo não explica: precisa ser explicada. É nesse sentido que colocamos agora a seguinte questão: em que condições a concessão é, para o sujeito, criadora de intensidade, de "impetuosidade"? Se seguimos Fontanier, "a exclamação surge quando se abandona de repente o discurso prosaico para se entregar aos elãs impetuosos de um sentimento vivo e súbito da alma" (1968: 370). Com efeito, parece-nos que, para quem se permite aguçar por um instante o ouvido, uma semiose elementar associa a concessão ao plano do conteúdo e a exclamação ao plano da expressão.

Salvo melhor juízo, distinguimos dois estilos semióticos: o do pervir e o do sobrevir. O quadro a seguir reúne as principais oposições:

processo →	pervir	sobrevir
operador →	implicação	concessão
tipo de correlação →	correlação conversa	correlação inversa
modo de existência →	atualização	potencialização
vivenciado →	espera	espanto

Entretanto, como as análises de Wölfflin demonstraram, a coerência interna dos estilos bem sucedidos importa mais que os seus contrastes manifestos. Já abordamos algumas das relações que compõem a textura do sobrevir. Resta-nos agora examinar a relação, ou a convergência a ser estabelecida entre concessão e correlação inversa. Para isso, são necessárias algumas convenções. Até o presente, admitimos que um valor V era definido pela interseção de uma valência intensiva v' com uma valência extensiva v":

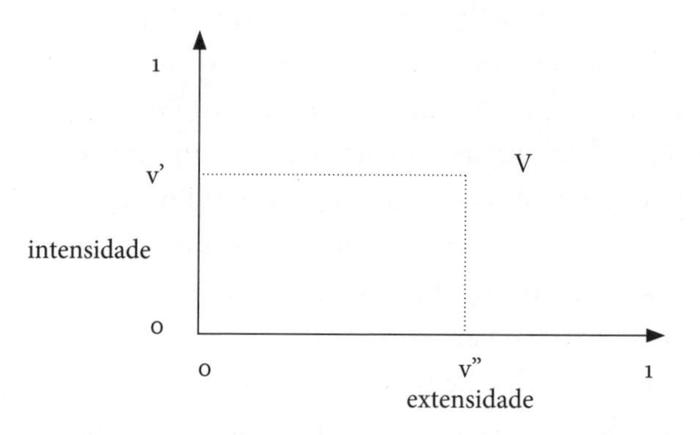

Admitamos agora uma situação estável tal que o campo de presença, condicionado por uma correlação inversa, comporte apenas um único valor realizado, V_1, proveniente de V_0, e que se dirige por simples continuidade para V_2. V_0 constituiria em suma o "passado" de V_1, e V_2, seu "futuro" plausível:

direção →	decréscimo		
valor →	Vo	V1	V2
modo de existência →	potencializado [apreensão]	realizado [presença]	atualizado [foco]

A identificação da direção pede duas observações:

(i) adotamos o modelo deleuziano (2006: 313-326) para quem a intensidade se dirige, se nada se lhe opuser, para sua própria anulação;

(ii) em razão da ambivalência das direções tensivas, a qualificação da direção é questão de ponto de vista: diante de uma determinada modificação da velocidade de um processo, como decidir *a priori* entre diminuição da velocidade ou aumento da lentidão? Projetemos os valores sobre um arco de correlação inversa:

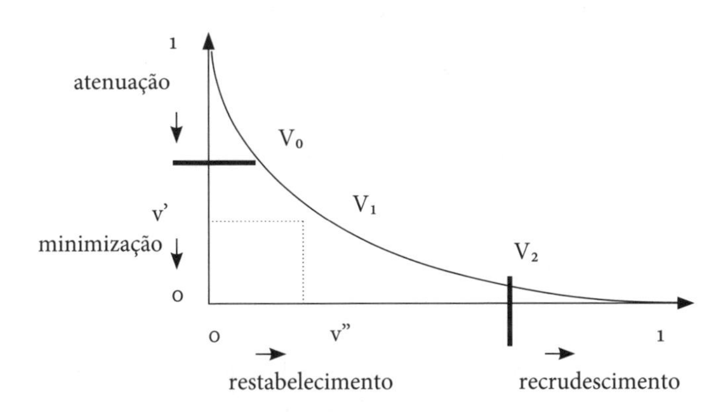

Consideremos o valor realizado V_1, que se define pela interseção das valências v' e v''. Na dimensão da intensidade, a substituição $V_0 \rightarrow V_1$ instaura, desde que potencializada, ou seja, memorizada, uma orientação decrescente, de modo que v' decorra da minimização da intensidade. Na dimensão da extensidade, v'' se situa na fase de restabelecimento da difusão. A distinção entre as isotopias submetidas a uma correlação conversa e as submetidas a uma correlação inversa está longe de ser clara, mas é difícil evitar a impressão de que os casos de correlação inversa são particularmente notáveis, tal como, por exemplo, o da relação entre o "poder" e a "autoridade" na Roma antiga, segundo a interpretação de Hannah Arendt:

> A característica mais impressionante daqueles que são autoridades é que eles não têm poder. [...] Porque a "autoridade", o aumento que o Senado deve acrescentar às decisões políticas, não é o poder, ela nos aparece curiosamente imperceptível e intangível, tendo nesse aspecto uma semelhança surpreendente com a parte judiciária do governo de Montesquieu, cuja potência ele declarava "nula, de alguma maneira" e que constitui entretanto a mais alta autoridade nos governos constitucionais (1989: 161).

A abordagem figural do acontecimento pressupõe o controle do espaço tensivo por uma correlação inversa. O acontecimento significa a derrota do esperado, ou seja, da *duplicação* da sequência $V_0 \rightarrow V_1$ que culminaria na projeção da sequência esperada $V_1 \rightarrow V_2$. Ao invés de assistir à realização dessa última, o sujeito vê surgir a sequência que ele excluíra, $V_1 \rightarrow V_0$:

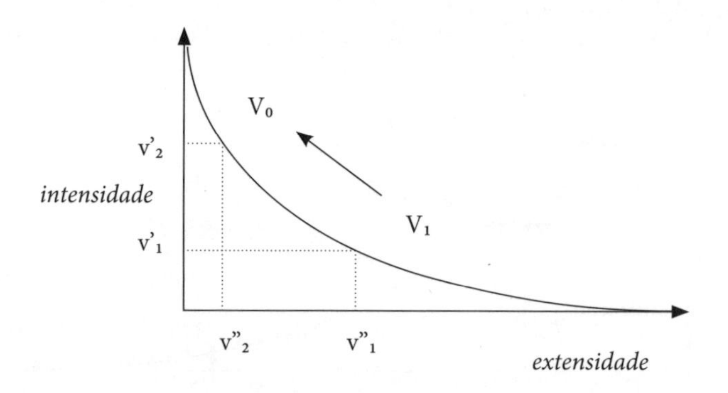

Torna-se possível configurar o sobrevir da seguinte maneira: um sujeito instalado em V_1, ou seja, "acreditando" na minimização iminente da intensidade, é precipitado para V_0, de modo que V_1 fica modalizado agora como atualizado. O percurso tensivo desenvolvido alinha na verdade $V_0 \rightarrow V_1 \rightarrow V_0$, no lugar do esperado $V_0 \rightarrow V_1 \rightarrow V_2$. O sobrevir, segundo essa hipótese, se identifica à pura diferença de andamento que afeta as duas sequências: aceleração que escapa de controle entre V_1 e V_0, e desaceleração controlada entre V_0 e V_1. Mas, a condição de possibilidade requerida é custosa: para que a operação seja concebível, é preciso que V_0, potencializado quando o sujeito se encontra em V_1, "retorne", mas desta feita atualizado como desejável no campo de presença do sujeito. Essa concepção é apenas uma variante da tendência ao restabelecimento da situação anterior e postula uma inércia conservadora, uma certa "persistência"[10]. Do ponto de vista morfológico, V_1 e V_2 se situam ambos no arco da esquematização. Do ponto de vista sintáxico, o percurso $V_1 \rightarrow V_0$ resulta num *excesso* intensivo, $v'_2 > v'_1$, e num *déficit* extensivo, $v''_2 < v''_1$. Com efeito, a valência intensiva de V_0 é superior à de V_1, enquanto sua valência extensiva é inferior: instância em devir, o campo de presença, que até então aumentava o difuso, inverte sua direção e lança-se para o concentrado, o pontual, ou seja, a própria morfologia do acontecimento. O estreitamento, a pontualização do campo de presença importa tanto quanto a subitaneidade do trânsito de V_1 para V_0. Em outras palavras, a relação entre o arco de esquematização e cada um dos pontos de parada possíveis é *modal*: a direção esquemática, descendente ou ascendente, pesa, age sobre cada uma das porções, extensa ou pontual, que em princípio a compõem, visto que a subdividem. O restabelecimento e o recrudescimento intempestivos tomam o lugar da atenuação e da minimização em curso.

4.4. Em direção à imagem-acontecimento?

Sem pretender esgotar aqui, em algumas páginas apressadas, uma questão tão vasta, consideramos que o fato poético moderno apresenta duas características singulares, provavelmente solidárias entre si: de um lado, a supressão da cisão entre prosa e poesia, supressão que acaba instaurando a cisão "no meio" da própria prosa; de outro lado, o advento da *imagem* - como se o descrédito que atingiu a retórica tivesse revertido em proveito dessa configuração incerta, frente às classificações admitidas, mas doravante prioritária tanto para Bachelard como para Breton. Essa poética tem por objeto interno o que Bachelard denomina "novidade da imagem":

10. Essa "persistência" é admitida pelos autores do *Dicionário de Semiótica*: "Na linguística, as coisas se sucedem de outro modo [do que na lógica]: aí o discurso conserva os traços das operações sintáticas anteriormente efetuadas" (2008: 402).

> [...] se há uma filosofia da poesia, ela deve nascer e renascer por ocasião de um verso dominante, na adesão total a uma imagem isolada, muito precisamente no próprio êxtase da novidade da imagem. [...] Em sua novidade, em sua atividade, a imagem poética tem um ser próprio, um dinamismo próprio (Bachelard, 1988a: 1-2).

Em suma, passou-se de uma semio-estética do pervir para uma do sobrevir. Esse deslocamento deu-se igualmente no plano modal: a competência, até então confiada a um poeta que dominava as figuras e os poemas de formas fixas, foi transferida por Bachelard à linguagem[11], e por Breton à imaginação[12].

O ângulo de abordagem que adotaremos diz respeito ao ajuste da distância a ser estabelecida entre a metáfora e a comparação. Dumarsais e Fontanier, este aparentemente à escuta daquele, colocam a metáfora sob o controle da comparação. Para Dumarsais, "as metáforas são defeituosas [...] quando são forçadas, tomadas à distância, e quando a relação não é suficientemente natural nem a comparação sensível o bastante" (1977: 123-124). Em *Les figures du discours*, Fontanier se mostra mais preciso que Dumarsais, submetendo a metáfora a seis "condições" que, a seu ver, são evidentes: "ora, quais são as condições necessárias da metáfora? É preciso que ela seja *verdadeira* e *justa*, *luminosa*, *nobre*, *natural* e, enfim, *coerente*" (1968: 103)[13]. Detenhamo-nos um instante sobre a quinta exigência, ser "natural": "ela será natural se não incidir numa semelhança demasiadamente distante, numa semelhança além do alcance comum do pensamento" (1968: 104). Diante disso é claro que ela se inscreve sem dificuldade nessa semiótica da desigualdade dos intervalos que já esboçamos e que marca, do ponto de vista paradigmático, sua predileção pela moderação dos subcontrários, $S_2 \leftrightarrow S_3$, e sua recusa da veemência dos sobrecontrários, $S_1 \leftrightarrow S_4$. Denominando Δ a distância variável a ser estabelecida entre a metáfora e a comparação, temos:

11. "Na novidade de suas imagens, o poeta é sempre origem de linguagem" (1988a: 4 – [N. dos T.] frase que escapou à tradução brasileira).
12. "Só a imaginação me dá conta do que *pode ser*, e isso basta para suspender um pouco o terrível interdito" (1963: 13).
13. Intransigente, Fontanier exige respeito a *todas* as condições: "[...] não há figura que seja mais bela, mais sorridente, que difunda mais encanto no discurso, quando preenche todas as condições necessárias [...]" (1968: 103).

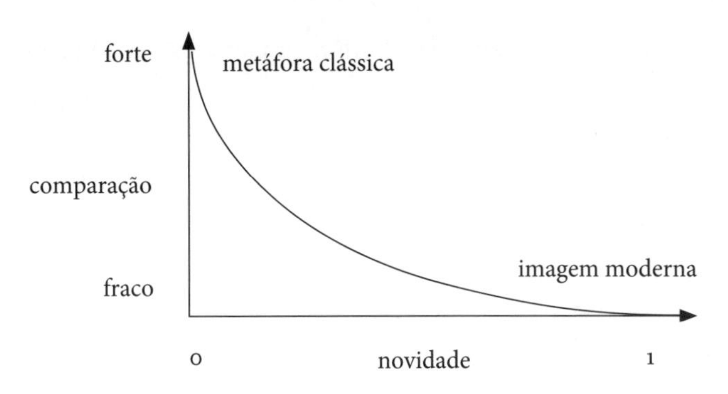

Do ponto de vista categorial, Dumarsais e Fontanier são, nesse quesito, os continuadores de Aristóteles que por primeiro subordinou a metáfora à *analogia*, forma analítica da comparação. Dumarsais e Fontanier advogam o que propomos chamar de *metáfora-argumento* e que opomos à *metáfora-acontecimento*, definição-análise que, a nosso ver, convém à imagem poética nas abordagens de Breton e Bachelard. Fixemos as correspondências terminológicas escolhidas:

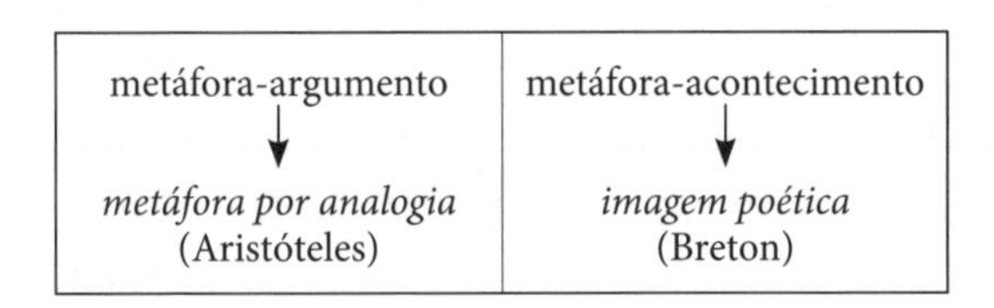

metáfora-argumento	metáfora-acontecimento
↓	↓
metáfora por analogia (Aristóteles)	*imagem poética* (Breton)

Para Aristóteles, Dumarsais e Fontanier, a metáfora exige um *fiador*, a semelhança, e, por uma hipocrisia que jamais enganou ninguém, uma *comparação* cujas marcas são deliberadamente negligenciadas. Isso significa que a metáfora-argumento permanece profundamente, "secretamente" implicativa, entimêmica, motivada, e que as seis condições mencionadas por Fontanier funcionam como interditos que medem estritamente "o alcance comum do pensamento", enquanto a imagem moderna tem por modelo o acontecimento, o inesperado, a "novidade", segundo Bachelard. Assim, enquanto a metáfora-argumento é conclusiva e resultativa, a metáfora-acontecimento é circunstancial e ocasional. Não depende de um antecedente racional, mas da eventualidade gratificante, do catalisador súbito do que Bachelard denomina "um acontecimento do *logos*" (1988a: 8), formulação que certamente teria supreendido Dumarsais e Fontanier, se viessem a conhecê-la... É claro que a metáfora-argumento preserva o que é "de direito", a *doxa*, enquanto a metáfora-acontecimento projeta o "fato", o impacto acima do direito.

A imagem na perspectiva de Reverdy apresenta a ambivalência própria às posições intermediárias: é um acontecimento nos termos de Fontanier, e um argumento nos termos de Breton, conforme este esclarece na discussão da posição de Reverdy relativa à imagem. Para esse autor, a imagem é uma semiose cujo plano da expressão é a relação e cujo plano do conteúdo é a repercussão subjetal:

> A imagem é criação pura do espírito.
>
> Não pode nascer de uma comparação mas da aproximação entre duas realidades mais distantes ou menos.
>
> Quanto mais distantes e justas as relações entre as duas realidades, mais a imagem será forte – mais terá potência emotiva e realidade poética (*apud* Breton, 1963: 31).

Aos olhos de Breton, a imagem poética, assim enquadrada, não rompeu completamente com o entimema, nem com a análise que este último autoriza. Segundo Breton, Reverdy permanece, apesar de tudo, preso a um "se... então..." latente, que o autor do *Manifesto* em seguida julga com severidade: "mas a imagem me escapava. A estética de Reverdy, estética totalmente *a posteriori*, fazia-me tomar os efeitos pelas causas". Da definição-análise de Reverdy, André Breton conserva somente o motivo da "aproximação":

> Foi da aproximação de algum modo fortuita entre os dois termos que irrompeu uma luz particular, *luz da imagem*, à qual nos mostramos extremamente sensíveis. O valor da imagem depende da beleza da centelha obtida; ela é, por conseguinte, função da diferença de potencial entre os dois condutores. Quando esta diferença mal existe, como na comparação, a centelha não surge (1963: 51).

Um pouco adiante, a "condição" exigida por Dumarsais e Fontanier é formalmente recusada por Breton: "[...] os dois termos não se deduzem mutuamente [...]". O fundo argumentativo, que constituía para Aristóteles e seus futuros continuadores a força persuasiva e a caução da "metáfora por analogia", tornou-se sua carência irremediável.

Em razão da continuidade estrutural que declaramos desde o começo [categorizadores → definidores → predicadores], a discussão de Breton sobre a tese de Reverdy esclarece um dos funcionamentos paradigmáticos: como já indicamos no primeiro capítulo, um paradigma não opõe, *gradua*, em ascendência ou descendência, conforme o caso. Se essa exigência não é em si exorbitante, sua consequência necessária corre o risco de ser recusada, porque inverte a ordem de derivação geralmente admitida entre o termo simples e o termo complexo. Em nome de Saussure, o consenso considera *primeiro* a oposição s_1 *vs.* s_2, e *depois* – iconoclasticamente? – o termo complexo $s_1 + s_2$. Como já foi dito, partimos da suposição inversa: todos os termos são complexos, mas não da mesma maneira. Mas retomemos o debate sobre a metáfora. Em primeiro lugar, ela diz respeito a uma tensão discursiva primordial: a tensão entre implicação e concessão, entre regra e acontecimento. Em segundo lugar, ela percorre um *continuum*: a "metáfora por analogia", cara a Aristóteles, é inteiramente implicativa e repele a concessão. Se designarmos cada grandeza pela sua inicial e se as abordarmos como passíveis de aumento e diminuição, obteremos para Aristóteles a fórmula: $[i_1 + c_0]$. A posição de Reverdy é intermediária: preserva a implicação, dado que as "relações entre as duas realidades devem ser *justas*", ao mesmo tempo em que acolhe a concessão, "*distantes* e justas". Isso modifica a fórmula: $[i_0 + c_1] \rightarrow [i_m + c_n]$, tal que a soma dos coeficientes $[m + n]$ tende para 1[14]. A posição de Breton é simétrica e inversa à de Aristóteles: $[i_0 + c_1]$. Daí duas consequências:

(i) um paradigma cifra uma ambivalência que a adoção de um ponto de vista suspende: a "sequência" Aristóteles → Reverdy → Breton é ascendente, segundo a concessão, e descendente, segundo a implicação;

(ii) os argumentos com que se digladiam os protagonistas em foco são, para a metalinguagem, decorrentes de *escalonamentos* orientáveis que propiciam aos sujeitos argumentadores e debatedores sobrepor-se, na esperança de dar a "última palavra". Esquematizando de modo bem simples:

14. Não é exigido da correlação estrita que ela seja estrita, visto que não poderia sê-lo. Com efeito, a correlação atualiza uma *direção* cuja realização encontra resistências, obstruções e, em consequência, *atrasos*.

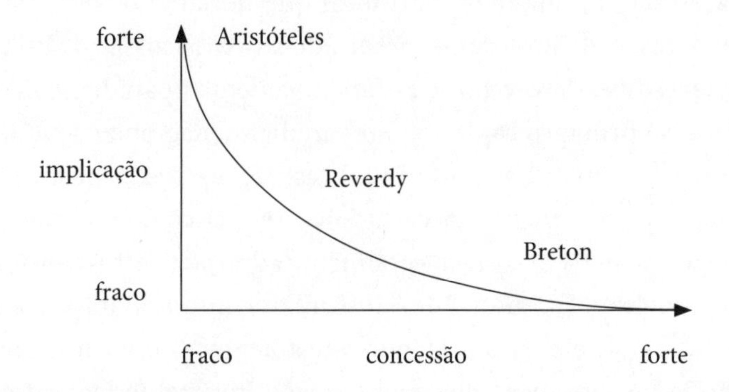

O papel da instância enunciante pode ser precisado: em meio a uma lista de possíveis, de "realizáveis", escolhe o que é de sua preferência. Mas não é ela que estabelece essa lista – sem falar ainda na pressão de uma diacronia capaz de converter um determinado possível em provável e próximo.

Compreende-se então que a metáfora-acontecimento não admite resolução, visto que isso significaria reduzi-la, fazê-la voltar à condição de metáfora-argumento, rejeitada pelo enunciador. Da parte do sujeito, ela espera apenas uma *medida*, pois ele "limita-se a constatar e apreciar o fenômeno luminoso". Para além da metáfora que Breton não teme disseminar, o que a imagem convida a medir? Para Reverdy, assim como para Breton, seria sua "potência emotiva". Mas isso é apenas enunciar a questão. Retomaremos a descrição espontânea de Berenson, "[...] neste livro (como em todos os que publiquei) a palavra 'forma' significa antes de mais nada 'valores táteis' " (1953: 81), uma vez que leva em conta a excitação das subvalências do andamento e da tonicidade, colocando-nos a seguinte questão: como se dá o recrudescimento discursivo, retórico, se sua condição é que escape ao controle do sujeito? Na medida em que o ponto de vista tensivo atribui a regência do sentido ao afeto, duas propostas podem ser prudentemente introduzidas:

(i) do ponto de vista paradigmático, a imagem tem doravante de percorrer num átimo um intervalo distendido, o dos sobrecontrários *distantes* de Reverdy: $s_1 \leftrightarrow s_4$;
(ii) do ponto de vista sintagmático, se a metáfora-argumento se baseia no cálculo, na famosa proporção explanada por Aristóteles na *Poética*, 1457b (1973: 462-463); se a metáfora-acontecimento exclui o que Breton chama

de *premeditação*[15] e Bachelard, de *passado*[16], o que fazer senão recorrer ao *sobrevir* e à concessão que a enforma em discurso? Assim como Mallarmé recomendava, conquanto por outras razões, "[ceder] a iniciativa às palavras", Breton procede a uma delegação sintáxica, visto que a irrupção da imagem está subordinada à "aproximação de algum modo fortuita dos dois termos". Por certo, esse belo termo "imagem" foi consagrado pelo uso, mas ele oculta mais do que esclarece. Deixa entender que a imagem teria um conteúdo finito, um significado distinto, quando ela é apenas uma passagem, um traço, um lampejo que sobrevém sem premeditação nem continuação num espaço intermediário que, ao contrário do que se crê, surge somente como plano da expressão.

Em *A Prosa do Mundo*, Merleau-Ponty é no mínimo tão radical quanto Breton, na medida em que, a seu ver, em vez de estar marcada com o selo da eternidade, conforme o inculcou a tradição filosófica, a significação não é, em última instância, da ordem do conteúdo, mas da ordem de um efetivação impactante: "O mistério é que, no momento mesmo em que a linguagem está assim obsedada por si própria, lhe é dado, como que por acréscimo, abrir-nos a uma significação. Dir-se-ia que é uma lei do espírito só encontrar o que não procurou" (2002: 147).

Por mais insuficiente que seja, nossa análise do acontecimento, preocupada em manter o contato com os dicionários de referência, descobre, conforme o caso, a dimensão retórica, *de exclamação*, do acontecimento, ou ainda a dimensão existencial, *de acontecimento*, da retórica. Essa reciprocidade dos pontos de vista – as categorias nada mais são do que pontos de vista – procede da pertinência tanto das categorias tensivas, se as projetarmos sobre as direções da retórica, como das categorias retóricas, se as aplicarmos ao discurso, o que em princípio não deveria surpreender. Por fim, permitimo-nos dizer que esse esboço de análise talvez pudesse reconciliar Descartes e Saussure. Des-

15. "A aproximação se faz ou não se faz. De minha parte, nego cabalmente que em Reverdy imagens como 'no riacho há uma canção que flui', ou, 'o dia se desdobrou como um lençol branco', ou ainda, 'o mundo cabe num saco', apresentem o menor grau de premeditação" (1963: 50-51).

16. "[...] o ato poético não tem passado, pelo menos um passado próximo, ao longo do qual pudéssemos acompanhar sua preparação e seu advento" (Bachelard, 1988a: 1).

cartes, quando faz da "admiração" a primeira das "paixões". Saussure, quando assinala o alcance notável da distinção entre estado e acontecimento. Tal reconciliação faz do acontecimento o correlato objetal da admiração:

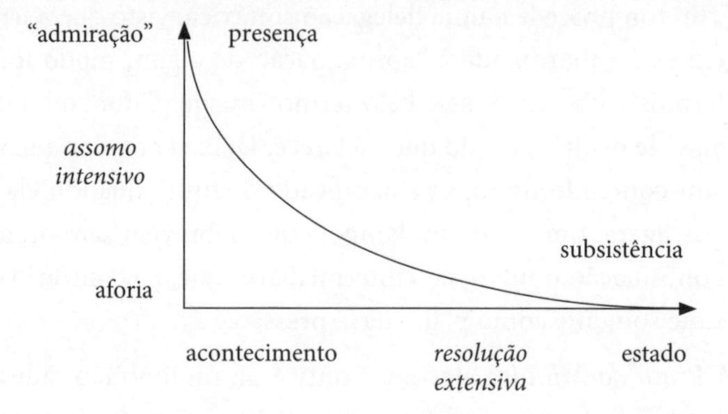

Todavia, tal como se apresenta, esse diagrama, que se inspira ao mesmo tempo em Descartes e Saussure, traz uma dificuldade talvez insolúvel. Com efeito, a análise de Descartes que reproduzimos em 4.1 conclui com o seguinte esclarecimento: "E ela [a admiração] não tem contrário, porque, se o objeto que se apresenta nada tiver em si que nos surpreenda, não somos emocionados por ele e o consideramos sem paixão" (2005: 69).

Assim, segundo Descartes, o correlato da "admiração", aqui virtualizado, é definido por sua inconsistência, sua vacância, sua vacuidade intensiva. Nosso diagrama registra essa nulidade das valências afetantes mediante a denominação – criticável, de certo modo – de "subsistência". Estamos diante de uma configuração singular que compõe uma extensidade predicável e uma intensidade, em suma, negativa. Nessas condições, colocamos a presença na dependência do acontecimento, ou seja – e operada a devida catálise –, na dependência de sua capacidade de destituir e transtornar um sujeito doravante instalado na afórica e enfadonha subsistência da cotidianeidade. Guiados pela constante metáfora da vibração[17], definimos a presença vivenciada em função da medida com que o sujeito percebe sua própria divergência, segundo Descartes, sua própria "surpresa". Isso nos permite completar a análise da

17. De acordo com o *Micro-Robert*, "vibrar" é estar vivamente comovido, exaltado. Entendemos "vivamente" como o sincretismo das valências andamento e tonicidade.

posição de Pascal, abordada no segundo capítulo: o *impacto*, termo supremo da série ascendente, se torna a garantia da presença. No texto intitulado "A ordem dos corpos, a ordem dos espíritos, a ordem da caridade", sem dúvida um dos pontos altos de sua obra, Pascal, preocupado em fixar "o impacto de [cada] ordem", "paradigmatiza" tais ordens de grandezas, explicitando sua relação com o impacto sob dois aspectos: a visibilidade e a eficiência. A visibilidade se desdobra em visibilidade *vs.* invisibilidade; a eficiência, por sua vez, em implicação *vs.* concessão: Arquimedes e Jesus, "sem impacto", "impactaram em sua ordem", servindo a figura de Arquimedes de modulação, *Durchführung*, entre *a ordem dos espíritos* e *a ordem da caridade.*

concessão deceptiva ↓	implicação ↓	concessão gratificante ["sem impacto → impactou"] ↓
invisibilidade do não impacto	visibilidade do impacto	invisibilidade do impacto
os grandes da carne	os grandes gênios	Arquimedes [modulação] Jesus
série ascendente e eletiva		

4.5. Acontecimento e história

No calor do acontecimento, o sujeito se vê em conjunção com um *sobrevir* que transtorna e por vezes suprime a duração e a espacialidade. O acontecimento significa literalmente a negação do dizer, a negação do discurso. De acordo com um irrecusável lugar-comum, o acontecimento é antes de tudo um *não-sei-quê* que deixa o sujeito "sem voz", sem a *sua* voz. O sobrevir do acontecimento vem anular a própria textura do tempo, isto é, a "virtude" potencializante da temporalidade. A questão pode ser assim resumida: como devolver à temporalidade a memória que o acontecimento acaba de suspender? Investindo-se contra o que faz a força do acontecimento, contra sua precipitação, o que só se pode conseguir pela proposta de um contraprograma de *freagem* específico. É ao discurso, enquanto restaurador da historicidade ora trivial, ora erudita, que compete esse contraprograma. Do ponto de vista teórico, parece-nos que a relação estrutural entre o discurso e o acontecimento procede da *catálise*.

O acontecimento, na qualidade de grandeza tensiva, deve ser apreendido como uma inversão das valências respectivas do sensível e do inteligível. Marcado por um andamento rápido demais para o sujeito, o acontecimento leva o sensível à incandescência e o inteligível à nulidade. Segundo Valéry, "um *fato* é aquilo que prescinde de significação" (1960: 513). A narratividade, que o acontecimento virtualizou, reclama seus direitos, em compreensão ou em explicação, conforme o estilo persuasivo vigente. De que modo? Considerando o acontecimento como o ponto de chegada cuja origem não é imediatamente identificável.

No que se refere à historicidade, reencontramos obviamente o circuito característico da discursividade: do ponto de vista enuncivo, o *antes* explica ou leva a compreender o *depois*, na exata medida em que, do ponto de vista enunciativo, o *depois* constatado explica ou faz compreender o *antes* suposto. A conduta enunciativa é a contraparte da conduta enunciva. A gramática peculiar ao discurso histórico deve revelar qual é a sua regra: aceleração ou freagem? Examinaremos a força dessa exigência nas primeiras páginas de *A Democracia na América*, de Tocqueville.

Já na introdução, a "igualdade de condições", denominação que alterna com a de "nivelamento universal", é designada como "objetos novos" e apresentada como uma forma de vida, ao mesmo tempo coletiva e individual: "Não me custou perceber a influência prodigiosa que essa realidade primária exerce sobre a marcha da sociedade; ela dá à opinião pública uma direção definida, uma tendência certa às leis, máximas novas aos governos e hábitos peculiares aos governados" (1987: 11). Três aspectos merecem ser ressaltados:

(i) do ponto de vista intensivo, o próprio Tocqueville indica: "...Nenhum [objeto novo] me impressionou mais vivamente...";

(ii) do ponto de vista extensivo, a "igualdade de condições" é apresentada como valor de universo, valor difusor: "Logo reconheci que esse mesmo fato estende a sua influência para muito além dos costumes políticos e das leis e que não tem menos domínio sobre a sociedade civil que sobre o governo; cria opiniões, faz nascer sentimentos, sugere práticas e modifica tudo aquilo que ele mesmo não produz" (*idem*);

(iii) a gramaticalidade semiótica aflora no texto de Tocqueville: as noções de recção termo a termo e de direção do conjunto são aqui patentes e fazem desse texto uma alegoria quase transparente das coerções semióticas canônicas. Mas justamente, esse "fato essencial", que Tocqueville qualifica ainda de "ponto de convergência", é a seus olhos irreversível, isto é, potencializado, faltando elucidar de que origem esse "fato" constitui o ponto de chegada.

A indagação de Tocqueville não é nova, e os historiadores divergem entre si sobre a escolha do antecedente decisivo, ou seja, sobre a seleção a ser feita a partir de um paradigma de "razões" consideradas plausíveis. Eles opõem as chamadas causas "imediatas" às "remotas", mas a equidade obriga a atribuir ao *andamento* essa oposição: as causas "imediatas" obedecem a um *andamento* rápido, as causas "remotas" a um andamento lento; as primeiras determinam no discurso uma temporalidade veloz, imanente, por vezes frenética, mas que permanece na "escala humana", ou seja, na mesma ordem de grandeza da semiótica da ação corriqueira; por sua vez, as causas "remotas" introduzem uma temporalidade fórica lenta, transcendente e implacável, que excede a temporalidade moderada, não menos mítica, que os atores atribuem a si mesmos. Os sujeitos estão convencidos de que podem agir sobre as causas "imediatas", enquanto as causas "remotas" lhes escapam, haja vista que os precedem e a eles sobrevivem. Seguramente é essa a opinião de Tocqueville:

> Uma grande revolução democrática acha-se em curso entre nós; todos a veem; nem todos, no entanto, a julgam da mesma maneira. Consideram-na uns como coisa nova e, tomando-a por um acidente, esperam poder ainda detê-la, ao passo que outros a julgam irresistível, porque se lhes afigura o fato mais contínuo, mais antigo e mais permanente já conhecido na História (1987: 11).

O sujeito que discorre explora a duração e o sujeito do discurso histórico não poderia escapar a essa necessidade. A singularidade de Tocqueville, que a maioria dos historiadores rejeita, reside na escolha de um antecendente muito distante do "fato essencial" a ser explicado. A "grande revolução democrática [que se] acha em curso entre nós" começou "há setecentos anos": "Quando se percorrem as páginas de nossa história, não se encontram, poder-se-ia dizer, grandes acontecimentos que, após setecentos anos, não se tenham levantado em proveito da igualdade" (1987: 13). Nem mesmo o que Valéry chama "modelo da causalidade grosseira", a saber, o indefectível adágio - *post hoc ergo propter hoc* - anula a questão: qual é o "correto" antecedente *disso*? Não é o *isso* que deve receber a atenção, mas a *medida do intervalo* que une um determinado *isso*, o antecedente, a um determinado *aquilo*, o subsequente. É aí que surge o andamento, verdadeiro senhor do acontecimento.

Com efeito, a distinção entre causas "imediatas" e causas "remotas", reformulada pelos historiadores em estruturas de curto, médio e longo prazo, faz menção à *profundidade* do tempo discorrido, sendo que as primeiras remetem a um andamento rápido e as demais, a um andamento lento. Mas por que considerar estas mais heurísticas que aquelas? Em razão da "função semiótica" (Hjelmslev) inerente ao andamento: o fato novo, "surpreendente" para Tocqueville como para todo mundo, é justamente "aquilo que prescinde de significação", mas apenas momentaneamente. O fato novo é, segundo a terminologia proposta em *Tensão e Significação*, uma somação[18], mas apenas em virtude de sua tonicidade e seu andamento excessivos, pois, segundo os termos de Bachelard anteriormente citados, o *excesso* é o "próprio selo do imaginário", ou seja, do vivenciado. O fato novo exige uma freagem, ou seja, uma comutação de andamento, que não pode ser obtida senão por projeção, a partir do *depois*, de um antecedente recuado no tempo, e por constituição, consolidação, da isotopia concordante, o que é o objeto mesmo da introdução de *A Democracia na América*. Assim, a revolução francesa não é mais o efeito das dificuldades, das distorções diversas atestadas nos anos que imediatamente a precederam, mas o resultado de um processo muito mais antigo: a precipitação inerente a toda revolução cede lugar, nessas condições, à lentidão de uma evolução, e essa freagem, considerável, permite ao sujeito

18. Traduzido como "somação" no livro *Tensão e Significação* (Fontanille; Zilberberg, 2001: 330), o termo francês *sommation* foi vertido como *assomo* na presente obra (N. dos T.).

inserir o acontecimento surpreendente, ou seja, esquematizar uma grandeza sintagmática *já* presente na ordem do sensível, mas *ainda não* compreendida na ordem do inteligível. O acontecimento teria assim por fórmula tensiva a distensão marcada entre a apreensão intensiva[19] e o foco extensivo, de modo que o ajustamento - caso ocorresse - permitiria, em suma, estabilizar o campo discursivo: "situados no meio de rápida corrente, obstinadamente fixamos os olhos naquelas ruínas que ainda se vislumbram à margem, enquanto a corrente nos arrasta e nos impele para trás, na direção do abismo" (1987: 14).

O sobrevir do fato corresponde, do ponto de vista discursivo, ao momento de *assomo*, à prevalência da descontinuidade, mas esse assomo atualiza uma *resolução*, ou seja, a instauração, por iniciativa do sujeito que discorre, do que Tocqueville chama um "gradual desenvolvimento", aliás inteiramente desmodalizante para os atores históricos: "Seria prudente imaginar que um movimento social de tão remotas origens pudesse ser detido por uma geração?" (1987: 13). Para resumir esse ponto, admitiremos que o historiador produz discursos cujas categorias figurais são semióticas e que ele pode escolher entre dois gêneros históricos: o *jornal* e a *cronografia*. Atendo-se ao que se costuma chamar de "historietas", o jornal registra dia-a-dia os fatos menores que a pequenez do intervalo adotado lhe proporciona, enquanto a cronografia, ao se valer de um intervalo por vezes considerável, desacelera a passagem do tempo, quando não a suspende, e só seleciona os momentos considerados por uma ou outra razão "fortes", os "acentos de sentido", os quais, encadeados uns aos outros, vão constituir ou parecer constituir a "grande história". A tipologia dos discursos deve por isso incorporar, como variável disponível, a *densidade discursiva*: por ser analítica, a "historieta", própria do jornal, manifesta uma densidade elevada, resvalando por vezes na insignificância, enquanto a "grande história", na medida em que tem por objeto eras, ciclos, períodos, idades, épocas, e não instantes como a "historieta", apresenta uma densidade tênue. Do ponto de vista discursivo, o andamento age sobre a divi-

19. Tocqueville não esconde a *dimensão* afetiva de seu próprio discurso: "Todo o livro que se vai ler foi escrito sob a influência de uma espécie de temor religioso, produzido na alma do autor pela visão daquela revolução irresistível, que vem marchando há tantos e tantos séculos, vencendo todos os obstáculos, e que ainda hoje vemos avançar em meio das ruínas que ela mesma produziu" (1987: 13-14).

sibilidade dos enunciados. Nesse caso, a celeridade multiplica os traços que a lentidão reduz. A comutação entre os dois discursos, que concebemos apenas como limites de funcionamento, baseia-se aparentemente nas densidades desiguais de seu conteúdo – e essa desigualdade está no princípio da distinção corrente entre a "historieta" e a "grande história"; na realidade, a comutação se apoia sobre a correlação entre o andamento adotado e o valor da unidade temporal derivada:

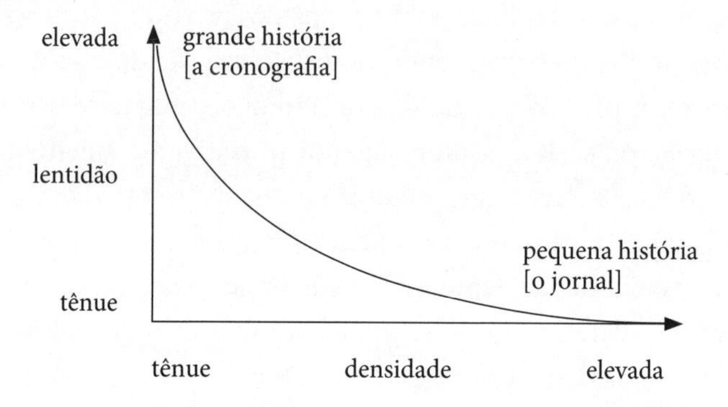

Não estamos interessados, porém, na constatação trivial da presença de uma isotopia afetiva no discurso, e sim na compreensão da sua repercussão. Já afirmamos que o acontecimento deixa o sujeito sem voz, mas o que isso quer dizer ao certo? O acontecimento abala a trama, a contextualidade, a sequência do discurso, de tal maneira que o assomo se apresenta como uma descontextualização e a resolução como uma recontextualização, marcada pela progressividade. Temos boas razões para declarar que o acontecimento rompe o próprio desenrolar do discurso: este não é um objeto, mas uma atividade. Introduzindo um silogismo inédito, é por atingir o princípio mesmo do discurso que o acontecimento subverte as categorias, isto é, os pontos de vista pelos quais o discurso é considerado. Se a transitividade está "no próprio fundamento da linguagem" (Hjelmslev), segue-se que o acontecimento a virtualiza e realiza instantaneamente o termo negativo da estrutura discursiva ampla, a saber, a *exclamação*. Apostando na eficiência de suas próprias categorias, o discurso se empenha em refazer aquilo que a exclamação desfez. Por ser a um só tempo contígua e contraposta ao discurso, a exclamação acaba por se tornar reveladora do fazer discursivo.

5. Semiótica e Retórica

Ainda é difícil precisar em nossos dias o lugar da retórica no seio das ciências da linguagem. Em um universo de discurso dirigido pela busca de novidade – mesmo que esta não passe de mera aparência –, é tentador reduzir a retórica a uma remanescência acadêmica, ou seja, atribuir-lhe uma longevidade sem consequência cujo limite não poderia ser estabelecido. Considerada outrora como guia e parâmetro dos discursos, a retórica não mais chama a atenção, salvo em algumas honrosas exceções (Barthes, 1970: 172-223 e Genette, 1972: 21-40), ainda que, a exemplo de M. Jourdain em *Le Bourgeois Gentilhomme* descobrindo que falava em prosa sem o saber, muitos dos contemporâneos fiquem surpresos quando compreendem que fazem uso, mesmo que inconscientemente, de receitas comprovadas vindas da retórica e que desconhecem algumas que lhes poderiam ser úteis.

5.1. Situação da retórica

Conforme já havíamos indicado no início deste trabalho, cabe a Aristóteles o mérito de ter identificado a meta genérica da retórica: "A retórica é a faculdade de considerar, em cada questão, o que pode ser conveniente para persuadir" (1996: 82). A definição do *fazer persuasivo* no *Dicionário de Semiótica*[1] se mantém à mesma distância da definição dada por Aristóteles na *Rhétorique* e da definição de "persuadir" no *Micro-Robert*: "levar [alguém] a crer, a pensar, a querer, a fazer qualquer coisa por uma adesão completa". A etapa seguinte, a da categorização, por várias razões continua em aberto. Considerando que o percurso gerativo prevê como último nível as estruturas discursivas, seria razoável pensar que essas seriam o lugar de acolhimento "natural" da retórica, fato que a entrada "Retórica" do *Dicionário de Semiótica* admite com reserva. Essa obra aborda o fazer persuasivo em função da narratividade, de modo a distinguir um *fazer-crer*, pelo qual o enunciador credencia o *ser* do *parecer*, de um *fazer-querer*, aquele que leva o enunciatário a querer o que a princípio não queria.

Segundo Aristóteles, a retórica propriamente dita ocupa-se da parte ainda especulativa dos saberes:

> A retórica é a faculdade de considerar, em cada caso, o que pode ser eficiente na persuasão. Nenhuma outra arte desempenha essa função, pois todas elas instruem e impõem a crença nos respectivos objetos: por exemplo, a medicina, em relação à saúde e à doença; a geometria, em relação à diversidade das grandezas; [...] Eis por que somos levados a dizer que ela não possui regras aplicáveis num gênero determinado de objetos (1996: 82).

De maneira que o campo de ação do discurso persuasivo é dividido entre uma argumentologia, digamos implicativa e de atonia reduzida, e uma tropologia, mais precisamente concessiva e com maior tonicidade. A argumentologia, se fosse pura, poderia se reportar ao conceito de *função*; a tropologia, por sua vez, liga-se ao *funcionamento*, noção adequada para levar em consideração o "fenômeno de expressão", caro a Cassirer, e que abordamos em 2.1, e a recção da extensidade pela intensidade que é a base da hipótese tensiva. Vamos nos restringir, neste capítulo, a apenas alguns aspectos da tropologia.

1. "Sendo uma das formas do fazer cognitivo, o *fazer persuasivo* está ligado à instância de enunciação e consiste na convocação, pelo enunciador, de todo tipo de modalidades com vistas a fazer aceitar, pelo enunciatário, o contrato enunciativo proposto e a tornar, assim, eficaz a comunicação" (Greimas & Courtés, 2008: 368).

5.1.1. *Disponibilidade das categorias semióticas*

Podemos dizer que nem as categorias da língua nem as do sentido são exclusivas dos significantes que o sistema da língua ou qualquer outro sistema semiótico em atividade lhes atribuam. No primeiro capítulo, examinamos sumariamente, a partir de uma análise de Vendryes, como aquilo que Greimas havia chamado de um simples "problema de semântica lexical" *já* trazia à baila a interdependência das categorias semióticas consideradas como diretoras por gramáticos e linguistas: o tempo, o aspecto e o andamento. Mas é preciso ir além. Essas categorias possantes não são reservadas às semióticas verbais e, para demonstrá-lo, vamos nos basear mais uma vez nas belas análises de Wölfflin. Abordaremos apenas a terceira oposição, "forma aberta" *vs.* "forma fechada", a respeito da qual Wölfflin escreve:

> Por forma fechada entendemos aquele tipo de representação que, valendo-se de recursos mais ou menos tectônicos, apresenta a imagem como uma realidade limitada em si mesma, que, em todos os pontos, se volta para si mesma. O estilo de forma aberta, ao contrário, extrapola a si mesmo em todos os sentidos e pretende parecer ilimitado, ainda que subsista uma limitação velada, assegurando justamente o seu caráter fechado, no sentido estético (Wölfflin, 1989a: 135).

Se considerada válida, essa análise nos permite dizer que a semiose não é institucional, mas circunstancial. Aqui a espacialidade intervém como plano da expressão de uma semiose cujo plano do conteúdo é o aspecto. Mas isso não é tudo. Enquanto a arte da Renascença tem por meta aquilo que Wölfflin bem denomina "solenidade", a arte barroca pretende flagrar o que há de acontecimento no *aparecer*:

> O problema não está na representação na horizontal ou na vertical, de frente ou de perfil, no aspecto tectônico ou atectônico, mas em saber se a figura, o conjunto do quadro, se apresenta como uma realidade visível *intencional* ou não. Na concepção dos quadros do século XVII, a busca do instante passageiro também significa um aspecto da "forma aberta" (Wölfflin, 1989a: 137).

Vejamos o quadro:

definidos → / definidores ↓	arte da Renascença ↓	arte barroca ↓
espacialidade →	fechado [respeito aos limites da moldura]	aberto [transbordamento dos limites da moldura]
aspectualidade →	perfectivo	imperfectivo
existência →	estado ["solenidade"]	acontecimento [fugacidade]
andamento →	desaceleração	aceleração

A interdependência ou o condicionamento recíproco das categorias têm como consequência o fato de que um estilo que atinge a consistência, tanto mais se for um estilo trans-histórico, é levado a atravessar o sistema das categorias e a receber das correlações conversas ou inversas a inflexão que lhe é própria.

O plano da expressão não escapa daquilo que deveríamos chamar de determinismo semiótico emergente. Assim, na expressão pictórica, a passagem da chamada pintura à têmpera para a chamada pintura a óleo, passagem atribuída a van Eyck, permitiu que a lentidão penetrasse no campo de presença dos sujeitos: "Se usasse óleo em vez de ovo, poderia trabalhar muito mais lentamente e com maior exatidão" (Gombrich, 1985: 179). Essa desaceleração expressiva tem sua correspondência, sua ressonância, no plano do conteúdo:

> A paciência infinita com que a erva nos rochedos e as flores que crescem nos penhascos foram pintadas [...] Van Eyck parece ter sido tão determinado na reprodução minuciosa de cada detalhe em sua pintura que temos quase a impressão de podermos contar os pelos na crina dos cavalos ou as guarnições de pele nos trajes dos cavaleiros (Gombrich, 1985: 178).

Como já indicava a análise da litografia de Manet, a virtualização ou a realização do detalhe são o ponto de encontro do andamento e da profundidade adotados. Consideremos:

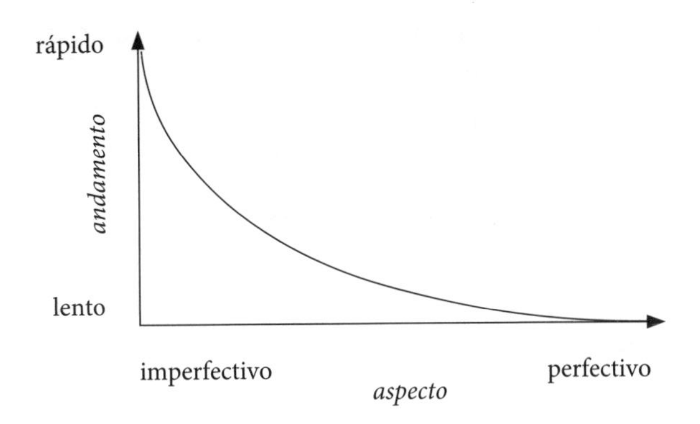

O imperfectivo será obtido pela incorporação à própria elaboração da tela daquilo que Baudelaire chama de "celeridade de execução"[2]. As categorias semióticas, isto é, significantes, são semiósicas, no sentido de que sua vinculação a um plano da expressão não é de modo algum exclusiva: o aspecto no discurso plástico incidirá sobre a estética do "não-finito", da "melodia infinita" na música pós-romântica, sobre a vibração (Van Gogh) ou o vigor (Bacon) da pincelada de acordo com os pintores etc.

5.1.2. *A dimensão retórica da estrutura elementar*

Segundo a semiótica dos anos 1970, as estruturas elementares eram consideradas, de um lado, binárias, apesar da presença dos termos complexos com os quais ninguém sabia o que fazer, e, de outro, lógico-semânticas. É possível que de algum modo esses dois traços se reduzissem a um. Já mencionamos que essa opção supunha também que a quantidade, o número, a intensidade, a gradualidade, a medida etc., não desempenhassem nenhum papel na constituição da estrutura elementar, embora a divisão – ela própria não explicada – da foria elucidasse o funcionamento do quadrado semiótico. De acordo com a terminologia hjelmsleviana, está claro que a "arbitrariedade" se achava depreciada diante da "adequação".

No que se refere à estrutura elementar, concebemo-la sobretudo como deformável, "elástica", e em lugar de uma semiótica monótona da oposição,

2. "[...] mas há na vida corriqueira, na metamorfose cotidiana das coisas exteriores, um movimento rápido que exige do artista uma igual celeridade de execução" (Baudelaire, 1954: 884).

preconizamos uma semiótica baseada na variabilidade e na orientação dos intervalos, permitindo, enfim, que a oposição, por assim dizer, se oponha a si mesma, como já vimos em 2.7.1.

Dito isso, pretendemos demonstrar que uma estrutura semiótica, nesse caso o paradigma ingênuo da grandeza do espaço percebido, pode ser descrita com o auxílio de noções e operações que a tradição tem reservado à retórica. Consideremos, pois, o seguinte exemplo "escolar", apresentado sob as convenções já mencionadas:

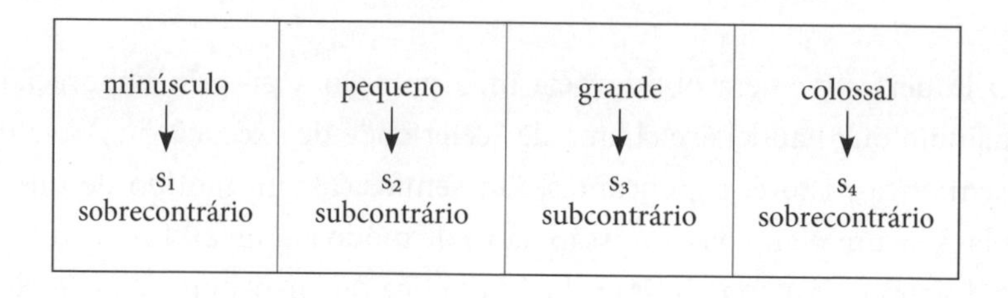

Se a linguística de inspiração saussuriana nos conclama apenas a opor os termos aproximados, o ponto de vista aqui defendido, qual seja, a abordagem retórica de certos dados linguísticos, requer que sejamos capazes de defini-los e também de produzi-los, ou seja, de fornecer sua receita de fabricação. Quanto à *definição*, distribuímos uma série progressiva ou degressiva em um par de sobrecontrários, $[s_1 \leftrightarrow s_4]$, e outro de subcontrários, $[s_2 \leftrightarrow s_3]$. Mesmo se uma classe pode, no limite, comportar um único componente, essa estrutura é satisfatória na medida em que proporciona uma relação mútua entre o par dos sobrecontrários e o dos subcontrários, e revela, no interior de cada par, uma diferença na identidade.

Abordemos o segundo ponto, a *produção* dos termos do paradigma, que presume aquilo que Bachelard chama de "indução transcendente" da complexidade. Já mencionamos que, por deformação e continuidade, o número de termos complexos possíveis continha uma unidade a menos que o número de termos simples fixados. A abordagem habitual é a que compreende uma complexidade restrita agora passível de ser alternada com uma complexidade expandida (Bachelard, 1958: 42), afirmando que todos os termos são complexos, até mesmo os termos simples! Se de agora em diante todos os termos são considerados complexos:

(i) os sobrecontrários [s_1] e [s_4] são complexos, mas à sua maneira, de acordo com o seu "estilo", assim como os subcontrários [s_2] e [s_3]. Qual é exatamente a diferença? [s_2] e [s_3], de um lado, [s_1] e [s_4], de outro, compõem, ambos, um *quantum* de grandeza e um *quantum* de pequenez, ligados entre si para sempre por uma correlação inversa, mas os sobrecontrários compõem *duas* valências perfeitas: para o "colossal", caro à arte barroca, uma valência *plena* de grandeza e uma valência *nula* de pequenez; para o "minúsculo", essas valências são permutadas;

(ii) os subcontrários operam com valências médias, mitigadas, que são na realidade comparativas, de modo que, salvo engano, os termos de um paradigma analisado revelam-se como comparativos dissimulados, ou seja, *analisáveis*. Propomos, sem grande pretensão:

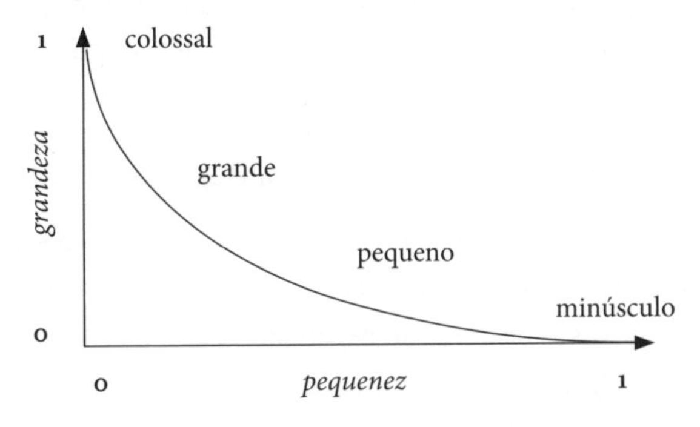

Eis aqui nossas principais preocupações: como são produzidos esses termos? De quais operações discursivas eles procedem? É conveniente que se escolha uma das duas direções tensivas possíveis: descendência ou ascendência? Em descendência, passamos de "colossal" a "grande" por atenuação, depois de "grande" a "pequeno" por minimização e, finalmente, de "pequeno" a "minúsculo" por uma minimização *recursiva*, sendo essa recursividade aplicada como correspondente funcional, imanente, da superlatividade. Em ascendência, passamos de "minúsculo" a "pequeno" por um restabelecimento, depois de "pequeno" a "grande" por um recrudescimento, e, enfim, de "grande" a "colossal" por um recrudescimento *recursivo*. Mas, ao fazer isso, estamos procedendo por implicação a partir da grandeza. Sob a ótica da implicação, podemos dizer, por exemplo, que o "ínfimo" é alcançado pela minimização recursiva da grandeza, enquanto, sob a ótica da concessão, o "ínfimo" é obtido por recrudescimento recursivo da pequenez. Em outras palavras, a implicação doxal procede por *diminuição da grandeza*, enquanto a concessão paradoxal opera por *aumento da pequenez*. Esse crescimento concessivo da pequenez pode gerar a imensidão da pequenez como aponta admiravelmente Bachelard no oitavo capítulo de *A Poética do Espaço*: "Descobrimos aqui que a *imensidão* íntima é uma *intensidade*, uma intensidade de ser, a intensidade de um ser que se desenvolve numa vasta perspectiva de imensidão íntima" (Bachelard, 1988: 198). Ambos os procedimentos são aumentativos, mas, se optarmos por uma definição rigorosa, somente a via concessiva merece o título de hipérbole:

> A Hipérbole aumenta ou diminui as coisas com excesso, e as apresenta bem acima ou bem abaixo do que são, com o intuito, não de enganar, mas de chegar à própria verdade, e de estabelecer, pelo que diz de inacreditável, aquilo que realmente é preciso crer (Fontanier, 1968: 123).

O apelo à recursividade é motivado por duas razões distintas:

(i) para que o recrudescimento e a minimização sejam vivenciados pelos sujeitos como extremos, não seria sensato que cada operação, na ordem que lhe é própria, fosse passível de repetição?

(ii) a recursividade também é solicitada para dar conta de sintagmas em princípio impossíveis, como *nada de nada*, *menos que nada*, em que o primeiro opera por recrudescimento recursivo da niilidade e o segundo, por minimização recursiva e ultrapassagem da niilidade, disposição que lembra imediatamente a eficiência imputada à homeopatia... Na mesma linha, o "minúsculo" fica à mercê da irrupção do "ínfimo", ou seja, da minimização recursiva que se aplica ao *quantum* de grandeza subsistente no "minúsculo"[3]. As qualidades são ora fases, ora acontecimentos do devir tensivo.

3. A operação constitutiva dos paradigmas não é a oposição nem o contraste, que são meras resultantes condicionadas, mas a *recursividade concessiva*, aquela que detém a rara capacidade de transformar os limites em graus; assim, o *Micro-Robert* define o "minúsculo" como "*très petit*" e o "ínfimo" como "*tout petit*". Ao contrário, a antítese opera a síncope dos graus e só conserva os limites e o intervalo superlativo que ela impõe. A oposição não é um primitivo.

Se admitimos que, de um lado, a atenuação e a minimização, e, de outro, o restabelecimento e o recrudescimento, conjugados entre si e transcendidos por seus possíveis concessivos, permitem dar conta "simplesmente" de uma progressão lógica, então podemos considerar que a geração dos termos supõe operações que foram reconhecidas como predominantes pela retórica. Não que a linguística as desconhecesse, evidente que não, mas o mínimo que se pode dizer é que ela não se interessou em abordá-las. De um modo geral, os linguistas têm "optado" por explorar a sintaxe extensiva, que opera por triagens e misturas, e têm reservado a sintaxe intensiva, que opera por aumentos e diminuições, à retórica ou mesmo à estilística, uma vez que o próprio termo "retórica" foi se tornando quase improferível.

Além do mais, a questão que a paradigmática propõe ao discurso não é a do escalonamento variável de uma série associativa, ou seja, do seu número, mas a da orientação, do reconhecimento da direção tensiva que ela cifra. A divisão é a mesma dos estilos discursivos: implicativo ou concessivo? Nosso próprio universo de discurso privilegia a grandeza e só pensa o valor como acréscimo da grandeza, mas essa possibilidade não é de modo algum exclusiva ou fatal. Tanizaki, no *Éloge de l'ombre* (1977), não mostrou justamente que a retórica do obscurecimento controlado ocupava, na cultura japonesa, o mesmo lugar que a retórica da iluminação ocupava na nossa?

A retórica aparece assim sob duas formas: *implicada* nos lexemas, desde que estes sejam ordenados e catalisados; *explicada* nas figuras e nos discursos. O benefício não é desprezível do ponto de vista da homogeneidade[4]. Os termos se opõem porque "se superam mutuamente" em ascendência ou em descendência, são aumentados e, por isso, são – por conservação legítima dessa premissa – aumentáveis: por que aquilo que se produziu não poderia se reproduzir?

As compartimentagens disciplinares são o que são: úteis ou cômodas, já que ninguém poderia dar conta de tudo. De nossa parte, limitamo-nos a defender que, em alguns casos, a retórica e a semiótica podem se caracterizar, uma em relação à outra, como um *ponto de vista*, ou seja, um revelador. Essa

4. Para o conceito de homogeneidade, que fundamenta o princípio da generalização, ver L. Hjelmslev (1975: 33-34).

perspectiva retórica não é nada fortuita: desde o início desta pesquisa, a intensificação de uma qualidade promove, dentro de certos limites, tanto uma retorização da semiótica quanto uma semiotização da retórica, aproximação que simultaneamente eleva e reduz a semiótica e a retórica repropondo-as como pontos de vista.

Jakobson, em sua época, foi longe nessa direção, promovendo uma identificação da retórica com a linguística em virtude de um silogismo contestável:

(i) o eixo paradigmático é o eixo das similaridades e o eixo sintagmático, das contiguidades;

(ii) a metáfora é a figura exemplar da similaridade e a metonímia, a figura exemplar da contiguidade;

(iii) "portanto", o eixo paradigmático é essencialmente metafórico e o eixo sintagmático, essencialmente metonímico.

E quanto às outras figuras? A fragilidade dessa elaboração foi encoberta por análises luminosas conduzidas por Jakobson e Lévi-Strauss, tanto em dupla (Jakobson, 1973: 401-419)[5], como separadamente[6]. Podemos supor que, se Lévi-Strauss aprovou e adotou essa conduta analítica, isso se deve provavelmente ao fato de que ela ampliava os resultados da pesquisa de M. Mauss no "Esboço de uma Teoria Geral da Magia", cuja pertinência já mencionamos:

> Da massa de expressões variáveis, é possível separar três leis dominantes, que podem ser chamadas de leis de simpatia, se se compreender a antipatia na palavra simpatia. Essas são as leis de contiguidade, de similaridade e de contraste; as coisas colocadas em contato estão ou permanecem unidas, o semelhante produz o semelhante, o contrário age sobre o contrário (1974: 93).

5. A conclusão dessa bela análise é facilmente interpretável em termos de restabelecimento e recrudescimento: "No primeiro terceto, os gatos, inicialmente presos em casa, encontram-se, enfim, livres para se deslocar espacial e temporalmente nos desertos infinitos e no sonho sem fim. O movimento vai de dentro para fora, dos gatos reclusos aos gatos em liberdade. No segundo terceto, a supressão das fronteiras acha-se interiorizada pelos gatos a ponto de atingir proporções cósmicas, já que eles detêm em certas partes de seus corpos (dorso e pupilas) a areia do deserto e as estrelas do céu" (p. 416).

6. No sétimo capítulo de *La pensée sauvage* (pp. 253-286), Lévi-Strauss aborda o problema da atribuição dos nomes a partir da tensão entre metáfora e metonímia; para Jakobson e sobre as metonímias, ver "Notes marginales sur la prose du poète Pasternak" (Jakobson, 1973: 127-144).

Assim, a proximidade da magia e da retórica permite a inversão esclarecedora dos genitivos, *magia da retórica* e *retórica da magia*, introduzida por Jakobson em seu estudo intitulado "Poesia da gramática e gramática da poesia" (Jakobson, 1970: 65-79). Se acrescentarmos que Hjelmslev concebeu explicitamente a distinção entre *termo intensivo* e *termo extensivo* para integrar os trabalhos - discutidos por Lévi-Strauss - de Lévy-Bruhl sobre a *participação*[7], então, parece-nos claro que a antropologia, a linguística e a semiótica disputam um mesmo acervo que denominaremos "sinerésico". Isso porque a conjunção domina a disjunção e porque a identidade de uma grandeza, assim como nas famílias, não passa de uma soma das alianças, às vezes contraídas, às vezes rejeitadas. Desse modo, para ficarmos apenas nesse ponto, caberia à sintaxe dar a última palavra em matéria de sentido.

Abandonada ou esquecida, a conduta de Jakobson continua, quanto ao seu princípio, exemplar. A escolha de uma figura ou de um par de figuras diretoras deve ser seriamente motivada. Por exemplo, se considerássemos apenas a obra de Proust, a hipotipose seria promovida ao plano de figura prevalente, mas, afora esse caso, a questão pertinente seria: quais os elementos linguísticos e semióticos responsáveis por esta primazia atribuída à hipotipose? Hoje em dia, qualquer um se acha com o direito de fazer pouco da retórica sem se dar conta de que tanto a sua aceitação quanto a sua rejeição afetam a teoria do sentido como um todo.

7. Segundo Hjelmslev, "o sistema linguístico é livre em relação ao sistema lógico que lhe corresponde. Pode ser orientado de outra maneira no eixo do sistema lógico, e as oposições que contrai serão então submetidas à lei de participação: não há oposição entre *A* e não-*A*; há apenas oposições entre, de um lado, *A*, e, de outro, *A* + *não-A*. A descoberta não tem nada de surpreendente, uma vez que se sabe, pelas pesquisas de Lévy-Bruhl, que a linguagem traz a marca de uma mentalidade pré-lógica" (1972: 102); cf. também Hjelmslev (1991: 101). Essa inflexão não foi levada em consideração pela semiótica greimasiana, o que, de um ângulo puramente especulativo, não deixa de ser problemático. Se os termos escolhidos por Hjelmslev são resultantes das operações de triagem e das operações de mistura - *A* e *não-A* resultam de uma triagem, enquanto *A* + *não-A* de uma mistura - somos seriamente instigados a associar *A* + *não-A* a uma intensidade forte e, por outro lado, a cisão *A vs. não-A*, a um relaxamento da intensidade que seria, no decorrer do tempo, potencializado. Se esta visão não é totalmente descabida, sua consequência soará a alguns como inaceitável, pois que coloca a sincronia na dependência da diacronia...

5.2. Aristóteles e a "retórica profunda"

De certo modo, o declínio da retórica não deixa de causar surpresa, pois, se na maior parte dos domínios a diacronia - que permite "ver", por uma aceleração da apresentação, transformações lentas demais para serem percebidas - vai do realismo ao nominalismo, no caso da retórica parece ocorrer o inverso. De fato, a rejeição da retórica e da versificação admite como significação plausível o abandono do nominalismo e das regras formais que as exprimiam e que faziam, por exemplo, que um verso fosse primordialmente um alexandrino, um verso de doze sílabas, munido de uma articulação hipotáxica, qual seja, uma *cesura* que separa dois hemistíquios iguais, e de uma articulação hiperotáxica, a *rima* que o absorve num dístico. Em resumo, o alexandrino era antes de tudo uma *estrutura*[8], "um ponto de interseção de feixes de relações", uma distribuição de "lacunas" cujo "preenchimento" impunha ao poeta cuidadoso um *cálculo*. As exigências da forma eram prioritárias e o "real", o sentido efetivo para alguns, só intervinha em seguida, quase como... variável de ajustamento.

Essas depreciações, até certo ponto contemporâneas, da versificação tradicional e da retórica favoreceram esta modalidade do real que o formalismo recusava: a *imediaticidade*. Para o poeta, considerado clássico, as regras interpunham-se entre sua intenção e o poema: o verso resultava da versificação, como a fotografia tradicional decorria da focalização. O verso estava sob controle. A poética moderna pede ao poeta que proporcione ao leitor um efeito de *irrupção*. Em suma, o antagonismo entre sobrevir e pervir, também nesse caso, se faz presente. Sem querer reavivar as dualidades caras ao ensino de literatura, lançamos a hipótese de que o crédito atribuído às regras, ao trabalho, ao ofício, à paciência etc., está ligado por uma correlação inversa ao estatuto mítico que as culturas conferem aos escritores por elas destacados.

8. Essa apresentação é na realidade incompleta. A unidade de fato e de direito da poesia francesa é o quarteto de rimas opostas [abba], e esse quarteto bem estruturado suscita, por meio de um desenvolvimento analítico, o chamado soneto regular, o qual, pelo menos para o domínio francês, conta com uma solução exemplar, o conhecido soneto em "x" de Mallarmé.

Em *A Ordem do Discurso*, M. Foucault descreve a aparição do escritor moderno como uma saída do anonimato:

> [...] na ordem do discurso literário, e a partir da mesma época [o século XVII], a função do autor não cessou de se reforçar: todas as narrativas, todos os poemas, todos os dramas ou comédias que se deixava circular na Idade Média no anonimato ao menos relativo, eis que, agora, se lhes pergunta (e exigem que respondam) de onde vêm, quem os escreveu; pede-se que o autor preste contas da unidade de texto posta sob seu nome (Foucault, 2006: 27).

Essa passagem de uma mitologia antes de tudo extensiva, própria do classicismo, para uma mitologia predominantemente intensiva, própria do romantismo, é fácil de representar:

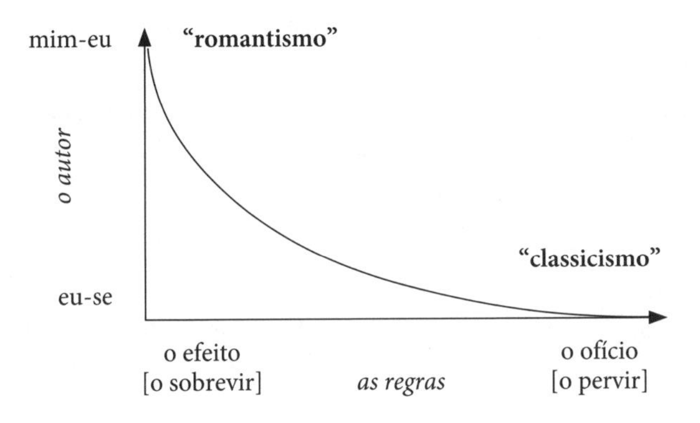

Portanto, cabe a Jakobson e a Lévi-Strauss o mérito de ter posto um fim nessa descrença e nesse esquecimento da retórica, mas, num projeto de prefácio, antes de tudo antifrástico, para *As Flores do Mal* – e podemos perguntar quando esse texto se tornou conhecido –, Baudelaire escrevia: "Um trabalho crítico dessa natureza teria provavelmente alguma chance de agradar os espíritos aficionados da retórica profunda" (Baudelaire, 1954: 1382). Do mesmo modo, embora fosse em geral extremamente severo com relação à retórica, Valéry observa num fragmento:

> A antiga retórica via como ornamentos e artifícios as figuras e relações que os desenvolvimentos sucessivos da poesia trouxeram à tona como algo essencial de seu objeto; e que os progressos da análise considerarão um dia como efeitos de propriedades profundas ou aquilo que poderíamos denominar: *sensibilidade formal* (Valéry, 1960: 551).

Dessa "retórica profunda" Aristóteles nos mostra o alcance no Livro III da Retórica[9]. No capítulo 11, intitulado "Mettre les faits devant les yeux", Aristóteles constitui um *ponto de vista*, desde que confiemos na literalidade dessa expressão. Se não estamos enganados, Aristóteles efetua três operações semânticas relevantes:

(i) privilegia a metáfora: "[...] as palavras estimulantes têm sua origem na metáfora por analogia [...]" (Aristóteles, 1996: 337);

(ii) assimila a metáfora à hipotipose, concebendo a primeira como uma variedade da segunda: "[...] as palavras estimulantes têm sua origem na metáfora por analogia e no fato posto sob os olhos, [...]"; observemos de passagem que, embora o termo hipotipose não apareça literalmente no capítulo 11 do Livro III, essa figura é certamente uma das chaves da tropologia aristotélica;

(iii) procede a uma *catálise* da "eficiência" que a etimologia pode sustentar e à qual a semiótica nada tem a acrescentar:

> I. [...] É preciso dizer agora o que entendemos por "um fato posto sob os olhos" e o que se faz para que ele esteja nessa situação.
>
> II. Quando digo "pôr uma coisa sob os olhos" quero definir essa coisa como agente. [...] (*idem*).

O enunciado "pôr uma coisa sob os olhos", que dá título ao capítulo, pode ser visto como uma definição válida da hipotipose[10]. Estamos diante de um dispositivo concêntrico que tem como círculo englobante a metáfora, como cerne a noção de "ação" segundo Aristóteles, de "eficiência" segundo Cassi-

9. Essa leitura das teses de Aristóteles se inspira no belo livro de P. Ricoeur (1975), especialmente no seu primeiro estudo.

10. Para Dumarsais: "É quando, nas descrições, pintamos os fatos sobre os quais falamos como se aquilo que dizemos estivesse realmente sob os olhos; mostramos, por assim dizer, aquilo que estamos apenas contando [...]" (1977: 110). Para Fontanier: "A Hipotipose pinta as coisas de maneira tão viva e energética que as põe de algum modo sob os olhos, e faz de um relato ou de uma descrição uma imagem, um quadro ou mesmo uma cena viva" (1968: 390). Os dicionários de referência, por razões óbvias, não vão muito além disso: (i) para o *Littré*, a hipotipose é "uma descrição, animada, viva e marcante, que coloca, por assim dizer, a coisa sob os olhos"; (ii) para o *Robert*, "uma descrição animada, viva e marcante".

rer, e, por fim, como círculo intermediário a hipotipose. A travessia desses círculos de acordo com a ordem indicada é uma *intensificação* e, sob essa condição geral, a hipotipose prevalece sobre a metáfora. Isso porque, nesses dois universos de discurso, o de Aristóteles e o nosso, no qual praticamos a retórica mesmo garantindo não mais acreditar nela, as grandezas tônicas, em virtude de seu impacto radioso, prevalecem sobre as átonas. Essa desigualdade é duplamente constitutiva do sentido:

(i) no plano do conteúdo, uma vez situada e reconhecida, a diferença saussuriana revela-se uma "diferença de intensidade" (Deleuze), uma questão de prosódia, a exemplo da que evoca Dumarsais quando, em sua definição de hipotipose, destaca a superioridade do "mostrar" sobre o prosaísmo do "contar";

(ii) segundo Aristóteles, a receita – as figuras de retórica são sempre receitas transculturais já experimentadas e por isso perenes – consiste em dotar a grandeza do traço /animado/: "os objetos, justamente pelo fato de serem animados, aparecem como agentes" (1996: 338). De maneira que a persuasão e sua sanção interpretativa ficam na dependência do sucesso da transposição, ou seja, da intensificação operada.

A reflexão de Aristóteles é de grande alcance na medida em que aproxima duas problemáticas:

(i) a da "analogia" enquanto "constância concêntrica" (Hjelmslev) da transposição metafórica:

> IV. Ele [Homero] faz a mesma coisa, servindo-se de imagens felizes, com os seres inanimados:
>
> *As (ondas) se* elevam *em curvas esbranquiçadas; umas avançam e outras aparecem por cima.* (Homero)
>
> Como se vê, *ele* confere a todas as coisas movimento e vida; contudo, a ação é (aqui) uma imitação. (*idem*)

(ii) a dos sistemas de classificação nas línguas, os quais excedem a base objetiva a que alguns tentam às vezes reduzi-las. Nesse caso também é preciso admitir uma complexidade de constituição que Cassirer depreende nesses termos: "Também aqui se comprova que a linguagem, enquanto forma total do espírito, se situa na fronteira entre o mito e o logos, e que ela, por outro lado, representa a intermediação entre a visão teórica e a estética do mundo" (Cassirer, 2001: 379).

O fato de uma dada grandeza pertencer à classe dos seres animados é sempre *surpreendente*, visto que há grande diferença entre as línguas ou mesmo entre os grupos de línguas: "Assim, por exemplo, nestas línguas [algonquinas], um grande número de plantas, dentre as quais as mais importantes espécies como o trigo e o tabaco, é incluído na classe dos objetos animados" (Cassirer, 2001: 382)[11].

5.3. Interdependência da língua, da retórica e do mito

Mas se a índole própria dessas línguas e a economia da imagem projetada pela metáfora-hipotipose se recobrem mutuamente, somos obrigados a deduzir que a gramática, a retórica segundo Aristóteles e o mito constituem um paradigma dos pontos de vista possíveis, sustentado pelo que Cassirer denomina "imaginação linguística":

> Se, em outras línguas, os corpos celestes são gramaticalmente inseridos na mesma classe dos homens e dos animais, Humboldt considera este fato como a melhor prova de que no pensamento dos povos que realizam esta equiparação, eles são contemplados como seres que se movimentam por meio de sua própria força e que, dotados de personalidade, provavelmente, guiam lá do alto os destinos humanos (2001: 383).

Tudo se passa como se essa tríade estivesse a serviço da vida, da vitalidade: é provável que cada um dos componentes se defina por sua parcialidade, mas, por isso mesmo, permita aos dois outros preencher o espaço vazio denunciado, como na figura a seguir:

11. Vendryes, por sua vez, assinala: "assim, o algonquino faz a distinção entre um gênero animado e um gênero inanimado. Pouco importa a repartição dos objetos nos dois gêneros: acontece que em meio aos objetos do gênero animado, os algonquinos inserem, além dos animais, as árvores, as pedras, o sol, a lua, as estrelas, o gelo, o trigo, o pão, o tabaco, o trenó, a pederneira etc." (1950: 112-113).

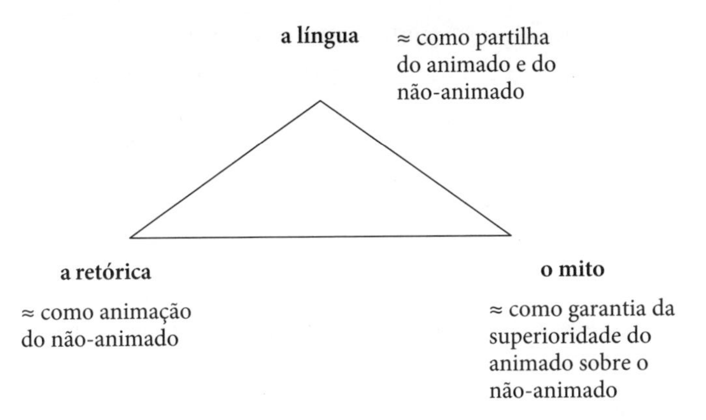

Ao citar L. Adam, autor de um antigo trabalho intitulado "Le genre dans les diverses langues", Vendryes logo acrescenta: "O fato é que 'essa distinção de gênero é absoluta e fundamental, pois rege o plural dos substantivos, a expressão do elemento possessivo, os pronomes demonstrativos, os verbos e os adjetivos'" (Vendryes, 1950: 113). A língua, enquanto depositária e guardiã das categorias, motiva duplamente o discurso:

(i) na medida em que estende a esfera do animado, ela assegura a "repercussão"[12] subjetal do efeito retórico local nos próprios termos de Aristóteles, ou seja, a passagem preferencial do não-animado ao animado;
(ii) ela motiva a eminência do mito, tendo em vista que faz o recenseamento e cuida dos objetos de valor, o que corresponde aqui às grandezas capazes de emocionar e impor a presença nesse e por esse universo de discurso: quem negará que o animado seja mais "tocante", em todos os sentidos, que o não--animado? Nessas condições, entre a imagem aristotélica e o mito vincula--se uma *reciprocidade extensiva*, uma concordância vantajosa, que faz da metáfora – de acordo com uma expressão "profunda" de Vico retomada por Bachelard em *L'Air et les songes* – "um mito em pequena escala"[13] e que, em contrapartida, faz do mito uma metáfora em grande escala.

12. Para a noção de "repercussão", ver a introdução de *A Poética do Espaço* (Bachelard, 1988a: 1-22).
13. "Vico dizia: 'Toda metáfora é um mito em pequena escala'. Vê-se que uma metáfora pode também ser uma física, uma biologia e até um regime alimentar. A imaginação material é realmente o mediador plástico que une as imagens literárias e as substâncias. Expressando-se materialmente, pode-se pôr toda a vida em poemas" (Bachelard, 1987: 48).

Essas hipóteses não se referem apenas aos discursos verbais. A segunda parte do texto de Merleau-Ponty relativo à "irradiação" da água na piscina acrescenta uma dupla confirmação à análise de Aristóteles: "é essa animação interna, essa irradiação do visível que o pintor procura sob os nomes de profundidade, de espaço, de cor" (2004: 38). Disso decorrem duas consequências:

(i) o privilégio comumente atribuído à dimensão eidética da percepção e, em última análise, à visão, tem de se articular com o imaginário, a analogia e o afeto[14];

(ii) considerada a "animação" como invariante, duas ordens de grandezas ganham o estatuto de variantes: a postura enunciativa e o plano da expressão. De fato, as características do sujeito-enunciador em relação a "sua língua", a projeção no chamado texto "literário" de uma imagem calculada ou "evidente" como exigia o surrealismo, enfim, a relação do sujeito singular com o mito que transcende a sua pessoa, o jogo dessas características supõe, do lado do sujeito, uma acomodação, uma agilidade verbal, respostas apropriadas e justas. Como indica Merleau-Ponty, a "animação" no discurso não-verbal é conferida às chamadas categorias plásticas, as mesmas que, caso ascendam à gramaticalidade, definirão um estilo. Assim, a já mencionada veemência da pincelada nas últimas telas de Van Gogh, ou em F. Bacon, funciona como um morfema tensivo.

A tensão entre o animado e o não-animado é um capítulo da gramática, da retórica e da antropologia, ou seja, de disciplinas ou de práticas que dependem do imaginário humano na medida em que este permite, em sincronia, que os homens pensem de maneiras diferentes[15]. Na diacronia, esse imaginário, que sustenta a *diversidade* dos sistemas de classificação, acaba por levar os sujeitos a oporem-se a si mesmos, na medida em que a tensão entre

14. Segundo Cassirer: "Esta classificação jamais é determinada por simples atos do julgar ou da percepção, mas sempre e simultaneamente por atos da emoção e da vontade, por atos que implicam uma tomada de posição interior" (2001: 384).

15. No estudo dedicado a essa questão, Hjelmslev escreve: "[...] é possível afirmar que mesmo a classificação 'subjetiva' de que falamos só raramente se funda nos caracteres físicos do objeto designado, estando no mais das vezes baseada no papel, na função, no rendimento, imaginado ou real, de tal objeto" (1991: 242).

o animado e o não-animado está sujeita a vicissitudes. Ela pode decrescer e se virtualizar: "[...] constata-se que a tendência para manter ou restabelecer a distinção essencial entre o animado e o inanimado tende a desaparecer em todo o domínio indo-europeu, [...]" (Hjelmslev, 1991: 252). Mas pode também reaparecer: "O outro caso, que nos deve interessar de maneira toda especial, consiste na reintrodução da distinção entre o 'animado' e o 'inanimado' numa nova base, depois de havê-la abandonado a princípio" (*idem*: 253).

Do ponto de vista tensivo, em razão das valências intensivas superiores que lhe são atribuídas, o animado atrai o não-animado. Além disso, por operar com grandezas facilmente identificáveis, a dinâmica das classificações é interpretável sem qualquer dificuldade a partir das operações próprias da sintaxe extensiva vista em 3.3. Tomemos um exemplo plausível inventado por Hjelmslev que resumimos no quadro abaixo:

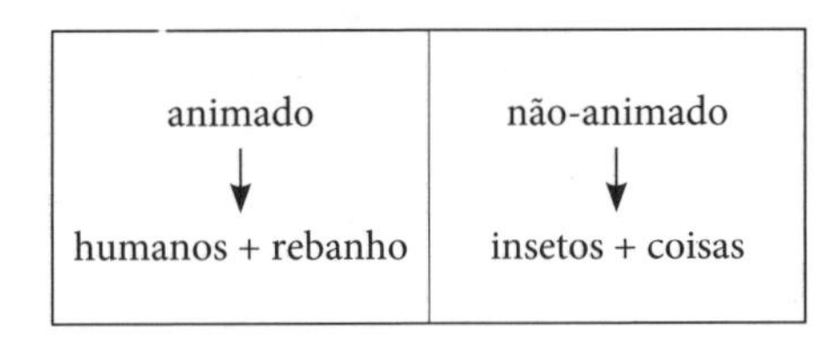

O jogo cruzado das triagens e das misturas permite constatar que a fisionomia singular e cultural da classe dos animados é *diminuída* por uma operação de triagem que transfere os insetos da classe dos seres animados para a classe dos não-animados, enquanto esta última é *aumentada* por uma operação de mistura, potencialmente metaforizante visto que aproxima os insetos das coisas. Por certo, as comparações supõem afinal, mesmo que em segredo, um espaço implicativo, quase normativo, que permite apresentar uma determinada associação ou dissociação como concessiva e, portanto, inesperada. Mas essa prevalência não é indispensável, considerando que o comércio – nos termos previstos pelo *Curso de Linguística Geral* (Saussure, 1971: 94-96) – pode ser restrito, à maneira da troca entre dois indivíduos, ou amplo, quando promove a seleção de uma grandeza paradigmática indefinidamente substituível: o ouro, o dinheiro em metal ou moeda, o dólar etc. Transcendendo necessariamente as compartimentações estabelecidas, os sistemas de classificações seriam da alçada de uma retórica da língua. Esta, ao menos em princípio, parece pertencer à mesma ordem da retórica da fala, do mesmo modo que, na outra ponta da cadeia, a metáfora pode ser percebida como a face viva, referente aos acontecimentos, da propensão classificatória da qual as gramáticas e a antropologia recolhem, segundo sua própria convenção, os resultados. O diferencial tensivo, que situamos entre o estado e o acontecimento, repete-se entre a retórica da fala - que os sujeitos são convidados a adotar, outrora nas escolas, hoje por meio de consulta aos tratados - e a retórica implicada e coerciva da língua.

5.4. Categorização da retórica

Tudo que podemos dizer sem correr grande risco é que as disciplinas que se dedicaram a precisar a economia da significação não poderiam ser estranhas entre si. Traduzida em termos semióticos a tese de Aristóteles nos sugere o quadro a seguir:

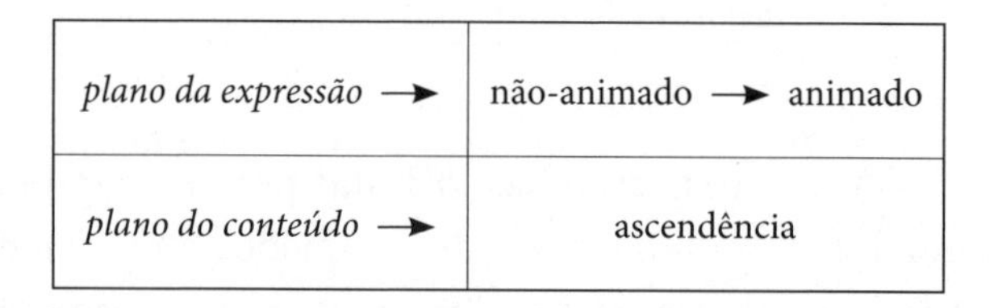

plano da expressão →	não-animado → animado
plano do conteúdo →	ascendência

Dispomos, por um lado, de uma semiótica satisfatória que comporta dois planos analisáveis e, por outro, de uma direção semântica nítida representada pelo foco ou pela apreensão de uma intensificação. Resta-nos examinar se a aspectualização dessa direção corresponde a certos "capítulos" ou certos acentos gerais da retórica. Consideramos que os "pontos de interseção" das categorias tensivas constituem *atratores* para as figuras, que os manifestam diferentemente de acordo com as épocas e as definições lançadas pelos autores. As categorias mais gerais que destacamos são:

(i) o *andamento*, sem o qual a surpresa, a "admiração" cartesiana, de que tratamos no capítulo anterior, não podem ser pensadas; mas o *andamento* subjetal, o *andamento* vivenciado pressupõe a concessão, isto é, esse acidente do discurso que, sem ser anunciado, reverte as competências e as esperas do sujeito;

(ii) o *aspecto*, na medida em que permite que um processo se oponha a si mesmo. Ou seja:

andamento → aspecto ↓	implicação [pervir] ↓	concessão [sobrevir] ↓
restabelecimento →	1 a elevação	2 a surpresa [a "admiração"]
recrudescimento →	3 a completude [a "amplificação"]	4 o sublime

As quatro interseções obtidas definem *direções retóricas* que atraem para si algumas figuras. A primeira casa é a da *elevação*, que definiremos como o restabelecimento das valências intensivas. Corresponde à conduta de Aristóteles no Livro III da Retórica, qual seja, a eleição do "movimento e da vida" a título de unificadores do campo constituído pela pluralidade das figuras. Ela pode ser encontrada também, num outro nível de análise, entre seus continuadores distantes, Dumarsais e Fontanier, como se estivesse sempre aberta a questão do parentesco secreto das figuras. Segundo Dumarsais, novamente, "[...] as figuras, quando são empregadas com propriedade, dão vivacidade, força ou graça ao discurso" (1977: 14). Segundo Fontanier, "Mas os *Tropos* surgem, ou por necessidade e por *extensão*, para suprir as palavras que faltam na língua para algumas ideias, ou por escolha e por *figura*, para apresentar as ideias com imagens mais vivas e mais marcantes que seus próprios signos" (Fontanier, 1968: 57). Para Dumarsais, a "vida" tem por paradigma uma tríade: "a vivacidade, a força ou a graça". Para Fontanier, uma díade: "mais vivas e mais marcantes". Essas grandezas, às quais delegamos o sentido do sentido, podem ser denominadas *valências intensivas*. Decorrem da esquizia arcana da intensidade em andamento e tonicidade:

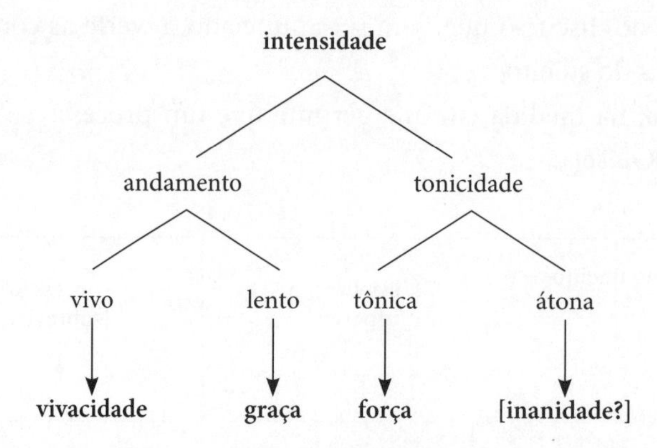

Interpretamos o "marcante" mencionado por Fontanier como o sincretismo, ou mesmo como o produto da "vivacidade" e da "força". É sob essa condição, portanto, que as grandezas escolhidas por nossos dois atores não estão ali "por acaso": elas são os analisantes do "movimento" e, nesse sentido, asseguram a solidez do plano da expressão que, por sua vez, tanto na língua, como na retórica ou no mito, tem por plano do conteúdo o animado e a "vida".

A segunda casa acolhe a surpresa e a "admiração" que, segundo Descartes, ela suscita. Se a elevação é a "variedade" implicativa, "razoável" do restabelecimento, a surpresa, no nosso dispositivo, constitui sua "variedade" concessiva. No mesmo capítulo XI do Livro III, Aristóteles insiste várias vezes no requisito da surpresa e menciona a tensão entre o estilo implicativo, "em conformidade com a opinião anterior", e o estilo concessivo: "VI. Uma coisa agradável também é o que prescreve Teodoro: 'usar expressões novas'; ora, é isso que acontece quando o uso de uma palavra é inesperado e não, como ele diz, em conformidade com a opinião anterior" (Aristóteles, 1996: 339). O estilo implicativo é confirmativo e compartilhado, enquanto o estilo concessivo, inaugural e, por um tempo, singular, faz do discurso o vetor do inédito e da novidade. De Aristóteles a Merleau-Ponty, o discurso é essa práxis estranha que só existe se sustenta, sem falhar, a sua própria superação:

> O poder da linguagem não está nem nesse porvir de intelecção para o qual ela se dirige, nem nesse passado mítico de onde ela proviria: está inteiramente em seu presente enquanto ele consegue ordenar as pretensas palavras chaves de modo a fazê-las dizer mais

do que jamais disseram, enquanto ele se ultrapassa como produto do passado e nos dá assim a ilusão de ultrapassar toda fala e de ir às coisas mesmas, porque de fato ultrapassamos toda linguagem dada (Merleau-Ponty, 2002: 64).

Todavia, nossa formulação, apresentando Merleau-ponty como um sucessor de Aristóteles, é, ainda que até certo ponto, falaciosa. Todo pensador, dentro de uma ordem escolhida – aqui, a gramática, a retórica, o mito, a fenomenologia etc. – não se incumbe de praticar um estilo implicativo que recebeu como dom natural até o seu ponto de ruptura, de renovação, enfim, de emergência do estilo concessivo? "A filosofia não é a passagem de um mundo confuso a um universo de significações fechadas. Ao contrário, ela começa com a consciência daquilo que corrói e faz ruir, mas também renova e sublima nossas significações adquiridas" (*idem*: 39)[16]. Nessas condições, e mesmo que a intertextualidade tenha por certo algo a dizer, mas não deve ser muito, trata-se menos de convergência que de progressão por vias paralelas.

Convém acrescentar que, já no século XIX, o termo "surpresa" devia ter perdido sua força, dado que, no texto de Baudelaire intitulado *Exposition universelle de 1855*, pode-se constatar que o "bizarro" suplantou o "surpreendente": "*O Belo é sempre bizarro.* [...] Eu digo que ele contém sempre um pouco de bizarria, de bizarria ingênua, não proposital, inconsciente, e que é essa bizarria que o faz ser especialmente o Belo" (Baudelaire, 1954: 689). – proposta que encontra eco até em Merleau-Ponty, quando versa sobre a estética:

> Mas as significações adquiridas só contêm a significação nova no estado de vestígio ou de horizonte, é esta que se reconhecerá naquelas, e ao retomá-las irá mesmo esquecê-las no que tenham de parcial e de ingênuo; ela reacende apenas reflexos instantâneos na profundidade do saber passado, é somente à distância que o toca. Dele a ela há invocação, dela a ele, resposta e aquiescência, e o que religa num único movimento a sequência das palavras de que é feito um livro é um mesmo e imperceptível desvio em relação ao uso, é a constância de uma certa extravagância (Merleau-Ponty, 2002: 166).

16. Sem tratar a questão com profundidade, esse motivo da renovação vem completar e coroar a série ascendente: restabelecimento → recrudescimento → renovação. Nos termos de Brøndal, essa série é transitiva e assimétrica. A renovação pressupõe o recrudescimento, mas o inverso não ocorre necessariamente: essa assimetria "poética" condiciona, mesmo que inconscientemente, todo tipo de retórica seja erudita, seja espontânea.

A terceira casa, referente à *completude*, convida o enunciatário a não se contentar com o restabelecimento e a ingressar nas vias do recrudescimento. Assim como o restabelecimento, o recrudescimento admite duas "variedades": de acordo com o pervir e de acordo com o sobrevir. Identificamos o foco da completude como a variante implicativa, "voluntária" (Baudelaire, 2009: 70) do recrudescimento[17]. Admitiremos aqui que a "amplificação", tal como foi analisada por Longino em seu *Traité du sublime*, é uma das vias régias da retórica, talvez *a* via régia: "A amplificação [...] é um acréscimo de palavras, que se pode tirar de todas as circunstâncias particulares das coisas, e de todos os lugares da oração, que preenche o discurso, e o fortifica, realçando o que já foi dito" (Longin, 1995: 93). A "amplificação" é retomada por Fontanier com a noção de "gradação": "A *Gradação* consiste em apresentar uma sequência de ideias ou de sentimentos numa ordem tal que o que segue diga sempre um pouco mais ou um pouco menos do que aquilo que veio antes, a depender do tipo de progressão, ascendente ou descendente" (Fontanier, 1968: 333). Com a finalidade de ilustrar essa ideia, Fontanier apresenta a seguinte análise:

> Você não pode, diz Cícero a Catilina, *fazer* nada, *tramar* nada, *imaginar* nada, que não somente eu não *ouça*, mas além disso que eu não *veja*, que eu não *apreenda* profundamente, que eu não *sinta*.

Há nessa mesma frase duas gradações consecutivas, uma *descendente* e outra *ascendente*. Na primeira, o orador, como muito bem observa Beauzée, extenua gradualmente a ideia que apresenta: *Fazer* lhe parece demasiadamente palpável, *tramar* lhe parece menos, *imaginar* reduz a coisa a quase nada. Na segunda, ao contrário, ele fortalece os traços: não é suficiente *ouvir*, ele quer *ver*; isso é ainda muito superficial e, então, ele chega até a *apreender* ou, como o latim diz melhor que o português, a *sentir*. A *Gradação descendente* parece expressamente preparada para dar ainda mais energia à *Gradação ascendente* que vem depois.

17. No fragmento de Meu Coração Desnudado, que reproduzimos em 1.5, relativo à "universal e eterna lei da gradação", Baudelaire a vincula ao "tesouro variável da vontade".

Destacaremos, primeiramente, que nosso próprio trabalho fornece, sem intenção prévia, os critérios de pertinência das análises conduzidas por Fontanier. Sublinharemos dois pontos:

(i) a travessia de um paradigma reconhecido segue as vias analíticas da descendência e da ascendência propostas no segundo capítulo;
(ii) a desaceleração do progresso do discurso baseia-se na administração de um *mais* ou de um *menos* discerníveis, ou seja, sensíveis.

Será que podemos ir além e formular a "receita" do recrudescimento? Parece que estamos em presença de uma semiose local cujo plano do conteúdo é o recrudescimento e o plano da expressão uma composição dos seguintes traços constitutivos:

(i) a *desaceleração*, analítica por definição;
(ii) a *potencialização*, já que "a memória é o corpo do pensamento" (Valéry, 1973: 1231);
(iii) a *recursividade* subjacente à distinção entre precedente e subsequente, sem a qual a medida intensiva, que constitui o afeto, não poderia existir.

Resumindo:

plano do conteúdo →	recrudescimento
plano da expressão →	desaceleração potencialização recursividade

A última casa, a do *sublime*, apresenta-se sob um aspecto diferente. Inicialmente, e por relação ao nosso próprio universo de discurso que já é em si uma soma, essa categoria foi devidamente distinguida e celebrada. Enquanto as três outras casas foram apenas objeto de observações, o sublime foi analisado por Longino em seu *Traité du sublime* e conhecido especialmente pela tradução de Boileau.

O mérito da análise estrutural, se é que podemos julgá-la, é pequeno, pois os comentários pertinentes depreendem de maneira sincrética o que a análise estrutural dissocia, de modo que esta última deve seu objeto a esses comentários que a precederam. Não seria exagero afirmar que a definição do sublime pelo próprio Longino acena às subvalências conjugadas do andamento e da tonicidade: "Pois ele [o Sublime] não persuade propriamente e sim encanta, arrebata, produzindo em nós certa admiração mesclada de espanto e surpresa, o que é bem diferente de apenas agradar ou persuadir" (1995: 74). Boileau, prefaciando a obra de Longino, retoma justamente os termos dessa descrição:

> É preciso, pois, saber que Longino não entende por Sublime o que os oradores chamam de estilo sublime, e sim esse extraordinário e esse maravilhoso que impressiona no discurso e que faz que uma obra enleve, encante, arrebate [...]. O Sublime, em Longino, deve portanto ser compreendido como o Extraordinário, o Surpreendente e, conforme traduzi, o Maravilhoso no discurso (Longin, 1995: 70-71).

Do ponto de vista estrutural (Zilberberg, 2000b), o sublime compõe dois superlativos tensivos:

(i) de acordo com o andamento, a superioridade existencial do sobrevir frente ao pervir, já manifestada pela surpresa em sua relação com a elevação;
(ii) de acordo com o aspecto, a superioridade definitória do recrudescimento frente ao restabelecimento.

Enfim, se a última palavra em matéria de significação vivenciada pertence ao andamento, então ao menos para o nosso próprio universo de discurso, assim como já indicava a análise da "admiração" feita por Descartes, a prevalência do sublime sobre a completude é, talvez, o segredo da enigmática passagem do estilo da Renascença para a arte barroca.

O sublime deve sua posição de termo supremo da série ascendente a uma eficiência enunciativa que Longino define assim:

> Pois tudo que é verdadeiramente Sublime tem esta peculiaridade: quando alguém o escuta, sente que ele eleva a alma e a faz conceber a mais alta opinião sobre si mesma, preenchendo-a de alegria e de não sei qual nobre orgulho, como se fosse ela, a alma, que tivesse produzido as coisas que simplesmente acaba de ouvir (Longin, 1995: 81).

Longino relaciona o recrudescimento que sobrevém a uma efusão enunciativa que vê o enunciatário identificar-se de modo extático com o enunciador. Não teríamos dado importância a essa euforia singular se não tivéssemos encontrado sob a pena de Bachelard, sempre pronto para se entusiasmar, observações calorosas que vão no mesmo sentido:

> Trata-se, com efeito, de determinar, pela repercussão de uma única imagem poética, um verdadeiro despertar da criação poética na alma do leitor. Por sua novidade, uma imagem poética põe em ação toda a atividade linguística. A imagem poética transporta-nos à origem do ser falante (Bachelard, 1988a: 7).

Essa empatia enunciativa vem contrabalançar o *descomedimento* valencial original que, para Longino, é a marca do sublime: "Mas quando o Sublime chega a eclodir no momento apropriado, ele revira tudo como um raio e apresenta primeiramente todas as forças do orador condensadas" (Longin, 1995: 74). A efusão enunciativa que toma o enunciatário restabelece assim entre os actantes da comunicação uma "proporção" que a "brutalidade" do sublime tinha virtualizado.

Não precisamos ir além porque só pretendemos mostrar que certas categorias da retórica, manifestadas nas análises dos exemplos e nas definições das figuras, e as categorias da semiótica, desde que esta recoloque o sensível no seu devido lugar, ou seja, no primeiro plano, não são estranhas entre si.

O que complica a abordagem da retórica são as desigualdades de extensão constatadas. A separação valencial constitutiva do sublime, tal como considerada no *Traité du sublime*, permite situar a argumentologia e a tropologia com vantagens para esta última, a primeira encarregada do restabelecimento, a segunda, do recrudescimento. Mas essa deiscência própria do sublime permite cindir a própria tropologia em dois registros: o do simples restabelecimento, que Longino chama de "ar natural", e o do recrudescimento, que é o vetor do sublime. Enfim, o diferencial tensivo vale localmente também para as figuras. Tanto assim que a todo enunciado átono, isto é, simplesmente proposicional, logo pode se opor um enunciado tônico, explosivo, como aponta Boileau em seu prefácio:

> Uma coisa pode ser de estilo sublime e, no entanto, não ser Sublime, ou seja, não ter nada de extraordinário nem de surpreendente. Por exemplo, *O soberano árbitro da natureza, com uma só palavra, formou a luz.* Aí está o estilo sublime: isso não é, porém, Subli-

me; pois nisso não há nada de muito maravilhoso e que não se possa facilmente encontrar. *Mas, Deus disse: Faça-se a luz, e a luz se fez.* Esse torneio extraordinário de expressão, que marca tão bem a obediência da criatura às órdens do criador, é verdadeiramente sublime, e tem qualquer coisa de divino (*idem*: 70-71.)

Não se vê nessa análise o algo a mais que apenas o excesso, ou seja, a recursividade, é capaz de promover?

O quadro à frente mostra que a retórica pertence de direito ao campo semiótico:

discursividade →	estilo implicativo ↓ ≈ conformidade com a doxa	estilo concessivo ↓ ≈ superação da doxa
estrutura elementar →	foco nos subcontrários ↓ atonização	foco nos sobrecontrários ↓ tonificação
retórica →	animado **ou** não-animado	**do** não-animado **ao** animado ↓ a imagem segundo Aristóteles
presença →	segundo o exercício	segundo o acontecimento
subjetalidade →	se + não-eu	eu + nome próprio
objetalidade →	segundo o esperado: identidade do foco e da apreensão ↓ o lugar	segundo o inesperado: separação da apreensão em relação ao foco ↓ a surpresa

5.5. Da sintaxe tensiva à retórica

Desejamos demonstrar, em poucas palavras, que a *implicação*, convocada pelo silogismo e pelo entimema, deve compor-se com a concessão, que a desmente, mas que a implicação e a concessão remetem à estrutura elementar que propusemos em 3.1. Escolheremos, pela comodidade de explanação, a declinação da direção espacial, já mencionada no segundo capítulo:

direção	hermético	fechado	aberto	escancarado

Tal análise fornece-nos, por um lado, a oposição ingênua entre os dois subcontrários, o /aberto/ e o /fechado/ – que encaramos tanto na sua condição de enfoques possíveis para o sujeito, quanto na de morfologias estáveis – e, por outro lado, duas oposições mais "raras":

(i) uma oposição entre um subcontrário, o /fechado/, e um sobrecontrário, o /hermético/, os quais se opõem como, respectivamente, aquilo que *se pode* abrir e aquilo que *não se pode* abrir. Essa tensão prova, se é que ainda resta dúvida, a dependência do espaço para com a tonicidade, a *energeia*, pois não é verdade que a denegação do /hermético/ exige um gasto suplementar de energia?

(ii) a oposição entre o /aberto/ e o /escancarado/ é simétrica e inversa à anterior: o /aberto/ se apresenta como aquilo que *se pode* fechar, e o /escancarado/ é aquilo que *não se pode* fechar. Está claro que tais grandezas se mostram para o sujeito como possíveis e não-possíveis; elas envolvem a veridicção, a intersubjetividade e a potencialização, já que se pode facilmente catalisar que elas são tidas como tais, reputadas como tais.

Uma vez aceitas essas premissas, a implicação produzirá os sintagmas motivados: fechar o aberto e abrir o fechado, pois que o aberto é fechável ou re-fechável e o fechado, abrível. Esses traços latentes tornam supérflua a argumentação. Bem outro é o caso da concessão, já que os sintagmas canônicos aferentes são respectivamente: abrir o hermético (ou seja, abrir o que não se pode abrir) e fechar o escancarado (isto é, fechar o que não se pode fechar).

A concessão, definida de maneira extremamente restritiva pelas gramáticas como a "causalidade inoperante", exibe assim seus méritos. A discursivização da concessão opõe o não-realizável e a realização advinda: embora esse dispositivo seja hermético, eu o abro!, e embora esse dispositivo esteja escancarado, eu o fecho! Passamos subitamente da ordem enfadonha da regra para a ordem tonificante do acontecimento. Por catálise e equidade, abordamos os dois sintagmas como superlativos-concessivos, para sublinhar a aliança, nesse caso exemplar, entre a morfologia e a sintaxe. Os três gêneros de discursos previstos por Aristóteles na Retórica prestam-se claramente à performance concessiva. Por exemplo, no imaginário corriqueiro o grande advogado é o das causas perdidas, aquele que consegue substituir o discurso da implicação pelo da concessão, aquele que sabe e ousa reverter o "porquê" da acusação em "embora", capaz de alterar, em seu benefício, a imagem do réu no espírito dos jurados. Em resumo, os subcontrários entram no discurso convocando a implicação e os sobrecontrários, mobilizando a concessão. Todas as estruturas elementares propostas podem ser tratadas nos termos da concessão. À objeção apressada, segundo a qual a presença da implicação é maciça e até, para alguns, monótona, sendo a concessão, por sua vez, rara, retrucamos que a concessão é convertida na exclamação e que estamos na ordem descontínua do acontecimento.

6. Para Concluir

Sem abusar da inversão dos genitivos, o discurso da teoria deve ser construído à imagem da teoria do discurso, o que, no caso, significa duas coisas:

(i) do ponto de vista da extensidade, embora a teoria pretenda ser "hipotético-dedutiva" - com toda a razão, pois é a aspiração de nossa época -, ela se apresenta no fundo como uma montagem, uma receita que recicla e depois amalgama ingredientes "tomados aqui e ali", dos quais ela tenta, ao menos, tirar o melhor proveito. Nesse sentido, a semiótica inicialmente garimpou na linguística, na antropologia estrutural, depois na fenomenologia, às vezes na psicanálise, na "teoria das catástrofes", com J. Petitot, mas ignorou a retórica seja como arte do discurso, seja como acervo das figuras. Ora, é evidente que a retórica tropológica tem afinidade com as valências e operações que identificamos, pois o que faz uma metáfora senão efetuar uma mistura entre duas grandezas, ora a partir de suas morfologias observáveis, ora a partir de suas características tensivas?

(ii) do ponto de vista da intensidade, tudo é ainda mais nítido: não existem primeiramente coisas, depois qualidades, mas sim, "sobrevires", aparições repentinas, acentuações em busca de significantes de acolhimento plausíveis.

Na segunda metade do século XIX, com Mallarmé à frente, os poetas sonharam em "recobrar da Música o seu bem". Alguns pintores também desejaram, sempre na esteira de Baudelaire, *musicalizar* a pintura[1]. Mas, na maior parte do tempo, não dispondo de uma explicitação séria dos termos da problemática, os autores se contentaram com analogias vagas e sem consistência real. A questão que nos parece pertinente é esta: será que as "esquizias fundadoras" podem ser tranferidas, sem sofrer graves perdas, de uma semiótica para a outra? Só daremos um exemplo. Ninguém negará que a música compreende duas faces distintas, quais sejam, a *melodia* e a *harmonia*, mesmo se, para o comum dos mortais, apenas a melodia é memorizável e reproduzível, caso não seja longa demais. A aproximação da melodia e do "fio do discurso", expressão cunhada com toda a justeza, pode invocar o que Saussure trata no *Curso* como "a ordem de sucessão". Mas, para além da eufonia no plano da expressão, de algumas regras elementares de concordância e da observação de algumas normas socioletais aceitas pelo artista, não vemos o que, no discurso verbal, faria o papel da harmonia como dimensão reguladora do discurso musical. A musicóloga G. Brelet insistiu sobre a complementaridade entre a melodia e a harmonia:

> A compreensão melódica não se dá inteiramente no ato sucessivo de ligação: ela supõe, além da ligação sucessiva, a ligação com um conjunto simultâneo, estranho à sucessão, que reside na harmonia e só dela depende (1949: 180).

Considerando que essa complementaridade e essa assimetria são as mesmas que, segundo Hjelmslev, ligam o processo e o sistema, propomos que as quatro subdimensões descritas em 3.2 desempenhem no discurso a mesma função da harmonia musical, desde que satisfaçam as seguintes condições: zelar pelo acorde – na acepção baudelairiana do termo – entre as subdimensões pertencentes a uma mesma dimensão, isto é, andamento e tonicidade, de um lado, temporalidade e espacialidade, do outro; zelar igualmente pelo acorde entre as subdimensões pertencentes a dimensões distintas, ou seja, andamento e

1. Assim, teria dito Van Gogh: "Esse maldito mistral é bem desconfortável para dar as pinceladas que se apoiam no sentimento e com ele se entrelaçam, como uma música tocada com emoção" (Grimaldi, 1995: 108).

espacialidade, de um lado, tonicidade e espacialidade, do outro, assim como andamento e temporalidade, de um lado, tonicidade e temporalidade, do outro.

Mas convém ir mais adiante. Cada um dos sistemas relacionado a uma subdimensão apresenta uma organização baseada na *interseção* entre um paradigma de pontos de vista (os foremas) e uma escala que indique a fase aspectual em curso. Sobre essa base dupla, harmônicos, rimas motivadas podem, como se fossem passarelas, ligar um sistema a outro, oscilando entre a identidade do forema e a identidade da fase aspectual. Proporemos duas ilustrações sucintas:

(i) com relação à primeira possibilidade, a desaceleração na dimensão do andamento e a exterioridade na dimensão da espacialidade estão em concordância de posição;

(ii) com relação à segunda possibilidade, a aceleração na dimensão do andamento e a tonificação na dimensão da tonicidade, legível por exemplo na arte barroca, estão em concordância aspectual. Mas uma poética da dissonância, ou seja, uma poética do acontecimento, tem a mesma legitimidade visto que utiliza esses mesmos dados. As correspondências e dissonâncias se estabelecem não entre os termos, mas entre os definidores tensivos que postulamos.

Abordemos agora o sujeito. A narrativização da significação ocultou a labilidade fundamental do sujeito sensível. Pois é próprio desse sujeito ficar à mercê dos acontecimentos, em débito com eles, e confrontado inopinadamente com o sublime, na acepção primordial que Boileau depreende da leitura de Longino: "O Sublime, em Longino, deve portanto ser compreendido como o Extraordinário, o Surpreendente e, conforme traduzi, o Maravilhoso no discurso" (Longin, 1995: 71)[2]. No que se refere à subjetividade, admitiremos que o acontecimento transforma, sem aviso prévio, o sujeito tranquilo em sujeito *éperdu* [transtornado], entrada que o *Micro-Robert* analisa nesses termos: "aquele que tem o espírito profundamente perturbado por uma

2. No Prefácio do *Traité du Sublime*, Boileau segue de perto as ideias de Longino: "Pois ele [o Sublime] não persuade propriamente, e sim encanta, arrebata, produzindo em nós certa admiração mesclada de espanto e surpresa, o que é bem diferente de apenas agradar ou persuadir" (Longin, 1995: 74).

emoção violenta". Esse sujeito transtornado perdeu o controle e, mantendo o clichê, opomos a esse sujeito transtornado pelo sobrevir que o assalta um sujeito *controlado*, até então confiante na própria identidade, consciente de si mesmo. Todavia, falar do sujeito em si não passa de uma comodidade ou de um expediente: o sujeito em sua relação com os outros é incessantemente levado a medir a eficiência daquilo que Nietzsche chama, nas primeiras páginas de *A Origem da Tragédia*, de "princípio de individuação":

> Sim, poder-se-ia dizer que a confiança inabalável neste princípio, e a serenidade calma de quem nele se compenetra, encontraram em Apolo a expressão mais sublime, e poder-se-ia também reconhecer em Apolo a imagem divina e esplêndida do princípio de individuação, cujos gestos e olhares nos falam de toda a sabedoria e de toda a alegria da "aparência", ao mesmo tempo que nos falam da sua beleza (Nietzsche, 2004: 22).

Fortalece nossas hipóteses saber que Nietzsche, na esteira de Schopenhauer, associa a virtualização desse estado eufórico à irrupção da concessão:

> Na mesma página, descreve-nos Schopenhauer o "horror" espantoso que se apodera do homem quando, subitamente derrotado pelas formas aparentes dos fenômenos, vê que o princípio da causalidade, em qualquer das suas manifestações, tem que admitir uma exceção (Nietzsche, 2004: 22-23).

O acontecimento é indissociável de uma comutação subjetal: "[...] a exaltação dionisíaca [...] para o obrigar [o indivíduo subjetivo] a aniquilar-se no total esquecimento de si mesmo" (*idem*: 23).

O advento do par [subjetividade *vs.* intersubjetividade] fica na dependência do maior ou menor grau das valências intensivas atuais, tanto do ponto de vista sintagmático quanto do ponto de vista paradigmático:

> Agora, graças ao evangelho da harmonia universal, cada qual se sente, ao lado do próximo, não somente reunido, reconciliado, fundido, mas idêntico a si próprio, como se o véu de Maia tivesse sido rasgado, desfeito em farrapos que desaparecem perante o misterioso *Uno* primordial (Nietzsche, 2004: 24).

Do ponto de vista terminológico, sempre deceptivo, admitiremos que a "embriaguez" dionisíaca se mostra passível de descrição como uma modulação que tem por termo *a quo* uma subjetividade reflexiva e por termo *ad quem* uma intersubjetividade fusional, modulação da mesma ordem daquela, eternamente intrigante, que vê um acontecimento, uma eclosão virtualizar - de acordo com o protocolo da correlação inversa - um estado.

Entendemos a notoriedade desse grande texto como uma análise que estabelece a dependência entre a conduta do si e do não-si:

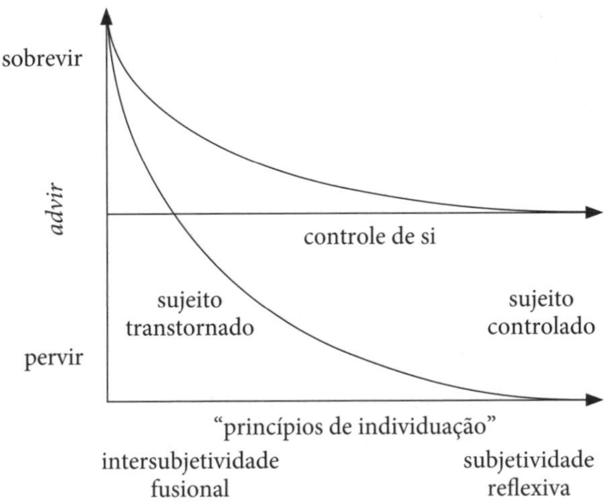

As relações "verticais" propõem ao sujeito correlações entre, de um lado, o sujeito transtornado e a intersubjetividade fusional e, de outro, o sujeito controlado e a subjetividade reflexiva, enquanto as relações "horizontais", pelo jogo das virtualizações e das atualizações, instruem retardamentos e esperas, ou seja, objetos internos. O "todo", como nas charadas, não deixa de ter semelhança com as quadras rimadas "à francesa", que foram ao longo dos séculos o módulo de base da poesia francesa no plano da expressão, mas provavelmente também para além deste[3].

3. "Em seu ensaio intitulado *La Santé et la Dégradation dans l'Art*, ele [Hopkins] tinha estabelecido que toda comparação implica os princípios de dualismo, pluralidade, repetição, paralelismo. Agora, num ensaio intitulado *Origine du Beau*, ele demonstra que todas as formas de beleza na natureza e na arte são versões diferentes da relação que permite a coexistência de objetos diferentes, mas similares. 'Pode-se, diz ele, definir essa relação sob sua forma mais geral dizendo: [...] a semelhança implica a dessemelhança e vice-versa. Por conseguinte, e numa perspectiva metafísica, pode-se denominar rima toda forma de beleza'" (G. M. Hopkins, *Carnets-Journal-Lettres* (1862-1866), apresentados por H. Bokanowski & L. R. des Forêts, Paris, Bibliothèque 10/18, 1976, pp. 46-47).

A narratividade semiótica, que continua sendo a grande aquisição da década de 1970, havia realçado as modalidades, a circulação ou o confisco das modalidades, e, em relação aos actantes, os seus confrontos. Entretanto, se a ênfase de sentido recair em outro lugar, quais categorias seriam beneficiadas por esse deslocamento de interesse? A comparação entre o que realmente se deu e aquilo que poderíamos ter considerado apresenta uma dificuldade não desprezível. Mesmo declarando-se "hipotético-dedutiva", a semiótica, na medida em que assume e depura a descoberta de Propp, torna-se primordialmente indutiva já que se funda num gênero considerado "menor": o conto popular. Sem entrarmos aqui nas discussões cabíveis, nossa conduta pessoal neste trabalho se apresenta de modo totalmente distinto. Não nos restringimos a um gênero particular nem mesmo a um plano da expressão exclusivo, mas, por outro lado, evitando descambar para o ecletismo ou o oportunismo, pretendemos recolher os benefícios daquilo que Ehrenzweig chamava "concessivamente" de "observação inconsciente": "O fato importante, diz ele, é que a estrutura indiferenciada da visão inconsciente (subliminar), longe de ser estruturada de maneira inadequada ou caótica como poderia parecer *a priori*, manifesta capacidades de observação amplamente superiores às da visão consciente" (*apud* Russell, 1993: 22). Aquilo que tal "observação inconsciente" flagra é o detalhe, é a imensidão do detalhe. O que intriga de início é o que Lévi-Strauss chama de "pregnância do detalhe": todo detalhe não é ao mesmo tempo ínfimo e exorbitante? É a partir da resolução do detalhe que certas categorias semióticas, até então marginais, passam a ocupar um lugar determinante no discurso da teoria. Pretendemos recapitulá-las neste instante.

Em primeiro lugar, a categoria dominante parece-nos ser realmente a tensão entre o *sobrevir* e o *pervir*, entre o *acontecimento* e – mais que a noção de "estado", sugerida por Saussure – o *curso*, definido pelo *Micro-Robert* como aquilo que "evolui normalmente". Podemos definir essa tensão como função aspectual e associá-la ao *andamento*. Hesitamos entre duas apresentações desse enredamento:

(i) ou considerar que o aspecto "determina" – na acepção hjelmsleviana do termo – o andamento;

(ii) ou considerar que estamos em presença de um complexo [aspecto-andamento] que convocaria um único significante para o plano da expressão.

Em segundo lugar, como operador discursivo onipresente, propomos a tensão entre *concessão* e *implicação*. Relacionamos essa tensão – sem estarmos muito seguros quanto a esse ponto – à subdimensão da tonicidade e associamos a implicação ao restabelecimento e a concessão ao recrudescimento, com a finalidade de dotar o acontecimento da "força de impacto" que o singulariza.

Em terceiro lugar, o sobrevir, bem como o acontecimento que dele se origina, penetram no campo de presença e aí se inserem. A *potencialização* do acontecimento pode ser assimilada a um sincretismo que se deixa resolver em uma anterioridade fundadora e uma longevidade crescente (em princípio) dessa inserção. Quanto ao mundo do pervir, ele é simétrico e inverso: existe na expectativa, mas caso as competências do *fazer* sejam adquiridas e a vontade do sujeito seja inteiramente boa, a *atualização* vê "normalmente" a duração da espera contrair-se, transformando-se a paciência em impaciência furiosa se eventualmente essa contração da duração não for vivenciada e bem vivenciada pelo sujeito. Os dois primeiros versos de "Recueillement" [Recolhimento] de Baudelaire dedicam-se a depreender essa regulagem, esse ajuste, essa negociação ininterrupta do tempo subjetal:

Sois sage, ô ma Douleur, et tiens-toi plus tranquille.
Tu réclamais le Soir ; il descend ; le voici

Sê sábia, ó minha Dor, e queda-te mais quieta.
Reclamavas a Tarde; eis que ela vem descendo (1985: 471)

Por fim, levando em conta que as grandezas se definem por sua extensão, reencontramos como espacialidade figural a tensão entre os valores de absoluto, concentrados e exclusivos, e os valores de universo, difusos e "liberais", estes acessíveis a todos, por direito, enquanto o permitir a ilusão democrática, ou seja, até que a competição reconstitua, em virtude justamente da abertura de princípio que ela apregoa, uma exclusividade estreita. É o que explica admiravelmente Balzac, em *As Ilusões Perdidas* e em *O Pai Goriot*, romance no qual Vautrin-Balzac revela a Rastignac os bastidores da sociedade: "[...] Tenho a honra de observar-lhe que só há vinte procuradores gerais na França e que são vinte mil aspirantes ao cargo, entre os quais se encontram farsantes que venderiam a família para subir um degrau [...]" (Balzac, 2002: 119-120). E para resumir nosso percurso:

intensidade	*função aspectual* → [andamento]	sobrevir [o acontecimento]	pervir [o transcurso]
	operador discursivo → [tonicidade]	a concessão	a implicação
extensidade	*modo de existência prevalente* → [temporalidade]	a potencialização	a atualização
	amplitude do campo → [espacialidade]	valor de absoluto [exclusividade]	valor de universo [universalidade]

Esperamos ter demonstrado que, em razão das concordâncias subjacentes, essas tensões definem estilos semióticos propensos a se incumbir de planos distintos da expressão, de modo que a diversidade e a heterogeneidade forneçam à função metafórica, como queria Baudelaire, oportunidades de desempenho e de brilho. Em homenagem a Victor Hugo, Baudelaire escreve:

> Ora, o que será um poeta (tomo a palavra em sua acepção mais ampla), senão um tradutor, um decifrador? Entre os poetas excelentes, não há metáfora, comparação ou epíteto que não não se adapte com exatidão matemática a uma circunstância específica, pois que essas comparações, essas metáforas e esses epítetos são colhidos no inesgotável fundo da *universal analogia*, e não podem ser colhidos em outro lugar (Baudelaire, 1954: 1086).

Ao instalar no centro do campo teórico grandezas que só eram admitidas em sua periferia, corremos o risco de apresentar uma hipótese talvez coerente, mas certamente pouco aplicável até mesmo em razão do transtorno que causa nos hábitos de leitura... Mais uma vez, a força do modelo greimasiano deve-se, numa medida ainda por calcular, ao fato de se prestar à abordagem do conto popular, ou seja, de um setor do patrimônio cultural. Gostaríamos de mostrar, em termos sucintos, que um possível problema para a hipótese tensiva é o de sua literalidade, ou seja, usando a terminologia de Lévi-Strauss, de seu "excesso de proximidade". No capítulo de *Zadig* [Voltaire, 1972: 11-77], intitulado *A Ceia*, Voltaire reúne os porta-vozes das grandes religiões contemporâneas:

> Foi para Zadig um conforto espiritual ver congregados no mesmo local tantos homens das mais diversas regiões [...] Encontrou-se à mesa, logo ao segundo dia, com um egípcio, um gangárida, um habitante de Catai, um grego, um celta, e vários outros estrangeiros que, nas suas frequentes viagens ao golfo arábico, haviam aprendido o suficiente de árabe para se fazerem compreender (Voltaire, 1972: 44).

Voltaire lhes concede alternadamente a palavra e cada participante logo se põe em defesa ora de um valor de absoluto e de acontecimento ora de uma prática singular. Assim, a respeito das proibições alimentares:

> Enquanto assim se exasperava, [o egípcio] dispunha-se a servir-se de uma excelente galinha cozida, quando o indiano, segurando-lhe a mão, exclamou, alarmado:- Oh! que vai fazer?
>
> – Comer essa galinha – disse o homem da múmia.
>
> – Oh! não faça isto! Suponha-se que a alma de sua tia se haja encarnado nessa galinha... e o senhor certamente não vai expor-se a devorar a senhora sua tia! Ah, cozinhar galinhas é um ultraje à natureza (*idem*).

Como a discussão se degenera, Zadig intervém e tranquiliza os convivas fazendo uso de catacrese:

> – Iam os meus caros amigos brigar por coisa nenhuma, pois afinal são todos da mesma opinião.
>
> A estas palavras, levantou-se um protesto geral.
>
> – Não é verdade – disse ele ao celta – que o senhor não adora a esse agárico, mas àquele que fez o agárico e o carvalho?
>
> – Sem dúvida, respondeu o celta.
>
> – E o senhor – disse ao egípcio – não venera, sob a aparência de certo boi, àquele que nos deu os bois?

- Sim - concordou o egípcio.

[...]

- Todos são, pois, da mesma opinião - concluiu Zadig - e não há motivos para disputas (*idem*: 46).

Pode-se ver sem dificuldade: tanto ao acontecimento fundador e inaugural de cada religião, acontecimento concessivo e potencializado - termos que podemos interpretar, segundo a palavra do poeta, como "iguais e convertíveis" -, quanto à exclusividade irracional, oratória, excessiva dos valores de absoluto, Zadig apenas pode opor o curso natural das coisas, seus entimemas sem surpresa e o prosaísmo sem maior atração dos valores de universo, dos quais faz apologia.

7. Glossário[1]

Acontecimento

Nos *Escritos de Linguística Geral*, Saussure propõe, mas sem se estender, a oposição heurística: acontecimento *vs.* estado.

> Mas não existe, senão em linguística, uma distinção sem a qual não se compreende os fatos em grau algum [...]. Tal é, em linguística, a distinção entre o estado e o acontecimento; pode-se perguntar, até mesmo, se essa distinção, uma vez bem reconhecida e compreendida, permite, ainda, a unidade da linguística (2004: 200).

Em apoio à intuição de Saussure, é preciso admitir que Wölfflin, em suas análises, relaciona o estilo clássico com a perenidade do estado e o estilo barroco com o impacto do acontecimento: "Sua intenção é atingir não uma per-

1. Devemos a ideia deste glossário a dois semioticistas brasileiros, Renata Mancini e José Roberto do Carmo Jr. A circunstância na qual aceitamos suas propostas explica a forma adotada neste capítulo. Na realidade, os dois pesquisadores nos propuseram a confecção de um site, sob seus cuidados, dedicado a nossa obra e, para tanto, nos sugeriram sabiamente a elaboração de um glossário que estabelecesse a convergência dos textos apresentados. Portanto, destinado a princípio a esse site (www.claudezilberberg.net), esse glossário foi realizado livremente, sem preocupação do extremo rigor que exige esse gênero literário pouco praticado. Isso explica, entre outras coisas, a eventual citação de textos literários que normalmente não ocorre num glossário; além disso, no mesmo espírito, achamos oportuno reduzir ao mínimo o inventário das referências.

feição do corpo arquitetônico, a beleza da 'planta', [...] mas o acontecimento, a expressão de um certo movimento do corpo, enquanto a Renascença [...] visa, em toda parte, à permanência e à imobilidade" (1989b: 134). Não fossem eles e algumas honrosas exceções (Valéry, Foucault, Deleuze), o acontecimento não teria o lugar que merece.

A relação do acontecimento com o discurso é por assim dizer tautológica. O que, afinal, deve ser comunicado ao enunciatário senão aquilo que sobrevém e ele ignora? Realmente, o acontecimento é o correlato objetal do sobrevir. Numa primeira aproximação, a inclusão do acontecimento no campo categorial da tensividade é tripla:

(i) em relação ao paradigma dos modos de eficiência que confrontam o sobrevir com o pervir, o acontecimento pressupõe o sobrevir;

(ii) tendo em vista a alternância entre a implicação e a concessão, o acontecimento se apoia na concessão, de modo que a superioridade atribuída a esta deve igualmente ser estendida ao acontecimento, em detrimento do prosaísmo dos estados;

(iii) por fim, se a intensidade é um sincretismo resolúvel em subvalências de andamento e de tonicidade, o mesmo deve ocorrer com o acontecimento. O andamento do acontecimento é evidentemente rápido, mas o que isso quer dizer exatamente? A celeridade do sobrevir acarreta no sujeito siderado uma espécie de tempo negativo, crescente, que expele o sujeito para fora de si. A tonicidade, por sua vez, é extrema, visto que a concessão, que está no princípio do acontecimento, tem a virtude de amplificar e maximizar a tonicidade vivenciada. Essa saturação da tonicidade significa para o sujeito uma "tempestade" modal que vê o sofrer suplantar o agir. Paralisado, o sujeito constata que seu autocontrole modal, que lhe permitia reagir desenvolvendo um contra (contraprograma), extinguiu-se.

(→ CONCESSÃO, SOBREVIR)

Ambivalência

A ambivalência é resultante indireta da centralidade da valência. Como o valor semântico de uma grandeza em discurso se baseia na interseção da valência intensiva com a valência extensiva, o valor é, por assim dizer, automaticamente bivalente. Uma vez que essa bivalência se acha orientada em ascendência ou em descendência, a comutação dessa direção coloca uma ambivalência sistêmica e não apenas um jogo de linguagem gratuito. Um exemplo pode explicar facilmente: em muitos microuniversos, uma desaceleração da velocidade, longe de ser vista como deceptiva, é vivenciada como um acréscimo gratificante, próprio da lentidão. A musicóloga G. Brelet analisa a ambivalência do andamento em música nos seguintes termos:

> A rapidez é também uma facilidade oferecida ao ato criador do músico, pois que exige menor densidade musical e, de mais a mais, sustenta com seu elã o elã da forma, [...]. A lentidão, ao contrário, não somente exige maior densidade musical, mas também tende a atravancar o desenvolvimento da forma imobilizando-a fora do tempo (Brelet, 1949: 391).

Podemos então dizer que a ambivalência é redobrada. O discurso musical efetua o ajuste de três tensões: a tensão própria ao andamento, a tensão própria à densidade musical e a tensão própria ao desenvolvimento da forma.
(→ CORRELAÇÃO, VALÊNCIA, INTERSEÇÃO)

ANÁLISE

A análise ocupa um lugar central na teoria hjelmsleviana. Ocupa o primeiro lugar na lista das definições. Ela é indissociável da noção, indefinível por si própria, de *dependência*: "Uma dependência que preenche as condições de uma análise será denominada *função*" (Hjelmslev, 1975: 39). Enquanto a análise saussuriana visa a uma diferença instauradora, e o binarismo, a uma oposição, a análise hjelmsleviana opta pela dependência, pela junção. A dissociação está a serviço da associação. A teoria das funções é uma teoria dos tipos de dependência e se apresenta declaradamente como uma generalização do conceito de *recção* que, para Hjelmslev, é a grande descoberta da linguística do século XIX e que seus contemporâneos lamentavelmente desconhecem.

As grandezas só podem ser analisadas por estarem dispostas em redes "econômicas". Como a "substância" é descartada e atribuída a disciplinas auxiliares, os "membros" e as "partes" projetados pelas funções tornam-se naturalmente os definidores das grandezas distinguidas.

(→ REDE, INTERSEÇÃO, DEFINIÇÃO)

Andamento

O andamento – dito de outro modo, a velocidade – é uma subdimensão da intensidade. A oposição básica é [rápido *vs.* lento]. Na qualidade de subdimensão da intensidade, o andamento entra em correlação conversa com a outra dimensão intensiva, a tonicidade. Essa correlação funcionaria como um produto. Um tanto exorbitante para uma disciplina humanista, tal exigência funda-se em duas considerações:

(i) se, como é costume dizer, o todo é superior à soma das partes, o produto é um modo calculado de exceder à soma;

(ii) o descomedimento de alguns afetos, de algumas exaltações, exige um multiplicador imanente.

Entre as subdimensões da extensidade, o tempo e o espaço, a correlação é inversa: dada uma grandeza temporal ou espacial, a aceleração respectivamente abrevia e contrai, enquanto a desaceleração alonga a duração e dilata o espaço. Para o sujeito, a aceleração repentina, tão súbita quanto sofrida, gera assincronismos, vale dizer, acontecimentos, enquanto a desaceleração situa-se no princípio das esperas e das impaciências.

Se a afirmação da eficácia subjetal da tonicidade é admitida sem muita dificuldade, o papel do andamento continua subestimado a despeito da opinião autorizada de Valéry: "Essa velocidade atua em todos os nossos pensamentos, ela está implicada em todos os nossos pensamentos – e não poderia ser de outro jeito" (Valéry, 1973: 805).

(→ DIMENSÃO, TONICIDADE)

Ascendência

A ascendência é, juntamente com a descendência, um dos termos do paradigma da direção tensiva. Do ponto de vista analítico, a ascendência é a passagem de um estado inicial, que só comporta *menos*, a um estado final, que só comporta *mais*. Do ponto de vista sintáxico, as formas intermediárias preveem a sucessão *menos menos* e *mais mais*. A ascendência é analisável em dois vetores "cursivos":

(i) o restabelecimento, que afasta o "cursor" da nulidade;
(ii) o recrudescimento, que se conjuga à outra extremidade do eixo semântico.

No nosso universo de discurso, a balança está longe de pender com imparcialidade para a ascendência ou para a descendência. Com efeito, a retórica, concebida como uma arte do discurso e não como um repertório de figuras, constitui uma investigação, por vezes admirável, das vias que conduzem o leitor ao sublime, termo máximo da ascendência tensiva.

(→ DESCENDÊNCIA, DIREÇÃO)

Atenuação

A atenuação é um dos analisadores da minimização da descendência tensiva. Seja a série descendente simples de direção [1 → 0], a atenuação da tonicidade, por exemplo, associa o sobrecontrário tônico [s_1] e o subcontrário tônico [s_2]; a atenuação supõe a "adição" de um menos. A atenuação é o correlato *a quo* da minimização.

(→ MINIMIZAÇÃO, EXTENSIVO)

Atonização

Esse termo proveniente, de um lado, da terminologia da prosódia e do ritmo, e, de outro, da obra fervorosa de G. Bachelard, designa a resultante átona da minimização. A atonização tem como par a tonificação. Em nosso universo de discurso, Freud, com seu conceito de "pulsão de morte", teve a audácia de pensar, contra a opinião daqueles que o seguiam, a atonização como um retorno ao estado anorgânico. Embora relativamente fácil de descrever, a atonização talvez seja incompreensível em um universo de discurso como o nosso, dirigido pela tonificação, ou seja, pela sobrepujança e pela amplificação. No poema intitulado "O Gosto do Nada", Baudelaire (1985: 301) deixa entender que a escolha da atonização como ponto de convergência está ligada à perda irreversível das competências modais.

(→ TONIFICAÇÃO)

CATEGORIA

O termo categoria é particularmente delicado na medida em que a filosofia e as ciências da linguagem continuam a disputá-lo. Nessa tentativa de apropriação do termo, a filosofia, na pessoa de Aristóteles, tem a seu favor a anterioridade e a antiguidade – o que não é pouco. O gesto aristotélico, que resultou num quadro definitivo das categorias, foi retomado por Kant na época moderna. Nos manuscritos de Saussure recentemente publicados, nota-se uma certa desconfiança, e o emprego desse termo se dá em geral pejorativamente, pois que designa a ideia, ora "fora do signo" – "A ideia em si mesma não significa nada" (Saussure, 2004: 68) –, ora "fora do tempo" (*idem*: 65). A categoria, segundo Saussure, é caracterizada por uma dupla dependência: em primeiro lugar, a relatividade, já que "considerada de qualquer ponto de vista, a língua não consiste de um conjunto de valores *positivos* e *absolutos*, mas de um conjunto de valores *negativos* ou de valores *relativos* que só têm existência pelo fato de sua oposição" (*idem*: 71). Em segundo, a relação complexa com a historicidade: "Que a linguagem é, a cada momento de sua existência, um *produto histórico*, isso é evidente. Mas que, em momento algum da linguagem, esse produto histórico representa outra coisa que não seja o último compromisso que o espírito aceita com certos símbolos, eis aí uma verdade mais absoluta ainda, já que sem esse último fato não haveria linguagem" (*idem*: 180). Nos *Prolegômenos*, Hjelmslev denuncia a inutilidade da pesquisa dos universais: "O velho sonho de um sistema universal de sons e de um sistema universal de conteúdo (sistema de conceitos) é, com isso irrealizável e, de qualquer modo, não exerceria nenhum domínio sobre a realidade linguística" (Hjelmslev, 1975: 80). Isso posto, o objetivo continua sendo, para Hjelmslev, uma "ciência das categorias" (*idem*: 107) regendo a abordagem filosófica: "A língua é a forma mediante a qual concebemos o mundo" (Hjelmslev, 1991: 184).

O tratamento dessa problemática sempre considerou, com razão, a primazia das categorias sobre as unidades de nível inferior, mas não seria injusto considerar que essa primazia foi apenas constatada mas não esclarecida. Se as categorias são potentes e pregnantes, isso se deve ao fato de que os categorizantes sistêmicos se tornam os definidores dos lexemas e dos morfemas a partir do momento em que os signos são repatriados no espaço tensivo. Para dar um breve exemplo, o artigo indefinido em francês é perfeitamente concebido como portador de uma valência de andamento e de tonicidade tendo em vista que pressupõe um *quantum* de sobrevir em relação a um determinado campo de presença estabilizado. De acordo com a hipótese tensiva, as categorias diretoras são a intensidade imanente aos estados de alma e a extensidade inerente aos estados de coisas.

Mantendo coerência com sua epistemologia geral, que vê nos objetos "pontos de interseção dos feixes de relacionamentos" (Hjelmslev, 1975: 32), o linguista dinamarquês situa a categoria no cruzamento da paradigmática com a sintagmática, como consta do *Le langage*: "Categoria, paradigma cujos elementos só podem ser introduzidos em determinados lugares da cadeia e não em outros" (1966: 173). Nos *Ensaios Linguísticos*, a análise da categoria corresponde igualmente à dualidade constitutiva das línguas: "A categoria é um paradigma munido de uma função definida, o mais das vezes reconhecida por um fato de recção" (1991: 161). Considerando que a "homogeneidade" figura entre os indefiníveis arrolados por Hjelmslev, não vem ao caso forçar esse limite. O que se pode dizer de razoável é que a reciprocidade das categorias diretoras selecionadas e das valências é uma das responsáveis por essa "homogeneidade".

(→ INTENSIDADE, EXTENSIDADE)

COMPLEXIDADE

O termo complexidade é, no mínimo, ambíguo. Independentemente de sua relação sinonímica corriqueira com "complicado", três acepções distintas, mas não estranhas entre si, podem ser destacadas. Em primeiro lugar, se o fazer semiótico consiste em uma sequência ordenada de análises, o objeto que se presta a essas operações é uma complexidade circularmente tratada como... analisável. É a essa entidade complacente que Hjelmslev, nos *Prolegômenos*, dá o nome de "função": "Uma dependência que preenche as condições de uma análise será denominada *função*" (Hjelmslev, 1975: 39). Em segundo lugar, Greimas, na esteira de V. Brøndal, prevê, além dos chamados termos simples, termos resultantes de uma composição: o termo complexo propriamente dito [s_1 + s_2] e o termo neutro [não-s_1 + não-s_2]. Se o quadrado semiótico propõe percursos que vinculam entre si os termos simples, o mesmo não ocorre, salvo desconhecimento de nossa parte, em relação aos termos complexo e neutro. Para enriquecer ainda mais o paradigma da complexidade, Hjelmslev, com a intenção de considerar os trabalhos dos antropólogos (Mauss, Lévy-Bruhl, Howitt), introduz o "princípio de participação", capaz de superar e subverter a oposição [A *vs.* não-A], admitindo também [A *vs.* (A + não-A)] (Hjelmslev, 1972: 102).

A complexidade é fundamental para a hipótese tensiva. A partir dos principais avanços que Cassirer trouxe à abordagem do "fenômeno de expressão" em *A Filosofia das Formas Simbólicas*, compreendemos a tensividade como o lugar imaginário onde a intensidade e a extensidade, respectivamente, o sensível e o inteligível, efetuam sua junção. Além disso, se a triagem e a mistura aparecem como as operações predominantes na dimensão da extensidade, isso se deve necessariamente à complexidade canônica dos objetos que ingressam no campo de presença. Finalmente, em vez de imaginarmos os termos complexos a partir dos termos simples, consideramos os termos simples a partir dos complexos. Todos os termos são complexos, mas não da mesma maneira: um termo simples compõe uma valência plena e uma valência nula, catalisável de acordo com a hipótese diretora adotada. Independentemente dessa abordagem, podemos dizer que, se tivermos *n* termos simples, o número de termos complexos possíveis corresponde a [*n* - 1].

(→ DEFINIÇÃO, TRIAGEM, MISTURA, FOREMA)

Concessão

A concessão é certamente um dos principais capítulos da semiótica do acontecimento, desde que a concebamos como produto das subvalências de andamento e de tonicidade quando atingem o paroxismo, ou seja, a desmedida. Como ocorre com a maioria das teorias que encontram alguma ressonância antes de desaparecer, a concessão põe o "acento de sentido" numa figura gramatical modesta, apenas uma figura entre as demais, mas que se encontra aqui – circularmente – destacada e promovida ao nível de chave do sentido, parcial ou total, conforme o caso. Para os gramáticos, a concessão pertence à esfera do sobrevir:

> [...] quando uma ação ou um estado parecem dever ocasionar uma determinada consequência, a oposição nasce do fato de que uma consequência contrária, inesperada, ocorre; é o que se denomina a concessão ou a causa contrária. Exemplo: *Embora estivesse com uma forte febre, ele saiu* (Wagner & Pinchon, 1962: 600).

Esse *embora* põe em xeque o esperado *porque*: "ele não saiu, porque estava com uma forte febre".

A importância da concessão é solidária à tensão própria aos modos de eficiência, ou seja, à tensão existencial entre o sobrevir, sinônimo de contratempo para o sujeito, e o pervir. Este último – na ausência de qualquer contraprograma inoportuno de sobrevir – valida a confiança do sujeito em sua própria capacidade e nos recursos de que dispõe. O sucesso do pervir tranquiliza o sujeito pela convicção de que o mundo é justamente o "seu" mundo, onde têm lugar o cálculo e a previsão, enquanto a irrupção do sobrevir lhe faz lembrar que uma "inquietante estranheza" pode se manifestar, como um avesso que se pusesse à mostra. E é justamente a dimensão fiduciária que talvez seja capaz de exibir o funcionamento semiótico da concessão. A dimensão fiduciária tem como verbo-pivô o "crer" e por alternância elementar o par:

crer *vs.* não-crer

O objeto do "crer" é evidentemente o "acreditável", que, segundo o *Micro-Robert*, incide sobre "o que pode ou deve ser acreditado", vale dizer que o "acreditável" se remete ao "crer" da *doxa*. No "acreditável", um "crer" anterior está convertido ou pressuposto. O objeto do "crer" tem como alternância elementar o par:

acreditável *vs.* inacreditável

A partir desses dois pares, não é difícil deduzir o modelo dos sintagmas elementares da crença, modelo que se baseia na partilha em sintagmas implicativos, correspondentes a alguma *doxa*, e sintagmas concessivos, apartados dessa mesma *doxa*:

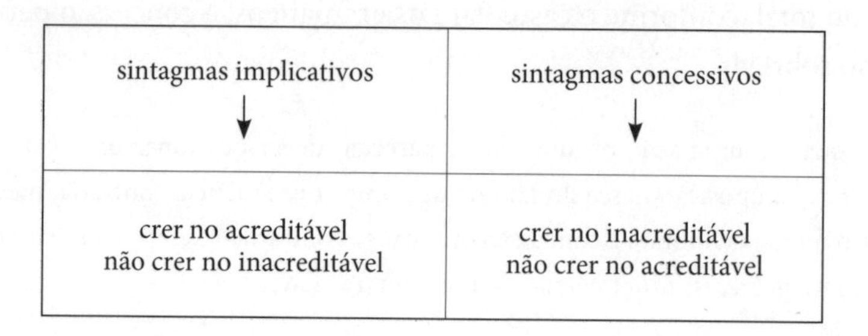

sintagmas implicativos ↓	sintagmas concessivos ↓
crer no acreditável não crer no inacreditável	crer no inacreditável não crer no acreditável

Essa dualidade é da mesma ordem que aquela que Saussure propôs – sem desenvolvê-la – em um fragmento dos *Escritos*:

> Mas não existe, senão em linguística, uma distinção sem a qual não se compreende os fatos em grau algum [...]. Tal é, em linguística, a distinção entre o estado e o acontecimento; pode-se perguntar, até mesmo, se essa distinção, uma vez bem reconhecida e compreendida, permite, ainda, a unidade da linguística [...] (2004: 200).

Admitiremos que os sintagmas implicativos reportam-se à gramaticalidade das regras e os sintagmas concessivos, ao acontecimento, ou seja, ao sucesso de um contraprograma, conforme o caso, desastroso ou salvador para o sujeito. De acordo com o gráfico:

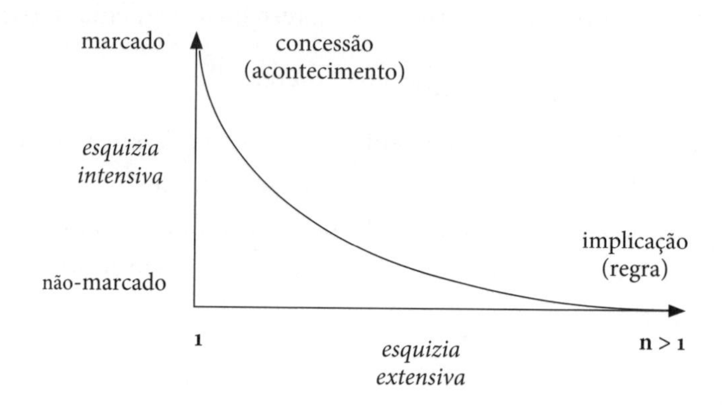

O lugar semiótico da concessão não é evidente, já que se situa no cruzamento da estrutura com o valor:

(i) mantém-se vinculada à estrutura, visto que se contrapõe a uma relação de de "determinação" na terminologia hjelmsleviana;

(ii) mantém-se vinculada imediatamente ao valor em razão das potências valenciais – nesse caso, exclamativas – de andamento e de tonicidade trazidas pela concessão: se a implicação restabelece o *quantum* de valor, a concessão, quando sobrevém, o faz recrudescer, de acordo com a convenção terminológica que adotamos.

Por fim, uma vez que a implicação tem primazia na linguagem e a concessão se exerce à custa da implicação, alguns concluíram que essa adversidade dependia da atividade exclusiva do sujeito. Pelo menos é assim que parece entender Merleau-Ponty:

> O poder da linguagem não está nem nesse porvir de intelecção para o qual ela se dirige, nem nesse passado mítico de onde ela proviria: está inteiramente em seu presente enquanto ele consegue ordenar as pretensas palavras chaves de modo a fazê-las dizer mais do que jamais disseram, enquanto ele se ultrapassa como produto do passado e nos dá assim a ilusão de ultrapassar toda fala e de ir às coisas mesmas, porque de fato ultrapassamos toda linguagem dada (Merleau-Ponty, 2002: 64).

Concordamos com Merleau-Ponty que há realmente ultrapassagem, mas não cremos que essa ultrapassagem seja externa à linguagem, a qual, neste caso, estaria condenada às cantilenas e ladainhas. Seria mais justo atribuir tal ultrapassagem à concessão. Sem entrar aqui na discussão necessária, não seriam os maiores artistas os mestres da concessão?

(→ ACONTECIMENTO, SOBREVIR, RECURSIVIDADE)

Correlação

Na perspectiva hjelmsleviana, a correlação (função "ou... ou...") faz par com a relação (função "e... e..."). O ponto de vista tensivo repropõe essa disposição e distingue entre a correlação conversa ("quanto mais... mais..." e "quanto menos... menos..."), e a correlação inversa ("quanto mais... menos..." e "quanto menos... mais..."). Apenas sob esse aspecto o ponto de vista tensivo é mais próximo de Brøndal que de Hjelmslev. A correlação é a expressão operatória da ascendência e da descendência: a ascendência intervém com *menos menos* e *mais mais*, enquanto a descendência, com *menos mais* e *mais menos*.

(→ DIAGRAMA)

DEFINIÇÃO

A definição ocupa um lugar à parte, uma vez que, no caso das chamadas ciências humanas e no estado atual da pesquisa, a teoria, incapaz de formular leis que permitam boas previsões, se vê limitada a propor definições pertinentes às grandezas escolhidas. Mas, ao mesmo tempo, na perspectiva hjelmsleviana, a definição depende da teoria, de maneira que se torna necessário examinar a definição da definição (sem querer reduzir esse caso a um mero exercício da recursividade): "Definição: divisão do conteúdo de um signo ou da expressão de um signo" (Hjelmslev, 1975: 138). A centralidade da definição pode ser afirmada tanto em compreensão como em extensão:

(i) em compreensão, a definição é solidária da análise, ou seja, da semiótica enquanto *práxis*, sendo esta concebida como "complexo de análises ou complexo de divisões" (1975: 35); ela é, pois, solidária da complexidade visto que não se pode conceber uma análise que não incida sobre uma complexidade ou sobre uma "interseção de feixes dos relacionamentos" (*idem*: 32);
(ii) em extensão, na medida em que a definição é parte integrante de um sistema de definições – cujo "excesso" o próprio Hjelmslev admite – e não se confina num capítulo ou subcapítulo da teoria, ao contrário, torna-se coextensiva à teoria que, por assim dizer, ela regula.

Essa primazia é válida em princípio para o ponto de vista tensivo sob dois aspectos:

(i) o espaço tensivo é constituído pelo cruzamento da intensidade com a extensidade e a projeção desta sobre aquela;
(ii) por continuidade de hipótese, um valor semiótico associa uma valência intensiva regente a uma valência extensiva regida, que cabe justamente à análise identificar. No primeiro caso, as grandezas depreendidas pela análise tornam-se categorias diretoras do sistema; no segundo, tornam-se

as características das unidades locais. O valor tem assim por definidores as valências intensiva e extensiva que ele conjuga. Esse desnivelamento proporciona ao ponto de vista tensivo sua profundidade semiótica.

(→ DIAGRAMA, ANÁLISE, INTERDEFINIÇÃO)

DEMARCAÇÃO

A demarcação e a segmentação são os dois funtivos pressupostos pela análise, tendo em vista que a depreensão de uma dependência entre *a* e *b* deve primeiramente isolar *a* e *b*: "A entidade linguística não está completamente determinada enquanto não esteja *delimitada*, separada de tudo o que a rodeia na cadeia fônica. São essas entidades delimitadas ou *unidades* que se opõem no mecanismo da língua" (Saussure, 1971: 120).

Por convenção, a demarcação trata dos limites e a segmentação, dos graus. Na abordagem tensiva, os limites são convertidos em sobrecontrários e os graus, em subcontrários. Do ponto de vista paradigmático, são dois os limites, enquanto o número de graus é, em tese, livre, mas na prática está sob controle do andamento: a lentidão é analítica e detalhista, enquanto a rapidez faz sumir os graus. Como ilustração, o imperfeito francês, conhecido como o tempo da rotina e da descrição, permite, em vista da desaceleração que determina, que o observador desfrute seu tempo e "se perca" nos detalhes. Isso equivale a dizer que a segmentação mantém afinidade com o pervir e a demarcação, com o sobrevir.

Relacionadas entre si, a demarcação e a segmentação produzem, independentemente dos assuntos tratados, dois principais efeitos de sentido:

(i) quando, num universo de discurso estabilizado, os limites transformam-se em graus, concretiza-se o excesso;
(ii) quando, de maneira simétrica e inversa, os graus transformam-se em limites, concretiza-se a falta.

Na perspectiva tensiva, a segmentação e a demarcação recebem dois complementos:

(i) em ascendência, a segmentação é solidária ao restabelecimento e a demarcação, ao recrudescimento;

(ii) em descendência, a segmentação é solidária à atenuação e a demarcação, à minimização.

No nível hipotáxico, a segmentação e a demarcação, em virtude de sua inserção no espaço tensivo, podem ser descritas em termos de foremas.

(→ FOREMA, DIREÇÃO, INTERVALO)

Descendência

A oscilação entre descendência e ascendência está longe de ser homogênea. Nas análises concretas, a descendência prevalece amplamente. Quais as razões? Propomos três sugestões:

(i) o lugar que o ponto de vista tensivo atribui à eclosão surpreendente do acontecimento coaduna-se com a descendência que se segue ao seu impacto;

(ii) segundo Deleuze, em *Diferença e Repetição*, se nenhum contraprograma eficaz estiver previsto, toda intensidade terá como destino sua própria anulação;

(iii) a correlação inversa, cujos limites se expressam pelo *menos mais* e pelo *mais menos*, está manifestamente sob a égide de um misterioso princípio de constância, em virtude do qual a intensidade decresce dividindo-se e distribuindo-se, como se o valor fosse um quociente, a intensidade um dividendo e a extensidade um divisor.

(→ ASCENDÊNCIA, DIREÇÃO)

Diagrama

Entendemos por diagrama a representação gráfica convencional do espaço tensivo pela qual o eixo das ordenadas corresponde à intensidade e o eixo das abscissas à extensidade. Os valores de limite inferior da intensidade e da extensidade são, respectivamente: /tênue/ e /concentrada/; os de limite superior são: /impactante/ e /difusa/. Confira:

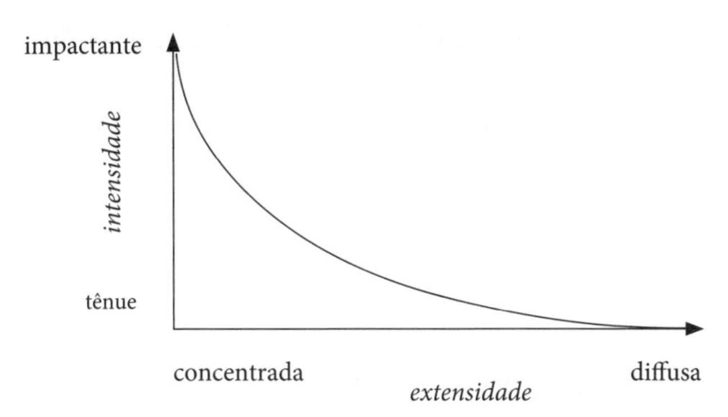

No atual estado da pesquisa, o paradigma dos esquemas possíveis comporta dois casos: o da correlação conversa e o da correlação inversa:

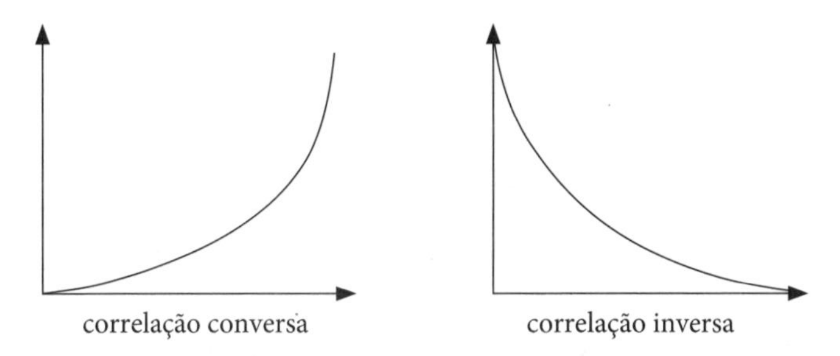

Por mais elementar que pareça, esse dispositivo apresenta muitas vantagens de ordem cognitiva. Permite-nos imaginar as direções semióticas prevalentes, visto que a ascendência está em concordância com a correlação conversa e a descendência, com a correlação inversa. Permite-nos visualizar, sem qualquer dificuldade, a complexidade do valor tensivo [V_1]; sua resolução em valências é obtida por projeção do valor sobre os dois eixos mencionados, [v_i] para a valência intensiva e [v_e] para a valência extensiva. Confira:

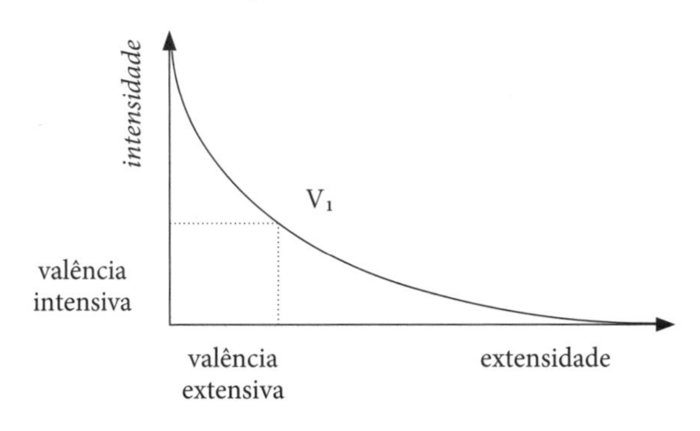

De passagem, o diagrama permite-nos "ver" a relação do definido com seus definidores, uma vez que as valências, em virtude de sua dualidade, sua alteridade, são os definidores do valor:

objeto-pergunta	definição-resposta
↓	↓
valor	valências

A terceira vantagem que vislumbramos é a de confirmar [V_1] como vetor do ponto de vista sintagmático e de visualizar, a montante, seu *já* [V_0] e, a jusante, seu *ainda não* [V_2]. Confira:

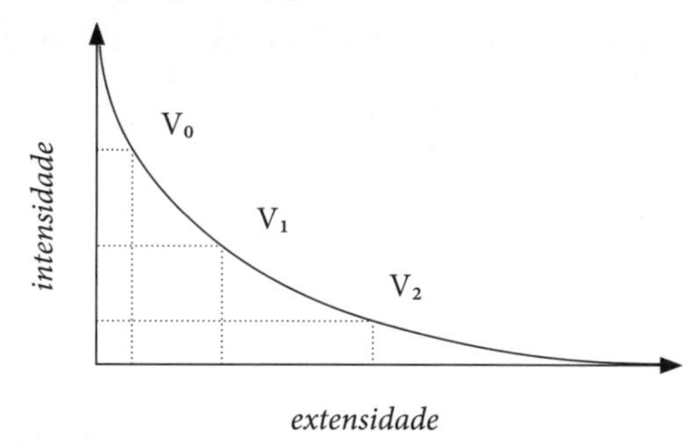

A última vantagem que divisamos consiste na correspondência entre o diagrama e a problemática da definição semiótica: uma vez que o valor [V_1] tem por definidores [v_i] e [v_e], o diagrama mostra a definição na exata medida em que a definição categoriza o diagrama.

Terminaremos esse exame sucinto com uma pergunta: o que faz o diagrama ser mais "eloquente" que o enunciado verbal? Se o enunciado verbal permanece atrelado à linearidade saussuriana, o diagrama foge a esse caso e projeta – é a nossa sensação – uma simultaneidade heurística.

Dimensão

A noção de dimensão é um empréstimo de Hjelmslev, mais precisamente, das últimas páginas de *La catégorie des cas*. O termo aparece uma única vez nos *Prolegômenos* (p. 106), permitindo que o autor organize um "domínio semântico" antes que este seja tomado por uma estrutura particular. Se tivéssemos de fornecer um equivalente na abordagem greimasiana, os pares mais próximos seriam [vida *vs.* morte] e [natureza *vs.* cultura].

Do ponto de vista tensivo, a intensidade e a extensidade são designadas, por comodidade, como dimensões [D_i] e [D_e]. A análise de uma dimensão revela as subdimensões que designamos por letras minúsculas. A análise da intensidade, até segunda ordem, tem por resultantes o andamento [d_1] e a tonicidade [d_2]; a da extensidade, a temporalidade [d_3] e a espacialidade [d_4]. Confira:

	intensidade ↓ D_i		extensidade ↓ D_e	
dimensões →				
subdimensões →	andamento ↓ d_1	tonicidade ↓ d_2	temporalidade ↓ d_3	espacialidade ↓ d_4

O princípio é o seguinte: as relações entre subdimensões são controladas pela relação, mais precisamente, pela recção, entre as dimensões. No atual estado da pesquisa, as relações "horizontais" entre as subdimensões podem ser assim resumidas:

subdimensão ↓	correlação ↓	comentário ↓
d_1 → d_2	correlação conversa	a aplicação do andamento sobre a tonicidade produz o impacto
d_3 → d_4	correlação conversa	a aplicação do temporalidade sobre a espacialidade produz a universalidade
d_1 → d_3	correlação inversa	a aplicação do andamento sobre a temporalidade abrevia a duração
d_2 → d_4	correlação inversa	a aplicação da tonicidade sobre a espacialidade é concentrante (ex.: o acento)[2]
d_1 → d_4	correlação inversa	a aplicação do andamento sobre a espacialidade contrai o espaço
d_2 → d_3	correlação conversa	a aplicação da tonicidade sobre a temporalidade aumenta a duração (ex.: a origem)

2. De acordo com os paradigmas tensivos, a aplicação da tonicidade sobre a espacialidade pode gerar grandezas acentuadas, marcadas pela figura da concentração, mas também grandezas extensivas, marcadas pela figura da difusão. O autor fez alusão a este último caso à página 70 (N. dos T.).

Direção

Na perspectiva hjelmsleviana, direção é o traço que permite distinguir as grandezas extensas das grandezas intensas. Na prática, são os morfemas verbais que possuem essa capacidade. Hjelmslev apresenta-se inesperadamente próximo de Baudelaire quando este último, em "Le poëme du haschisch" [O poema do haxixe], qualifica o verbo como "anjo do movimento, que dá oscilação à frase". E, de fato, é o verbo, o *Satzwort*, segundo os gramáticos alemães, que, em razão de seus morfemas específicos (modo, tempo, aspecto, número, pessoa), estabelece essa direção.

Do ponto de vista tensivo, a ascendência e a descendência são direções passíveis de serem analisadas de maneira canônica.

(→ ASCENDÊNCIA, DESCENDÊNCIA)

Espacialidade

Como para a temporalidade, adotamos a perspectiva do agir, ou seja, supomos que o sujeito é antes de tudo sensível ao que pode fazer do espaço. A morfologia mais simples parece-nos ser a que confronta o aberto e o fechado. Esse par pode ser tratado segundo a implicação ou a concessão, o que pode gerar as seguintes morfologias derivadas:

morfologia →	*aberto*	*fechado*
sintaxe implicativa →	fechar o aberto ≈ interdição	abrir o fechado ≈ liberação
sintaxe concessiva →	abrir o aberto ≈ ilimitação	fechar o fechado ≈ sacralização

Essa abordagem "mistura" as três dimensões semânticas mencionadas na parte prática de *La catégorie des cas*: a *direção*, a *coerência*, que determina a posição de dois objetos por sua relação mútua, e a *subjetividade* (Hjelmslev, 1972: 127-138). A modalidade espacializante por excelência seria o poder, o poder de circular sem entraves e o próprio lugar seria medido por seu grau de acesso.

(→ IMPLICAÇÃO, CONCESSÃO, DIMENSÃO, SUBDIMENSÃO)

ESPAÇO TENSIVO

O espaço tensivo apresenta-se ao mesmo tempo como um modelo hierárquico para as categorias que se supõem pertinentes e como uma representação espacial cômoda dos estados e acontecimentos que surgem no campo de presença. Vamos abordá-lo do ponto de vista paradigmático e sintagmático.

Do ponto de vista paradigmático, o espaço tensivo compreende dois eixos:

(i) na linha das ordenadas, um eixo da intensidade sobre o qual incidem os estados de alma que afetam o sujeito;
(ii) na linha das abscissas, um eixo da extensidade sobre o qual incide a consistência variável dos estados de coisas.

Do ponto de vista sintagmático, o eixo da intensidade, voltado para o sujeito, é regente e o eixo da extensidade, regido.

Uma complementaridade obscura sustenta as realizações que surgem nesse espaço: do ponto de vista da recção, o eixo da intensidade comanda o da extensidade, enquanto, do ponto de vista da manifestação, o eixo da extensidade se impõe como manifestante e o da intensidade como forma manifestada. E sempre no capítulo dos enigmas: as correlações inversas, ou seja, aquelas que se apoiam na reversão das valências, prevalecem sobre as correlações conversas, mas é impossível dizer, neste momento, se essa prevalência é diacrônica, isto é, condicionada, ou acrônica, isto é, incondicionada.

Submetido à lei comum, o espaço tensivo pede uma unidade discreta, uma unidade de medida para a intensidade e de contagem para a extensidade. O sema, unidade de descrição, não serve para isso. Imitando o procedimento adotado por Saussure nos "Princípios de fonologia" e nos manuscritos, imaginamos que, para as dimensões indicadas, o *mais* e o *menos*, em razão de sua transitividade (*mais menos, menos mais*) e de sua reflexividade (*mais mais, menos menos*), possam se comportar como "sílabas" tensivas elementares com vocação a sustentar direções tensivas de maior amplitude.

O mérito do espaço tensivo é duplo: em primeiro lugar, permite o uso do diagrama; em segundo, "mostra" a reciprocidade entre redes e diagramas. A análise das duas direções tensivas, a ascendente e a descendente, leva de fato à convergência de sua morfologia com sua sintaxe:

sintaxe → morfologia ↓	estado inicial	modulação →		estado resultante
ascendência	somente *menos*	menos *menos*	mais *mais*	somente *mais*
descendência	somente *mais*	menos *mais*	mais *menos*	somente *menos*

É possível projetar essas diferentes posições em um diagrama sintético:

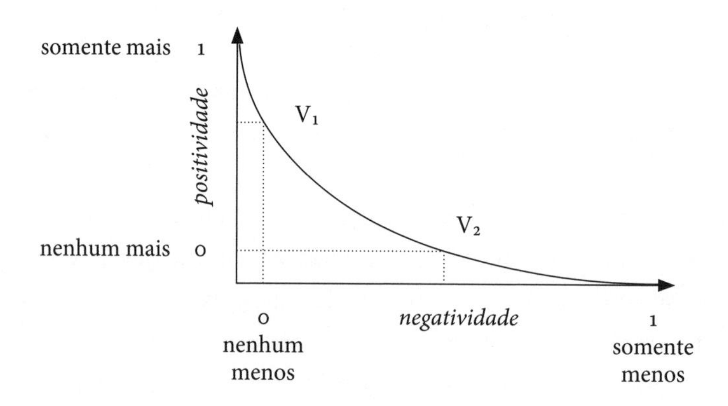

Os deslocamentos no espaço tensivo são fáceis de descrever. Para os valores V_1 e V_2, temos duas possibilidades:

- descendência de V_1 para $V_2 \approx$ [menos mais] + [mais menos]
- ascendência de V_2 para $V_1 \approx$ [menos menos] + [mais mais]

O que esse diagrama não consegue retratar são as assincronias geradoras de avanços e de atrasos.

(→ EXTENSIVO, EXTENSIDADE, INTENSIDADE, DIAGRAMA, REDE)

ESTRUTURA

A noção de estrutura pertence bem mais a Hjelmslev que a Saussure. A definição da estrutura é formulada nas primeiras linhas do estudo intitulado "Linguística Estrutural":

> Entende-se por linguística estrutural um conjunto de pesquisas que repousam em uma hipótese segundo a qual é cientificamente legítimo descrever a linguagem como sendo essencialmente uma entidade autônoma de dependências internas ou, numa palavra, uma estrutura (Hjelmslev, 1991: 29).

A definição lançada no *Dicionário de Semiótica* apresenta duas alterações que certamente não foram feitas por acaso: "[...] consideraremos a estrutura como uma entidade autônoma de relações internas, constituídas em hierarquias" (Greimas e Courtés, 2008: 183). A primeira diferença diz respeito à substituição de "dependências" por "relações". Considerando que a principal referência teórica do *Dicionário de Semiótica* é, de longe, a obra de Hjelmslev, parece-nos surpreendente que os autores do dicionário tenham ignorado, apesar de tudo, o termo "dependência". Greimas mantinha suspeitas sobre a noção de "dependência", na mesma medida em que Hjelmslev desconfiava do conceito de "oposição"... A segunda diferença consiste no acréscimo do trecho "constituídas em hierarquias".

Em seguida, no estudo citado, Hjelmslev retoma e analisa cada um dos termos da definição proposta. Em relação ao adjetivo "autônomo", temos: "Nesta altura nossa hipótese opõe-se a qualquer outra que considere a linguagem como sendo essencialmente função de uma outra coisa" (Hjelmslev, 1991: 32). Nos capítulos dos *Prolegômenos*, a questão é saber se a linguagem é "um todo que se basta a si mesmo" (Hjelmslev, 1975: 3). Essa pergunta tende a permanecer, dado que a resposta lançada decide o estatuto de cada disciplina. A resposta autoritária do autor não deixa, porém, de trazer dificuldades. De um lado, a linguagem é proposta como o celeiro das significações:

> A linguagem é o instrumento graças ao qual o homem modela seu pensamento, seus sentimentos, suas emoções, seus esforços, sua vontade e seus atos, o instrumento graças ao qual ele influencia e é influenciado, a base última e mais profunda da sociedade humana (Hjelmslev, 1975: 1).

Mas, de outro lado, por uma reviravolta quase pascaliana, esse potencial "poético" é inversamente proporcional à vacuidade semântica da estrutura:

> Portanto, não se deve esperar desse procedimento dedutivo nem uma semântica, nem uma fonética, mas, tanto para a expressão da língua quanto para seu conteúdo, uma "álgebra linguística" que constitui a base formal para uma ordenação das deduções de substância não linguística (*idem*: 103).

Carregando nas tintas: a linguagem pode *tudo* porque não é *nada*.

Se precisamos insistir tanto sobre essa autonomia é porque ela se mostra problemática, ou seja, tanto é razoável afirmar que o mito pressupõe a linguagem como, inversamente, que a linguagem pressupõe o mito, embora sob uma relação diferente, segundo Cassirer.

> Nenhuma dessas formas [simbólicas] se apresenta, de pronto, como configuração isolada, existente por si, reconhecível em si mesma, mas todas se desprendem aos poucos de sua mãe-terra comum que é o mito. Todos os conteúdos do espírito, por mais que tenhamos de atribuir-lhes sistematicamente um domínio próprio e fundamentá-los em seu próprio "princípio" autônomo, na realidade nos são dados primeiro apenas neste entrelaçamento (Cassirer, 1972: 63-64).

Cassirer insiste também no fato de que o *dizer* refere-se, no mínimo, tanto ao *fazer* quanto ao *conceber*: "[...] ela (a forma da reflexão) não recebe seus impulsos essenciais só do mundo do ser, mas sempre também do mundo do agir" (2001: 358). Sem levar a fundo a questão, acreditamos que Hjelmslev dá razão parcial a Cassirer quando introduz, com a finalidade exclusiva de reservar um lugar ao "princípio de participação" caro a Lévy-Bruhl, o termo complexo [(a) *vs.* (a + não-a)]. Sob esse aspecto, o mito "inspira" o linguista.

Nessa "tenebrosa história", o ponto de vista tensivo tenta "contentar gregos e troianos", propondo um acordo. Com relação à questão hjelmsleviana, nosso enfoque assume a exigência de levar o mais longe possível a primazia das relações: "[a hipótese] requer que se definam as grandezas pelas relações, e não inversamente" (Hjelmslev, 1991: 32). Todavia, essas relações são não apenas qualificadas como dependências, mas também quantificadas, ou ao menos consideradas quantificáveis, em termos de *mais* e de *menos*. No que tange ao "humanismo" de Cassirer, insistiremos sobre a repercussão semiótica da dualidade dos modos de eficiência adotados [sobrevir *vs.* pervir].

pervir ↓	sobrevir ↓
esfera do agir	esfera do sofrer
centralidade humboldtiana da relação sujeito-verbo	pregnância do "fenômeno de expressão"

O entrecruzamento que define os dois modos de eficiência pede a relatividade da intensidade e da extensidade:

(i) o descomedimento sempre possível do sobrevir-sofrer exige um "aparato" passível de ser excedido, "transbordado", o que é autorizado pela centralidade do andamento e da tonicidade;

(ii) a esfera do pervir-agir exige, por sua vez, um "aparato" que permita a alternância e a comutação do *aqui-agora*, inerente ao sobrevir, com o *lá-mais tarde*, inerente ao pervir.

(→ PERVIR, SOBREVIR, ESPAÇO TENSIVO)

EXTENSIDADE

O vocabulário da intensidade e da extensidade é um composto de mal-entendidos se levarmos à risca os textos nos quais esses termos aparecem. A principal fonte desses equívocos reside no fato de que os pares [intensidade *vs.* extensidade] e [intensivo *vs.* extensivo] não se recobrem mutuamente na pena dos autores (em especial, Hjelmslev e Deleuze) que se serviram dessas categorias primordiais.

De Aristóteles a Kant, a tradição filosófica conhece a distinção entre as grandezas intensivas, relacionadas à qualidade, e as grandezas extensivas, relacionadas à quantidade. Se se tratasse apenas desse par, não haveria problema. No texto de Hjelmslev, encontra-se uma matriz poderosa, isto é, a articulação [int- *vs.* ext-] no princípio de três oposições distintas – [intensivo *vs.* extensivo], [intenso *vs.* extenso] e [intensional *vs.* extensional] – já que, embora trate da intensidade quando fala da comparação e da ênfase, o autor, salvo engano de nossa parte, não faz uso do termo extensidade nos escritos disponíveis em francês.

Em compensação, no quinto capítulo de *Diferença e Repetição*, Deleuze aborda o par [intensidade *vs.* extensidade] e o associa à oposição [implicação *vs.* explicação]:

> A intensidade se explica, desenvolve-se numa extensão (extensio). É essa extensão que a refere ao extenso (extensum), no qual ela aparece fora de si, recoberta pela qualidade. A diferença de intensidade anula-se ou tende a anular-se nesse sistema; mas é ela que, explicando-se, cria esse sistema. [...] Como intensidade, a diferença permanece implicada em si mesma, quando ela se anula ao explicar-se no extenso (Deleuze, 2006: 321-322).

Mesmo não sendo estranhas entre si, as isotopias implicadas não se recobrem mutuamente. Entretanto, esperamos ter mostrado, no verbete *extensivo*, que existem pontes entre, de um lado, as oposições de Deleuze (intensidade *vs.* extensidade) e Hjelmslev (intensivo *vs.* extensivo) e, de outro, alguns aspectos do modelo tensivo. A começar dessa análise de Deleuze, válida para a física, que – se não fazemos confusão – põe em atuação simultânea ambas as dinâmicas, a implicante, que dá um estatuto à intensidade, e a explicante, que permite conceber a dissipação dessa mesma intensidade. A principal diferença reside na seguinte separação: o par [implicado *vs.* explicado] corresponde, no modelo tensivo, ao par [concentrado *vs.* difuso]; excetuada essa diferença, o confronto dos valores de absoluto com os valores de universo apresenta forte semelhança com o modelo deleuziano aqui resumido.

Do ponto de vista tensivo, a dimensão da extensidade tem como tensão geradora o par [concentrado *vs.* difuso]; ela reúne duas subdimensões: a temporalidade e a espacialidade, de acordo com o "acento de sentido" que o enfoque tensivo lhes atribui.

(→ INTENSIDADE, EXTENSIDADE, INTENSIVO)

EXTENSIVO

A obra de Hjelmslev contém três pares: [intensivo *vs.* extensivo], [intenso *vs.* extenso] e [intensional *vs.* extensional]. Consideraremos apenas os dois primeiros. A distinção [intenso *vs.* extenso] diz respeito à categorização linguística. São extensas as grandezas que, em cada plano, assinalam uma direção: as modulações, no plano da expressão, e os morfemas verbais, no plano do conteúdo. A dinâmica em ambos os planos é da alçada das grandezas extensas. A importação desse termo é delicada porque, para Hjelmslev, o contraste é exatamente entre uma dinâmica e uma estática, enquanto o ponto de vista tensivo considera duas dinâmicas distintas e projeta "duas" gramáticas distintas: uma intensiva e outra extensiva.

O par [intensivo *vs.* extensivo], ausente dos *Prolegômenos*, aparece nas últimas páginas de *La catégorie des cas*:

> Essa escolha de um único termo da zona como base do sistema depende de um princípio segundo o qual uma só casa deve ser escolhida como *intensiva*, enquanto as demais casas são *extensivas*. A casa escolhida como intensiva tende a concentrar a significação, enquanto as casas escolhidas como extensivas tendem a expandir a significação pelas demais casas, de modo a invadir o conjunto do domínio semântico ocupado pela zona (Hjelmslev, 1972: 112-113).

As homologações tornam-se assim indispensáveis:

Hjelmslev →	intensivo	extensivo
Deleuze →	implicado	explicado

A perspectiva tensiva retoma esses dados deslocando suas posições:

intensidade intensivo	extensidade extensivo	
	concentrado	difuso

Se nos permitem dizer, o ponto de vista tensivo explicita a relação obscura entre intensidade e extensidade, entre energia e extensão, e intervém como mediação plausível entre o modelo hjelmsleviano, voltado à extensão, e o modelo deleuziano, voltado à energia. Em ambos os modelos, porém, a intensidade *stricto sensu*, ou seja, a tensão entre o /impactante/ e o /tênue/, é latente, enquanto, no modelo tensivo de correlação inversa, ela é manifesta, patente:

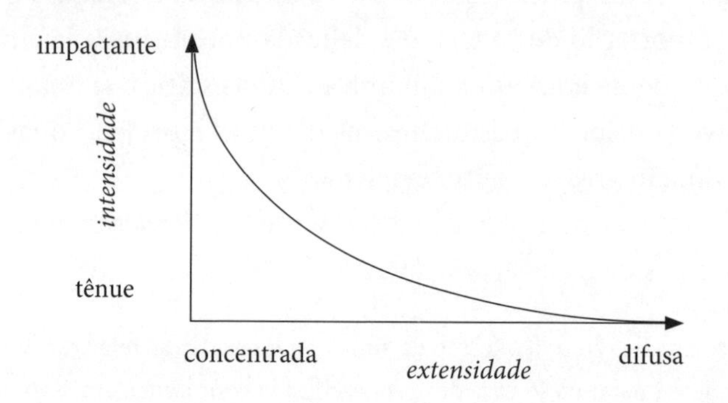

De acordo com Deleuze, a relação entre intensidade e extensidade é assimétrica, de maneira que esse "e" aqui empregado é falacioso e deve ser substituído pelas preposições diretoras: "da" intensidade "à" extensidade. Como entender isso exatamente? Por mais estranha que pareça a pergunta, é preciso que nos habituemos a pensar a intensidade como um dividendo, a extensidade como um divisor e o valor como um quociente. A língua, tanto para Saussure quanto para Hjelmslev, não é uma metáfora da "álgebra"? Essa pergunta não é a única a ser considerada. Como a intensidade é bem mais vivenciada do que conhecida, convém que lhe seja reservado o lugar a que tem direito, como preconiza Cassirer: "Não constitui problema o conteúdo material da mitologia, mas a intensidade com a qual ele é vivido, com a qual se *crê* nele (tal como se crê apenas em algo objetivamente existente e efetivo)" (2004: 20). Se mantivermos a metáfora algébrica (ou aritmética), o sagrado concebido por Cassirer na obra citada teria, como dividendo, *um*, e, como divisor, *um*, portanto, sem nenhuma perda.

(→ EXTENSIDADE, INTENSIDADE, INTENSIVO, TENSIVIDADE)

FOREMA

Em *Le nouvel esprit scientifique*, Bachelard afirma, sobre a física, que "a energia permanece sem figuras" (1958: 67); essa constatação é igualmente válida para as chamadas ciências humanas. Baseado no modelo dos neologismos convocados pela linguística ao longo do tempo, o termo forema se apresenta para prover de figuras, as mais simples possíveis, essa *energeia* a que Hjelmslev identificava o sincrônico: "o sincrônico é uma atividade, uma *energeia*" (1928: 56).

O reconhecimento dessa dinâmica no plano da expressão já não traz mais problema. No plano do conteúdo, as coisas mudam. A retórica tropológica – outrora enaltecida e hoje menosprezada – tem por objeto a força do discurso e, como tarefa, identificar exatamente as "figuras do discurso" (Fontanier) mais eficazes. Mas como a linguística, com exceção de Jakobson, afastou-se da retórica, tudo se configurou como se essa disciplina tivesse preferido o sistema ao processo, enquanto a retórica tomava o caminho inverso. Aqui, uma eficiência sem saber racional, lá, um saber racional sem eficiência. Reencontramos uma ambivalência bem conhecida: uns demonstram sem persuadir e outros persuadem sem demonstrar...

É fácil formular a questão: trata-se de apreender as figuras elementares da foria que, é preciso lembrar, tem o mérito de dinamizar o quadrado semiótico. Compreendemos essas figuras mais como gerúndios que como particípios, mais como vetores que como traços. Encontramos nos escritos de Binswanger uma tríade que nos pareceu promissora: "A forma espacial com a qual lidávamos até o momento era, assim, caracterizada pela direção, pela posição e pelo movimento" (Binswanger, 1998: 79). Tomamos a liberdade de substituir "movimento" por "elã" para podermos dispor de um termo que apresenta o classema "animado". Até segunda ordem, o inventário dos foremas é, como não poderia deixar de ser, reduzido e alinha a direção, a posição e o elã. Dispondo dessa grade mínima, projetamo-la sobre as duas subdimensões intensivas (andamento e tonicidade) e extensivas (temporalidade e espacialidade), e obtivemos as seguintes consequências:

(i) em virtude da análise em foremas, uma subvalência compõe um forema e uma subdimensão;

(ii) as subdimensões têm, em razão do procedimento seguido, a mesma organização; a espacialização do tempo e a temporalização do espaço deixam de constituir um problema;

(iii) nesses limites, o produto de três invariantes por quatro subdimensões resulta em doze combinações possíveis e aplicáveis entre si, seja a partir de um forema, seja de uma subdimensão.

(→ DIMENSÃO, DEFINIÇÃO, INTERDEFINIÇÃO, VALÊNCIA)

HOMOGENEIDADE

Na abordagem hjelmsleviana, a homogeneidade apresenta duas características difíceis de conciliar. De um lado, ela é a responsável pela coesão sistêmica:

> O fator particular que caracteriza a dependência entre a totalidade e as partes, que a diferencia de uma dependência entre a totalidade e outras totalidades e que faz com que os objetos descobertos (as partes) possam ser considerados como interiores e não exteriores à totalidade (isto é, o texto) parece ser a *homogeneidade* da dependência: todas as partes coordenadas que resultam apenas da análise de uma totalidade dependem dessa totalidade de um modo homogêneo (Hjelmslev, 1975: 33).

De outro, a homogeneidade faz parte da primeira lista dos quatro "indefiníveis": "descrição, objeto, dependência, homogeneidade" (*idem*: 34). À página 40, três outros "indefiníveis" são mencionados: "presença, necessidade, condição". Garantia da coerência do sistema de definições que resume a obra, a homogeneidade é dele excluída!

A homogeneidade deriva aparentemente das resultantes da análise, mas apenas aparentemente. A análise, por sua vez, depende do objeto preferencial que o analista se apropria. Pelo fato de a semiótica greimasiana ter promovido o "esquema narrativo" (Greimas; Courtés, 2008: 330-334) como matriz e medida do sentido, a homogeneidade evocada nessa época era "forçosamente" de ordem narrativa. Nessa perspectiva, o percurso gerativo tornava-se uma espécie de "vigilante" e de avalista dessa narrativização do sentido. A homogeneidade, assim concebida, era mais de fato que de direito.

Pelo ângulo tensivo, seria necessário valorizar antes de tudo uma certa elasticidade do sentido, e isso por duas razões. Se o espaço tensivo reporta-se à recção da extensidade pela intensidade, a concessão, aferida como possibilidade indefinida para o sentido de se reconsiderar e/ou se ultrapassar, ora fomenta um termo complexo que prevê a coexistência de uma determinada grandeza com sua negação (de acordo com o princípio de participação defendido por Lévy-Bruhl e Hjelmslev), ora desfaz um termo complexo especialmente congruente. Numa palavra, um dos segredos do sentido reside talvez nesse recurso que, segundo uma perspectiva sinerética, transcende (sublima?) o "ou... ou..." em "e... e...": embora "ou... ou...", ainda assim "e... e...". Ou, seguindo uma perspectiva agora dierética: embora "e... e...", ainda assim "ou... ou...". Por outro lado, a homogeneidade sistêmica supõe que os categorizadores de maior amplitude possuem o mesmo teor que os definidores das unidades, lexemas ou morfemas. Sem essa reciprocidade, seria preciso admitir uma esquizia gerando dois sistemas: o primeiro para os categorizadores e o segundo para os definidores (o que seria faltar com o princípio da simplicidade, caro a Hjelmslev). A afirmação, ou a aposta da homogeneidade, supõe que as diferenças entre as grandezas não passem de diferenças de ponto de vista: "o sistema consiste em *categorias* cujas definições permitem deduzir as *unidades* possíveis da língua" (Hjelmslev, 1975: 103).

Implicação

A implicação é um conceito de manuseio delicado. Hjelmslev aborda-o no capítulo 18 dos *Prolegômenos*, dedicado aos sincretismos. Dois sincretismos são distinguidos: o "sincretismo por fusão", cuja manifestação corresponde a todos ou nenhum dos funtivos que entram nesse sincretismo, e o "sincretismo por implicação", cuja manifestação é idêntica a um ou vários funtivos que entram nesse sincretismo. Hjelmslev forja um exemplo emprestado à análise fonológica geral: se diante de uma consoante sonora, uma consoante surda se sonoriza, consideramos que uma consoante surda *implica* uma consoante sonora e que uma consoante sonora *é implicada* por uma consoante surda. Ele acrescenta que a "lógica" opera igualmente com o *se... então...*

Para a semiótica greimasiana, a implicação pertence às estruturas profundas e é uma das três operações requeridas para fazer "funcionar" o quadrado semiótico. Mais precisamente, as implicações [não-$s_1 \rightarrow s_2$] e [não-$s_2 \rightarrow s_1$] são convocadas para solucionar a contradição e retomar a contrariedade. O dicionário *Sémiotique 2* projeta a implicação sobre a pressuposição e identifica o *se* como pressuponente e o *então* (ou o *portanto*) como pressuposto, o que foi contestado.

Para o enfoque tensivo, a implicação faz par com a concessão e constitui o termo não-marcado da relação.

(→ CONCESSÃO)

INTENSIDADE

Do ponto de vista tensivo, a dimensão da intensidade tem por tensão geradora o par [impactante *vs.* tênue]. Subsume duas subdimensões: o andamento e a tonicidade. Definimos o impacto como o produto das subvalências saturadas de andamento e tonicidade. É preciso confessar que em muitos casos é difícil distinguir a intensidade e a tonicidade. Talvez apenas os artistas sejam capazes de reconhecer o quanto o fascínio estético deve à intensidade. Pelo menos, é nesse espírito que Baudelaire louva o ator Philibert Rouvière: "Elas [as belas obras] contêm a graça literária suprema que é a energia: ele [Rouvière] tem essa graça suprema, decisiva - a energia, a intensidade no gesto, na fala, no olhar" (Baudelaire, 1954: 985). Michaux, por sua vez, trata da criação literária nestes termos:

> Mas, sem uma certa extrema, extrema concentração, não há ação direta, massiva, permanente, mágica, desse pensamento sobre aquele que o pensou. Intensidade, intensidade, intensidade na unidade, eis o que é indispensável. Há um determinado limiar, a partir do qual, mas *não antes*, um pensamento-sentimento conta, conta de outra maneira, conta de fato, e *assume um poder*. Poderá até mesmo irradiar-se... (Michaux, 2001: 377)

INTENSIVO

(→ EXTENSIVO)

INTERDEFINIÇÃO

A interdefinição é uma noção capital para e na teoria hjelmsleviana, embora indiferente para muitos enfoques. Aos olhos do autor dos *Prolegômenos*, a interdefinição consiste em "levar as definições tão longe quanto possível, e introduzir por toda parte definições preliminares antes das que as pressupõem" (Hjelmslev, 1975: 25). O próprio Hjelmslev vê nisso um certo "exagero". A seus olhos, a interdefinição responde pela cientificidade da teoria. Esse cuidado define um estilo teórico que propõe um centro, designado como "constante concêntrica", a partir do qual, assim como as ondas sobre a água, as categorias se desdobram e assimilam as grandezas que encontram e capturam. Do ponto de vista discursivo, a exigência da interdefinição apoia-se em alguns argumentos:

(i) a rejeição dos axiomas e postulados que, de modo circular, são considerados extrínsecos;
(ii) a razoável afirmação da homogeneidade, já que as relações significativas são apenas relações de dependência ou de interdependência;
(iii) a convicção de que o processo respeite as possibilidades e os limites previstos pelo sistema. A implicação permanece como peça chave e apenas a "constelação", ou seja, a relação entre duas variáveis, abre espaço para a concessão.

Todas as teorias pretendem controlar suas premissas e seus desdobramentos. No que se refere àquelas, Hjelmslev reconhece honestamente a existência de quatro conceitos "indefiníveis específicos": descrição, objeto, dependência e homogeneidade. Depois, três conceitos "indefiníveis não-específicos": presença, necessidade e condição. Quanto aos desdobramentos, ou seja, à aplicação da teoria, o autor encontra as mesmas dificuldades de qualquer outro, como se pode ver nas últimas páginas de *La catégorie des cas*.

Hjelmslev foi o único que conseguiu fundir, homogeneizar, as problemáticas da interdefinição e da "constância concêntrica". Se o projeto greimasiano produz definições rigorosas que culminam nas remissões pertinentes do *Dicionário de Semiótica*, isso se deve à pregnância da "constância concêntrica" adotada, qual seja, a formalização da narratividade proppiana. O procedimento de Hjelmslev não nos parece reproduzível. Já o de Greimas o é de direito, pois que exige somente a adoção de alguma constância concêntrica, assim como ocorre com a adoção do inconsciente freudiano ou da luta de classes no caso do marxismo ortodoxo.

(→ DEFINIÇÃO, EXTENSIVO)

INTERSEÇÃO

Esta imagem forte fornece à análise seu objeto: "Os 'objetos' do realismo ingênuo reduzem-se, então, a pontos de interseção desses feixes de relacionamentos; isso significa que apenas eles permitem uma descrição dos objetos que não podem ser cientificamente definidos e compreendidos a não ser desse modo" (Hjelmslev, 1975: 28). Nesse sentido, a tensividade não é mais que a interseção da intensidade com a extensidade, do sensível com o inteligível; tal paralelo confirma a ascendência da intensidade sobre a extensidade nos termos do "fenômeno de expressão" analisado por Cassirer:

> Ela [a percepção] não se reduz jamais a um mero complexo – como claro ou escuro, frio ou quente –, mas se refere, cada vez, a uma tonalidade de expressão determinada e específica; nunca se pauta exclusivamente pelo "quê" do objeto, mas apreende o modo de sua aparição global, o caráter sedutor ou ameaçador, familiar ou desconhecido, apaziguador ou aterrador que reside no fenômeno tomado puramente como tal, independentemente de sua interpretação objetiva (Cassirer, 1988: 82-83).

Não se pode negar a dificuldade. É evidente que o conceito importado de Hjelmslev foi aqui modificado, uma vez que o sensível que abordamos seria a seu ver apenas um capítulo da substância de conteúdo. Entretanto, se somos capazes de tratar o sensível com relações explícitas de dependência ou interdependência, a objeção perde sua razão de ser.

(→ OBJETO, DEFINIÇÃO, REDE)

INTERVALO

Mesmo sem tê-lo premeditado, o ponto de vista tensivo acabou por empregar a noção de intervalo em pelo menos três circunstâncias:

(i) a dependência das unidades significantes em relação aos foremas (direção, posição e elã) tem nos levado a preferir a noção de vetor à de traço, o que está em concordância com a noção de intervalo;

(ii) a tensão entre a demarcação, "mãe" dos limites, e a segmentação, "mãe" dos graus, afirma de imediato a pertinência do conceito de intervalo; a tensão entre os sobrecontrários e os subcontrários segue a mesma orientação, já que os subcontrários são concebidos "no interior" dos sobrecontrários;

(iii) os analisadores respectivos das dimensões são transitivos e projetam intervalos simples e "estabilizáveis":

descendência →	atenuação ≈ $[s_1] + [s_2]$ minimização ≈ $[s_3] + [s_4]$
ascendência →	restabelecimento ≈ $[s_4] + [s_3]$ recrudescimento ≈ $[s_2] + [s_1]$

A noção de *intervalo* continua, a nosso ver, subestimada. Guardadas as devidas proporções, se o ponto de vista tensivo se revelar consistente, a noção de intervalo poderia vir a ser sua "bandeira", assim como o termo *diferença* resume o projeto saussuriano, *dependência*, o projeto hjelmsleviano, e *oposição*, o projeto greimasiano.

O conceito de intervalo contribui para a inconciliação entre pontos de vista e mesmo entre formas de vida. O mundo "medíocre" dos subcontrários $[s_2 \leftrightarrow s_3]$ opõe-se, sob a dupla relação da intensidade e da extensidade, ou seja, do vivenciado e do concebido, ao mundo "exaltador" dos sobrecontrários $[s_4 \leftrightarrow s_1]$. Os valores subjacentes ao mundo dos subcontrários não são aceitos no mundo dos sobrecontrários, como o indica a máxima de Valéry: "O mundo só vale pelos extremos e só dura pelos meios. Só vale pelos extremistas e só dura pelos moderados" (1974: 1368). Na mesma perspectiva, delineia-se a partilha do explicável e do inexplicável. Se um acontecimento inscreve-se num universo que admite os sobrecontrários, a racionalidade idealizada para tratar um universo de subcontrários é recusada em nome da desproporção: o mundo do *mais ou menos* não está qualificado para descrever o mundo do *tudo ou nada* – e reciprocamente.

(→ FOREMA, DEMARCAÇÃO, ACONTECIMENTO, SEGMENTAÇÃO)

MINIMIZAÇÃO

A minimização é, ao lado da atenuação, um dos analisadores da descendência tensiva. Considere a série descendente simples da tonicidade $[1 \rightarrow 0]$:

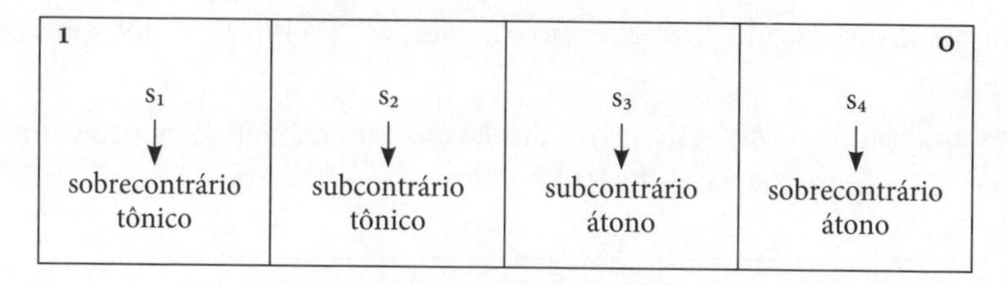

A minimização tem como marca o intervalo $[s_3 + s_4]$, ou seja, é constituída pelo subcontrário átono $[s_3]$ e pelo sobrecontrário átono $[s_4]$. Do ponto de vista actancial, a intensidade, após a adoção da tese de G. Deleuze, dirige-se – caso não seja introduzido um contraprograma eficaz determinado pela modalidade do prevenir – para a sua própria anulação. Do ponto de vista valencial, pelo fato de suceder à atenuação, a minimização só contém *menos*, ou seja, *mais nada*. A minimização é o correlato *ad quem* da atenuação.

(→ ATONIZAÇÃO, ATENUAÇÃO, TONIFICAÇÃO)

MISTURA

Tomada da língua corrente, a mistura é uma noção que entra em cena em duas circunstâncias diferentes.

Em primeiro lugar, assim como a triagem, a mistura constitui uma das duas grandes operações da sintaxe extensiva, ou seja, a sintaxe referente aos estados de coisas. Diante de um objeto que vale antes de tudo pelo seu índice, elevado ou nulo, de composição com outros objetos, o sujeito, a partir do seu foco, opera triagens ou misturas. A solidariedade entre ambas as operações tem como consequência o fato de a triagem se processar necessariamente sobre uma mistura anterior, na exata medida em que uma mistura só pode ser considerada se incide sobre uma triagem anterior estabilizada.

A operação de mistura é recursiva e, quando esgota rapidamente as possibilidades de um domínio, estabelece aquilo que chamamos de valor de universo, como podemos observar na atual ideia de "mestiçagem generalizada" em que presumivelmente vivemos. O termo mestiçagem comparece aqui no seu sentido figurado, ou seja, aquele que permite a disseminação dos seus empregos e sua "mistura" a novos classemas, contribuindo, assim, para a efetiva identificação do seu núcleo lexemático.

Em segundo lugar, mistura reporta-se a seu sentido estrito, técnico, quando é aplicado no processamento da matéria estudado por Greimas e F. Bastide.

(→ TRIAGEM, VALOR)

Modo de eficiência

Designamos modo de eficiência a maneira pela qual uma grandeza pode penetrar em um campo de presença, o que supõe o contraste entre um *antes* e um *depois*, mas estruturado de forma que o *depois* preceda o *antes*. Esse ponto é difícil, tendo em vista que a maior parte das teorias se pauta por um *agora* ou um *daqui por diante*, certamente inaugurais, sem se incomodar, porém, com o teor dessa subversão. O paradigma dos modos de eficiência distingue, por enquanto, entre o sobrevir e o pervir. O eixo semântico comum a ambos é o advir.

(→ SOBREVIR, PERVIR)

Objeto

A língua francesa não dispõe, como a língua alemã, de dois termos, *Gegenstand* e *Objekt*, que já previnem de saída alguns mal-entendidos. Para dar conta desse e de muitos outros termos, a semiótica, que surgiu tardiamente como disciplina rigorosa, foi precedida pela filosofia e, nesse caso particular, pela epistemologia.

Na perspectiva hjelmsleviana, a abordagem do objeto mostra-se estritamente cognitiva, conservando-lhe apenas a textura relacional: "Os 'objetos' do realismo ingênuo reduzem-se, então, a pontos de interseção desses feixes de relacionamentos" (Hjelmslev, 1975: 32). Somada à definição da estrutura, essa proposição constitui a carta magna do estruturalismo "sensato". Entretanto, mais à frente, o autor aponta a seguinte consequência:

> Desse modo, se constituiria, em reação à linguística tradicional, uma linguística cuja ciência da expressão não seria uma fonética e cuja ciência do conteúdo não seria uma

semântica. Uma tal ciência seria, nesse caso, uma álgebra da língua que operaria sobre grandezas não denominadas [...] (Hjelmslev, 1975: 82).

Isso acaba por relegar a fonética e a semântica à substância, o que, de certo modo, as desqualifica.

A concepção do objeto lançada pela semiótica greimasiana decorre da primazia atribuída à narratividade. Mas se nos dispusermos a "sair de Propp", como aliás recomendava o próprio Greimas, a problemática do objeto apresenta-se sob uma nova luz. O procedimento consiste em repatriar o objeto no espaço tensivo e observar o que se passa na intensidade e na extensidade. Na intensidade, o objeto de valor detém o "acento de sentido": "O mito mantém-se exclusivamente na presença de seu objeto: na intensidade com a qual este, em um determinado instante, arrebata a consciência e toma posse dela" (Cassirer, 2004: 73). De modo correlativo, o objeto define-se pelo *quantum* de imprevisto que projeta ao se manifestar: "Como o único e, em certa medida, sólido núcleo da representação do mana parece finalmente não restar, pois, senão a impressão de extraordinário, de inusitado, de 'incomum' em geral" (*idem*: 142). Na extensidade, o objeto, na medida em que for submetido às operações de triagem e mistura próprias da sintaxe extensiva, define-se pelo que sugerimos chamar de coeficiente de composição em discurso. Esse índice é baixo, ou até mesmo nulo, quando se trata de um valor de absoluto; é elevado, ou até mesmo infinito, quando se trata de um valor de universo. Essas duas determinações constituem o plano do conteúdo do objeto, enquanto suas demais características pertencem ao seu plano da expressão. Gostaríamos de reservar o termo "objeto" para o plano do conteúdo e o termo "coisa" para o da expressão, mas temos consciência de que este é um desejo totalmente irrealizável.

Se fosse necessário propor, a todo custo, um motivo de concordância entre essas diferentes abordagens, diríamos que, enquanto a sintaxe intensiva apresenta-nos uma ativação do objeto e uma apassivação do sujeito, a sintaxe extensiva restitui ao sujeito as possibilidades de tratamento dos objetos na perspectiva aberta por Greimas e F. Bastide.

(→ INTERSEÇÃO, TENSIVIDADE, REDE, DEFINIÇÃO, SOBREVIR)

Pervir[3]

Fazendo par com o sobrevir, o pervir é um dos dois modos de eficiência, ou seja, uma das duas maneiras pelas quais uma grandeza tem acesso ao campo de presença e pode aí se estabelecer.

A fisionomia do pervir decorre de sua relação com o sobrevir, isto é, das variações valenciais que passam a ser registradas. O andamento dirige a aspectualidade e o número: a celeridade virtualiza a segmentação, enquanto a lentidão permite a divisibilidade e a progressividade "às claras". A oposição entre esses dois modos de eficiência assim se configura:

definidos → *definidores* ↓	sobrevir ↓	pervir ↓
andamento →	celeridade	lentidão
temporalidade →	instantaneidade e indivisibilidade	duratividade e progressividade
número →	em uma só vez	em tantas vezes

A oposição decisiva é provavelmente a do número. Nos seus conhecidos "diários", Baudelaire opõe o trabalho ao jogo nesses termos:

> O trabalho, força progressiva e acumulativa, que traz dividendos como o capital, tanto nas faculdades como nos resultados.
>
> O jogo, mesmo dirigido pela ciência, força intermitente, será vencido, por mais rentável que seja, pelo trabalho, por menor que seja, desde que contínuo.

3. Embora totalmente em desuso no português atual, o termo "pervir" procede da mesma raiz latina, *pervenīre*, que deu origem ao verbo *parvenir* na língua francesa. José Pedro Machado confirma a presença de "pervir" no português do século XIV, justamente com a acepção que interessa ao autor deste volume: "chegar de um ponto a outro, chegar ao fim" (Machado, 1967: 1806) (N. dos T.).

definidos → *definidores* ↓	o jogo ↓	o trabalho ↓
modo de eficiência →	sobrevir	pervir
número →	intermitência	recorrência
fidúcia →	incerteza	certeza
atração →	"charme"	sabedoria

Um ponto merece ser sublinhado: entre as categorias, algumas relações são implicativas, como, por exemplo, a que existe entre o modo de eficiência e o número. Em contraposição, para Baudelaire, a categoria subjetal da atração, em relação com outras categorias, é concessiva: a despeito de sua negatividade, o jogo é atraente, assim como, a despeito de sua positividade, o trabalho é sem atrativo.

(→ SOBREVIR, DEMARCAÇÃO)

RECRUDESCIMENTO

O recrudescimento é um dos dois analisadores (o outro é o restabelecimento) da ascendência tensiva percorrida de "0" a "1". Se interpretamos o restabelecimento como uma operação destinada a excluir, a subtrair um a um os *menos*, o recrudescimento se inscreve como a operação destinada a acrescentar um a um os *mais*. Quando o discurso faz nítida distinção entre restabelecimento e recrudescimento, temos razões para dizer que o processo em questão é da esfera do pervir.

(→ RESTABELECIMENTO, PERVIR)

RECURSIVIDADE

A maior parte das teorias não atribui muita importância à recursividade, na qual só vê um efeito, quase cômico, de alongamento: a *de* b *de* c *de* d *de* e...

que destrói a si próprio. De fato, essa figura não representa muita coisa em si mesma. Gostaríamos de assinalar que a recursividade tem virtudes ocultas no espaço tensivo.

Começaremos lembrando que a sintaxe intensiva encadeia em ascendência o restabelecimento e o recrudescimento e, em descendência, a atenuação e a minimização. Sabemos, por outro lado, que a sintaxe é controlada pela tensão entre a implicação e a concessão. Se aplicamos esses dados, uns nos outros, temos boas razões para dizer que, em ascendência, passamos por implicação doxal do restabelecimento ao recrudescimento, como se passa do imperfectivo ao perfectivo com o intuito de amenizar uma insuficiência. Se a suficiência estiver realizada, é evidente que aquele que pretende ir além, estará atuando por concessão, desafio ou provocação; podemos dizer que, ao recrudescer o recrudescimento, esse alguém exerce o que poderíamos chamar de seu "direito imprescritível" à recursividade: a realização de um ultrapassamento. Confira o seguinte esquema:

operador →	implicação ↓	concessão ↓
análise →	restabelecimento → recrudescimento	recrudescimento → ultrapassamento
efeito de sentido →	liquidação da falta	projeção do excesso

A segunda estrofe de "O Veneno", de Baudelaire, fornece um exemplo abalizado desse exercício de recursividade:

> O ópio dilata o que contornos não tem mais,
> Aprofunda o ilimitado,
> Alonga o tempo, escava a volúpia e o pecado,
> E de prazeres sensuais
> Enche a alma para além do que conter lhe é dado. (Baudelaire, 1985: 223)

A segunda virtude semiótica da recursividade reside no fato de que ela se instaura no princípio da própria separação dos modos de eficiência, uma vez que o sobrevir a rejeita categoricamente, enquanto o pervir a exige. Vimos isso acima ao mencionar a representação do trabalho segundo Baudelaire. Há um fragmento de "Fusées" [Projéteis] que é ainda mais explícito: "Um pouco de trabalho, repetido trezentas e sessenta e cinco vezes, dá trezentas e sessenta e cinco vezes um pouco de dinheiro, ou seja, uma soma enorme. Ao mesmo tempo, *a glória é alcançada*" (Baudelaire, 1954: 1200).

Baudelaire tem consciência da ambivalência própria à recursividade. Podemos considerar o exercício da recursividade como uma semiótica implícita. A repetição decorreria do plano da expressão e significaria apenas uma reprodução. Como indica o famoso tríptico, "métro-boulot-dodo"[4], a noção aqui é deceptiva. Mas a recursividade tem como plano do conteúdo a aditividade: cada "pouco de dinheiro" penosamente obtido é acrescentado aos precedentes, produzindo, assim, uma "soma enorme".

Baudelaire possui uma consciência aguda da incompatibilidade dos modos de eficiência. No domínio estético, a identificação do "belo" com o "estranho" – "o Belo é sempre estranho" – faz prevalecer o sobrevir, mas, em outro texto, o poeta destaca a preeminência ética do pervir:

> Estudar em todos os seu modos, nas obras da natureza e nas obras do homem, a universal e eterna lei da gradação, do *pouco a pouco*, com as forças progressivamente crescentes, como os juros em matéria de finanças.
>
> O mesmo se deve fazer na *habilidade artística e literária*; ou ainda, no tesouro variável da *vontade* (Baudelaire, 1954: 1226-1227).

(→ CONCESSÃO, IMPLICAÇÃO, DEMARCAÇÃO)

Rede

A problemática da rede é dupla: diz respeito à sua significação e à sua generalização. No que concerne à significação, reporta-se à complexidade do objeto e à análise que a resolve, à dependência como modelo da relação e, enfim, à definição como modo superior de conhecimento.

4. Expressão francesa que designa a rotina diária dos trabalhadores: "metrô-trabalho-sono" (N. dos T.).

No estudo intitulado *Structure générale des corrélations linguistiques*, Hjelmslev considera que o paradigma da análise compreende duas possibilidades: a "análise por dimensões" e a "análise por subdivisão" (1985: 49). A primeira, que conta visivelmente com a preferência do autor, "consistiria em reconhecer, no interior de uma categoria, duas ou mais subcategorias que se entrecruzam ou se interpenetram". As resutantes são distintas: "Numa palavra: de acordo com a análise por dimensões, as subcategorias formam uma rede; de acordo com a análise por subdivisão, as subcategorias formam uma hierarquia". Vejamos a mais simples das redes:

	c ↓	d ↓
a →	A ≈ ac	B ≈ ad
b →	C ≈ bc	D ≈ bd

Segundo Hjelmslev, as letras maiúsculas constituem uma categoria e as minúsculas, uma subcategoria ou dimensão. Mas sobretudo as maiúsculas definem-se pelos pares de minúsculas obtidos por "entrecruzamento e interpenetração".

No atual estado da pesquisa, a rede resultante da análise por dimensões pode ser projetada sob forma de diagrama. Observemos, primeiramente, o paradigma do espaço:

1			0
hermético	fechado	aberto	escancarado

Se /hermético/ é considerado como portador de tonicidade, como na semiótica do segredo, não é difícil organizá-lo em rede:

subdimensão → *estrutura* ↓	*tonicidade* ↓	*atonia* ↓
sobrecontrário →	hermético	escancarado
subcontrário →	fechado	aberto

Mas essa mesma rede pode ser apresentada em forma de diagrama:

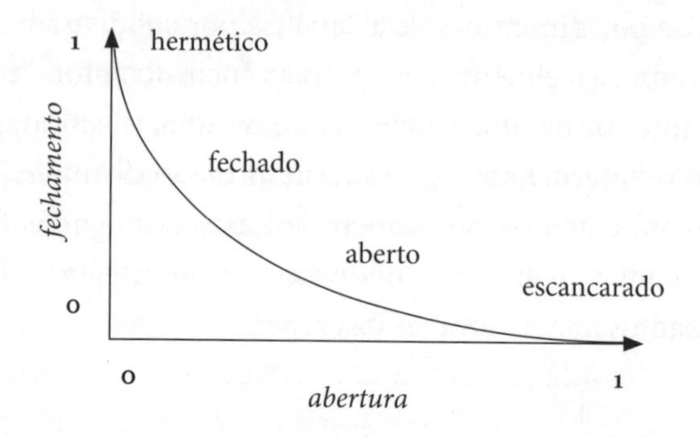

A disposição em rede, como procedimento executado pelo sujeito, e a complexidade do objeto pressupõem-se mutuamente. Os sobrecontrários /hermético/ e /escancarado/ compõem uma subvalência plena e uma subvalência que classificaremos como nula, enquanto os subcontrários /fechado/ e /aberto/ compõem subvalências que consideraremos mitigadas. Desse ponto de vista, todos os termos são complexos, mas não o são da mesma maneira: os sobrecontrários impõem-se como sincretismos que a retórica, erudita ou popular, reconhece como hipérboles.

Essa estrutura com quatro posições pede algumas considerações. Em primeiro lugar, como Saussure (citado por H. Parret) já observa, diferença é "um termo incômodo porque admite graus"; em suma, devemos supor a existência de diferentes diferenças. Em segundo lugar, essa estrutura de quatro termos parece suficiente, dado que esses se opõem por pares, além de se oporem entre si. A relação mais "interessante" é seguramente a que opõe os sobrecontrários "oratórios" (hermético *vs.* escancarado) aos subcontrários "prosaicos" (fechado *vs.* aberto). Entretanto, essa estrutura de quatro termos é algo singular, visto que o número das interseções realizadas é igual ao número das invariantes. Como propõe Hjelmslev nos *Prolegômenos* (p. 106), se o número de invariantes é seis, o número de interseções realizáveis sobe então para nove.

(→ COMPLEXIDADE, DEFINIÇÃO, OBJETO, SOBRECONTRÁRIO, SUBCONTRÁRIO)

Restabelecimento

O restabelecimento é um dos dois analisadores (o outro é o recrudescimento que lhe sucede) da ascendência tensiva percorrida de "0" a "1". Do ponto de vista sintagmático, quando a nulidade está associada à inércia, ou seja, a um contraprograma, o restabelecimento torna-se um contra(contraprograma) dominante. A realização do restabelecimento, isto é, a passagem de $[s_4]$ a $[s_3]$, possibilita o recrudescimento. Pelo restabelecimento, o sujeito se desprende, se libera da atonia.

(→ RECRUDESCIMENTO, ATONIZAÇÃO, TONIFICAÇÃO)

Segmentação

(→ DEMARCAÇÃO)

Sobrecontrário

(→ SUBCONTRÁRIO)

Sobrevir

Associado ao pervir, o sobrevir é um dos dois modos de eficiência, ou seja, uma das duas maneiras pelas quais uma grandeza ingressa no campo de presença e ali se estabelece. O sobrevir é desconcertante para o sujeito, mas as razões desse "tumulto" não são facilmente explicadas, dado que o esclarecimento supõe, segundo a doxa, a própria ausência daquilo que está sendo analisado!

O sobrevir deve sua veemência afetiva ao ardor das subvalências de andamento e tonicidade por ele ativadas: a aceleração "delirante" e a saturação tônica vivenciadas a contragosto pelo sujeito não compõem uma "soma", mas sim um "produto" que as multiplica – embora não possamos ainda demonstrá-lo. Sem esse postulado indemonstrável, como compreender o caráter extático daquilo que sobreveio? Um verbo em português resume o descomedimento afetivo do sobrevindo: o sobrevir precipita e nos precipita. Uma vez que representa de fato uma crise fiduciária radical, não poderia o sobrevir significar a realização súbita do irrealizável? Sem se anunciar e principalmente sem prevenir, o sobrevir virtualiza o autocontrole modal do sujeito, cujas competências validadas são por ele anuladas *ex abrupto*. O sobrevir provoca a parada do tempo e talvez até o inverta, no sentido de que o sujeito se empenha em reconstituir o tempo da atualização, o tempo das preparações e das conjecturas que foi anulado justamente por ele. O tempo para porque o sujeito tenta restaurar *a posteriori* esse "tempo prévio" que lhe foi gravemente subtraído. Finalmente, o sobrevir bloqueia, obstrui o espaço, ou seja, ao perder suas dependências e linhas de fuga, o espaço se contrai e se reduz ao "aqui" que fica então, momentaneamente, sem "alhures" acessível. O sujeito é extraído da esfera familiar de seu *agir* e projetado na estranheza do *sofrer*. Mesmo sem dar a esse ponto o tratamento merecido, informamos, numa palavra, que a problemática do sobrevir já está no centro das análises de Aristóteles, na *Poética*, quando considera que a tragédia tem como propulsores imprescindíveis as peripécias e os reconhecimentos encadeados.

A filosofia, a antropologia, a linguística, a retórica e a literatura aproximaram-se desse antecedente que o surgimento da reflexão sobre o discurso nitidamente acabou encobrindo. Quanto à tradição filosófica, mencionaremos o motivo "antigo", recorrente, do espanto, que Descartes conseguiu, por assim dizer, revitalizar em *Les passions de l'âme*:

> Quando o primeiro contato com algum objeto nos surpreende e o consideramos novo ou muito diferente do que conhecíamos antes ou então do que supúnhamos que ele devia ser, isso faz com que o admiremos e fiquemos espantados com ele. E como tal coisa pode acontecer antes que saibamos de alguma forma se esse objeto nos é conveniente ou não, a admiração parece-me ser a primeira de todas as paixões (2005: 69).

O acesso ao campo discursivo apresenta-se aqui como uma intrusão bem-vinda.

Descartes ficaria admirado se tivesse conhecido as descrições que, mais tarde, os antropólogos fizeram do sagrado:

> Assim, relata-se especialmente do manitu dos algonquinas que a expressão é utilizada sempre que a representação e a imaginação são excitadas por algo novo, extraordinário: se por exemplo na pescaria é fisgada uma espécie de peixe até então desconhecida, imediatamente se lhe é aplicada a expressão "manitu" (Cassirer, 2004: 143).

Para a linguística, as coisas apresentam-se de maneira singular, visto que a problemática do modo de eficiência refere-se à estrutura frástica. O consenso adota como pivô a frase declarativa, o que não nos leva muito longe. Em *Les figures du discours*, Fontanier destaca, com pertinência a nosso ver, que a frase interrogativa sugere duas direções, a dúvida ou o espanto, fato que a aproxima da frase exclamativa – aquela que, nesse sentido, pode almejar o papel de pivô estrutural. Falta-nos então encaixar a frase declarativa nesse dispositivo. No *Traité des prépositions*, V. Brøndal é, até onde sabemos, um dos raros linguistas que se preocupou com esse ponto intrigante:

> Enquanto as relações positivas (simétrica, transitiva, conexa...) introduzem a relação (r) de acordo com sua forma própria ou equilibrada, autônoma ou imanente, todas as relações negativas (assimétrica, intransitiva, inconexa...) indicam o ponto final da frase e, para além desta, um objeto (R) transcendente, independente da frase em si – objeto criado justamente pela síntese de todas as relações relativas: por dêixis (assim.), por fixação (intr.), por isolamento (incon.), etc (Brøndal, 1950: 85).

Como observam em seu comentário H. Jørgensen e F. Stjernfelt: "[...] vemos o sujeito do discurso expandindo as zonas de validade do discurso e agregando, de modo relacional e descritivo, cada vez mais objetos ao mundo do texto" (1987: 83). Segundo Brøndal, essa perspectiva atribuída ao discurso depende da convergência entre as "formas de relação" ou, na terminologia de Greimas, as estruturas elementares da significação, de um lado, e, de outro, as "espécies de relação" referentes aos três pares importados da lógica: [simetria *vs.* assimetria], [transitividade *vs.* intransitividade] e [conexidade *vs.* inconexidade]. Um objeto-acontecimento ingressa no campo de presença e aí se mantém como fato singular, estranho. Seus traços negativos – assimétricos, intransitivos e sobretudo inconexos – questionam a relatividade da extensidade, que prevê um pacto entre o "tudo se inter-relaciona", demasiadamente vago, e a unicidade, demasiadamente marcada. Esse momento é tendencialmente *exclamativo* e atualiza a sua resolução, ou seja, a inversão dos traços negativos que, uma vez realizada, exigirá a equanimidade, elemento tendencial da frase declarativa. Confira:

	sobrevir ↓	*estado* ↓
Plano do conteúdo →	assimetria intransitividade inconexidade	simetria transitividade conexidade
Plano da expressão →	frase exclamativa	frase declarativa

São essas as categorias adotadas por Wölfflin em suas análises, só que na ordem inversa, o que significa que a ordem escolhida é uma variável típica de um universo de discurso.

No âmbito da retórica, Fontanier, ao contrário de Dumarsais, reserva um lugar para a exclamação e sua análise lança mão das valências intensivas: "A Exclamação ocorre quando abandonamos de repente o discurso cotidiano e nos entregamos aos elãs impetuosos de um sentimento vivo e súbito da alma" (1968: 370). Podemos ver que é a exclamação, ou seja, o *depois*, que categoriza seu *antes* como sendo um "discurso cotidiano". O procedimento inverso não teria nenhum sentido.

Alguns escritores tentaram se aproximar desse momento em que o discurso se desfaz, para assinalar, justamente nesse desvio, a desproporção que se apodera do sujeito. Pensamos em algumas passagens do texto de A. Artaud, intitulado *Van Gogh le suicidé de la société*, nas quais vemos o "discurso cotidiano" dar vazão a grandezas desconhecidas, "bárbaras", com o intuito de significar a violência de uma irrupção literalmente indizível:

> [...] Sem querer fazer literatura, vi o rosto de van Gogh, vermelho de sangue na explosão das suas paisagens, vir a mim,
>
> kohan
> taver
> tensur
> purtan
>
> num incêndio,
> num bombardeio,
> numa explosão
> vingando a pedra de moinho que o pobre van Gogh, o louco, carregou toda sua vida.

O fardo de pintar sem saber por quê ou para quê.
(Artaud, 1964: 49)

Se nos indagassem sobre a possibilidade de um lugar de convergência entre essas diferentes abordagens, daríamos a seguinte resposta: a catálise da intensidade se faz a partir da extensidade, ou seja, a partir da prosodização do conteúdo proposta por Cassirer:

> A partir daqui se compreende que o conteúdo da representação de mana, bem como da representação de tabu, nunca pode ser completamente captado do ponto de vista de uma consideração puramente de *objetos* [gegenständliche]. Nenhum dos dois serve à designação de determinadas classes de objetos, mas neles se apresenta, em certa medida, apenas a *ênfase* peculiar que a consciência mágico-mítica dá aos objetos. Através dessa ênfase, a totalidade do ser e do acontecer é desmembrada numa esfera mítico-significativa e numa esfera mítico-irrelevante, naquilo que desperta e prende o interesse mítico e naquilo que deixa esse interesse relativamente indiferente. A fórmula mana-tabu pode, por isso, ser designada como "fundamento" do mito e da religião, com o mesmo acerto ou desacerto com que se pode considerar a *interjeição* como fundamento da linguagem. De fato, nos dois conceitos trata-se, por assim dizer, de interjeições primárias da consciência mítica (Cassirer, 2004: 143).

As grandezas, no mínimo estranhas, que surgem no texto de Artaud e que agora podem ser denominadas "vivas e súbitas", são sinais do modo de eficiência marcado, ou seja, o sobrevir. Para nós, seria um contrassenso vê-las como onomatopeias.

O sobrevir é por certo um capítulo essencial da manipulação: a armadilha, a emboscada, a arapuca, a esperteza, a traição exploram a possibilidade de surpreender e derrotar o mais prevenido dos homens...

(→ ACONTECIMENTO, PERVIR, ANDAMENTO)

Subcontrário

De maneira um tanto inesperada, o termo "contrário" revela-se polissêmico e a resolução dessa polissemia constitui ainda uma questão aberta. No decorrer de leituras fortuitas, quatro dados, desvinculados entre si, chamaram nossa atenção. Primeiramente, a "quaternidade" do quadrado semiótico baseia-se na distinção entre, de um lado, os "contrários" [s_1] e [s_2] e, de outro, os "subcontrários" [não-s_1] e [não-s_2]. Essa distinção foi posta sob suspeita, e não faltou quem declarasse que as implicações [não-$s_1 \rightarrow s_2$] e [não-$s_2 \rightarrow s_1$] baseavam-se sub-repticiamente numa sinonímia. Em segundo lugar, notamos que Bachelard distinguia dois tipos de "contrários", definidos por seu grau de tensão: "[...] podemos invocar dois tipos de casos, conforme os contrários se lancem numa hostilidade decisiva ou que tenhamos de tratar de contrariedades mínimas" (Bachelard, 1988b: 130). Em terceiro lugar, Sapir (1991: 225) propunha de passagem, em seu estudo sobre a gradação, o termo "subcontrário". Finalmente, considerando que a estrutura mais satisfatória é a de quatro posições, como no caso da quadra ortodoxa da versificação francesa, o termo "sobrecontrário" impõe-se por si e tal adoção conserva o termo "contrário" como genérico.

Isso equivale a dizer que a noção de contrariedade articula-se na rede em dois tempos:

(i) fazendo a distinção, agora, entre "sobrecontrários" e "subcontrários";
(ii) opondo entre si os termos de cada par, de acordo com a subdimensão julgada pertinente.

Assim, no que tange à minimização escolhemos a tonicidade, mas o mesmo procedimento se aplica de maneira idêntica às três outras subdimensões. A projeção em rede e o diagrama pressupõem a distinção entre "sobrecontrários" e "subcontrários".

(→ REDE, DIAGRAMA, SUBDIMENSÃO, FOREMA)

SUBDIMENSÃO

(→ DIMENSÃO)

SUBVALÊNCIA

A diferença entre as valências e as subvalências é primeiramente posicional: as subvalências estão para a subdimensão assim como as valências estão para a dimensão. A segunda diferença refere-se ao número de ambas. Considerando que as valências são solidárias às dimensões, podemos registrar duas classes de valências: as intensivas e as extensivas. De acordo com o mesmo princípio, que admite a solidariedade entre subvalências e subdimensões, o número de subvalências é mais elevado por ser o produto da aspectualização das direções tensivas e dos foremas.

(→ DIMENSÃO, DIREÇÃO, FOREMA)

SUJEITO

Para a continuidade linguística e semiótica, o sujeito e o objeto constituem categorias que se pressupõem mutuamente, a tal ponto que chegam, segundo Jespersen, a se confundir:

> O sujeito e o objeto são ambos elementos de primeiro nível e podemos aceitar em certa medida a afirmação de Madvig segundo a qual o objeto é de algum modo um sujeito escondido, assim como a de Schuchardt para quem "todo objeto é um sujeito relegado a segundo plano" (Jespersen, 1992: 218).

Essa é a razão pela qual, em estudos anteriores, arriscamos propor o termo subobjeto para inscrever no plano da expressão esse deslizamento jakobsoniano da contiguidade à metáfora. Tal proximidade-identidade tem por resolução o fato de que as características atribuídas aos objetos seriam "variedades" das valências e das subvalências que afetam o sujeito. Este último seria a modalidade "estativa" do aparato das categorias tensivas, enquanto o objeto seria a modalidade expressiva. É evidente que a questão do sujeito não se define em dois parágrafos. Trata-se aqui apenas de formular sob a ótica tensiva seus aspectos mais "interessantes". Para os limites deste glossário, vamos nos restringir a dois deles, o primeiro referente ao sujeito de estado e o segundo, ao sujeito operador.

Para além de suas divergências importantes, as grandes criações culturais reservam ao sujeito uma concepção heróica: sujeito trágico de fato, quando não, de direito, imortal, sujeito épico, sujeito diegético em busca de seu reconhecimento. Mesmo o sujeito romanesco não perde a grandeza na pena dos grandes escritores. Haja vista os limites deste verbete, o que temos é a fisionomia do sujeito cotidiano, em seu cotidiano, entregue à produção usual do sentido, não entre duas façanhas, mas entre dois acontecimentos, o que é muito diferente. Sobre esse ponto preciso, assumimos a questão de Deleuze em *Pourparlers* :

> Em Leibniz, em Whitehead, tudo é acontecimento. O que Leibniz chama de predicado não é de modo algum um atributo, é um acontecimento, "atravessar o Rubicão". Daí a necessidade que eles tiveram de rever totalmente a noção de sujeito: como deve ser um sujeito se seus predicados são acontecimentos? (1990: 218).

O sujeito do esquema narrativo greimasiano torna-se competente e se desvencilha das dificuldades por antecipação. O que pretendemos reconhecer é o inverso desse estilo existencial: quem é esse sujeito que, *por vezes* a contragosto, vê o acontecimento irromper e revirar o seu campo de presença? É um sujeito sensível e, por catálise, sensível ao extremo ardor das subvalências de andamento e tonicidade que subjetivam o sobrevir do inesperado e precipitam o sujeito da esfera familiar do agir para a esfera extática do sofrer. Essa modesta locução advérbial, "por vezes", fornece-nos a base paradigmática do sujeito de estado na medida em que este surge determinado, coagido pela dualidade dos modos de eficiência: sobrevir *vs.* pervir. De fato, se só houvesse acontecimentos, a própria categoria do acontecimento, no final das contas, ficaria virtualizada. Mas o sujeito se equilibra sobre a linha movente que separa as ações referentes ao pervir, de um lado – e que devem por equidade ser contadas a seu favor – e, de outro, acontecimentos que, como se costuma dizer, "o pegaram de surpresa". São os mesmos acontecimentos que, como ocorre no jogo, lhe permitem avaliar sua sorte ou seu azar. Centrada no sujeito operador, nossa segunda observação incide sobre a relação entre esse sujeito e a subjetividade, que é como o rastro deixado pela passagem do sujeito. Trata-se de vislumbrar como o sujeito consegue que "o" mundo se torne, segundo palavras de Gœthe, "seu" mundo. É o caso de identificar alguns desencadeadores dessa apropriação.

Um universo semântico identificado e estabilizado, um microuniverso semântico segundo Greimas, só é concebível como gramática que declina concordâncias coercivas e proibições, ou seja, categorias. Mas uma vez feita essa síntese, impõe-se a questão: de onde vem exatamente a ideia de que o sujeito seja capaz de atuar com o aparato categorial que o precede? De fato, tendo em vista que tanto o jogo quanto a gramática exigem de seus jogadores o respeito a regras estritas, ambos mantêm afinidades recíprocas – como queria Saussure, embora sob uma relação diferente, quando aproximava a língua do jogo de xadrez. Mas o questionamento persiste: o que nos autoriza a dizer que o sujeito aceita atuar segundo essas regras? Eis a razão: *essas* regras são as *suas* regras. Em outras palavras, as operações de aumento e diminuição que o sujeito efetua na dimensão da intensidade e as operações de triagem e mistura que efetua na dimensão da extensidade são de natureza semelhante. Na dimensão da intensidade, o sujeito regula, ajusta, os afetos que o devastam ou o deprimem; na dimensão da extensidade, ele classifica, enquadra como pode ou rejeita as grandezas admitidas ou "surgidas" em seu campo de presença. A base subjetal das dimensões e subdimensões, de um lado, e das operações canônicas, de outro, permite entender a apropriação subjetiva tanto dos estados de alma como dos estados de coisas.

Antecipemos uma objeção que seria decisiva se não estivéssemos em condições – em boa fé – de suplantá-la. Essa [gramática + jogo] seria uma "residência" ou uma "prisão"? É aqui que a alternância paradigmática [implicação *vs.* concessão] aponta seu mérito inestimável. Se a implicação – que a retórica argumentativa consagrou na pessoa de Aristóteles – fosse a única operante, sem alternância, essa gramática seria uma "prisão". Mas a concessão, assistida pela recursividade, introduz uma conjunção subestimada, o "entretanto", que conduz a coisa para além de si própria, recrudesce o recrudescido, minimiza o minimizado e, assim, proporciona ao sujeito aqueles superlativos-concessivos – excessivos, na aparência, mas só na aparência –, que conferem ao discurso a força persuasiva esperada, segundo Merleau-Ponty: "[...] Ela [a filosofia] começa com a consciência daquilo que corrói e faz ruir, mas também renova e sublima nossas significações adquiridas" (2002: 39). A ultrapassagem torna-se, com ganho, uma propriedade-possibilidade do sistema, à qual, em algumas condições, o sujeito pode recorrer para agir contra o próprio sistema. É o caso dos artistas modernos, especialmente dos pintores, que, em vez de criarem um quadro "a mais", se propõem a inventar ou reinventar a cada dia a pintura como um todo.

Esse exame superficial nos fornece uma fisionomia do sujeito *ambivalente*: a dualidade dos modos de eficiência [pervir *vs.* sobrevir] faz do sujeito de estado um ser ao sabor do acontecimento que o despoja, sem a menor cerimônia, das competências geradoras de sua confiança em si e de sua coragem diante das adversidades da vida cotidiana. Em compensação, a dualidade dos grandes operadores discursivos [implicação *vs.* concessão] atribui ao sujeito operador uma capacidade de denegação - segundo alguns, de revolta - que lhe permite contradizer diretamente o que lhe foi imposto.

(→ ACONTECIMENTO, RECURSIVIDADE, PERVIR, SOBREVIR, IMPLICAÇÃO, CONCESSÃO)

Temporalidade

O corpus das reflexões e análises relativas à temporalidade pede uma decisão, talvez um preconcebimento. Lançamos a hipótese de que a temporalidade depende dos modos de eficiência e isso equivale a dizer que existe um tempo do pervir e um tempo do sobrevir. A morfologia e a sintaxe são aqui indissociáveis. Considerando que o tempo do pervir é longo, o sujeito tende a abreviá-lo no intuito de "aproveitar", de "recuperar" o tempo (perdido); do mesmo modo, considerando que o tempo do sobrevir é breve, até mesmo instantâneo, o sujeito sente desejo de alongá-lo:

modo de eficiência →	pervir ↓	sobrevir ↓
morfologia →	longo	breve
sintaxe →	abreviação	alongamento

(→ MODO DE EFICIÊNCIA, ANDAMENTO)

Tensividade

A tensividade constitui tão-somente a relação da intensidade com a extensidade, dos estados de alma com os estados de coisas. Até onde podemos entrever, a razão de ser de um sistema, semiótico ou não, reside no controle, na gramaticalização de uma alteridade: entre processo e sistema, para Hjelmslev, entre sintaxe e semântica, para Greimas. Trata-se de estabelecer trocas e uma circulação entre duas entidades plurais ou numerosas, ou ainda, de fixar as regras gramaticais de uma boa "comunicação". Isso supõe que as duas entidades sejam analisáveis em unidades estabilizadas, como determina Saussure em suas páginas definitivas dedicadas à centralidade do valor (1971: 130-141).

É nessa linha que chegamos a dizer, de modo sucinto, que a tensividade era apenas o comércio da medida intensiva com o número extensivo. De fato, a exemplo das notas musicais, nossos afetos são antes de mais nada – e talvez somente – a medida das transformações que os acontecimentos nos provocam, enquanto na dimensão extensiva, a dos estados de coisas, a partir das classificações próprias ao nosso universo de discurso, procedemos a transferências de uma classe a outra que resultam em enumerações menos ou mais precisas. Por exemplo, considerando que muitas sociedades já se propuseram a questão, seria o caso de incluir os insetos na classe dos animais e o vento na classe dos seres animados?

(⟶ INTENSIDADE, EXTENSIDADE)

TONIFICAÇÃO

O termo tonificação, pouco corrente, exige duas observações:

(i) procede da obra de G. Bachelard e isso certamente não ocorre por acaso, pois a faculdade da empatia, do entusiasmo comunicativo, característica de sua obra, impunha-lhe a criação de uma "língua" própria;

(ii) no plano da expressão, o léxico da tonicidade serviu para caracterizar a intensidade e, em nosso empreendimento pessoal, acaba por eliminar a distinção entre a dimensão da intensidade e a subdimensão da tonicidade. O emprego do termo tonificação parece-nos evitar esse inconveniente.

Pensar a atonização é mais fácil e mais habitual que pensar a tonificação. Sabemos que, em presença do dilema próprio à dualidade dos modos de eficiência – pervir ou sobrevir? –, Bachelard admitia apenas o sobrevir, o irrompimento da imagem:

> A imagem poética não está sujeita a um impulso. Não é o eco de um passado. É antes o inverso: com a explosão de uma imagem, o passado longínquo ressoa de ecos e já não vemos em que profundezas esses ecos vão repercutir e morrer. Em sua novidade, em sua atividade, a imagem poética tem um ser próprio, um dinamismo próprio. Procede de uma *ontologia direta*. É com essa ontologia que desejamos trabalhar (1988a: 2).

Em *Diferença e Repetição*, G. Deleuze faz da intensidade a contrapartida da diversidade e da desigualdade que dela decorre:

> Todo fenômeno remete a uma desigualdade que o condiciona. Toda diversidade e toda mudança remetem a uma diferença que é sua razão suficiente. Tudo o que se passa e que aparece é correlativo de ordens de diferenças: diferença de nível, de temperatura, de pressão, de tensão, de potencial, diferença de intensidade [...]. Sempre a Eclusa (2006: 313).

Se a tese de Bachelard é principalmente sintagmática e a de Deleuze, paradigmática, ambos os pontos de vista se completam quando se adota a perspectiva saussuriana, tanto nos "Princípios de Fonologia" quanto em algumas passagens dos *Escritos*. Nesses textos, tudo ocorre como se Saussure estivesse à escuta de Valéry: "Trata-se de encontrar a construção (escondida) que identifica um mecanismo de produção com uma dada percepção" (Valéry, 1973: 1283). Esse "mecanismo de produção" é para Saussure o jogo das implosões e das explosões na cadeia fônica, que está no princípio de uma morfogênese que depreende especialmente o "ponto vocálico" e a "fronteira de sílaba". Quer falemos da *energeia*, da *foria*, do *fluxo* catalisável do ser, quer do ritmo, como o fazem Claudel, O. Paz ou Deleuze, um isomorfismo esclarecedor esboça-se pelo fato de retomar a tensão geradora que ajusta vantajosamente entre si o *int-* e o *ext-*:

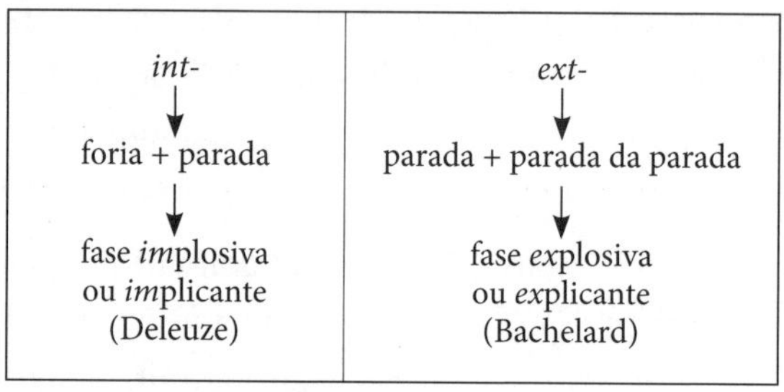

(→ EXTENSIVO, EXTENSIDADE, INTENSIVO, INTENSIDADE, SOBREVIR)

TONICIDADE

O termo tonicidade procede do plano da expressão e nos fornece a oposição básica [tônico *vs.* átono]. A tonicidade é a segunda subdimensão da intensidade e contrai uma correlação conversa com o andamento.

A tonicidade é facilmente reconhecida no plano da expressão. O acento, chamado de tônico, é descrito como um aumento triplo: de altura, duração e força. Não temos nada parecido no plano do conteúdo. Devemos, pois, adotar uma abordagem diferente, sugerida pela acomodação. A percepção não é mera recepção, registro, mas sim ajuste e, segundo a musicóloga G. Brelet, uma retificação apropriada:

> Quando o som cresce, ocupa um lugar cada vez maior na consciência: ele a invade, tornando-a passiva em relação a si próprio e solidária ao mundo que também é invadido por suas vibrações. Mas quando o som decresce e chega às fronteiras do silêncio, é sua subjetividade que cresce: [...] é preciso então sustentá-lo a partir de nossa atividade, e ele passa a existir apenas na secreta solidão de uma consciência que o disputa e o arrebata ao silêncio e ao nada; [...] Aqui também a expressão musical é a expressão de um ato – de um ato que dá existência ao som e que deve se tornar tanto mais intenso quanto menos intenso se torna o som (Brelet, 1949: 417-418).

Esse *agir* íntimo é condicionado e só existe no intervalo definido pelo *demais* e o *pouco demais*. Se o *demais* é atingido, o sujeito é deportado da esfera familiar desse *agir* para a do *sofrer*. Não podendo ser diretamente observada, a tonicidade depende de um conhecimento oblíquo, e tudo indica que ela tem como plano do conteúdo a mudança de atitude modal do sujeito, mudança esta determinada pelo excesso ou pela falta de tonicidade. Esse motivo é admiravelmente desenvolvido em *Pensées*, de Pascal:

> Limitados em tudo, esse termo médio entre dois extremos encontra-se em todas as nossas forças. Nossos sentidos não percebem os extremos: um ruído demasiado forte ensurdece-nos, demasiada luz nos deslumbra, demasiada distância ou demasiada proximidade impedem-nos de ver, demasiada longitude ou demasiada concisão do discurso obscurecem-nos, demasiada verdade nos assombra (sei de alguém que não pode compreender que, quem de zero tira quatro, obtém zero) (1973: 57-58).

(→ ATONIZAÇÃO, TONIFICAÇÃO, ANDAMENTO)

Triagem

A triagem forma com a mistura as duas grandes operações da sintaxe extensiva, ou seja, da sintaxe referente aos estados de coisas. A coexistência e a colaboração de ambos os tipos de operações aplicam-se em todo o processo de configuração do mundo descrito por Cassirer:

> A diferença espacial primária, [...] é a diferença entre duas circunscrições do ser: entre uma circunscrição usual, universalmente acessível, e outra que, como circunscrição sagrada, é destacada de seu meio, separada, cercada e protegida dele (2004: 154).

Assim são propostas duas esferas, a do sagrado e a do profano. A operação de triagem que depreende o sagrado apresenta duas características opostas:

(i) uma característica disjuntiva: "Pois *templum* [...] remonta à raiz grega *tem-* ('cortar'); portanto, não significa senão o 'recortado', 'delimitado'" (*idem*: 178);

(ii) uma característica "prosódica": uma determinada grandeza, aqui uma determinada região, recebe em última análise – gratuitamente? – um acento, ora um "acento de sentido", ora um "acento sacral". Tudo ocorre como se a grandeza acentuada, em qualquer das isotopias consideradas, confiscasse em seu proveito – arbitrariamente? – a foria das grandezas não acentuadas ou, de um ponto de vista interpretativo, desacentuadas.

Se uma operação de triagem se completa, configura um valor de absoluto impactante *e* exclusivo para aqueles que estão convencidos de sua pertinência. Seus detratores, porém, se apressarão em dizer: impactante, *mas* exclusivo.

(→ MISTURA, ESPACIALIDADE)

Valência

Assim como o termo isotopia, forjado a partir do adjetivo "isótopo", o termo valência também é importado do vocabulário da química. Ao que sabemos, esse empréstimo foi feito primeiramente por Cassirer: "Essa transformação ocorre quando *significações* – ou 'valências' – diferentes são atribuídas aos diferentes momentos do devir fugidio" (1988: 178). *Grosso modo*, as valências ocupam, na hipótese tensiva, o lugar reservado até aqui aos semas.

Entretanto, as valências deles se distinguem sob pelo menos quatro aspectos. Primeiramente, elas seriam em número finito e, nessa condição, diferem dos semas, mesmo se nos anos 1970, por analogia à bem-sucedida análise fonológica, fosse admitido que uma vintena de pares de semas bastasse para descrever a totalidade dos microuniversos semânticos existentes. A afirmação da finitude do inventário dos semas resvala no fato de que estes praticamente se confundem com o inventário aberto dos chamados adjetivos qualificativos da língua. Em segundo lugar, as valências são interdefinidas, isomorfas e solidárias entre si em virtude de relações estritas de dependência. Em terceiro, mais uma vez diferindo dos semas, as valências se inscrevem no espaço tensivo, que é uma imagem plausível do campo de presença. Por fim, se do ponto de vista figurativo os semas são traços e particípios, as valências são sobretudo vetores e gerúndios em devir, pelo menos enquanto a aspectualidade não frear o seu elã.

(→ VALOR)

VALOR

O conceito de valor ainda é um pouco desconcertante: de fato, tão logo afirmamos sua centralidade, o conceito se camufla e se dispersa. Saussure, no *Curso*, identifica valor com diferença e define a significação como diferencial. Hjelmslev ignora o termo e a negatividade inata que Saussure lhe imputa. Para Greimas, o termo diz respeito às estruturas narrativas de superfície em dupla medida: a busca do objeto de valor pelo sujeito no princípio do relato e do mito, e a constituição do objeto de valor como uma das tarefas da cultura. A partir dessas aquisições, o enfoque tensivo lança duas propostas:

(i) no plano do conteúdo, um valor é analisável-definível como interseção de duas valências distintas, uma intensiva e outra extensiva;

(ii) delineia-se um paradigma que, até segunda ordem, distingue entre valores de absoluto, que visam à exclusividade, e valores de universo, simetricamente inversos aos precedentes, que visam à difusão; nesse último caso, com prioridade da mistura e, no primeiro, com primazia da triagem.

(→ VALÊNCIA, INTERSEÇÃO, DEFINIÇÃO)

Bibliografia

ADORNO, Theodor W. 1976. *Mahler, une physionomie musicale*. Paris, Minuit.

AGAMBEN, Giorgio. 2008. *O que Resta de Auschwitz*. Trad. Selvino J. Assmann. São Paulo, Boitempo Editorial.

ARENDT, Hannah. 1989. *La crise de la culture*. Paris, Folio-essais.

ARISTOTE. 1996. *Rhétorique*. Paris, Le Livre de Poche.

ARISTÓTELES. 1973. "Poética". Trad. Eudoro de Souza. São Paulo, Abril Cultural. Coleção *Os Pensadores*, vol. IV.

ARTAUD, Antonin. 1964. *Œuvres complètes*. Paris, Gallimard, coll. La Pléiade.

BACHELARD, Gaston. 1958. *Le nouvel esprit scientifique*. Paris, PUF.

______. 1987. *L' air et les songes*. Paris, J. Corti.

______. 1988a. *A Poética do Espaço*. Trad. Antonio de Pádua Danesi. São Paulo, Martins Fontes.

______. 1988b. *A Dialética da Duração*. Trad. Marcelo Coelho. São Paulo, Ática.

______. 1988c. *La terre et les rêveries de la volonté*. Paris, J. Corti.

______. 1992. *La Terre et les rêveries du repos*. Paris, J. Corti.

BALLABRIGA, Michel. 1995. *Sémiotique du surréalisme – André Breton ou la cohérence*. Toulouse, Presses Universitaires du Mirail.

BALZAC, Honoré de. 2002. *O Pai Goriot*. Trad. Marina Appenzeller. São Paulo, Estação Liberdade.

BARTHES, Roland. 1970. "L' ancienne rhétorique". *Communications* nº 16.

______. 1979. *Sur Racine*. Paris, Seuil, coll. Points.

______. 1981. *A Câmara Clara*. Trad. Manoela Torres. Lisboa, Edições 70.

BAUDELAIRE, Charles. 1954. *Œuvres complètes*. Paris, Gallimard, coll. La Pléiade.

______. 1985. *As Flores do Mal*. Trad. Ivan Junqueira. Rio de Janeiro, Nova Fronteira.

______. 2009. *Meu Coração Desnudado*. Trad. Tomaz Tadeu. Belo Horizonte, Autêntica Editora.

BENJAMIN, Walter. 1975. "A Obra de Arte na Época de Suas Técnicas de Reprodução". Trad. José Lino Grunnewald. São Paulo, Abril Cultural. Coleção *Os Pensadores*, vol. XLVIII.

______. 1983. *Essais, tome I*. Paris, Denoël-Gonthier.

______. 1989. *Paris, capitale du XIXe. siècle*. Paris, Les Éditions du Cerf.

BERENSON, Bernard. 1953. *Esthétique et histoire des arts visuels*. Paris, Albin Michel.

BERTRAND, Denis. 2003. "Agora", comunicação para o Seminário Intersemiótico. Paris, novembro.

BINSWANGER, Ludwig. 1998. *Le problème de l'espace en psychopathologie*. Toulouse, Presses Universitaires du Mirail.

BORDRON, Jean-François. 1993. "Schéma, schématisme et iconicité". *Protée*, vol. 21, n. 1.

BRELET, Gisèle. 1949. *Le temps musical - essai d'une esthétique nouvelle de la musique*. Paris, PUF; 2 Tomos.

BRETON, André. 1963. *Manifestes du surréalisme*. Paris, Gallimard/Idées.

BRØNDAL, Viggo. 1943. "Définition de la morphologie". *Essais de linguistique générale*. Copenhague, E. Munksgaard.

______. 1950. *Traité des prépositions - Introduction à une sémantique rationnelle*. Copenhague, E. Munksgaard.

CASSIRER, Ernst. 1972. *Linguagem e Mito*. Trad. J. Guinsburg e Miriam Schnaiderman. São Paulo, Perspectiva.

______. 1988. *La philosophie des formes symboliques 3: La Phénoménologie de la connaissance*. Paris, Minuit.

______. 2001. *A Filosofia das Formas Simbólicas 1: A Linguagem*. Trad. Marion Fleischer. São Paulo, Martins Fontes.

______. 2004. *A Filosofia das Formas Simbólicas 2: O Pensamento Mítico*. Trad. Cláudia Cavalcanti. São Paulo, Martins Fontes.

CLAUDEL, Paul. 1965. *Œuvres en prose*. Paris, Gallimard, coll. La Pléiade.

DELEUZE, Gilles. 1990. *Pourparlers*. Paris, Minuit.

______. 2006. *Diferença e Repetição*. 2ª ed. Trad. Luiz Orlandi e Roberto Machado. Rio de Janeiro, Graal.

______. 2007. *Francis Bacon, Lógica da Sensação*. Trad. Roberto Machado *et al.* Rio de Janeiro, Zahar.

DESCARTES, René. 2005. *As Paixões da Alma*. Trad. Rosemary Costhek Abílio. São Paulo, Martins Fontes.

DUMARSAIS, César Chesneau. 1977. *Traité des tropes*. Paris, Le Nouveau Commerce.

FOCILLON, Henri. 1996. *Vie des formes*. Paris, PUF.

FONTANIER, Pierre. 1968. *Les figures du discours*. Paris, Flammarion.

FONTANILLE, Jacques & ZILBERBERG, Claude. 2001. *Tensão e Significação*. Trad. I. C. Lopes, L. Tatit e W. Beividas. São Paulo, Discurso Editorial/Humanitas.

FOUCAULT, Michel. 2006. *A Ordem do Discurso*, 13ª edição. Trad. de Laura Fraga de Almeida Sampaio. São Paulo, Loyola.

GALASSI, Romeo & MICHIEL, Margherita de (orgs.). 2001. *Louis Hjelmslev a cent'anni dalla nascita*. Padova, Imprimatur.

GENETTE Gérard. 1972. *Figuras III*. Paris, Seuil.

GŒTHE, Johann Wolfgang von. 2000. *Traité des couleurs*. Paris, Triades.

GOMBRICH, Ernst Hans. 1985. *História da Arte*. 4ª ed. Trad. Álvaro Cabral. Rio de Janeiro, Zahar Editores.

GOMBRICH, Ernst Hans & ERIBON, Didier. 1991. *Ce que l'image nous dit*. Paris, Adam Biro.

GREIMAS, Algirdas Julien. 1983. *Du sens II*, essais sémiotiques. Paris, Seuil.

______. 1996. "A Sopa ao *Pistou* ou a Construção de um Objeto de Valor". *Significação-Revista Brasileira de Semiótica* n. 11/12, pp. 7-21. Trad. Edith Lopes Modesto.

GREIMAS, Algirdas Julien & COURTÉS, Joseph. 2008. *Dicionário de Semiótica*. Trad. Alceu Dias Lima et alii. São Paulo, Contexto.

GRIMALDI, Nicolas. 1995. *Le soufre et le lilas*. Fougères, Encre Marine.

HJELMSLEV, Louis. 1928. "Principes de grammaire générale". Copenhague, Host & Son (Det Klg. Danske Videnskabernes Selskab, Historik-filogiske Meddelelser, XXVI, I).

______. 1966. *Le langage*. Paris, Minuit.

______. 1972. *La catégorie des cas*. Munique, W. Fink.

______. 1975. *Prolegômenos a uma Teoria da Linguagem*. Trad. Teixeira Coelho Netto. São Paulo, Perspectiva.

______. 1985. *Nouveaux essais*, Paris, PUF.

______. 1991. *Ensaios Linguísticos*. Trad. Antônio de Pádua Danesi. São Paulo, Perspectiva.

HOPKINS, Gerard Manley. 1976. *Carnets-Journal-Lettres*. Paris, Bibliothèque 10/18.

JABÈS, Edmond. 1975. *Ça suit son cours*. Montpellier, Fata Morgana.

JAKOBSON, Roman. 1963. *Essais de linguistique générale*. Paris, Minuit.

______. 1970. "Poesia da Gramática e Gramática da Poesia". *Linguística. Poética. Cinema*. Trad. Cláudia Guimarães de Lemos. São Paulo, Perspectiva, pp. 65-79.

______. 1973. *Questions de poétique*. Paris, Seuil.

JESPERSEN, Otto. 1992. *La philosophie de la grammaire*. Paris, Gallimard.

JØRGENSEN, Henrik & STJERNFELT, Frederik. 1987. "Substance, substrat, structure. Sur la controverse épistémologique qui a opposé Brøndal et Hjelmslev". *Langages*, 86, pp. 79-94.

KANT, Immanuel. 1997. *Crítica da Razão Pura*. 4a ed. Trad. Manuela Pinto dos Santos e Alexandre Fradique Morujão. Lisboa, Fundação Calouste Gulbenkian.

KUNDERA, Milan. 1994. *Os Testamentos Traídos*. Trad. Teresa Bulhões Carvalho da Fonseca e Maria Luiza Newlands Silveira. Rio de Janeiro, Nova Fronteira.

LARSEN, Svend Erik (Coord.). 1987. "Actualité de Brøndal". *Langages*, v. 86.

LÉVI-STRAUSS, Claude. 1962. *La pensée sauvage*. Paris, Plon.

LONGIN, Denys. 1995. *Traité du sublime*. Paris, Le livre de poche.

MACHADO, José Pedro. 1967. *Dicionário Etimológico da Língua Portuguesa*, 2ª ed. Lisboa, Editorial Confluência e Livros Horizonte, vol. III

MALLARMÉ, Stéphane. 1954. *Œuvres complètes*. Paris, Gallimard, coll. La Pléiade.

MANN, Thomas. 1978. *Le docteur Faustus*. Paris, Albin Michel.

MARCHAND, Jean-Pierre. 1996. "Pas vers une théorie de la commotion". SAUVANET, Pierre & WUNENBURGER, Jean-Jacques. *Rythmes et philosophie*. Paris, Kimé.

MAUSS, Marcel. 1974. *Sociologia e Antropologia*. Trad. Lamberto Puccinelli. São Paulo, Editora Pedagógica e Universitária e Edusp, vol. 1.

MCQUILLAN, Melissa. 1990. *Van Gogh*. Paris, Éditions Thames & Hudson.

MERLEAU-PONTY, Maurice. 1994. *Fenomenologia da Percepção*. Trad. Carlos Alberto Ribeiro de Moura. São Paulo, Martins Fontes.

______. 2002. *A Prosa do Mundo*. Trad. Paulo Neves. São Paulo, Cosac & Naify.

______. 2004. *O Olho e o Espírito*. Trad. Paulo Neves e Maria Ermantina Galvão Gomes. São Paulo, Cosac & Naify.

MICHAUX, Henri. 1988. *Connaissance par les gouffres*. Paris, Poésie-Gallimard.

______. 2001. *Œuvres complètes*. Paris, Gallimard, coll. La Pléiade, tome 2.

NIETZSCHE, Friedrich Wilhelm. 2004. *A Origem da Tragédia*. São Paulo, Centauro.

PARRET, Herman. 1986. *Les passions, essais sur la mise en discours de la subjectivité*. Liège, P. Mardaga.

PASCAL, Blaise. 1954. *Œuvres complètes*. Paris, Gallimard, coll. La Pléiade.

______. 1973. "Pensamentos". Trad. Sérgio Milliet. São Paulo, Abril Cultural. Coleção *Os Pensadores*, vol. XVI.

POE, Edgar Allan. 1951. *Œuvres en prose*. Paris, Gallimard, coll. La Pléiade.

PROPP, Vladimir. 1983. *Morfologia do Conto*. 2ª ed. Trad. Jaime Ferreira e Victor Oliveira. Lisboa, Vega.

PROUST, Marcel. 1971. *Contre Sainte-Beuve*. Paris, Gallimard, coll. La Pléiade.

______. 2003. *No Caminho de Swann*. Trad. Fernando Py. Rio de Janeiro, O Globo; São Paulo, Folha de São Paulo.

RICŒUR, Paul. 1975. *La métaphore vive*. Paris, Seuil.

RUSSELL, John. 1993. *Francis Bacon*. Paris, Thames & Hudson.

SANTO AGOSTINHO. 1973. "Confissões". Trad. J. Oliveira Santos e A. Ambrósio de Pina. São Paulo, Abril Cultural. Coleção *Os Pensadores*, vol. VI.

SAPIR, Ernst. 1991. *Linguistique*. Paris, Folio-Essais.

SAUSSURE, Ferdinand de. 1971. *Curso de Linguística Geral*. 3ª ed. Trad. Antonio Chelini, José Paulo Paes e Izidoro Blikstein. São Paulo, Cultrix.

______. 2002. *Écrits de linguistique générale*. Paris, Gallimard.

______. 2004. *Escritos de Linguística Geral.* Trad. Carlos Augusto Leuba Salum e Ana Lúcia Franco. São Paulo, Cultrix.

SIMMEL, Georg. 1998. *Les pauvres.* Paris, PUF.

STENDHAL. 1989. "Rome, Naples et Florence". *Voyages en Italie.* Paris, Gallimard, coll. La Pléiade.

TANIZAKI, Junichiro. 1977. *Éloge de l'ombre.* Paris, Publications Orientalistes de France.

THOM, René. 1981. *Modèles mathématiques de la morphogenèse.* Paris, Bourgois.

THOM, René. 1985. *Parábolas e Catástrofes.* Trad. Mário Brito. Lisboa, Publicações Dom Quixote.

TOCQUEVILLE, Alexis de. 1987. *A Democracia na América.* 2ª ed. Trad. Neil Ribeiro da Silva. Belo Horizonte, São Paulo, Itatiaia, EDUSP.

TRUFFAUT, François & SCOTT, Helen. 1983. *Hitchcock.* Paris, Ramsay.

VALÉRY, Paul. 1957. *Œuvres.* Paris, Gallimard, tome 1, coll. La Pléiade.

______. 1960. *Œuvres*, Paris, Gallimard, tome 2, coll. La Pléiade.

______. 1973. *Cahiers*, Paris, Gallimard, tome 1, coll. La Pléiade.

______. 1974. *Cahiers*, Paris, Gallimard, tome 2, coll. La Pléiade.

VENDRYES, Joseph. 1950. *Le langage.* Paris, Albin Michel.

VIGNAL, Marc. 1966. *Mahler.* Paris, Solfèges/Seuil.

VOLTAIRE. 1964. *Cândido, ou o Otimismo.* Trad. Miécio Táti. Rio de Janeiro, Civilização Brasileira.

______. 1972. *Contos.* Trad. Mário Quintana. São Paulo, Abril Cultural.

WAGNER, Robert Léon & PINCHON, Jacquelin. 1962. *Grammaire du français classique et moderne.* Paris, Hachette.

WÖLFFLIN, Heinrich. 1989a. *Conceitos Fundamentais da História da Arte: O Problema da Evolução dos Estilos na Arte mais Recente.* 2ª ed. Trad. João Azenha Jr. São Paulo, Martins Fontes.

______. 1989b. *Renaissance et baroque.* Paris, Le livre de poche.

WORRINGER, Wilhelm. 2003. *Abstraction et Einfuhlung.* Paris, Klincksieck.

ZILBERBERG, Claude. 1993a. "Le schéma narratif à l'épreuve". *Protée*, vol. 21, nº 1, pp. 65-87.

______. 1993b "Description de la description". In: RASMUSSEN, M. *Louis Hjelmslev et la sémiotique. Travaux du Cercle Linguistique de Copenhague,* nº 20, pp. 151-172.

______. 1999. "Lourd, massif, contraint, sévère". RS/SI, volume 19, nº 2-3, pp. 31-62.

______. 2000a. "De l'humanité de l'objet (à propos de W. Benjamin)". *Visio*, vol. 4, nº 3.

______. 2000b. "Esquisse d'une grammaire du sublime chez Longin". *Langages* nº 137, pp. 102-121.

______. 2001. "Sur la concordance de l'espace et du sens". *Visio*, vol. 6, nº 2-3.

______. 2002. "Précis de grammaire tensive". *Tangence* 70, pp. 111-143.

______. 2004. "As Condições Semióticas da Mestiçagem". Trad. Ivã Carlos Lopes e Luiz Tatit. In: Cañizal, E. P. & Caetano, K. E. (orgs.) *O Olhar à Deriva*. São Paulo, Anna Blume, pp. 69-101.

______. 2006. "Síntese da Gramática Tensiva". Trad. Luiz Tatit e Ivã Carlos Lopes. *Significação – Revista Brasileira de Semiótica*, 25, pp. 163-204.

Título	*Elementos de Semiótica Tensiva*
Autor	Claude Zilberberg
Tradutores	Ivã Carlos Lopes
	Luiz Tatit
	Waldir Beividas
Editor	Plinio Martins Filho
Produção editorial	Aline Sato
Capa	Tomás Martins
Editoração eletrônica	Fabiana Soares Vieira
Formato	16 × 23 cm
Tipologia	Minion Pro
Papel	Cartão Supremo 250 g/m^2 (capa)
	Pólen Soft 80 g/m^2 (miolo)
Número de páginas	304
Impressão e acabamento	Graphium